Un amant italien

★

Noces romaines

★

Un ténébreux italien

LUCY GORDON

Un amant italien

Traduction française de
CATHERINE BELMONT

HARLEQUIN

Titre original :
THE MILLIONAIRE TYCOON'S ENGLISH ROSE

Ce roman a déjà été publié en 2019

HARPERCOLLINS FRANCE
83-85, boulevard Vincent-Auriol, 75646 PARIS CEDEX 13
Service Lectrices — Tél. : 01 45 82 47 47 - www.harlequin.fr
ISBN 978-2-2804-9445-8

Composé et édité par HarperCollins France.
Imprimé en juin 2023 par CPI Black Print (Barcelone)
en utilisant 100% d'électricité renouvelable.
Dépôt légal : juillet 2023.

FSC www.fsc.org
MIXTE
Papier issu de sources responsables
FSC® C159065

Pour limiter l'empreinte environnementale de ses livres, HarperCollins France s'engage à n'utiliser que du papier fabriqué à partir de bois provenant de forêts gérées durablement et de manière responsable.

1

Mount's Bay, Cornouailles, juin 2007

— Un peu plus à gauche… Encore un peu… Encore, encore… Stop ! Tu y es.

Celia posa ses doigts sur le rocher vers lequel Ken, son moniteur de plongée, venait de la guider par radio et en effleura les aspérités avec ravissement.

— C'est formidable, lança-t-elle d'une voix enthousiaste dans le micro de son masque. Maintenant que j'ai réussi à descendre jusque-là, dis-moi où se trouvent les autres récifs et je vais aller les toucher.

— Tu ne crois pas que tu en as assez fait pour cet après-midi ? Par mesure de prudence, il vaudrait mieux que tu remontes à la surface et que tu me laisses…

— Pas question ! interrompit Celia en agitant ses palmes. « Assez » et « prudence » sont des mots que j'ai rayés de mon vocabulaire il y a une éternité. Je suis tellement insatiable que, quand on m'offre quelque chose, j'en veux toujours davantage.

— Inutile de me le préciser ! bougonna Ken. Bien que nous nous connaissions depuis peu, je me suis déjà rendu compte que tu étais une casse-cou impossible à raisonner.

— Heureusement que je suis téméraire ! Si je ne prenais

aucun risque, je m'ennuierais à mourir et je sombrerais dans la neurasthénie.

— Qui t'a dit que braver le danger était le meilleur moyen de garder le moral ?

— Mes parents. Ils sont nés aveugles comme moi et tu sais ce qu'ils me répétaient sans cesse lorsque j'étais enfant ?

— Non.

— Qu'il n'était pas indispensable d'avoir de bons yeux pour profiter de la vie et que plus tôt on s'habituait à relever des défis, moins on avait l'occasion de s'apitoyer sur son sort.

— Belle théorie, mais crois-tu qu'il soit nécessaire de la mettre en pratique aujourd'hui ?

— Je ne le crois pas, j'en suis persuadée.

— Ah, ce que tu peux être têtue ! Quand ton petit ami découvrira que je t'ai laissée plonger au-delà des limites que nous nous étions fixées, il me sautera à la gorge et m'étranglera.

— Je n'ai pas de « petit ami », Ken. Au cas où ce détail t'aurait échappé, je te signale que j'ai passé l'âge d'assister à des surprises-parties et de flirter avec des adolescents boutonneux.

— Comment veux-tu que j'appelle Francesco, alors ?

« Bonne question ! », se dit Celia en continuant à explorer l'énorme rocher vers lequel elle avait supplié son moniteur de l'orienter. Qui était pour elle Francesco Rinucci ? Son fiancé ? Non. À aucun moment, il ne lui avait parlé mariage et il y avait peu de chances qu'il se décide un jour à lui demander sa main... Son compagnon ? Son amant ? Oui, mais ces deux mots ne résumaient qu'imparfaitement les relations complexes qu'elle et lui entretenaient depuis la mi-janvier.

— Francesco ne risque pas de te tuer, sois tranquille, lança-t-elle à Ken. Il ne sait pas que je suis venue ici et, s'il le devine, ce sera moi et moi seule qu'il aura envie de trucider.

— Cette perspective ne t'effraie pas ?

— Pas une seconde. Je suis une grande fille et je n'ai peur de rien. Ce qui m'importe, ce ne sont pas les accès de colère de Francesco ni la leçon qu'il ne manquera pas de me donner dès que j'aurai regagné Londres, c'est ce qu'il y a au fond de la mer. À moins que tu ne veuilles me rembourser la grosse somme d'argent que je t'ai versée hier, tu as donc intérêt à ne pas me contrarier.

— Penses-tu qu'il soit très prudent d'autoriser cette tête de mule à poursuivre son exploration, Fiona ? demanda Ken à l'accompagnatrice de Celia.

— Oui, répondit la jeune femme. Elle a l'air tellement impatiente de nous montrer ses talents de plongeuse qu'elle serait capable de t'intenter un procès si tu lui refusais ce plaisir.

— Tout juste ! confirma gaiement Celia. Je n'hésiterais pas à te traîner devant les tribunaux, Ken, et à te réclamer de lourdes indemnités.

Puis, ignorant les soupirs accablés que poussait son moniteur, elle prit Fiona par le coude et se laissa guider vers ce monde du silence qui l'avait fait rêver quand elle était enfant.

— Il paraît qu'un bateau pirate espagnol s'est échoué ici il y a des siècles et que personne n'a encore retrouvé sa précieuse cargaison, lui avait confié Ken après avoir quitté le port de Penzance et jeté l'ancre à quelques encablures de la côte. Peut-être arriveras-tu à mettre la main sur les milliers de pièces d'or qui gisent au fond de…

— Arrête, Ken ! l'avait coupé Celia dans un éclat de rire. Le bonheur que j'éprouverai dès que Fiona et moi aurons sauté par-dessus le bastingage est l'unique trésor qui m'intéresse.

Pendant que Ken l'aidait à enfiler sa combinaison de plongée et à chausser ses palmes, elle avait essayé, non sans peine, de refréner son impatience, mais, lorsqu'il lui avait tendu un masque intégral à la place des lunettes et du tuba dont les néophytes étaient généralement équipés, elle n'avait pas pu s'empêcher de protester.

— Pourquoi veux-tu que je m'encombre de ce truc-là ? lui avait-elle lancé d'une voix irritée.

— Parce qu'il est muni d'un récepteur et d'un micro. Comme je ne tiens pas à ce que tu t'égares, il va falloir que je reste en contact radio avec toi et que je te serve de guide. Bien que j'aie une confiance absolue en Fiona, il est hors de question que je la laisse se débrouiller seule. Mieux vaut être trop prudent que d'ignorer certaines règles de sécurité.

Comprenant qu'il serait inutile de chercher à amadouer Ken, Celia avait poussé un petit soupir agacé et s'était résignée à lui obéir.

— Tu as un problème ? lui avait-il demandé d'un ton anxieux lorsqu'elle avait plongé cinq minutes plus tard et qu'il l'avait entendue crier.

— Au contraire ! s'était-elle exclamée. Tu ne peux pas savoir à quel point je suis heureuse d'avoir quitté le pont de ton bateau.

Intrigués par cette drôle d'intruse chaussée de caoutchouc noir qui avait eu l'audace de s'aventurer dans leur royaume, des myriades de poissons lui avaient frôlé les jambes et s'étaient mis à danser autour d'elle un étrange ballet. Quand elle avait tendu la main vers eux et que, loin de se dérober à ses caresses, ils l'avaient laissée promener un doigt hésitant sur leurs nageoires, elle avait eu l'impression d'avoir enfin réussi à se libérer de toutes les entraves que lui imposait sa cécité... et à s'évader du cocon où essayait de l'enfermer Francesco.

Persuadé qu'elle serait victime d'un grave accident s'il n'était pas là pour la protéger, ce dernier lui interdisait de prendre des risques et se montrait tellement possessif qu'elle éprouvait parfois le besoin de lui échapper. Lorsqu'elle avait décidé de venir plonger à Mount's Bay, elle s'était bien gardée de lui demander son avis et, plutôt que de lui parler de ses projets à demi mot, elle avait préféré les lui cacher purement et simplement.

Avant de quitter le duplex qu'ils occupaient au centre de Londres, elle avait saisi le premier bloc-notes qui lui était tombé sous la main et, armée d'un gros stylo-feutre dont elle ne se servait presque jamais, elle avait écrit en lettres majuscules :

« JE TE TELEPHONERAI DES QUE POSSIBLE. CELIA. »

Puis, laissant le calepin en évidence sur la table de la cuisine, elle avait appelé un taxi et s'était enfuie de l'appartement sans le moindre remords.

— Tu peux lâcher mon bras si tu veux. Le filin qui te relie au bateau t'empêchera de dériver.

Tirée de ses pensées par la voix amicale de Fiona, Celia remercia celle-ci d'un signe de tête et se remit à explorer les rochers qui dessinaient au creux de ses paumes des buissons élagués en boule, des colonnettes pointues comme des épingles et des candélabres aux branches délicatement ciselées.

— Génial ! s'exclama-t-elle tout à coup, émerveillée de sentir virevolter sous ses doigts un petit poisson moustachu qui avait dû élire domicile au milieu du récif.

— C'est toi qui viens de crier, Celia ? lui demanda Ken d'un ton inquiet.

— Oui, répondit-elle. Je suis folle de joie.

— Folle, tu l'étais déjà avant d'embarquer. Il n'y a donc rien de changé.

— Tu as raison. Je suis tellement impulsive et farfelue qu'il m'arrive parfois de faire des bêtises.

— Parfois seulement ? ironisa Ken. Tu es modeste !

Celia éclata d'un rire argentin, puis s'éloigna des blocs de pierre hérissés d'aiguillons qui lui égratignaient les mains et caressa de l'index un bouquet de corallines.

— Super ! lança-t-elle, radieuse.

— Si tu continues à hurler comme cela, maugréa Ken, tu vas me déchirer les tympans.

— À quelle profondeur sommes-nous, Fiona et moi ? l'interrogea-t-elle.

— À trente mètres environ.

— Pourrions-nous descendre encore de quinze mètres ?

— Non. De six, au maximum.

— Et pourquoi pas de sept ou de huit ?

— Parce que ce serait dangereux.

— Bien, monsieur l'expert ! se moqua Celia en tirant effrontément sur son filin.

— Au lieu de t'agiter, reste où tu es et attends que Fiona t'ait rejointe, lui conseilla Ken. Malgré les règles de sécurité que je t'oblige à respecter et que tu as l'air de trouver un peu trop strictes, que penses-tu de cette escapade au pays des roussettes et des étoiles de mer ?

— Qu'elle est fabuleuse, répondit la jeune femme.

« Presque aussi fabuleuse que ma première rencontre avec Francesco », ajouta-t-elle en secret avant de lâcher la corde qu'elle avait enroulée autour de sa taille et de laisser les souvenirs affluer…

2

Londres,
cinq mois plus tôt

— Que se passe-t-il, Sally ? demanda Celia lorsqu'elle entendit la porte de son bureau s'ouvrir à toute volée.

— Waouh ! s'exclama sa secrétaire en refermant le lourd panneau de chêne derrière elle et en traversant la pièce comme une bourrasque. Waouh ! Waouh !

— Mais encore ? insista Celia, amusée. Qui t'a mise dans un état pareil ?

— Le client que je viens d'accueillir. Quand je l'ai vu entrer, j'ai reçu un tel choc que j'ai failli perdre l'équilibre et tomber de ma chaise.

— À quoi ressemble cet homme ?

— À un prince des *Mille et Une Nuits*. Il a des cheveux bruns légèrement ondulés, de superbes yeux bleus, un sourire ensorcelant et une carrure que lui envierait le plus musclé des rugbymen.

— Quel âge a-t-il ?

— Trente-sept ou trente-huit ans. À en juger par sa façon de s'habiller, il doit avoir des goûts de luxe et de l'argent plein les poches. En passant devant une boutique de Knightsbridge l'autre soir, j'ai aperçu dans la vitrine un costume trois-pièces aussi élégant que le sien et il valait une fortune.

— J'ignorais que tu t'intéressais à la mode masculine.

— Oh ! je ne suis pas experte en la matière, loin de là, mais je sais faire la différence entre un banal complet-veston et la dernière création d'un grand couturier. La prochaine fois que tu iras te balader dans les rues de Londres, tu verras qu'il est facile de…

Sally s'arrêta net, honteuse de son impair.

— Désolée, ajouta-t-elle après un long silence. Je… j'ai oublié que tu étais aveugle.

— Ne t'excuse pas, je t'en prie, rétorqua Celia. Je me donne tellement de mal pour pouvoir vivre comme tout le monde que je suis contente de ta réaction, car cela prouve que mes efforts n'ont pas été inutiles. Bien que je sois obligée de me servir de mes mains quand je veux « admirer » quelque chose, j'aimerais que les gens cessent d'avoir pitié de moi.

— Si le bel inconnu qui se trouve de l'autre côté de la cloison t'autorisait à le toucher, je parie que l'expérience te plairait.

— Au lieu de le laisser s'impatienter, va le chercher. J'ai hâte de savoir qui il est.

Sally regagna le hall d'accueil au pas de course et introduisit le mystérieux visiteur dans le bureau de Celia.

— Bonjour, mademoiselle Ryland, lança-t-il avec un léger accent italien dès que la secrétaire se fut retirée. Je m'appelle Francesco Rinucci et j'ai besoin de vos services.

Tiré du sommeil par cette voix richement modulée, Wicksy, le labrador dont Celia ne se séparait qu'en de rares occasions, quitta le coussin où il s'était pelotonné au début de la matinée et s'assit à côté de sa maîtresse, prêt à la défendre au moindre problème.

— Ravie de faire votre connaissance, monsieur Rinucci, déclara la jeune femme en levant la tête et en humant l'odeur capiteuse de santal et de néroli qui lui flattait les narines. Qui vous a parlé de moi ?

— Greg Anderson, l'un de vos anciens clients. Il m'a dit que vous étiez l'une des meilleures conseillères en relations publiques de Londres et que vous seule seriez capable de m'aider.

— Mais, maintenant que vous êtes là, vous lui en voulez de ne pas vous avoir averti que j'étais aveugle ?

— Détrompez-vous, je... je suis enchanté de vous rencontrer et il ne me viendrait pas à l'idée de mettre vos compétences en doute.

— Allons donc ! Je sais ce que pensent les gens la première fois qu'ils entrent dans mon bureau et qu'ils se trouvent face à face avec une non-voyante. Ils se sentent horriblement gênés et se demandent comment ils vont bien pouvoir se tirer du guêpier où ils se sont fourrés. Pour ne pas choquer ma susceptibilité, ils débitent des platitudes et ne se résignent à m'écouter qu'après avoir cherché en vain un moyen de se défiler.

— Moi, je ne vous ferai pas cet affront.

— Dois-je en déduire que vous êtes disposé à m'accorder votre clientèle ?

— Oui. Greg s'est montré tellement dithyrambique quand il m'a parlé de vous le week-end dernier que je n'ai aucune raison de vous la refuser.

— Merci de votre confiance. Quel est le nom de l'entreprise que vous dirigez ?

— Tallis Incorporated. Je n'en suis pas le P.-D.G., mais j'y occupe un poste à responsabilités et je possède un tiers des parts de la société. Nous fabriquons des meubles de luxe que nous vendons dans toute l'Europe. Comme le conseiller en relations publiques avec qui j'avais l'habitude de collaborer a cessé son activité fin décembre, j'ai décidé de lui trouver un remplaçant.

— D'où votre visite ?

— Exactement.

— Si vous avez encore le moindre doute à mon sujet malgré ce que vous a dit M. Anderson, sachez que j'ai autant d'expérience que la plupart de mes confrères et que ma cécité ne m'a jamais empêchée d'atteindre mes objectifs. Quand il faut que j'appelle mes clients, je me sers d'un téléphone à clavier spécial et l'ordinateur que vous apercevez là-bas, au fond du bureau, est équipé d'un logiciel de reconnaissance vocale, ce qui signifie que je peux lui parler et qu'il me répond. Vous avez donc bien fait de vous adresser à moi.

— Vous prêchez un converti, mademoiselle Ryland, rétorqua Francesco, un sourire dans la voix. Je suis certain que vous êtes une très bonne conseillère en relations publiques et que je n'aurai qu'à me féliciter de vous avoir engagée.

— Que préférez-vous ? Que nous discutions dès maintenant des clauses de notre contrat ou que je demande à ma secrétaire de vous fixer un rendez-vous pour la semaine prochaine ?

— Ni l'un ni l'autre. Comme il est déjà midi trente et que vous devez mourir de faim, j'aimerais vous inviter au restaurant. Acceptez-vous de me tenir compagnie ?

— Avec plaisir, acquiesça Celia en se levant de son fauteuil. Passez devant, je vous suis.

— Voulez-vous que j'aille chercher ma voiture et que je vous dépose quelque part ? interrogea Francesco à la sortie de la trattoria où Celia et lui venaient de déjeuner.

— Non, merci. Le pauvre Wicksy est resté enfermé toute la matinée et il a besoin de se dégourdir les pattes.

— Où avez-vous l'habitude de le promener ?

— Dans le jardin public qui se trouve de l'autre côté de la rue.

Après avoir traversé la chaussée, Celia franchit les grilles du square et extirpa une balle en caoutchouc de la poche de sa veste.

— Puis-je la lancer sans blesser qui que ce soit ? demanda-t-elle à Francesco.

— Bien sûr ! s'exclama-t-il en balayant la pelouse des yeux. Il n'y a aucun risque.

Mais à peine avait-il lâché les deux derniers mots qu'il regretta de les avoir prononcés. Au lieu d'envoyer le jouet préféré de Wicksy rouler sur le gazon, Celia le catapulta jusqu'au fond du parc avec une telle force qu'il faillit heurter un vieil homme et lui arracher des mains le hot dog dégoulinant de ketchup qu'il s'apprêtait à dévorer.

— Il m'a semblé entendre quelqu'un crier, murmura la jeune femme, aux aguets. Que s'est-il passé ?

— Un peu plus et on vous aurait accusée de meurtre, rétorqua Francesco. Si j'avais su que vous vouliez décapiter un badaud et réduire son sandwich en bouillie, je vous aurais confisqué votre projectile.

— Tout ça, c'est votre faute. Pourquoi m'avez-vous dit que la voie était libre ?

— Parce que j'étais loin de me douter que vous aviez autant de punch et de biceps qu'une lanceuse de poids.

— Ce qui prouve que vos dons d'observation laissent à désirer, monsieur Rinucci.

Sourd aux ripostes qui s'entrecroisaient au-dessus de sa tête, Wicksy se précipita vers la balle en aboyant de plaisir et la rapporta fièrement à sa maîtresse.

— Comme la trattoria était bondée et que nous n'avons pas pu bavarder tranquillement pendant le déjeuner, j'aimerais vous inviter à dîner et vous parler de la société

Tallis, déclara Francesco après avoir quitté le square. À quelle heure devrai-je passer vous prendre ?

— À 19 h 30. J'habite dans l'immeuble qui est situé là-bas, au bout de la rue. L'appartement que j'occupe est au deuxième étage.

— Très bien. J'espère que la circulation ne sera pas trop dense ce soir et qu'elle ne m'empêchera pas d'être ponctuel.

— De quoi ai-je l'air, Angie ? demanda Celia à sa meilleure amie lorsque celle-ci vint lui rendre visite à la tombée de la nuit.

Styliste dans un atelier de haute couture, Angela savait mieux que personne draper une étoffe, marier les couleurs et assortir des accessoires à un vêtement.

— D'une star de cinéma, répondit-elle d'un ton admiratif. Tu as eu raison de mettre la robe que je t'avais conseillé d'acheter le mois dernier. Elle épouse tes formes au millimètre près et s'harmonise à ravir avec tes cheveux cuivrés. Quand je te regarde, je te trouve tellement belle et tellement élégante que je serais capable de t'étrangler dans un accès de jalousie.

Celia éclata d'un rire en cascade.

— Tu ne crois pas que tu exagères ? jeta-t-elle dès qu'elle eut recouvré son souffle.

— Non, hélas ! la détrompa Angela. Si tu savais comme il est difficile d'avoir une taille de guêpe, des hanches fines et de longues jambes fuselées, tu comprendrais que j'aie des envies de meurtre en te voyant parader sous mes yeux. Les trois quarts des jeunes femmes que je connais ont des problèmes de poids et sont obligées de suivre des régimes draconiens du 1er janvier au 31 décembre alors que toi, tu n'as aucun effort à fournir. Malgré ton goût immodéré pour les choux à la crème et les éclairs au chocolat, tu as une silhouette de rêve et des chevilles à faire pâlir d'envie le plus mince des top models. Pas étonnant que les hommes se retournent sur ton passage quand nous allons nous promener dans les rues de Knightsbridge, de Kensington ou de Chelsea ! Avec ton teint de porcelaine, ta chevelure flamboyante et tes mensurations de mannequin, tu pourrais briser les cœurs à la chaîne et gagner haut la main n'importe quel concours de beauté.

— Si tu continues à me flatter, Angie, je vais attraper la grosse tête et me mettre à vamper tous mes clients.

— Le seul que j'aimerais te voir ensorceler est ce fameux Francesco Rinucci dont tu m'as parlé au téléphone il y a une heure. À quoi ressemble-t-il ?

— Au prince charmant, d'après ce qu'a affirmé Sally. Mais ce n'est pas pour essayer de le séduire que j'ai accepté de dîner en sa compagnie, c'est pour lui montrer que je suis une vraie pro.

— Mon œil ! s'exclama Angela. Je suis sûre que tu es tombée amoureuse de lui dès qu'il est entré dans ton bureau et que tu rêves de l'attirer dans tes filets.

— Ce qu'il ne faut pas entendre ! riposta Celia, rougissante. Au lieu de débiter des sottises, prends la boîte de berlingots que j'ai posée sur le guéridon du vestibule et dépêche-toi de partir.

— Tu espères me soudoyer avec des bonbons ?

— Oui. Gourmande comme tu l'es, je sais que tu ne pourras pas résister au plaisir de te gaver de sucreries et que tu ne vas pas tarder à déguerpir.

— Puisque tu tiens absolument à ce que je débarrasse le plancher avant l'arrivée de ton Francesco adoré, je veux bien m'en aller, mais à une condition.

— Laquelle ?

— Que tu t'engages à tout me raconter dès demain matin.

— D'accord. Je te parlerai de la stratégie que nous

aurons mise au point pendant le repas, des objectifs que nous nous serons fixés…

— Et du reste, coupa Angela en s'emparant du ballotin de berlingots. Si tu me fais des cachotteries, je te bombarderai de questions jusqu'à ce que tu craques.

Après avoir poussé son amie hors du vestibule sans le moindre ménagement, Celia toucha le cadran de sa montre d'un doigt fébrile et enroula une étole autour de ses épaules frissonnantes.

À peine avait-elle regagné son living-room et allumé la radio pour tromper sa nervosité qu'un coup de sonnette, suivi de trois autres en rafale, lui vrilla les tympans.

— Vous êtes magnifique, s'extasia Francesco quand elle ouvrit la porte du hall et qu'elle s'encadra dans l'embrasure.

— Merci, lâcha-t-elle, intimidée. J'espère que vous ne verrez pas d'objection à ce que mon labrador nous accompagne ? Je lui ai déjà mis sa laisse et il est impatient d'aller se promener.

— Vous n'aurez pas besoin de lui ce soir. Si quelqu'un s'avise de vous menacer, je vous protégerai.

— C'est très gentil de votre part de vouloir jouer les gardes du corps, monsieur Rinucci, mais je préfère confier ce rôle à Wicksy. Il est habitué à me défendre et ne cherche pas à me dominer, contrairement aux gens qui se croient supérieurs à moi sous prétexte que je suis aveugle et qui se sentent obligés de me materner.

— Au cas où vous l'ignoreriez, je vous signale que les chiens, même dressés, n'ont pas le droit d'entrer dans les lieux publics.

— À deux rues d'ici, il y a un petit restaurant dont je connais très bien le patron. J'ai souvent eu l'occasion d'y déjeuner avec des clients et ni le maître d'hôtel ni les serveurs n'ont empêché Wicksy de pénétrer dans la salle à manger.

À moins que vous n'ayez déjà réservé une table ailleurs, je vous suggère donc de m'y accompagner.

— Comme vous voudrez, répliqua Francesco d'un ton sec.

« Dommage qu'il ne comprenne pas mon besoin d'indépendance ! », se dit Celia, déçue.

Après avoir éteint sa radio et empoigné la laisse en cuir de Wicksy, elle plaqua un sourire sur ses lèvres et sortit de son appartement à pas comptés.

— Quand avez-vous réuni tous ces documents ? s'étonna Francesco à la fin du dîner, lorsque Celia retira de son sac à main l'épais dossier que Sally l'avait aidée à constituer.

— À mon retour du square, l'informa-t-elle en étalant devant lui une quinzaine de fiches qu'elle avait biseautées pour pouvoir les distinguer les unes des autres. Dès que vous m'avez quittée, je me suis mise à l'œuvre et voilà le résultat !

— Cela n'a pas dû être facile d'abattre une telle somme de travail en moins de six heures.

— Si je vous disais le contraire, je mentirais, mais je ne me suis pas tuée à la tâche, rassurez-vous. Grâce au logiciel dont est équipé mon ordinateur, je n'ai pas eu trop de mal à trouver des renseignements sur la société Tallis et sur ses partenaires européens.

— Bravo ! Je n'aurais pas cru que vous seriez efficace à ce point.

— Oh ! je n'ai aucun mérite. Le pragmatisme et la rapidité d'esprit sont deux qualités que mon père et ma mère m'ont léguées.

— Etes-vous très proche d'eux ?

— Oui. D'autant plus proche qu'ils sont aveugles de naissance, comme moi.

— *Mio Dio !* s'exclama Francesco. La vie est vraiment trop injuste.

— Pourquoi « injuste » ? répliqua Celia, l'ombre d'un sourire au coin des lèvres. Si vous croyez que je suis triste de ne pas avoir un regard d'aigle, vous vous trompez. On ne peut pas regretter ce qu'on n'a jamais eu. Lorsque j'étais petite, je ne me sentais pas différente de mes camarades de classe, car je ne fréquentais que des non-voyants. Tous ensemble, nous formions une grande famille et nous faisions bloc contre le reste du monde. Chaque fois qu'un imbécile osait se moquer de nous, nous lui répondions qu'il valait mieux être handicapé et intelligent que valide et bête à manger du foin.

— Où vos parents s'étaient-ils connus ?

— À l'université. Mon père était professeur de littérature à l'époque et ma mère était l'une de ses élèves.

— Quel métier exercent-ils maintenant ?

— Ils sont écrivains. Quand je leur parle du passé et que je leur demande comment ils sont tombés amoureux l'un de l'autre, ils me disent qu'ils se sont aimés parce qu'ils avaient les mêmes goûts et les mêmes aspirations. La vie qu'ils mènent leur convient et la mienne me plaît telle qu'elle est. Vous n'avez donc aucune raison de me plaindre.

— Oh ! mais je ne vous plains pas, mademoiselle Ryland, se récria Francesco. Avez-vous des sœurs aussi courageuses et indépendantes que vous ?

— Non. Je suis fille unique.

— Moi, j'ai cinq frères : Justin, Luke, Primo, Carlo et Ruggiero. Les quatre premiers sont déjà mariés et le dernier ne va pas tarder à les imiter. Il est fiancé à une jeune femme prénommée Polly et doit l'épouser en juin. Dès qu'il se sera mis la corde au cou, ma mère, qui est une vraie *mamma* italienne malgré ses origines anglaises, essaiera par tous les moyens de me caser et, à moins de vouloir me retrouver pieds et poings liés devant un autel, j'aurai intérêt à me tenir sur mes gardes. Vos parents rêvent-ils également de vous voir fonder un foyer ?

— Pas que je sache. Ils me laissent libre de sortir avec qui bon me semble et ne se mêlent pas de ma vie privée.

— Quelle chance vous avez !

— La seule fois que ma mère a osé jouer les conseillères matrimoniales, c'est quand mon père s'est pris pour un grand chef et a eu l'idée saugrenue de nous préparer des encornets farcis. « N'accorde jamais ta main à un homme qui se croit capable de faire cuire des mollusques et qui n'est même pas fichu de les vider correctement ! », m'a-t-elle dit à la fin du déjeuner. Et, comme j'étais à deux doigts de l'intoxication alimentaire, je lui ai promis de ne pas épouser un amateur de calamars.

— Si les restaurateurs napolitains qui en servent chaque soir à leurs clients vous entendaient, ils seraient vexés et vous accuseraient de ne rien connaître à la gastronomie.

— Vous êtes originaire du sud de l'Italie ?

— Oui. Ma famille possède une immense villa qui est perchée tout en haut d'une colline et dont les fenêtres ouvrent sur la baie de Naples. Le soir, lorsque le soleil incendie les flancs du Vésuve et bascule dans les eaux assoupies du port, le spectacle est tellement féerique qu'on ne peut pas s'empêcher de…

Francesco suspendit sa phrase, gêné.

— Pardon, s'empressa-t-il d'ajouter. J'aurais mieux fait de me taire.

— Il n'y a pas de mal, le rassura Celia. Ce n'est pas parce que je suis aveugle que les gens autour de moi doivent s'autocensurer. Si je fondais en larmes chaque fois que quelqu'un me décrit un paysage que je n'aurai jamais l'occasion d'admirer, je me ruinerais en Kleenex et mes amis me fuiraient.

— N'est-ce pas agaçant d'écouter parler les autres et de ne pas savoir à quoi correspondent certains des mots qu'ils emploient ?

— *Très* agaçant. Ce matin, par exemple, ma secrétaire m'a appris que vous aviez les yeux bleus, mais je n'ai pas été plus avancée. Le bleu est-il une jolie couleur ?

— Cela dépend des goûts. De nombreuses jeunes femmes préfèrent les hommes au regard vert émeraude ou gris acier.

— Ma copine Angela, qui est moins sensible au charme des Anglais qu'à celui des Espagnols et des Italiens, m'a dit que, pour séduire les filles, il fallait avoir le teint mat et les cheveux noirs. Est-ce vrai ?

— Non. Les blonds ont autant de succès que les bruns, à mon avis.

— Peut-être êtes-vous mal placé pour en juger.

— Peut-être…

Francesco but à longs traits le cappuccino qu'on venait de lui servir, puis reposa le mazagran sur la table et se pencha vers Celia.

— Comment se fait-il que votre secrétaire vous ait parlé de la couleur de mes yeux, mademoiselle Ryland ? questionna-t-il avec suavité. C'est vous qui l'avez interrogée ?

— Oui, avoua-t-elle, le front écarlate, mais n'allez pas vous imaginer que j'attache une quelconque importance au physique de mes clients ! Je n'ai demandé à Sally de vous décrire que par curiosité.

Et, impatiente de mettre un terme à la conversation, elle se leva d'un bond.

— Je vais garder votre dossier si vous n'y voyez pas d'inconvénient, lui dit Francesco après l'avoir raccompagnée jusqu'au pied de l'immeuble résidentiel où elle habitait. Bien que j'aie beaucoup aimé vos idées, je voudrais y réfléchir avant de vous donner mon accord.

— Rien de plus normal, monsieur Rinucci ! Appelez-moi dès que vous aurez lu mes fiches et pris une décision.

— Je n'y manquerai pas.

Pendant la semaine qui suivit leur dîner en tête à tête, Celia attendit le coup de fil que s'était engagé à lui passer Francesco, mais son téléphone resta obstinément muet.

— Les hommes sont tous pareils, mon vieux, lança-t-elle d'une voix amère à Wicksy au début du week-end. Ils sont trop lâches pour entretenir avec une aveugle des relations professionnelles ou sentimentales. Tu te souviens de cet imbécile de Joe et de la vitesse à laquelle il a décampé quand il s'est rendu compte qu'il était en train de tomber amoureux de moi ? À l'écouter claquer derrière lui la porte de l'appartement et dévaler l'escalier, on aurait dit qu'il avait le diable à ses trousses.

En guise de réponse, le labrador s'approcha du canapé où était assise sa maîtresse et posa son museau sur les genoux de la jeune femme.

— Moi qui pensais que Francesco Rinucci était différent des autres et qu'il n'aurait pas peur de m'accorder sa confiance, je suis très déçue, reprit Celia en caressant les oreilles du chien. Non pas que je lui trouve le moindre charme et que je rêve de le séduire, comme le croit Angela, mais j'aurais bien aimé remplacer son précédent conseiller en relations publiques et lui montrer de quoi j'étais capable.

Wicksy hocha la tête, compatissant.

— Heureusement que tu es là, sac à puces ! s'exclama Celia, rassérénée. Si tu ne me redonnais pas le sourire chaque fois que j'ai du vague à l'âme, je me demande ce que je deviendrais.

Le lundi suivant, l'un des dirigeants de Tallis Incorporated téléphona à Celia pour l'informer que son dossier avait été jugé très convaincant et pour la prier de passer au siège de la société.

Indignée que Francesco n'ait pas eu le courage de l'appeler lui-même, elle alla faire signer à John Cavendish, le P.-D.G. de la fabrique de meubles, deux exemplaires du contrat qu'elle avait rédigé et retourna chez elle d'une démarche martiale.

— Je parie que ce poltron m'a déjà rayée de sa mémoire, bougonna-t-elle en se laissant tomber sur son canapé.

Mais à peine avait-elle achevé sa phrase que son carillon se mit à chanter.

— Qui est là ? jeta-t-elle après avoir bondi du sofa et quitté son living-room en trois enjambées.

— Moi, lança une voix chaude, grave, bien timbrée, qu'elle aurait reconnue entre mille.

Le cœur agité de soubresauts, elle ouvrit la porte du hall et se figea dans l'embrasure, incapable d'articuler le moindre son.

— Avez-vous une minute à me consacrer ? lui demanda Francesco sans préambule.

— Naturellement ! s'exclama-t-elle, une fois revenue de sa stupeur. Est-ce pour me parler du contrat que j'ai signé ce soir et de notre future collaboration que vous avez pris la peine de vous déplacer ?

— Non. Vous croyez que j'ai la tête à cela ?

— Je ne sais pas. J'ai attendu votre coup de fil jusqu'à la fin de la semaine dernière et, comme vous n'avez pas daigné me téléphoner, je me suis dit que je m'étais trompée sur votre compte.

— Vous avez eu raison de douter de moi et de m'en vouloir de ma lâcheté. Dès notre première rencontre, vous m'avez subjugué, mais j'ai eu tellement peur de ce qui pourrait se passer si cette attirance physique se transformait en quelque chose de plus sérieux que j'ai préféré vous fuir.

— Qu'avez-vous craint exactement ?

— De ne pas être à la hauteur de la situation et de vous faire souffrir. J'ai pensé qu'il me suffirait de ne pas chercher à vous revoir pour vous oublier.

— Et vous y êtes arrivé ?

— À votre avis ? jeta Francesco après avoir porté à ses lèvres les mains tremblantes de Celia et déversé une pluie de baisers au creux de ses paumes. J'ai eu beau essayer de vous chasser de ma mémoire, enchaîna-t-il d'un ton feutré, je n'y suis pas parvenu. Ces sept derniers jours, je n'ai songé qu'à vous.

— Et moi, je n'ai vécu que dans l'attente de ce moment, confessa-t-elle en laissant ses doigts papillonner sur le visage de Francesco et en s'émerveillant de la hardiesse de ses traits.

Avec son front altier que taquinaient des mèches rebelles, ses pommettes hautes qu'on aurait cru sculptées dans un bloc de marbre, son nez légèrement busqué et sa mâchoire énergique qui trahissait l'irréductible volonté de celui que rien ni personne ne saurait intimider, il était le charme et la virilité incarnés.

— Oh ! Celia… Celia, s'exclama-t-il avant de balayer de son haleine brûlante les joues satinées de la jeune femme et de capturer les lèvres, déjà entrouvertes, déjà avides, qu'elle lui offrait.

« Si je tombe amoureuse de lui et qu'il me quitte, je souffrirai comme une damnée et je regretterai de lui avoir cédé », se dit-elle alors que le baiser s'épanouissait, feu et velours mêlés.

Mais, trop téméraire pour écouter l'agaçante petite voix qui, tout au fond d'elle-même, l'incitait à la prudence, elle prit Francesco par la main dès que leurs bouches enfiévrées se furent séparées et l'entraîna dans sa chambre.

Après s'être déshabillés à la hâte, ils hésitèrent l'espace d'un battement de cœur au bord du gouffre de volupté où ils allaient sombrer, puis cessèrent de penser et s'abandonnèrent sans retenue à cet étrange magnétisme qui les poussait l'un vers l'autre et auquel ils n'avaient ni la force ni l'envie de résister.

Quand Francesco vint en elle avec une infinie douceur et accéléra son rythme jusqu'à ce que leurs deux corps soudés s'épousent à la perfection, Celia crut entendre résonner à ses oreilles un long chant d'amour, mélodieux et envoûtant.

— Laisse-moi te caresser, murmura-t-elle lorsque, plus tard, beaucoup plus tard, elle émergea de l'abîme insondable où elle avait glissé. Comme je ne peux pas te voir, je suis bien obligée de t'admirer à ma façon.

— J'aurais dû me douter qu'il me serait difficile de te cacher mes défauts, se lamenta Francesco. Si je ne trouve pas un moyen de t'échapper, tu vas te rendre compte que j'ai un gros ventre et que mes muscles auraient grand besoin d'être raffermis.

— Ceux-là n'ont pas l'air de manquer de tonus, observa Celia en promenant ses doigts sur les bras et sur le torse athlétique de Francesco. Avec de tels biceps et de tels pectoraux, tu n'aurais aucun mal à détrôner le champion du monde de body-building.

— Depuis quand t'y connais-tu en culturisme ?

— Depuis un bon bout de temps. L'école spécialisée où mes parents m'avaient inscrite lorsque j'avais quinze ou seize ans était très moderne, tu sais. On y enseignait un tas de choses en plus du braille.

— Quoi, par exemple ?

— L'art et la manière de séduire un homme.

— Tu es sérieuse ?

— Devine !

Après avoir effleuré d'une caresse les larges épaules de Francesco, Celia traça des sillons enflammés tout autour de son cœur et enfouit une main dans la fine toison qui bouclait sur son torse.

— Tu es un fieffé menteur, lui reprocha-t-elle en poursuivant sa grisante exploration. Ton ventre est aussi plat que le mien et je n'ai pas encore réussi à te trouver le moindre défaut.

— Continue à chercher, lança-t-il d'une voix rauque, et tu arriveras peut-être à découvrir ce que j'ai essayé jusque-là de te cacher.

Avec une lenteur délibérée, Celia laissa ses doigts voleter le long des hanches de Francesco et, le sentant frémir, improvisa sur son sexe durci le plus audacieux des arpèges.

— Je doute que l'un de tes anciens profs ait osé t'enseigner l'art et la manière de séduire un homme, mais, si c'est le cas, tu as bien retenu la leçon, murmura-t-il avant d'enfermer la jeune femme dans ses bras et d'apaiser la faim dévorante qu'il avait d'elle.

3

Cornouailles,
juin 2007

— Il est temps que tu remontes à la surface, lança Ken à Celia.

— Ah ! non, s'écria-t-elle. Pas déjà, je t'en supplie. J'ai encore plein de rochers à explorer et des milliers de pièces d'or à trouver.

— Si tu ne veux pas manquer d'oxygène, oublie la fabuleuse cargaison des pirates espagnols et dépêche-toi de venir me rejoindre.

— À vos ordres, chef ! ironisa Celia avant de se laisser guider par Fiona vers le bateau où s'impatientait son moniteur et de se hisser le long de la coque à la seule force des poignets.

— Tout va bien ? l'interrogea Ken dès qu'elle se fut débarrassée de son masque, de ses palmes et de sa combinaison de plongée.

— Formidablement bien, répondit-elle d'une voix pleine d'entrain. Quand je me suis jetée à l'eau, j'ai éprouvé une merveilleuse impression de liberté comme si le reste du monde avait cessé d'exister.

— C'est cela, ta conception de la liberté ? lui demanda son accompagnatrice. Lorsque tu es sur la terre ferme, tu te sens prisonnière de ton entourage ?

— Quelquefois, oui. Les gens ont de tels préjugés qu'il est difficile de leur faire admettre qu'on peut être aveugle et mener une vie normale.

— À peine aurons-nous accosté que tu vas devoir réintégrer ton quartier de haute sécurité, Celia, se moqua Ken en levant l'ancre. Pendant que tu batifolais avec tes amis les poissons, mon associé m'a appris par radio que Francesco t'attendait au port.

— Impossible ! s'exclama-t-elle, stupéfiée. Hier, avant de quitter Londres, je me suis bien gardée de lui dire où j'allais passer le week-end.

— Le connaissant, je parie qu'il a engagé un détective privé et qu'il l'a lancé à tes trousses.

— Cela ne m'étonnerait pas de lui. Sous ses dehors de séducteur, il cache une âme de geôlier.

— Puisque tu m'as engagé pour toute la journée et qu'il est à peine 17 heures, que préfères-tu ? Rester en mer jusqu'à la tombée de la nuit et faire le tour de la baie ou rentrer immédiatement à Penzance ?

« Rester au large le plus longtemps possible et ne revenir à terre qu'en cas d'absolue nécessité », faillit répliquer Celia.

Mais, de peur d'être accusée de lâcheté si elle choisissait la fuite, elle se força à répondre :

— Rentrer immédiatement à Penzance. Tôt ou tard, il faudra que j'affronte Francesco. Alors, à quoi bon lambiner ?

— Il faudra que tu *affrontes* Francesco ! releva Fiona, sidérée. Tu as oublié qu'on était au XXIe siècle et qu'aucune femme n'était obligée à notre époque de se plier aux caprices d'un mari violent ?

— Francesco n'est pas quelqu'un de capricieux ni de violent. Il est très gentil, au contraire, et je n'ai pas grand-chose à lui reprocher en dehors de sa possessivité maladive et de sa hantise des accidents. Il a tellement peur de ce qui pourrait m'arriver qu'il voudrait me suivre partout où je vais et veiller sur moi comme sur un bébé.

— Il a l'air moins gentil que tu ne le prétends, remarqua Fiona dès que le bateau eut regagné le port. À le voir assassiner des yeux les pêcheurs qui viennent d'accoster, on croirait qu'il n'a qu'une hâte : leur tordre le cou.

— Ça promet ! maugréa Celia en s'agrippant de ses dix doigts au bastingage. J'aimerais bien lui lancer mon masque et mes palmes à la figure pour lui apprendre à m'espionner, mais il serait capable de les attraper au vol et de me les confisquer.

— Si tu en as marre qu'il ne te laisse aucune liberté, quitte-le, et en vitesse ! Autrement, il finira par te rendre folle.

— Tu es déjà sortie avec un type envahissant ?

— Oui. Il y a deux ans, je me suis cassé la jambe et, comme mon petit ami de l'époque n'arrêtait pas de me dire ce que je devais faire ou ne pas faire, je lui ai donné un coup de béquille sur la tête.

— Le pauvre ! Que lui est-il arrivé ensuite ?

— Je n'en sais rien. Il a bouclé ses valises et je n'ai plus jamais entendu parler de lui.

Après avoir mêlé son rire à celui, contagieux, de Fiona, Celia sortit un jogging du gros sac de sport qu'elle avait posé au pied du bastingage et l'enfila par-dessus son maillot de bain.

— Ne bouge pas, je vais t'aider à descendre, lui cria Francesco dès que Ken eut amarré son voilier.

Puis, avant qu'elle n'ait eu le loisir de répondre, il monta à bord du bateau et lui prit la main.

— Lâche-moi, jeta-t-elle, exaspérée. J'ai engagé Ken pour toute la journée et j'ai décidé de rester dîner avec lui, que cela te plaise ou non.

— Si tu préfères t'en aller maintenant, je te rembourserai

une partie de la somme que tu m'as versée hier, proposa le moniteur à Celia.

— Il n'en est pas question, bougonna-t-elle. J'ai passé un week-end sensationnel grâce à toi et il serait injuste de te réclamer le moindre sou.

— J'ai déjà réglé ce problème, glissa Francesco à l'oreille de la jeune femme. Quand j'ai informé l'associé de Ken que tu quitterais Penzance plus tôt que prévu, il a établi un chèque de trente livres à ton nom et m'a chargé de te le remettre.

Blême de colère, Celia retira trois billets de dix livres de son portefeuille et les tendit à Ken.

— Où est le chauffeur de taxi qui devait me ramener à Londres ? l'interrogea-t-elle en descendant du bateau et en laissant Fiona tenir compagnie à Francesco.

— Je suis ici, mademoiselle Ryland, jeta tout près d'elle une voix rocailleuse, mais il y a un problème.

— Quel genre de problème ?

— M. Rinucci m'a certifié qu'il vous reconduirait lui-même chez vous et m'a ordonné de partir.

— Dans ce cas, montez le rejoindre sur le pont et, s'il vous demande pourquoi vous êtes encore là, répondez-lui que vous voulez bien lui obéir à condition qu'il vous paie la moitié du prix de la course.

— Eh bien ! lança Ken à Celia. Il vaut mieux ne pas t'avoir comme ennemie.

— Il paraît, en effet, que je suis une dure à cuire, rétorqua-t-elle, sa mauvaise humeur envolée.

Puis, pressée de retrouver Wicksy, qu'elle avait confié à l'associé de Ken, elle se dirigea vers le hangar où les deux hommes avaient l'habitude de stocker leur matériel de plongée.

— Tu m'as manqué, pot de colle, dit-elle au labrador

quand celui-ci se frotta contre elle en jappant. J'espère que tu ne t'es pas trop ennuyé pendant que j'étais sous l'eau.

— Si on ne l'avait pas attaché, il se serait jeté à la mer dès que nous avons levé l'ancre et aurait suivi le bateau à la nage, déclara Ken.

— Ça, c'est certain, répliqua Celia. Il est encore plus crampon que...

— Tu viens ? l'interrompit Francesco au moment même où elle allait prononcer son nom. Je vais te ramener à Londres.

— Qu'as-tu fait du chauffeur que j'avais engagé ? lui demanda-t-elle d'un air innocent.

— J'ai réussi à m'en débarrasser moyennant finances.

— Pas possible ! Il a osé te réclamer de l'argent ?

— Oui. Et j'ai la nette impression que quelqu'un lui a soufflé cette idée. Juste avant de prendre congé de Fiona, je t'ai vue bavarder avec lui sur le quai et cela ne m'étonnerait pas que tu lui aies suggéré de m'extorquer une centaine de livres.

— Moi, te jouer un tour pareil ? Tu n'y penses pas !

Réprimant le sourire qui lui venait aux lèvres, Celia attendit que Francesco eût installé Wicksy à l'arrière de sa Jaguar et qu'il se fût mis au volant pour s'asseoir à côté de lui.

— Comment as-tu pu t'enfuir de Londres et me laisser sans nouvelles ? s'indigna-t-il après avoir démarré dans un vrombissement de tous les diables et quitté le port de Penzance à la vitesse d'une fusée. Quand je suis rentré de Birmingham et que j'ai aperçu ton mot sur la table de la cuisine, j'ai cru devenir fou.

— C'est bien là le problème. Si tu étais moins anxieux, je t'aurais parlé de mes projets au lieu de te les cacher et de filer en douce.

— Anxieux, j'ai de bonnes raisons de l'être depuis que nous vivons ensemble. Tu es tellement inconsciente des dangers qui te menacent que je n'aime pas te voir partir seule à l'aventure.

— Lorsqu'il faut que je traverse les rues de Londres aux heures de pointe ou que je pénètre dans un magasin plein à craquer, il est vrai que je suis vulnérable, mais j'ai un tas de qualités que beaucoup de gens dits normaux ne peuvent pas se vanter de posséder. Ma mémoire auditive et olfactive est meilleure que la tienne, par exemple, et j'ai mille fois plus d'intuition que toi. En avril, quand tu m'as présenté le comptable que tu souhaitais engager, je t'ai dissuadé de retenir sa candidature parce que je ne le trouvais pas digne de confiance et j'ai bien fait de te mettre en garde contre lui. À en croire ce que j'ai entendu à la radio cette semaine, il a été accusé de fraude et risque deux ans de prison.

— Je reconnais que tu as du flair et que, si tu ne m'avais pas donné de sages conseils, j'aurais eu la sottise d'embaucher cet escroc.

— Ce qui prouve que tu as tort de me traiter comme une petite chose fragile et de vouloir me surprotéger.

— Que j'aie tort ou raison, tu n'aurais pas dû t'enfuir de Londres pendant que j'avais le dos tourné.

— Qui t'a dit que j'étais venue passer le week-end en Cornouailles ?

— Personne. Après avoir lu ton mot, je me suis rappelé la soirée à laquelle nous avions été invités au mois de mai et la longue conversation que tu avais eue avec Ken ce jour-là. Je n'ai donc pas eu besoin de m'acheter une boule de cristal pour deviner que tu lui avais demandé de t'apprendre à plonger et qu'il avait accepté.

— As-tu téléphoné à son associé avant de sauter dans ta Jaguar et de te précipiter à Penzance ?

— Oui. Et il m'a confirmé ce que je savais déjà.

— Si tu me laissais libre au lieu de chercher constamment

à me brider, je n'aurais pas été forcée de te cacher mes projets et de m'enfuir de Londres comme une voleuse.

— Ce n'est pas par sadisme que je t'ai défendu de pratiquer certains sports, c'est parce que je t'aime et que je ne veux pas te voir courir de graves dangers.

— Je n'en ai couru aucun ce week-end. Ken m'avait attachée à un filin et, en cas de problème, il m'aurait ramenée à la surface. Qui plus est, je n'étais pas seule au fond de la mer : Fiona me tenait par la main et me servait de guide.

— Admettons que tu aies été en sécurité avec Ken et elle, grommela Francesco. Il n'en reste pas moins que tu as agi dans mon dos et que tu t'es montrée déloyale.

Celia se tourna vers lui, le buste frémissant.

— À qui la faute si j'ai dû tout planifier en secret ? s'écria-t-elle. Chaque fois que je décide de faire quelque chose qui sort un peu de l'ordinaire, tu essaies de m'en dissuader.

— Quelque chose qui sort *un peu* de l'ordinaire ! releva-t-il d'un ton ironique. À t'écouter, on croirait que la plongée sous-marine est un sport de masse, comme le cyclisme ou la course à pied. Tu penses vraiment qu'il est banal de descendre à trente mètres de profondeur et que n'importe qui pourrait tenter l'expérience ?

— Non, mais je ne suis pas n'importe qui. J'aime découvrir de nouveaux horizons et repousser mes limites.

— C'est bien ce que je te reproche. Tu es tellement impulsive que tu n'as pas conscience du danger.

— Et toi, tu es tellement possessif que tu m'empêches de respirer. Puisque tu as l'air de l'avoir oublié, je te rappelle que je suis majeure et que j'ai le droit de venir passer un week-end au bord de la mer sans avoir à te demander la permission de quitter Londres. Je tiens trop à ma liberté pour m'enfermer dans cette prison dorée où tu rêves de me séquestrer.

— Tout de suite les grands mots ! s'indigna Francesco. Tu ne t'imagines quand même pas que je serais capable de te jeter au fond d'un cachot et de t'y laisser croupir pendant des années ?

— Si ! le détrompa Celia. Tu serais le plus gentil des geôliers, mais tu redoublerais de vigilance à la moindre tentative d'évasion et je te détesterais. J'ai beau savoir que tu m'aimes et que tu crois bien faire en me maternant, je me vois mal continuer à vivre de cette façon. Lorsque je décide d'entreprendre quelque chose d'inhabituel, je préfère agir en cachette que de te confier mes projets, tellement j'ai peur de ta réaction. Le matin où j'ai appelé Ken et où je lui ai demandé de m'initier aux joies de la plongée, j'ai regretté de ne pas pouvoir te parler de ce coup de fil, car j'aurais adoré que tu m'accompagnes en Cornouailles et que nous passions le week-end ensemble. Nous nous serions promenés sur la plage à la tombée du jour et ensuite, nous aurions dîné en amoureux dans l'un des petits restaurants du port. Au lieu de cela, j'ai été obligée de m'en aller en catimini et de te laisser seul à Londres.

— Si j'essaie de te protéger, c'est parce que je ne veux pas te perdre.

— Mais, à force de me couver, tu vas finir par m'étouffer.

— Quand on tient à une femme, il est normal qu'on ait envie de veiller sur elle et de la…

— Certainement pas ! Lorsqu'on aime quelqu'un, on doit faire confiance à cette personne et respecter ses choix. Toi, tu cherches tout le temps à m'influencer et, chaque fois que je te supplie de me lâcher la bride, tu n'as qu'un mot à la bouche : « Non. »

— D'accord, d'accord, marmonna Francesco. J'admets que j'ai été un peu trop possessif ces cinq derniers mois et que je t'ai empêchée de réaliser quelques-uns de tes projets.

— Ce n'est pas trop tôt ! s'exclama Celia. Je croyais que tu ne reconnaîtrais tes erreurs que sous la torture.

— Tu n'as pas été la seule à payer le prix de ce que tu appelles mes « erreurs ». J'en ai également subi les conséquences.

— Qu'entends-tu par là ?

— Que je ne t'aurais pas demandé de renoncer à certains plaisirs si je n'avais pas été prêt à me sacrifier, le cas échéant.

Francesco garda le silence pendant de longues minutes, puis ajouta sans transition apparente :

— Le P.-D.G. de Tallis Incorporated a décidé d'ouvrir une succursale à Naples et, comme je suis italien, il m'a proposé de la diriger.

— Oh ! c'est merveilleux, s'écria Celia avec son habituelle impétuosité. Quand partons-nous ?

— Quand il gèlera en enfer.

— Tu veux dire que… que tu as refusé l'offre de John Cavendish ?

— Oui. Ta place est ici, en Angleterre, et je ne pouvais pas t'obliger à t'expatrier. Loin de Londres et de tes amis, tu aurais perdu tous tes repères et tu te serais sentie complètement déboussolée.

— Pourquoi ne m'as-tu pas demandé mon avis avant de prendre une décision de cette importance ? Parce que tu as cru que je serais incapable de me débrouiller dans un pays étranger ?

— J'ai estimé, en effet, qu'il te serait très difficile de t'adapter à un nouvel environnement et que je n'avais pas le droit de t'imposer un tel effort.

Celia crispa ses doigts sur le cuir de son siège.

— Pendant ces cinq derniers mois, jeta-t-elle d'une voix tremblante de colère, t'ai-je dit une seule fois que j'avais peur de l'inconnu et que je préférais la sécurité à l'aventure ?

— Non, admit Francesco, mais je…

— Il n’y a pas de mais qui tienne ! l’interrompit-elle, au comble de l’exaspération. J’ai fêté mon trentième anniversaire le 5 février et j’en ai assez que tu me traites comme une gamine.

— Nous reparlerons de cela quand tu te seras calmée, *amore*. Tu es énervée et tu ne sais plus où tu en es.

— Si, justement ! Grâce à la réaction que tu viens d’avoir, j’ai enfin compris que nous ne pourrions pas être heureux ensemble et que nous aurions tort de nous obstiner. Quoi qu’il se passe entre nous, tu te croiras toujours autorisé à me donner des conseils et à te mêler de ce qui ne te regarde pas. Il vaut donc mieux que nous en restions là et que chacun de nous suive son propre…

— Arrête, je t’en prie, coupa Francesco en appuyant avec une telle violence sur la pédale de frein que Celia dut se cramponner à son siège pour ne pas heurter le tableau de bord. Arrête avant qu’il ne soit trop tard.

— Il est *déjà* trop tard, répliqua-t-elle d’un ton abrupt. Dès que nous serons arrivés à Londres, tu feras tes bagages et tu quitteras l’appartement.

— Tu ne préférerais pas que je m’installe dans la chambre d’amis et que je te laisse tranquille jusqu’à ce que tu sois revenue à de meilleurs…

— Non ! Ce que je veux, c’est que tu fiches le camp et que tu sortes de ma vie définitivement.

4

Naples,
trois mois plus tard

« Ce que je veux, c'est que tu fiches le camp et que tu sortes de ma vie définitivement. »

La phrase que Celia avait lancée d'un ton ferme le soir de leur rupture et qui continuait à hanter Francesco comme une inoubliable litanie le tira du sommeil peuplé de cauchemars où il avait sombré.

Se croyant encore en Angleterre, il tâtonna autour de lui, les paupières mi-closes, puis se redressa dans un sursaut et reprit brutalement contact avec la réalité. Ce n'étaient pas les immeubles de Londres ni les berges de la Tamise qu'il apercevait par la fenêtre entrebâillée de sa chambre, mais les eaux limpides de la baie de Naples, et seule une jolie phalène qui avait dû s'introduire dans la pièce au cours de la nuit lui tenait compagnie.

Trois mois plus tôt, après avoir quitté l'appartement de Celia, il avait accepté de diriger la succursale que le P.-D.G. de Tallis Incorporated avait décidé d'ouvrir en Italie et était venu se réfugier dans la somptueuse villa où il avait grandi. Dès son arrivée à Naples, il avait assisté au mariage de Ruggiero et, jaloux du bonheur de son frère, avait dû se faire violence pour ne pas s'enfuir de l'église avant la fin de la cérémonie.

« Ce que je veux, c'est que tu fiches le camp… que tu fiches le camp… *que tu fiches le camp…* » Les mots qui retentissaient inlassablement à ses oreilles comme des coups de gong donnèrent à Francesco l'étrange impression d'avoir déjà éprouvé dans une autre vie ce douloureux sentiment de solitude contre lequel il luttait depuis son départ d'Angleterre.

— Si je continue à me torturer l'esprit, je vais devenir fou, maugréa-t-il en sautant à bas de son lit et en allant coller son front emperlé de sueur au chambranle de la fenêtre. Fou à lier.

De peur de retomber de cauchemar en cauchemar s'il retournait se coucher, il baissa les yeux vers les centaines de maisons qui s'étageaient à flanc de colline et regarda les premières lueurs de l'aurore maquiller d'ambre clair leurs toits de tuile rose.

Alors que le soleil naissant jaillissait des eaux endormies de la baie, il entendit des pas résonner au bout du couloir et retint sa respiration.

Heureux qu'il soit rentré au bercail, mais inquiets de le voir s'enfermer dans le chagrin comme dans une prison, Hope, sa mère, et Toni, son beau-père, venaient souvent frapper à sa porte avec l'espoir de lui arracher une ou deux confidences et s'étonnaient du mutisme farouche qu'il leur opposait.

Figé dans l'embrasure de la fenêtre, Francesco les écouta traverser le corridor sur la pointe des pieds, puis poussa un soupir de soulagement quand les marches de l'escalier se mirent à grincer. Pour cette fois encore, Dieu merci, il avait échappé à l'interrogatoire en règle qu'ils étaient impatients de lui faire subir.

— Qu'es-tu en train de regarder ? demanda Toni Rinucci à sa femme dès qu'elle eut fini de préparer le petit déjeuner et qu'il l'eut rejointe dans la cuisine.

— Les photos du mariage de Polly et de Ruggiero, répondit-elle en feuilletant l'album qu'elle était allée chercher au fond de la bibliothèque. Il y a trois mois déjà qu'elles ont été prises, mais je ne me lasse pas de les admirer. La longue robe blanche que portait Polly était splendide et Matti avait l'air d'un ange. Quel bonheur que tous les membres de la famille aient pu assister à la cérémonie et que Francesco soit revenu en Italie à cette occasion !

— Pendant les dix années qu'il a passées loin de nous, il t'a beaucoup manqué, n'est-ce pas ?

— Plus encore que tu ne l'imagines. J'ai souvent rêvé du jour où il daignerait rentrer au pays et je suis ravie qu'il ait décidé de rester avec nous.

— À ta place, j'éviterais de me faire trop d'illusions. S'il a quitté l'Angleterre, je ne crois pas que ce soit seulement pour servir de témoin à son frère.

— J'ai bien remarqué qu'il était d'une humeur massacrante depuis son retour à Naples et qu'il s'abrutissait de travail du matin au soir, mais, comme je ne tiens pas à ce qu'il plie bagage, j'ai peur de lui poser les questions qui me trottent dans la tête. J'espère juste que…

— Que quoi ? interrogea Toni après avoir vidé à grands traits la tasse de café que Hope lui avait offerte.

— Qu'il n'a pas laissé tomber sa petite amie parce qu'elle était aveugle et qu'il trouvait trop contraignant de devoir partager le quotidien d'une jeune handicapée, acheva-t-elle, le front barré d'un pli soucieux. L'hiver dernier, lorsqu'il nous a dit au téléphone qu'il avait enfin rencontré la femme de ses rêves et qu'il en était follement amoureux, j'ai été stupéfiée qu'il se soit épris d'une non-voyante, lui qui avait toujours été assez égocentrique, et je me suis demandé pendant combien de temps cette belle histoire durerait.

— Moi aussi, j'ai eu quelques doutes à ce moment-là, je

l'avoue, mais il nous a écrit tellement de lettres enthousiastes par la suite que j'ai cru m'être trompé.

— Quand je suis allée l'accueillir à sa descente d'avion et qu'il est sorti seul de la salle de débarquement, j'ai été très déçue que Celia ne l'ait pas accompagné.

— T'a-t-il parlé d'elle depuis ?

— Pas une fois. Il semble l'avoir rayée de sa vie et cela me désole.

Toni reposa sa tasse dans l'un des bacs de l'évier et tourna vers Hope un regard étonné.

— Pourquoi es-tu triste que Francesco et Celia se soient séparés ? lui demanda-t-il. Le week-end où il nous avait annoncé qu'il était tombé amoureux d'une jeune aveugle, tu avais assez mal réagi.

— Il est vrai que je n'avais pas sauté de joie à l'idée d'avoir une belle-fille handicapée, se rappela-t-elle avec un petit sourire embarrassé, mais je regrette de m'être montrée aussi intolérante et je crains que Francesco n'ait hérité de mon étroitesse d'esprit.

— Bien qu'il t'arrive de parler sans réfléchir, rétorqua Toni après lui avoir effleuré le front d'un tendre baiser, tu es la femme la plus intelligente et la plus généreuse qu'il m'ait été donné de rencontrer. Durant les trente-cinq années qui viennent de s'écouler, tu as ensoleillé ma vie et je te serai éternellement reconnaissant de m'avoir accordé ta main.

— Il n'est pas nécessaire d'être intelligente et généreuse pour aimer un homme tel que toi, *caro*. Il suffit d'avoir un minimum de lucidité. Dès le premier regard que nous avons échangé, j'ai su que tu serais le mari idéal et que j'aurais tort de ne pas te suivre à l'autel.

« Mais le seul à avoir comblé tous tes vœux, c'est Franco », s'abstint de riposter Toni, qui soupçonnait son frère cadet d'avoir eu une liaison avec Hope à l'époque où elle habitait en Angleterre et où elle était l'épouse de Jack Cayman.

— Je ne pense pas que ton fils ait considéré Celia comme un boulet et qu'il l'ait quittée par égoïsme, lança-t-il à voix haute. Vu le chagrin qu'il a l'air d'éprouver, je crois plutôt que c'est elle qui a rompu.

— Elle ? répéta Hope, les yeux agrandis de stupéfaction. Tu ne parles pas sérieusement ! Quand on est aveugle et qu'on a la chance de plaire à un jeune cadre dynamique et séduisant, on ne se sépare pas de lui à la moindre dispute. On essaie, au contraire, d'arrondir les angles et de se montrer sous son meilleur jour... Non, il y a autre chose qui tracasse Francesco, j'en donnerais ma main à couper. Depuis qu'il est rentré en Italie, il dort très mal la nuit et fait de nombreux cauchemars.

— C'est lui qui te l'a dit ?

— Oh ! il n'en a pas eu besoin. Je l'ai souvent entendu crier dans son sommeil ou se lever aux aurores et arpenter sa chambre pendant des heures comme s'il craignait de se remettre au lit.

— Ne crois-tu pas que tu as une imagination un peu trop fertile et que tu en rajoutes ? objecta Toni, la mine dubitative. Sans doute est-ce à cause de ses nouvelles responsabilités que ton fils souffre d'insomnie. La mission dont l'a chargé son patron ne doit pas être de tout repos et il n'y a rien d'étonnant à ce qu'il soit préoccupé. À sa place, j'aurais la même attitude que lui.

— J'espère que tu as raison, riposta Hope, mais je n'en suis pas certaine. À mon avis, Francesco nous cache quelque chose qui n'a aucun rapport avec ses obligations professionnelles et ce secret le ronge.

— Sait-il qu'il t'arrive de l'épier la nuit et que tu l'as entendu crier ?

— Non. Il est tellement grincheux et tellement réservé que je n'ai pas eu le courage de le lui avouer.

— Ce plaisir qu'il prend à s'envelopper de mystère

ne date pas d'aujourd'hui. La première fois que je l'ai rencontré, il n'avait que trois ans et j'ai eu beau lui offrir des tonnes de bonbons, je n'ai pas réussi à lui arracher la moindre confidence.

— Peut-être était-il trop intimidé pour se laisser apprivoiser.

— Lui, intimidé ? Tu veux rire ! se récria Toni. D'aussi loin que je m'en souvienne, je n'ai jamais vu qui que ce soit lui en imposer. Quand quelqu'un se permet de l'interroger sur sa vie privée et de pénétrer par effraction dans son jardin secret, il se renferme en lui-même. Comme cela, il est tranquille : les gens qui pourraient nuire à son petit confort personnel ne risquent pas de l'importuner.

— Ce que tu dis est injuste, *caro*, protesta Hope. Malgré sa retenue et son goût du mystère, Francesco est un gentil garçon.

— Mais il manque d'ouverture d'esprit et de générosité. Plutôt que de répondre en toute simplicité aux questions qui l'embarrassent, il préfère se murer dans le silence. Un soir, alors que nous nous rendions chez l'un de mes vieux amis, il m'a confié qu'il avait horreur des visites de courtoisie et que débiter des banalités était une perte de temps.

— À t'écouter parler de lui, on croirait que c'est un vrai bonnet de nuit.

— Je pense effectivement qu'il est trop guindé et qu'il n'a aucun humour.

— Moi, je l'ai toujours trouvé charmant.

— En famille, il peut se montrer adorable, je le reconnais. Quand il est entouré de ses frères et de ses belles-sœurs, il se sent à l'aise et n'hésite pas à plaisanter chaque fois qu'il en a l'occasion. Avec les étrangers, en revanche, il est d'une froideur qui frise le mépris. Il se moque de leur opinion comme de l'an quarante et ne se donne même pas la peine de leur faire la conversation. Si la jeune aveugle dont il nous a vanté les mérites des mois durant était réellement la femme de sa vie et qu'elle l'a quitté, il risque donc d'avoir beaucoup plus de mal à se remettre de cette rupture que n'importe quel autre homme qui aurait été éconduit par sa petite amie.

— C'est lui qui a laissé tomber Celia et non pas l'inverse, déclara Hope.

— Qu'en sais-tu ? riposta Toni. Au lieu d'épier Francesco la nuit, tu aurais dû entrer dans sa chambre lorsque tu l'as entendu crier et lui demander ce qui s'était passé en Angleterre pour qu'il ait le sommeil aussi agité depuis son retour à Naples.

— Il y a certains jours où j'aurais bien voulu lui poser des milliers de questions, mais il est tellement pressé de partir à la fabrique chaque matin que je n'ai pas encore trouvé le moyen de le retenir à la maison.

— Il a sans doute deviné que tu avais hâte de l'interroger et, comme il ne souhaite pas s'épancher, il a décidé de se jeter à corps perdu dans le travail, ce qui lui permet à la fois de t'éviter et d'oublier son chagrin d'amour.

— Bah ! nous avons peut-être tort de nous inquiéter. S'il a quitté sa petite amie, c'est probablement parce qu'il avait le mal du pays et qu'elle a refusé de le suivre en Italie. Dans quelques semaines, il redeviendra lui-même et nous regretterons de nous être fait du souci.

— J'aimerais partager ton optimisme, *carissima*, répliqua Toni avant de planter un baiser affectueux sur la nuque de son épouse et de sortir de la cuisine à grands pas.

Après avoir déjeuné seule à midi, Hope glissa de fréquents coups d'œil vers la route escarpée qui menait à la villa Rinucci dans l'espoir que Francesco rentrerait de sa fabrique de meubles plus tôt que d'habitude et qu'elle pourrait enfin avoir avec lui une longue conversation. Mais, quand tous les clochers des églises de Naples sonnèrent 17 heures et qu'elle se mit à la fenêtre pour la énième fois de la journée, ce fut un taxi qu'elle aperçut en haut de la colline et non pas la Ferrari flambant neuve de son fils.

Intriguée, elle alla se poster au pied du perron et vit jaillir de la banquette arrière un labrador noir que tenait en laisse une très jolie jeune femme vêtue d'un élégant tailleur-pantalon bleu marine et d'un chemisier blanc.

— Soyez la bienvenue, mademoiselle Ryland, lui lança Hope, qui l'avait reconnue instantanément grâce aux nombreuses photographies que Francesco lui avait envoyées de Londres.

— *Buongiorno*, répondit Celia après avoir payé le prix de la course et extirpé deux sacs du coffre sans l'aide du chauffeur. *E penso che siate la Signora Rinucci.*

Puis, un large sourire aux lèvres, elle ajouta :

— Comme vous êtes originaire de Grande-Bretagne et que je ne maîtrise pas encore assez l'italien, m'autorisez-vous à parler anglais ?

— Naturellement ! Voulez-vous que je vous débarrasse de vos bagages et que je vous prenne par le bras pour vous guider ?

— Non, ne vous donnez pas cette peine. Si vous lui indiquez le chemin, Jacko vous suivra et je n'aurai plus qu'à lui emboîter le pas.

Dès que Hope eut gravi les cinq marches du perron, le labrador monta à son tour l'escalier, puis entraîna sa maîtresse vers le canapé dont les coussins de velours indigo chatoyaient sous l'une des fenêtres du living-room et s'allongea à ses pieds.

— Il est très bien dressé, remarqua Hope, admirative. Mais, avec la chaleur qu'il fait, il doit mourir de soif et vous aussi. Pendant que vous vous mettez à l'aise, je vais aller lui chercher de l'eau et demander à Rosa de vous préparer un cappuccino.

— Qui est Rosa ?

— Ma cuisinière. Il n'y en a pas de meilleure à des kilomètres à la ronde et toutes mes amies rêvent de me la souffler.

— À moins que ma mémoire ne me joue des tours, il ne me semble pas que Francesco m'ait parlé d'elle.

— Il ne m'a pas dit non plus que vous deviez venir à la villa Rinucci.

— Et pour cause : je ne l'ai pas informé de ma visite. Quand il a quitté mon appartement en juin dernier, il s'est dépêché de boucler ses valises et, dans la précipitation du départ, il a oublié certains de ses vêtements au fond du dressing.

— Alors, vous avez préféré les lui rapporter que de les lui expédier par la poste ?

— Oui. Comme je travaille en Italie depuis le début du mois, j'ai pensé que ce serait une bonne idée de les lui remettre en mains propres.

— Vous avez bien fait. Je suis sûre qu'il sera enchanté de vous revoir.

« Et, s'il lui reste une once de jugeote, j'espère qu'il s'empressera de renouer avec vous », acheva en elle-même Hope, impressionnée par la beauté éclatante de Celia.

Après avoir détaillé d'un regard ébloui le visage à l'ovale très pur de la jeune femme et ses grands yeux bleu saphir étonnamment expressifs, elle alla rejoindre Rosa dans la cuisine et lui demanda de préparer le plus onctueux des cappuccinos.

Dès qu'elle eut regagné le living-room, les bras chargés d'un plateau d'où s'élevaient des spirales de fumée, Francesco jaillit du vestibule sans se douter qu'il avait de la visite et s'arrêta net au milieu du séjour.

— Salut, Francesco, lui dit Celia, qui avait reconnu son pas à la seconde où il était entré.

— Je… j'ignorais que tu étais en vacances dans la région, bredouilla-t-il, les prunelles élargies de stupeur.

— Je n'y suis pas en vacances, *j'y travaille*, rectifia-t-elle avec un sourire espiègle. Le mois dernier, j'ai pensé qu'il était grand temps de changer d'horizon et, comme tu m'avais enseigné l'italien, j'ai décidé d'ouvrir un cabinet-conseil à Naples. Si tu t'imagines que j'ai quitté l'Angleterre pour venir te relancer, tu fais fausse route.

— Qui t'a amenée ici ?

— Jacko.

— Ta nouvelle conquête ?

— Pas exactement, mais je dois avouer que j'apprécie beaucoup sa compagnie et que nous sommes inséparables, lui et moi.

— Telle que je te connais, cela m'étonnerait que tu le supportes jusqu'à la fin de l'année.

— Oh ! ça suffit, Francesco, s'écria Celia, mi-amusée, mi-agacée. Tu ne vas quand même pas être jaloux de mon chien ?

— De ton chien ! répéta-t-il en fixant d'un air abasourdi le labrador qui était allongé au pied du sofa. Jacko n'est pas ton petit ami ?

— Eh non ! Au lieu de rester planté comme un piquet à trois mètres de lui, viens le caresser pour t'excuser de ta méprise.

Pendant que son fils obtempérait avec une inhabituelle docilité, Hope posa sur la table basse du living-room le plateau qui l'encombrait, puis offrit une écuelle remplie d'eau fraîche à Jacko et s'assit dans un fauteuil, près de l'immense cheminée dont la hotte lambrissée s'envolait jusqu'aux poutres en chêne du plafond.

— Je suis très déçue de l'accueil que tu m'as réservé,

lança malicieusement Celia à Francesco dès qu'il se fut installé à côté d'elle.

— Si tu croyais que je serais heureux de te revoir et que je te sauterais au cou, il n'est pas étonnant que tu sois quelque peu désappointée.

— Bien que « quelque peu » soit un doux euphémisme, je te remercie de ta franchise.

— Mieux vaut être sincère, quitte à manquer de tact, que de perdre son temps à raconter des bobards.

— L'hypocrisie est pire que tout, tu as raison. Au cas où tu aurais une nouvelle petite amie, sache que je ne chercherai pas à m'immiscer entre elle et toi.

— Trop aimable ! Mais, comme je ne t'ai pas encore remplacée, ta présence à Naples ne risque pas de me causer le moindre ennui.

— Ravie de l'apprendre.

Indifférent à l'acidité des répliques qui fusaient au-dessus de sa tête, Jacko lampa le contenu de la gamelle que Hope avait posée devant lui et se recoucha tranquillement aux pieds de sa maîtresse. À peine s'était-il endormi que Toni pénétra dans le living-room, les lèvres étirées en un sourire chaleureux.

— Mlle Ryland a eu la gentillesse de venir nous rendre visite, *caro*, lui dit Hope en bondissant de son fauteuil.

— *Buongiorno, signor Rinucci*, lança cordialement Celia.

— Quel plaisir de vous rencontrer enfin, *signorina* ! s'exclama Toni. Est-ce grâce à Francesco que vous connaissez notre langue ?

— Oui, affirma-t-elle. Il m'a donné des cours accélérés d'italien l'hiver dernier.

— Mais je parie qu'il a oublié de vous enseigner le dialecte napolitain.

— Si vous voulez bien combler mes lacunes dans ce domaine, je serai une élève très attentive, je vous le promets.

Mes parents m'ont habituée dès l'enfance à utiliser toutes sortes de procédés mnémotechniques et depuis, je retiens assez facilement ce qu'on m'apprend.

Pendant que Toni et Celia bavardaient au coin de la cheminée, Hope fit signe à Francesco de la suivre jusqu'au fond du living-room.

— Comment as-tu pu laisser tomber cette merveilleuse jeune femme ? lui demanda-t-elle.

— Ce n'est pas moi qui ai rompu, maman, c'est elle, corrigea-t-il. Elle m'a chassé de sa vie et, quand j'ai quitté son appartement, elle m'a dit qu'elle ne voulait plus me *voir*. Elle est tellement autonome malgré sa cécité qu'il lui arrive d'employer des mots dont elle ignore le sens. J'ai eu beau essayer de lui expliquer qu'elle courrait de graves dangers si elle s'obstinait à nier son handicap et à fuir la réalité, je n'ai pas réussi à l'en persuader.

— Pas étonnant qu'elle ait refusé de t'écouter, mon pauvre chéri ! s'exclama Hope en hochant la tête d'un air accablé. Elle a eu raison de te jeter à la rue et je ne sais pas ce qui me retient de l'imiter.

— Est-ce par solidarité féminine que tu prends sa défense et que tu me menaces de…

Une sonnerie perçante pulvérisa la fin de la phrase.

— Navrée de vous avoir interrompu, *signore*, lança Celia à Toni. J'ai réglé l'alarme de ma montre avant de venir à la villa Rinucci parce que je dois rencontrer un client à 18 heures.

— Vous n'allez pas rester dîner avec nous ? lui demanda Hope.

— Non. Comme je n'ai ouvert mon cabinet-conseil qu'au début du mois, il faut que je sois ponctuelle à mes rendez-vous et que je fasse bonne impression… Pouvez-vous appeler un taxi ?

— Ce n'est pas la peine, jeta Francesco à sa mère quand

il la vit se diriger vers le gros téléphone noir qui trônait sur un guéridon. Je vais servir de chauffeur à Celia.

— Merci, lâcha cette dernière en se levant du canapé et en enroulant autour de son poignet la laisse de Jacko. À très bientôt, ajouta-t-elle chaleureusement à l'intention de Hope et de Toni.

Puis, guidée par son labrador, elle sortit du living-room d'une démarche assurée.

5

— Où veux-tu que je te conduise ? lança Francesco à Celia après avoir fait vrombir le moteur de sa Ferrari.

— Au centre-ville, répondit-elle en attachant sa ceinture de sécurité. La personne que je vais rencontrer m'a fixé rendez-vous dans un petit café qui s'appelle Les Trois Cloches. Tu le connais ?

— Oui. Je vois où il est situé.

— Tant mieux, car j'aurais été bien en peine de te guider. Quand le taxi que j'avais hélé près de la piazza del Plebiscito m'a emmenée chez ta mère et ton beau-père, le trajet m'a semblé tellement long que je me suis demandé par où le chauffeur était passé. À un moment donné, j'ai cru qu'il s'était égaré dans un dédale de ruelles et qu'il n'arriverait pas à retrouver son chemin.

— Ce n'est pas étonnant. Naples est un gigantesque labyrinthe.

— Si les habitants eux-mêmes ont du mal à s'orienter, les milliers de touristes qui viennent admirer la baie chaque année doivent être nombreux à se perdre.

L'esprit trop confus pour soutenir la conversation, Francesco appuya sur la pédale d'accélérateur et dévala dans un rugissement d'enfer la route bordée de cyprès de Toscane qui enlaçait la colline. Le soir de sa rupture avec Celia et les dix jours suivants, il avait gardé son portable au fond de sa poche, persuadé qu'elle allait l'appeler et qu'ils ne tarderaient pas à se réconcilier, mais, comme elle n'avait pas daigné lui téléphoner, il avait peu à peu cessé d'espérer. Et maintenant qu'elle était là, à côté de lui, il se sentait tellement vide, tellement désemparé qu'il n'avait plus rien à lui dire. Rien en tout cas qui puisse la convaincre de rester en Italie jusqu'à la fin des temps et de lui redonner le goût du bonheur...

— Sommes-nous encore loin des Trois Cloches ? questionna-t-elle, inconsciente des pensées qui tournoyaient dans la tête de Francesco.

— Non, nous sommes presque arrivés, jeta-t-il en traversant le centre de Naples, le pied au plancher.

Dès qu'il se fut arrêté sous les fenêtres voilées de dentelle blonde du café, il sauta à terre et ouvrit la portière avant droite de sa Ferrari.

— Es-tu déjà venue ici ? demanda-t-il à Celia pendant qu'elle débouclait sa ceinture de sécurité avec une remarquable dextérité.

— Oui, acquiesça-t-elle. Quand j'ai envie d'un cappuccino ou d'un espresso, j'aime bien aller m'asseoir à l'ombre du vieux pin parasol qui se trouve au fond du jardin.

— Que préfères-tu ? Que je t'accompagne jusqu'à ta table favorite en toute discrétion ou que je te laisse te débrouiller seule ?

— Que tu m'accompagnes. Je te montrerai les progrès que j'ai faits en italien.

De crainte que Celia ne l'accuse encore une fois de vouloir la protéger, Francesco recula d'un demi-pas pour lui permettre de quitter son siège et ignora la main qu'elle lui tendait.

La voyant poser maladroitement un pied par terre et s'agripper au tableau de bord, Jacko jaillit de la banquette arrière au risque de bousculer la dizaine de badauds qui s'étaient massés sur le trottoir et l'aida à descendre de la Ferrari.

— Désolé de ne pas t'avoir offert mon bras, murmura Francesco, honteux de son manque de galanterie et de sa stupidité. Je ne suis qu'un pauvre idiot.

— Merci de me le préciser, mais je m'en étais déjà rendu compte, ironisa Celia avant de claquer la portière et de s'approcher du vieux pin dont l'épaisse ramure ombrageait l'une des terrasses du café.

Dès qu'elle se fut attablée, un serveur tout de noir vêtu vint prendre sa commande et elle lui répondit avec une telle aisance que Francesco en eut le souffle coupé.

— Félicitations ! s'exclama-t-il après s'être assis en face d'elle. Tu as fait d'énormes progrès depuis la dernière leçon que je t'ai donnée.

— C'est grâce à toi que j'ai eu envie de me perfectionner, répliqua-t-elle. Si tu n'avais pas été un bon professeur, j'aurais trouvé tes cours d'italien mortellement ennuyeux et je n'aurais pas essayé d'approfondir mes connaissances.

— Dommage que le reste de ma conversation t'ait moins plu !

— Pour que je m'y intéresse, il aurait fallu que tu rayes le mot « danger » de ton vocabulaire et que tu ne passes pas les trois quarts de ton temps à m'abreuver de conseils. Chaque fois que tu ouvrais la bouche, tu ne pouvais pas t'empêcher de me traiter d'imprudente.

— Et tu en avais tellement assez d'être sermonnée que tu rêvais de m'étrangler.

— Quand tu osais me dicter ma conduite, il est vrai que je t'aurais volontiers tordu le cou, avoua Celia. Vu le malin plaisir que tu prenais à me taper sur les nerfs, tu as de la chance d'être encore en vie.

— Une chance folle, renchérit Francesco d'une voix aigre-douce. C'est justement parce que j'ai eu peur de te mettre en colère que je n'ai pas voulu t'offrir mon bras à notre arrivée aux Trois Cloches. J'ai cru que tu préférerais sortir de la voiture sans mon aide.

— Eh bien, tu t'es trompé ! J'aurais été ravie que tu fasses preuve de galanterie et que tu te comportes avec moi de la même façon qu'avec toutes les autres jeunes femmes de ton entourage.

— Si j'avais volé à ton secours, tu ne m'aurais pas accusé d'être trop envahissant ?

— Non. Je t'aurais félicité de tes bonnes manières.

Après avoir vidé d'un trait la tasse de café que venait de lui tendre le serveur, Francesco la posa brutalement sur la table et retint un soupir d'exaspération.

— Je parie que tu es en train de serrer les mâchoires et que tu meurs d'envie de te taper la tête contre le tronc du vieux pin, lui lança Celia.

— Je comprends que tu ne sois pas jalouse de ceux qui ont un regard d'aigle, grommela-t-il, irrité qu'elle ait lu dans ses pensées comme dans un livre ouvert. Tu es tellement perspicace que tu n'as pas besoin d'avoir de bons yeux pour deviner ce que font tes interlocuteurs.

— Oh ! c'est la chose la plus gentille que tu m'aies jamais dite. Puisque tu t'es enfin aperçu qu'on pouvait être aveugle et clairvoyant, je te pardonne de ne pas m'avoir offert ton bras tout à l'heure et d'avoir laissé Jacko se débrouiller seul.

— Bien qu'il ait failli me renverser et bousculer une dizaine de passants quand il est sorti en trombe de ma Ferrari, je dois admettre qu'il a été très efficace. Qui te l'a prêté ?

— Les responsables d'une association auxquels j'ai téléphoné dès mon arrivée à Naples.

— Et le brave Wicksy, qu'est-il devenu ?

— J'ai été obligée de le confier à une famille anglaise avant de quitter Londres parce qu'il était trop vieux et qu'il se serait senti dépaysé en Italie. Après les nombreux services qu'il m'avait rendus, il avait mérité de prendre sa retraite et de mener une vie paisible à la campagne. La veille de mon départ, je suis allée l'embrasser une dernière fois, mais il était tellement content d'avoir de nouveaux maîtres qu'il m'a ignorée.

Voyant des larmes embuer les jolis yeux bleus de Celia, Francesco se pencha vers elle et lui tapota le poignet d'une main affectueuse.

— Cela t'a fait de la peine de ne pas pouvoir l'amener à Naples ? l'interrogea-t-il tout bas.

— Oui, avoua-t-elle dans un murmure étranglé, car c'était mon meilleur ami. Nous formions une très bonne équipe, lui et moi, et il me manque terriblement.

— Crois-tu que tu auras un jour les mêmes relations avec Jacko qu'avec Wicksy ?

— Je ne sais pas. Il est encore trop tôt pour le dire. Jacko — Giacomo de son vrai nom — est un chien italien qui a passé sa vie entière à Naples et qui connaît la ville par cœur. Il m'est donc d'une grande utilité, mais je n'ai pas l'impression qu'il m'aime beaucoup.

— Quel âge a-t-il ?

— Neuf ans déjà. Comme son précédent maître avait recouvré la vue, les responsables de l'association me l'ont prêté en attendant d'en trouver un plus jeune.

Celia croisa ses doigts autour de la tasse en porcelaine truitée que lui avait apportée le serveur et sirota son cappuccino d'un air pensif.

— Tu m'en veux d'être venue en Italie et de ne pas t'avoir averti de mon arrivée ? demanda-t-elle à Francesco entre deux gorgées.

— Bien sûr que non ! la détrompa-t-il. Je suis juste étonné que tu aies quitté l'Angleterre du jour au lendemain alors que tu y étais heureuse et que tu y avais un tas d'amis. Pourquoi as-tu éprouvé le besoin de t'expatrier ?

— Parce que tu m'avais souvent parlé de Naples et que j'ai voulu visiter les endroits que tu m'avais décrits.

— Tes parents n'ont pas essayé de te retenir à Londres ?

— Au contraire ! Ce sont eux qui m'ont incitée à partir. J'ai passé une semaine dans leur maison de campagne au début du mois d'août et ils m'ont encouragée à aller explorer le monde. À la fin de mes vacances, mon père m'a donné un gros chèque et m'a conseillé de m'offrir des voyages avec cet argent, mais j'ai préféré ouvrir un cabinet à Naples que d'acheter des billets d'avion. L'hiver dernier, quand je te posais des questions sur ton métier, tu me disais qu'il n'y avait rien de plus excitant que de se lancer dans les affaires et d'amasser des fortunes. J'ai donc décidé de suivre ton exemple et de tripler ma mise.

— Ceux qui investissent des capitaux à la Bourse ou ailleurs ne gagnent pas à tous les coups. Ils peuvent également perdre des millions de livres et être acculés à la faillite.

— Cela ne risque pas de m'arriver.

— Pourquoi en es-tu aussi sûre ?

— Parce que je n'ai encore jamais essuyé le moindre échec. Lorsque je me fixe des objectifs, je ne laisse personne m'en détourner.

— Et, dès que tu les as atteints, ces fameux objectifs, tu passes à autre chose sans te soucier des dégâts que tu as causés.

Celia laissa échapper un petit soupir d'agacement.

— Tu ne devrais pas me faire ce genre de reproche, Francesco, jeta-t-elle d'une voix grondeuse. En juin, nous nous sommes promis de ne pas sombrer dans l'amertume et j'aimerais bien que tu tiennes parole.

— Je ne suis pas amer, je suis *réaliste*, corrigea-t-il avec brusquerie. Malgré ce que tu as essayé de m'expliquer pendant que je bouclais mes valises, je n'ai pas cru une seconde que nous pourrions rester bons amis. Si nous nous étions séparés d'un commun accord, je n'aurais eu aucun regret, mais c'est toi qui as voulu que nous rompions. Toi et toi seule.

— Tu préfères ruminer ta rancœur que de te rappeler les moments merveilleux que nous avons partagés ?

— Oui. À quoi servent les souvenirs une fois que la magie s'est envolée ?

— À embellir le présent.

— Je n'ai pas besoin d'exhumer le passé à tout bout de champ pour garder le sourire. Depuis que j'ai accepté de diriger la succursale italienne de Tallis Incorporated, je mène une vie palpitante.

— Oh ! je n'en doute pas, s'écria Celia. Je sais que tu es un gagneur et que tu ne te laisses pas facilement abattre.

« Si tu avais la moindre idée du chagrin que j'ai éprouvé le jour de notre rupture et des horribles cauchemars que je fais à longueur de nuit, tu ne dirais pas cela », s'abstint de riposter Francesco, le cœur lourd comme une chape de plomb.

— Qui est le client que tu dois rencontrer ce soir ? jeta-t-il d'un ton bref.

— C'est plus un partenaire qu'un client, rectifia Celia. Il s'appelle Sandro Danzi et il organise des excursions pour les non-voyants.

— Est-il aveugle lui-même ?

— Quelle importance ? Tu crois que seul un infirme peut s'occuper des handicapés ?

— Inutile de monter sur tes grands chevaux ! Je ne t'ai posé cette question que par curiosité.

— À d'autres ! Quand nous vivions ensemble, tu me demandais souvent si telle ou telle personne de mon entourage était invalide et cela m'horripilait, car j'avais l'impression que tu classais les gens suivant leurs aptitudes physiques et que tu voulais m'éloigner de ceux qui avaient les mêmes problèmes que moi.

« Comme j'étais persuadé que tu préférais leur compagnie à la mienne et qu'ils rêvaient tous de te séduire, j'avais effectivement tendance à me méfier d'eux », reconnut Francesco en son for intérieur.

Jaloux des amis non voyants de Celia, il aurait aimé faire le vide autour d'elle pour empêcher qui que ce soit de la lui voler.

— Est-ce parce qu'il avait besoin d'une spécialiste en relations publiques que Sandro Danzi t'a appelée à l'aide dès que tu as ouvert ton cabinet ? interrogea-t-il d'un ton qu'il aurait souhaité moins crispé.

— Oui, mais je ne me suis pas bornée à lui donner des conseils. J'ai investi une grosse somme d'argent dans sa société et j'espère bien rentabiliser l'opération.

Jacko, qui était couché aux pieds de Celia, se dressa en frétillant de la queue.

— Qu'a-t-il aperçu ? s'inquiéta-t-elle aussitôt.

— Un autre chien d'aveugle, rétorqua Francesco, les yeux rivés à l'homme d'une trentaine d'années qui s'approchait d'eux à pas lents et qui tenait en laisse un magnifique berger allemand.

— À quoi ressemble son maître ? À un touriste étranger ou à un Italien ?

— À un Italien. On dirait un acteur de Cinecittà.

— Bonsoir, Sandro, lança Celia au nouveau venu. Je te présente Francesco Rinucci, un ami.

— Ravi de vous rencontrer, monsieur Rinucci, déclara Sandro Danzi avant de tirer l'une des chaises garnies de paille qui encerclaient la table et de s'y installer. Je suis le patron de Celia et, depuis que je l'ai engagée, je la mène à la baguette.

— N'écoute pas ce beau parleur, Francesco ! s'écria la jeune femme. Il n'est pas mon patron, mais mon associé et je ne l'autoriserai à me donner des ordres que quand les poules auront des dents. Pour le moment, c'est moi qui commande et il a intérêt à filer doux.

— Cette fille est pire que la peste et le choléra réunis, se lamenta Sandro. Elle est tyrannique, pointilleuse, obstinée et, lorsqu'elle se met une idée bizarre en tête, il n'y a pas moyen de la raisonner.

— Il est inutile que tu en rajoutes, maugréa Celia. Francesco sait que j'ai d'innombrables défauts.

— Où avez-vous fait la connaissance de cette calamité, monsieur Rinucci ? questionna Sandro dans un sourire.

— À Londres, au début de l'année, l'informa brièvement Francesco.

— Et pendant combien de temps avez-vous réussi à la supporter ?

— Pendant cinq mois. Ensuite, j'ai été obligé de revenir m'installer en Italie.

— Pendant cinq mois ! releva Sandro, l'air ébahi. Et vous êtes encore vivant ? En ce qui me concerne, je ne travaille avec elle que depuis deux semaines et je suis déjà couvert de bleus.

— Qui t'a dit que tes ecchymoses étaient bleues ? demanda Celia à son associé.

— L'un de mes amis, riposta-t-il d'un ton léger. Mais, s'il m'avait certifié qu'elles étaient rouges, jaunes ou vertes à pois blancs, je l'aurais cru sur parole.

— D'après ma copine Angela, qui est styliste dans un atelier de Chelsea, le bleu est à la mode cette année. Tu n'as donc aucune raison de te plaindre. Grâce aux coups de poing que je t'ai donnés, tu pourras devenir mannequin vedette et gagner des millions d'euros.

— Bonne idée ! Je cherchais justement un emploi bien

rémunéré qui me permettrait de résilier notre contrat et de te verser des dommages-intérêts.

— Espèce de traître ! J'aurais dû me douter que tu avais hâte de te débarrasser de moi.

Inconscients des regards étonnés que leur lançaient les clients du café, Celia et Sandro éclatèrent d'un rire en spirale, auquel Francesco se sentit désagréablement étranger.

— Comment s'appelle l'entreprise que vous avez fondée, monsieur Danzi ? interrogea-t-il.

— Follia Per Sempre. Jusqu'à ces deux dernières semaines, j'étais seul maître à bord et je croyais que personne ne me forcerait à changer de cap, mais j'ai été victime d'une O.P.A. hostile et il a fallu que je me résigne à lâcher la barre.

— D'une O.P.A. hostile ! releva Celia avec une feinte indignation. Et puis quoi encore ?

— En réalité, précisa Sandro à Francesco, cette enquiquineuse s'est contentée d'acheter la moitié des parts de ma société. Et maintenant que j'ai eu la faiblesse de les lui vendre, elle ne pense qu'à une chose : m'envoyer croupir à fond de cale.

— Elle m'a dit que vous organisiez des excursions pour les aveugles. De quel genre d'excursions s'agit-il ?

— Avant qu'elle ne se mette en tête de jouer les capitaines au long cours et de révolutionner l'industrie du tourisme, les deux tiers de mes clients étaient de paisibles retraités qui voulaient aller visiter les ruines de Pompéi ou la Grotta Azzurra à Capri. Désormais, grâce aux idées géniales qu'elle m'a soufflées, ce seront des amateurs de sensations fortes qui défileront dans mon agence et qui me demanderont de les aider à réaliser leurs rêves les plus fous. Certains d'entre eux seront impatients d'apprendre à plonger, d'autres voudront s'initier au parachutisme et au deltaplane.

— Au parachutisme ! répéta Francesco, suffoqué. Vous plaisantez, j'espère ?

— Pas du tout ! s'exclama Sandro. Si vous ne me croyez pas, interrogez ma chère associée et vous verrez que je suis très sérieux.

— Pourquoi les aveugles n'auraient-ils pas le droit de sauter d'un avion ? s'écria Celia en relevant le menton d'un air de défi.

— Parce qu'ils sont aveugles, précisément, riposta Francesco, et qu'ils risqueraient de se tuer.

— Les gens qui ne souffrent d'aucun handicap sont mortels, eux aussi. Quand ils traversent une rue en dehors des passages cloutés, ils peuvent se faire écraser par un camion et, quand ils montent à bord d'un transatlantique, rien ne leur garantit que le paquebot ne va pas sombrer en plein milieu de l'océan. Dès qu'on sort de chez soi, on est susceptible d'avoir un accident.

— Mieux vaut donc être vigilant que de se lancer dans l'inconnu, tête baissée.

— La première fois que Celia m'a parlé de ses projets, j'ai réagi comme vous, monsieur Rinucci, déclara Sandro, mais j'ai réfléchi depuis et je me suis rendu compte qu'elle avait raison de vouloir aider les non-voyants à pratiquer d'autres activités que la marche ou le yoga. Lorsqu'on est invalide, on n'a pas le droit de s'exposer au moindre danger et je trouve cela injuste.

— À bas le sectarisme et vive la liberté ! lança fougueusement Celia. Si j'étais députée, je voterais une loi interdisant toute discrimination à l'encontre des handicapés.

— Quand tu es allée plonger à Mount's Bay en juin dernier, tu n'as pas eu besoin de l'aval des autorités, lui rappela Francesco d'un ton bourru. Tu n'as même pas jugé nécessaire de me demander mon avis.

— Aïe aïe aïe ! s'exclama Sandro. J'ai l'impression que ton ami est atteint de frilosité maladive, ma pauvre Celia, et qu'il rêve de te mettre sous cloche.

— Je le sais, jeta-t-elle avec un soupir. Je lui ai déjà expliqué en long, en large et en travers qu'il devrait se soigner, mais il n'a pas voulu m'écouter et je crains qu'il ne soit trop tard aujourd'hui.

— Tu penses que son cas est désespéré ?

— Oui. À moins d'un miracle, je doute qu'on puisse le sauver.

— Vous n'avez pas bientôt fini de vous payer ma tête, vous deux ? grommela Francesco. Tous les clients du café vous regardent.

— Et alors ? s'écria Sandro. Qu'ils nous regardent si cela les amuse ! Comme on ne les voit pas se moquer de nous, ils ne nous dérangent pas.

— Allons-nous-en, décréta Celia en se levant. Nous avons mieux à faire que de bavarder.

— Où souhaitez-vous que je vous dépose, monsieur Danzi ? questionna poliment Francesco avant de régler la note que le serveur lui avait apportée et de sauter sur ses pieds.

— Chez Celia, répondit Sandro. Elle habite dans la Via Santa Lucia. Quand elle est arrivée à Naples, je venais de déménager et c'est avec plaisir que je lui ai prêté mon ancien loft.

Jaloux des liens étroits qui semblaient s'être tissés entre Celia et son associé, Francesco les accompagna jusqu'au pied du vieil immeuble dont ils lui avaient donné l'adresse, puis les regarda s'engouffrer bras dessus, bras dessous à l'intérieur du hall et les imagina conversant dans l'obscurité.

— *Quel rabat-joie, ce Rinucci ! devait s'exclamer Sandro. Est-il toujours aussi ennuyeux ?*

— *Oui, hélas ! acquiesçait Celia après avoir franchi le seuil de son appartement. Il adore me bombarder de conseils et me faire la morale, mais oublions-le, tu veux bien ?*

6

— J'ai tellement hâte de revoir Mlle Ryland et d'apprendre à mieux la connaître que j'ai décidé de l'inviter à dîner, annonça Hope à Francesco le jeudi suivant.

— C'est très gentil de ta part, maman, rétorqua-t-il en s'obligeant à sourire, mais je ne pense pas qu'elle acceptera.

— Elle a *déjà* accepté, mon chéri. Je l'ai appelée hier matin et elle m'a dit qu'elle serait ravie de rencontrer tes frères et tes belles-sœurs.

— Où as-tu trouvé son numéro de téléphone ?

— Dans l'un des deux sacs remplis de vêtements qu'elle a apportés à la maison l'autre soir. Il y avait sa carte de visite à l'intérieur et j'ai noté ses coordonnées avant de ranger tes chemises et tes pull-overs au fond de ton dressing.

— Quand as-tu l'intention d'organiser ta grande réunion de famille ?

— Samedi. Pourrais-tu demander à Mlle Ryland si cette date lui convient ?

— Comme elle n'a pas essayé de me joindre ces deux derniers jours, je… j'aimerais mieux que ce soit toi qui lui poses la question.

— Entendu. Je vais lui envoyer un e-mail dès cet après-midi. Lorsque je l'ai eue en ligne hier, elle m'a expliqué que son ordinateur était équipé d'un logiciel qui lui permettait d'écouter les messages qu'on lui adressait et d'y répondre vocalement. N'est-ce pas formidable ?

Au petit sourire en coin que lui dédiait sa mère et à l'étincelle de malice qu'il voyait briller dans ses yeux, Francesco devina qu'elle avait décidé d'exercer une fois encore ses talents de marieuse et qu'elle ne se laisserait pas décourager.

« Quelle idée j'ai eue de rentrer au pays ! », se dit-il, les mâchoires contractées.

— En dehors de Justin et de sa femme, qui ne pourront pas venir à la villa ce week-end, tous tes fils et toutes tes belles-filles assisteront à la réception que nous allons organiser, *cara*, annonça Toni à Hope le lendemain matin. Mon frère Giulio et Teresa, son épouse, seront également de la partie, de même qu'Angelica, la sœur de Teresa. Je sais que tu la détestes, mais, comme elle est de passage à Naples, il aurait été impoli de ne pas l'inviter.

— Il est vrai que j'ai du mal à la supporter, reconnut Hope en extirpant un ramasse-miettes de son vaisselier et en escamotant les reliefs du petit déjeuner. Je trouve qu'elle manque de tact et qu'elle parle trop. Si elle écoutait ses interlocuteurs de temps en temps, elle raconterait moins de sottises.

— Pour l'empêcher de gaffer, tu n'auras qu'à t'occuper d'elle, papa, suggéra Carlo à Toni.

— À m'occuper d'elle ! répéta ce dernier, le regard agrandi de perplexité. Qu'entends-tu par là, au juste ?

— Que tu devras flirter avec Angelica pendant que je présenterai Mlle Ryland au reste de la famille, répondit Hope à la place de son fils cadet.

— Moi, flirter avec cette pie ? se récria Toni. Tu plaisantes !

— Absolument pas ! Il y a des circonstances dans la vie où il faut se dévouer, *amore*.

— Cela ne te dérangera pas de me voir faire les yeux doux à une autre femme ?

— Non, car je ne suis pas possessive, déclara Hope en empoignant le confiturier qu'elle avait posé sur le plan de travail.

— Prends-la au mot, conseilla Francesco à Toni dès qu'elle eut quitté la cuisine dans un tourbillon de soie azurée, et mets tellement de cœur à l'ouvrage qu'elle sera verte de jalousie.

— Quand bien même j'aurais des talents de comédien, ta mère ne se laisserait pas duper. Elle sait que je l'aime depuis notre toute première rencontre et que je serais incapable de la tromper.

— Si elle doutait de ta fidélité, papa, remarqua Carlo, elle ne t'aurait pas demandé de flirter avec cette peste d'Angelica. C'est parce qu'elle a une confiance aveugle en toi qu'elle a décidé de te faire jouer les séducteurs. Alors, au lieu de te lamenter, tu devrais te venger d'elle en interprétant à la perfection le rôle qu'elle t'a assigné.

— Il faudra que tu ailles chercher Mlle Ryland ce soir et que tu l'amènes à la maison, jeta Hope à Francesco le lendemain matin.

— Ce ne sera pas nécessaire, maman, grommela-t-il. Celia préférera sûrement appeler un taxi et se débrouiller par ses propres…

— Non, elle sera ravie que tu lui serves de chauffeur. Quand je lui ai envoyé un e-mail jeudi après-midi, elle m'a répondu qu'elle serait enchantée d'assister à notre réunion de famille ce week-end et que tu pourrais passer la prendre à 20 heures.

— Pourquoi as-tu tout planifié sans me consulter ?

— Parce que je n'ai pas voulu te déranger, mon chéri.

Tu es débordé de travail depuis ton retour à Naples et il est impossible d'avoir une vraie conversation avec toi.

Hope examina le jean effrangé qu'avait enfilé Francesco à son réveil et fit la moue.

— Tâche d'être plus élégant ce soir, lui conseilla-t-elle. Je n'aimerais pas que tu aies l'air d'un épouvantail lorsque nos invités arriveront.

— Encore un peu et tu vas me demander d'aller me débarbouiller comme si j'avais cinq ans, lâcha-t-il, la mine renfrognée.

— Je n'y avais pas pensé, mais ce ne serait peut-être pas une mauvaise idée, riposta sa mère. Rien de tel que de l'eau glacée pour calmer les affreux ronchons dans ton genre et les empêcher de bougonner !

— Tu es ravissante, s'extasia Francesco quand il frappa à la porte de Celia à 20 heures et qu'elle s'encadra dans le chambranle, superbement vêtue d'un fourreau couleur de miel qui étranglait sa taille de sylphide et rehaussait l'éclat de son teint.

Suspendus à son cou par une chaînette dorée, de minuscules diamants assortis aux girandoles qu'elle avait accrochées à ses oreilles brillaient de mille feux à la naissance de sa gorge et palpitaient au même rythme que son cœur.

— J'ai choisi cette robe parce que je savais qu'elle te plairait, avoua-t-elle.

— Et tu ne t'es pas trompée, répliqua-t-il, le regard soudé aux boucles soyeuses qui taquinaient le front de Celia. Tu connais si bien mes goûts que tu pourrais t'habiller dans le noir complet et réussir malgré tout à...

Francesco se mordit la lèvre, furieux de l'impair qu'il venait de commettre.

— Dans le noir complet, j'y suis à longueur de journée,

lui rappela-t-elle d'une voix où ne perçait aucune amertume. Mais cela ne m'empêche pas d'être coquette et de suivre la mode.

— Tu ne m'en veux pas de ma stupidité ?

— Pas le moins du monde ! J'adore plaisanter et j'aimerais que tu en fasses autant au lieu de chercher constamment à ménager ma susceptibilité. Nos relations n'en seraient que plus agréables.

— Moi qui craignais de t'avoir vexée et qui m'apprêtais à te présenter mes humbles excuses, je n'arrive pas à en croire mes oreilles.

— Quand je t'aurai montré à quel point les aveugles savent manier l'ironie et l'autodérision, tu me comprendras mieux, ne t'inquiète pas.

Vive comme une flamme, Celia effleura les lèvres de Francesco d'un chaste baiser, puis empoigna la laisse de Jacko et referma derrière elle la porte du vestibule.

— Prépare-toi à serrer de nombreuses mains ce soir, lui dit Francesco dès qu'il se fut mis au volant de sa Ferrari et qu'ils eurent quitté la Via Santa Lucia. Tous les Rinucci ou presque assisteront à la réception. Il y aura même Angelica, la belle-sœur de mon oncle Giulio. Si elle te raconte des bêtises, ne sois pas étonnée. C'est une gaffeuse professionnelle et elle est incapable de tenir sa langue.

— Merci de m'avoir prévenue. J'essaierai de l'éviter.

— À part elle, personne ne t'embêtera, sois tranquille.

— Lesquels de tes frères seront là ?

— Luke, qui est descendu de Rome exprès pour l'occasion, Primo, Carlo et Ruggiero. Le premier est marié à Minnie, le deuxième à Olympia, le troisième à Della et le dernier à Polly.

Lorsque Francesco se gara sous les fenêtres brillamment éclairées de la villa Rinucci une dizaine de minutes plus tard, sa mère, son beau-père et leurs invités sortirent de la maison en file indienne et se massèrent en haut du perron.

— Quel plaisir de vous rencontrer enfin, ma chère enfant ! lança Angelica à Celia avant que Hope et Toni n'aient pu prononcer le moindre mot. Je n'ai entendu parler que de vous ce soir. Puisque vous êtes aveugle, vous devez être habituée à piquer la curiosité des gens et à...

— Que préférez-vous boire, mademoiselle Ryland ? s'empressa d'intervenir Hope. Du chablis, du pouilly-fumé ou du gevrey-chambertin ?

— Choisissez du vin blanc, ma pauvre petite, conseilla Angelica à Celia. Comme cela, si vous en renversez sur votre robe, la tache se remarquera à peine et personne n'aura l'idée de vous reprocher votre maladresse.

Voyant Minnie, Olympia, Della et Polly échanger des regards horrifiés, Toni glissa son bras sous celui d'Angelica et l'entraîna précipitamment vers le fond du living-room, là où elle pourrait pérorer sans risquer d'offenser qui que ce soit.

— Que se passe-t-il ? demanda Celia à Francesco, étonnée du silence qui planait autour d'elle.

— Mon beau-père est en train de flirter avec Angelica pour l'empêcher de débiter des âneries, lui murmura-t-il à l'oreille.

— Et ta mère ne lui en veut pas ?

— Non. C'est elle qui l'a incité à faire le joli cœur.

— Quelle femme formidable ! Elle est aussi audacieuse que moi.

— Ce qui n'est pas peu dire.

— Que voulez-vous que je vous offre, mademoiselle Ryland ? interrogea Hope. Du vin rouge ou du vin blanc ?

— Du vin blanc, décréta Celia, la mine espiègle, car je n'aimerais pas tacher ma robe.

— Vous est-il déjà arrivé d'être maladroite ?

— Jamais.

— Alors, choisissez du gevrey-chambertin et n'en parlons plus !

Pendant que le pauvre Toni supportait vaillamment les minauderies d'Angelica, les frères de Francesco guidèrent Celia vers la longue table qui avait été dressée au milieu du living-room et se lancèrent avec elle dans une conversation animée.

— Connaissez-vous la signification de l'adjectif « *sfizio* » ? demanda Primo à la jeune femme après lui avoir tendu un canapé au saumon.

— Oui, acquiesça-t-elle. C'est un mot que j'adore parce qu'il est facile à retenir et qu'il décrit merveilleusement bien le plaisir qu'on éprouve quand on fait quelque chose pour la beauté du geste.

— Personne d'autre qu'un Napolitain n'aurait pu inventer ce terme, précisa Carlo. Comme il n'existe pas d'équivalent en italien, les Romains, les Milanais et les Turinois l'ont emprunté à notre dialecte, mais, à l'origine, seuls les habitants de la Campanie l'utilisaient.

— Le synonyme anglais de « *sfizio* » est « *fizzy* ». Quand un Londonien l'emploie, cela veut dire qu'il est ivre de joie et qu'il se sent aussi léger qu'une bulle de champagne.

Celia saisit le verre en cristal que Hope avait rempli et le leva au-dessus de sa tête.

— Vive Naples ! lança-t-elle à la cantonade. Que les jours, les semaines, les mois et les années à venir nous offrent encore de nombreuses occasions de trinquer à la santé de nos amis et de pétiller d'humour en leur compagnie !

— Vive Naples ! répétèrent en chœur tous les Rinucci.

Tous, sauf Francesco, qui avait effacé le mot « *sfizio* » de sa mémoire depuis son retour en Italie et qui ne supportait pas d'entendre quelqu'un le prononcer.

— De quoi parlent-elles ? demanda-t-il un peu plus

tard à Primo, lorsqu'il vit Olympia et Celia bavarder de l'autre côté du buffet.

— De mon usine et des travaux que je devrais faire faire si je voulais engager des handicapés. Quand je me suis rendu compte que le montant total du devis risquait de s'élever à un demi-million d'euros, je me suis éloigné discrètement.

— Tu as eu tort de t'enfuir, *amore*, jeta Olympia à son mari. Mlle Ryland a accepté de venir visiter nos locaux demain après-midi et de veiller à ce que la facture ne soit pas trop salée.

— Je ne vous ruinerai pas, tranquillisez-vous, lança Celia à Primo. Le jour où vous recevrez ma note d'honoraires, vous serez agréablement surpris.

— Dès que tu en auras fini avec Primo et Olympia, pourras-tu me fixer un rendez-vous et m'aider à améliorer l'image de marque de Tallis Incorporated en Italie ? demanda Francesco à Celia.

— Volontiers, rétorqua-t-elle en extirpant un Dictaphone de son sac à main.

— Tu as de la veine d'avoir réussi à séduire cette fille, mon vieux, glissa Carlo à Francesco. Elle possède toutes les qualités de l'épouse idéale.

— Si j'avais réussi à la séduire, comme tu dis, elle ne m'aurait pas envoyé balader il y a trois mois.

— Quoi qu'il se soit passé entre vous à ce moment-là, le fait qu'elle soit venue te rejoindre à Naples prouve qu'elle tient à toi. Alors, un conseil : ne laisse pas un autre te la piquer !

— *Mio Dio !* s'écria Francesco. Tu es encore pire que maman.

— Ah ! non, tu exagères. Quand il s'agit de pousser vers l'autel de pauvres célibataires sans défense, elle est imbattable.

— Tu veux une flûte de champagne, mon chéri ? questionna Hope d'un ton doucereux en tapant sur l'épaule de Carlo.

— Oui, merci, répliqua ce dernier, rouge de confusion. Je suis ravi que tu sois là, car je... j'étais en train de chanter tes louanges.

— Ne te donne pas la peine de me raconter des histoires, mon garçon. La dernière fois que j'ai gobé tes mensonges, tu n'avais que six ans.

— Bien que vous n'arrêtiez pas de vous chamailler, tous les deux, je sais que vous vous entendez comme larrons en foire, maugréa Francesco, mais ne vous avisez pas de jouer les marieurs et de vous liguer contre...

Un rire strident abrégea la tirade.

— Pourquoi Angelica est-elle au bord de la crise d'hystérie ? lança Hope à Toni dès qu'elle le vit sortir de l'alcôve où il avait dû entraîner la belle-sœur de son frère une heure plus tôt.

— Parce que je lui ai fait boire trois grands verres de valpolicella et qu'elle ne tient pas l'alcool, avoua-t-il en s'approchant du buffet.

— Je t'avais demandé de flirter avec elle jusqu'à la fin de la soirée, pas de la soûler.

— Si je ne lui avais pas proposé de déguster l'un de nos meilleurs crus, je n'aurais pas pu l'empêcher d'aller importuner Mlle Ryland.

— Aurais-tu perdu de ta verve et de ton charme, *tesoro mio* ? Quand nous nous sommes connus il y a trente-cinq ans, tu n'as pas eu besoin de m'offrir du vin pour me tourner la tête.

— Ce n'était pas la même chose, *carissima*, objecta Toni. J'étais tellement amoureux de toi que cela me donnait des ailes.

— Attention ! s'écria tout à coup Francesco. Angelica

a quitté l'alcôve et fonce sur nous comme un boulet de canon sur sa cible.

— Vite, de la musique ! décréta Carlo en se précipitant vers la chaîne stéréo et en insérant un disque dans le lecteur de CD.

— M'accordez-vous cette danse, *signore* ? lui demanda son épouse dès que les premières mesures du *Beau Danube bleu* résonnèrent sous les lustres en cristal du living-room.

— Volontiers, *signorina* ! riposta-t-il avant de lui encercler la taille et de se mettre à valser.

— Que s'est-il passé pendant que je bavardais avec Olympia ? glissa Celia à Francesco.

— Toni a offert trois verres de valpolicella à Angelica pour l'empêcher de te poser des questions incongrues, rétorqua-t-il, et elle est un peu éméchée.

— C'est ta mère qui lui avait conseillé de la faire boire ?

— Non. Il a pris cette décision tout seul parce qu'il n'avait aucune envie de lui être infidèle, même par jeu, et qu'il était à court d'idées.

— Quelle chance ils ont d'être encore aussi amoureux l'un de l'autre à leur âge ! Depuis combien de temps sont-ils mariés ?

— Depuis trente-cinq ans. Ils fêteront leurs noces de rubis cet automne.

— Un jour, il faudra que tu me racontes ce que tu as éprouvé lorsqu'ils se sont dit oui.

— Oh ! tu sais, j'étais à peine plus haut que trois pommes à l'époque et je n'ai conservé aucun souvenir de la cérémonie, prétendit Francesco avant d'entraîner Celia dans une valse effrénée. Si je me suis permis de t'enlacer, précisa-t-il dès que les premières notes d'un slow langoureux eurent succédé aux derniers accords du *Beau Danube bleu*, c'est parce que j'ai vu Angelica se diriger droit vers nous et que j'ai voulu t'empêcher de tomber entre ses griffes.

— Merci de tes explications, mais il était inutile que tu te justifies, répliqua-t-elle en se serrant tout contre lui. Je suis très heureuse de danser avec toi… T'ai-je fait honneur ce soir ?

— Évidemment ! N'importe quel homme serait fier de t'avoir à ses côtés. Quand nous habitions à Londres et que je t'emmenais dîner dans l'un de ces petits restaurants de Knightsbridge où nous avions nos habitudes, les autres convives te dévoraient du regard et cela me plaisait d'être le seul à pouvoir te toucher.

— T'arrivait-il de suivre leur exemple et d'admirer les jolies femmes qui nous entouraient ?

— Non. Si j'avais eu l'audace de m'intéresser à elles, tu l'aurais senti et, au lieu de piquer une banale crise de jalousie, tu m'aurais adressé l'un de ces sourires enjôleurs dont tu as le secret.

— Mais aurais-je réussi à t'ensorceler ?

— Cette question !

Celia leva la tête vers Francesco et battit des cils d'un air alangui.

— Qu'y a-t-il au fond de tes yeux en ce moment ? lui demanda-t-elle dans un murmure.

— La même chose que lorsque nous avons fait l'amour pour la toute première fois, chuchota-t-il, le cœur pris de folie.

— C'est-à-dire ?

— Du désir, de la tendresse et de l'admiration. Si nous étions seul à seule, je t'enlèverais ta jolie robe et je te montrerais…

— Ah ! je vous tiens enfin, ma chère petite, coupa Angelica en se ruant sur Celia comme un missile sol-sol sur son objectif et en l'arrachant des bras de Francesco. Pendant que je trinquais avec ce bavard de Toni, je vous ai observée de loin et je dois reconnaître que vous m'avez épatée. Où trouvez-vous la force de rire et de danser malgré votre handicap ?

— Je n'ai aucun mérite, vous savez. Les aveugles mènent une vie identique à la vôtre. Ils prennent autant de plaisir que vous à écouter une valse de Strauss et à déguster du valpolicella, par exemple.

— Il y a quand même un tas de choses qu'ils ne peuvent pas faire.

— Sans doute, s'interposa Francesco, mais ils sont meilleurs que nous dans de nombreux domaines. Contrairement à ce que tu penses, ils sont capables d'aller crapahuter sur les flancs du Vésuve, de sauter en parachute ou de plonger au fond de l'océan.

— De sauter en parachute ? Çà, alors !

— Viens donc admirer les étoiles, *cara*, lança Toni à Angelica en lui entourant les épaules d'un bras autoritaire et en l'entraînant vers la terrasse.

— Ouf ! s'exclama Francesco dès qu'ils eurent quitté le living-room. J'ai cru que nous n'arriverions pas à nous débarrasser de cette poison.

— Il était inutile de l'éloigner, la pauvre, déclara Celia, un sourire amusé aux lèvres. Ce qu'elle m'a dit n'était pas très méchant.

— Je te trouve bien indulgente avec elle. Si c'était moi qui t'avais parlé de cette façon, je serais déjà mort à l'heure qu'il est.

— Merci en tout cas d'avoir volé à mon secours. J'ai adoré ton petit laïus sur les prouesses que peuvent accomplir les non-voyants. Étais-tu sincère quand tu as clamé haut et fort qu'ils étaient capables de sauter en parachute ?

Alors que Francesco hésitait entre un « oui » circonspect et un « non » risqué, une sonnerie perçante le fit sursauter.

— Pardon de ne pas avoir éteint ce fichu téléphone avant de venir à la villa, maugréa Celia en empoignant son portable et en enfonçant la touche « prise de ligne ». Allô ! lança-t-elle dans le micro pendant que les autres invités s'éloignaient de quelques mètres par discrétion. Qui est à l'appareil ?… *Ciao, Sandro !* Comment vas-tu, mon chou ?

— Qui est ce Sandro qu'elle a l'air de beaucoup aimer ? demanda Hope à Francesco.

— Un type insolent et prétentieux qui se croit plus malin que tout le monde, mais dont je n'ai rien à craindre, jeta-t-il, le visage rembruni.

— Ah bon ! s'exclama sa mère, qui le connaissait trop pour s'en laisser conter. C'est un rival si dangereux que cela ?

7

— Tu as passé une bonne soirée ? demanda Francesco à Celia en la raccompagnant chez elle une heure et demie plus tard.

— Oui, acquiesça-t-elle d'une voix enjouée. J'ai pris beaucoup de plaisir à discuter avec tes frères.

— Eux aussi t'ont trouvée très sympathique. Ils m'ont dit qu'ils avaient été impressionnés par ton dynamisme et ton moral d'acier.

— Sur ce plan-là, Olympia n'a rien à m'envier. Pendant que Primo et toi bavardiez, elle m'a confié que c'était elle qui dirigeait l'usine de son mari et qu'elle n'hésitait pas à le bousculer quand il le fallait.

— Olympia est une jeune femme à poigne qui s'est fixé des objectifs ambitieux et qui est prête à tout pour les atteindre. Elle a de l'énergie à revendre et se lance perpétuellement de nouveaux défis.

— Demain après-midi, j'irai visiter les locaux qu'elle souhaite réaménager et, comme j'ai déjà aidé plusieurs chefs d'entreprise qui voulaient embaucher des handicapés à obtenir des subventions de l'État, je pourrai lui donner quelques tuyaux.

— Jacko t'accompagnera-t-il ?

— Bien sûr ! Il a eu un succès fou ce soir et je n'aimerais pas m'en séparer.

— Ruggiero, Polly et Della se sont beaucoup occupés

de lui, c'est vrai, mais je ne l'ai pas trouvé très sociable. À le regarder somnoler et refuser les biscuits qu'on lui offrait, on aurait dit qu'il s'ennuyait à mourir et qu'il avait hâte de quitter la maison.

— Quand il se sera habitué à moi et à la vie trépidante que je mène, il se comportera différemment.

— Espérons-le !

Celia cala sa nuque contre le dossier capitonné de son siège et éclata d'un rire cristallin.

— Lorsque ton beau-père a prétendu qu'il allait divorcer et épouser Angelica, j'ai regretté d'être aveugle, car j'aurais voulu voir la tête de ta mère, lança-t-elle dès qu'elle eut récupéré un peu de son sérieux. Comment a-t-elle réagi ?

— Elle a essayé de faire bonne figure pour ne pas se ridiculiser devant ses invités, mais je doute qu'elle ait trouvé la blague désopilante, répliqua Francesco après avoir longé la baie et garé sa Ferrari à l'entrée de la Via Santa Lucia. Pendant qu'elle s'efforçait de plaisanter avec Giulio et Teresa, Toni m'a dit qu'elle n'avait eu que ce qu'elle méritait.

— Lui arrive-t-il souvent d'obéir aux ordres qu'elle lui donne ?

— Très souvent. Il l'aime tellement qu'il irait décrocher la lune si elle le lui demandait.

— C'est donc lui le plus amoureux des deux ?

— Non. Ils éprouvent la même chose, l'un et l'autre, que le jour de leur première rencontre.

— Oh ! je ne crois pas. Quand un homme et une femme sont mariés depuis des dizaines d'années, il est rare que leurs sentiments n'aient pas évolué. En les écoutant parler à la fin de la soirée, j'ai eu l'impression que ton beau-père vouait à ta mère une sorte de culte et n'avait droit en retour qu'à de l'affection.

— Peut-être est-elle moins démonstrative que lui. Les

Anglais ne s'expriment pas avec autant de fougue que les Italiens.

Ignorant la moue sceptique qui plissait les lèvres de Celia, Francesco sauta à terre et l'aida à descendre de la Ferrari.

— Entre, je t'en prie, lui dit-elle après avoir ouvert la porte de son appartement.

— Jacko n'a pas l'air en forme, remarqua-t-il, inquiet de voir le labrador se traîner jusqu'au fond du living-room et s'écrouler au pied du canapé. Où habitait-il avant ton arrivée à Naples ?

— Chez un certain Antonio Feltona. Il lui a servi de guide pendant des années et a été obligé de le quitter au début de ce mois.

— Quand les responsables de l'association à laquelle tu t'es adressée sont allés le chercher, il a dû se sentir déboussolé.

— Wicksy est passé par là, lui aussi, mais il s'en est remis. La dernière fois que je lui ai rendu visite, il était en train de s'amuser avec les enfants de ses nouveaux maîtres et paraissait très content.

— Les chiens sont comme les êtres humains : ils n'ont pas tous le même caractère. Certains adorent le changement, d'autres ont besoin de sécurité et ne supportent pas qu'on les arrache à leur environnement familier. Puisque Jacko a l'air d'appartenir à la deuxième catégorie, je comprends qu'il soit déprimé. Moi non plus, je n'aurais pas aimé qu'on me jette à la rue et qu'on me déracine sans me donner d'explications.

— Qu'on te jette à la rue et qu'on te déracine ! répéta Celia, interloquée. Pourquoi emploies-tu ces termes-là ?

— Je l'ignore, maugréa Francesco, étonné de sa propre véhémence. Peut-être ai-je vécu quelque chose d'aussi déstabilisant que ce qui est arrivé au pauvre Jacko. Quelque chose qui me hante, mais dont je n'ai pas gardé de souvenirs précis.

— Est-ce dans ton enfance que tu as subi ce traumatisme ?

— Je n'en ai aucune idée.

— Dommage, car j'aurais bien voulu t'aider à guérir de ton obsession.

— Au lieu de chercher à me psychanalyser, occupe-toi de ton chien. Il dépérit à vue d'œil.

Celia s'agenouilla au pied du canapé avec une étrange docilité, puis promena ses jolis doigts effilés sur le pelage de Jacko et lui chuchota des mots doux à l'oreille comme s'il avait été l'amour de sa vie.

— A-t-il l'air moins abattu que tout à l'heure ? demanda-t-elle à Francesco.

— Oui, bougonna-t-il, absurdement jaloux du labrador. Tu peux le laisser tranquille maintenant. Il a eu sa dose d'affection.

— Crois-tu que, si je lui fais chaque jour de gros câlins, il oubliera son ancien maître ?

— Je ne sais pas. Cela dépend de la manière dont le traitait M. Feltona et de la solidité des liens qui les unissaient l'un à l'autre.

Après avoir effleuré d'une ultime caresse la robe soyeuse de Jacko, Celia se releva et offrit un bouquet de sourires à Francesco.

— Merci de m'avoir défendue ce soir, murmura-t-elle en s'approchant de lui. Quand je t'ai entendu dire à Angelica que les aveugles étaient capables de réaliser des exploits, j'ai eu l'impression que tu m'avais enfin comprise.

— Mieux vaut tard que jamais, jeta-t-il, trop heureux d'avoir regagné son estime pour oser la détromper. À force de me répéter que les non-voyants pouvaient pratiquer n'importe quelle activité, tu as réussi à m'en persuader. J'ai beau avoir la tête dure, il y a certaines choses que j'arrive à retenir si on me les enfonce dans le crâne à coups de matraque.

— Pardon d'avoir manqué de patience et de doigté.

J'aurais dû être moins exigeante avec toi et ne pas te demander l'impossible.

— Des torts, nous en avons eu tous les deux et aucun de nous n'a essayé de les réparer. Au lieu de consolider ce que nous avions bâti ensemble, nous nous sommes acharnés à le détruire.

— Et nous avons passé des nuits entières à nous déchirer dans l'obscurité.

— Dès que tu m'entendais éteindre la lampe de chevet, on aurait dit que cela t'amusait de nous savoir à égalité et que tu en profitais pour me pousser à bout.

— T'ai-je fait du mal ?

— Oui.

— J'en suis désolée... sincèrement désolée, chuchota Celia avant de se serrer dans les bras de Francesco et de lui sceller les lèvres d'un doux, d'un long, d'un interminable baiser qui le grisa jusqu'au vertige et lui rappela d'autres étreintes, d'autres voluptés.

Le corps incendié, il mêla son souffle à celui, brûlant, qui enflammait son palais et décida que plus rien ne comptait. Ni la rancœur qu'il avait nourrie contre Celia après leur rupture ni la jalousie dévorante qu'il avait éprouvée au début de la semaine envers Sandro Danzi. Seule existait la vague brutale de plaisir qui déferlait dans ses veines et lui troublait la raison.

— Dieu, que j'ai envie de toi, *bella mia* ! avoua-t-il quand, à regret, leurs bouches se furent désunies.

— Moi aussi, j'ai envie de toi, confessa-t-elle.

Mais, au moment même où elle allait l'entraîner dans sa chambre, son téléphone se mit à sonner.

— Pourquoi n'as-tu pas éteint ce maudit portable ? grommela Francesco.

— Ce n'est pas lui que tu entends, répliqua Celia, c'est mon fixe.

Persuadé que le rustre qui avait le toupet de la déranger à une heure aussi tardive insisterait jusqu'à ce qu'elle finisse par décrocher, il relâcha son étreinte et empoigna le récepteur.

— Allô ! jeta-t-il d'une voix sèche dans le micro. Qui est à l'appareil ? Non, elle ne peut pas vous parler maintenant... Que ce soit urgent ou pas, je m'en moque. Vous n'aurez qu'à essayer de la joindre lundi matin. Elle ne travaille pas le week-end et aimerait bien qu'on lui fiche la...

— Qui est-ce ? coupa Celia.

— Ton Sandro adoré, maugréa Francesco sans se donner la peine d'appuyer sur la touche « secret » du combiné. Allez, vas-y, débarrasse-toi de ce casse-pieds ! ajouta-t-il du ton d'un général en chef haranguant ses troupes à la veille d'une bataille.

Furieuse qu'il se soit permis une fois encore de lui dicter sa conduite, elle saisit l'écouteur qu'il lui tendait et le plaqua contre son oreille.

— Je t'avais demandé de ne pas me rappeler ce soir, lança-t-elle à Sandro.

— Je sais que tu ne voulais pas être dérangée, rétorqua-t-il, mais, si tu ne prends pas les choses en main, nous risquons de perdre un très gros client. Matteo Benedetti doit quitter Naples vers minuit et tient à te parler avant son départ. Alors, essaie de le joindre et tâche de te montrer convaincante. Tu as le numéro de son portable ?

— Oui.

— Quand lui téléphoneras-tu ?

— Dès que j'aurai raccroché.

Après avoir salué Sandro d'un rapide « à bientôt », Celia reposa le récepteur et se tourna vers Francesco.

— Voilà donc à quoi se résument tes relations avec ton merveilleux associé ! s'exclama ce dernier, hors de lui. Il suffit qu'il te siffle pour que tu accoures ?

— Ce n'est pas parce que Sandro m'a demandé de passer

un coup de fil à Matteo Benedetti, un riche industriel, que je vais lui obéir, c'est parce que je n'ai pas envie de rater une affaire.

— Au diable les affaires ! Il n'y a pas que cela qui compte.

— Dans la bouche d'un travailleur acharné tel que toi, la phrase sonne terriblement faux.

— Qu'es-tu en train d'insinuer ? Qu'il m'est arrivé de te négliger à cause de mes obligations professionnelles ?

— Non. Je voulais juste te dire que tu étais mal placé pour me critiquer.

— Vu le tour qu'a pris la conversation, il est préférable que je m'en aille, décréta Francesco avant de pivoter tout d'un bloc sur ses talons, à la manière d'un soldat, et de s'éloigner, le dos raide.

Dès qu'il eut claqué la porte du vestibule derrière lui, Celia téléphona à Matteo Benedetti, puis troqua sa robe contre une chemise de nuit et se glissa entre ses draps.

— Viens me consoler, vieux brigand, intima-t-elle à Jacko, qui la rejoignit aussitôt dans la chambre. Heureusement que tu es obéissant et que tu n'essaies pas de régenter ma vie comme cet entêté de Francesco ! Le jour où j'ai décidé de me réconcilier avec lui, j'aurais mieux fait de me casser une jambe. J'espérais que notre rupture lui aurait servi de leçon et qu'il aurait changé ces trois derniers mois, mais il est tellement autoritaire et tellement borné que seul un coup de baguette magique aurait pu le métamorphoser en prince charmant.

Jacko sauta sur le lit au mépris des règles que lui avait enseignées son dresseur et s'allongea à côté de Celia.

— Tu veux que je te confie un secret ? lui dit-elle en le caressant. Bien que je me vante d'être autonome et de n'avoir besoin de personne, je serais incapable de me débrouiller sans l'aide d'un chien-guide. Lorsque j'étais petite, mes parents m'avaient offert un colley que j'avais baptisé Max et qui m'accompagnait partout. Ensuite, il y a eu Wicksy, dont j'ai été obligée de me séparer. Et aujourd'hui, c'est toi qui me permets de rester indépendante. Si tu n'étais pas là, je serais à la merci de mon entourage et ce tyran de Francesco en profiterait. Vu la réaction qu'il a eue quand je lui ai annoncé que j'allais devoir appeler un client, je suis contente de ne pas avoir fait l'amour avec lui… Très contente, tu peux me croire.

Trop intelligent pour croire à un tel mensonge, Jacko frotta son museau contre le visage de sa maîtresse et essuya du bout de sa truffe les grosses larmes qui ruisselaient de ses yeux.

Le lendemain, après avoir montré à Celia les locaux qu'ils souhaitaient moderniser, Primo et Olympia l'invitèrent chez eux.

À peine s'étaient-ils assis dans les fauteuils en cuir qui encerclaient la table basse du living-room que la sonnerie du téléphone interrompit leur conversation.

— *Ciao !* lança impétueusement Olympia, le récepteur coincé entre sa joue et son épaule. Ah ! c'est toi, Francesco. Celia est ici et, comme elle a plein de choses à te raconter, il faudrait que tu viennes lui parler de toute urgence… Non, non, je n'accepterai aucune excuse. Range au fond d'un tiroir les dossiers que tu es en train d'étudier et rejoins-nous vite ! Nous t'attendons.

— Que t'a dit mon frère ? lui demanda Primo dès qu'elle eut raccroché.

— Qu'il avait du travail par-dessus la tête et qu'il n'avait pas prévu de descendre en ville ce soir. Lui arrive-t-il parfois d'oublier sa fabrique de meubles et de s'amuser ?

— Il s'est accordé trois heures de congé hier, jeta Celia

d'un ton caustique. Alors, vous pensez bien qu'il ne va pas remettre cela aujourd'hui !

— J'ignorais qu'il était aussi consciencieux, déclara Primo. Il a quitté Naples il y a dix ans et n'est réapparu qu'en juin dernier. Je ne sais donc pas quels sont ses défauts et ses qualités.

— Où est-il allé à la fin de ses études ?

— Dans le nord de l'Italie. Il a dirigé plusieurs entreprises de Milan à Turin et a amassé des fortunes. Ensuite, il est parti exercer ses talents de gestionnaire aux États-Unis et y a fait de nombreux investissements avant de regagner l'Europe et d'acheter un tiers des parts de Tallis Incorporated.

— Pourquoi a-t-il autant voyagé ?

— C'est à vous de me le dire. Puisque vous avez vécu avec lui en Angleterre, vous le connaissez sans doute mieux que moi.

— Non, hélas ! Il prend un tel plaisir à brouiller les pistes que je n'ai pas encore réussi à percer tous ses secrets.

Celia sirota le vermouth-cassis que venait de lui offrir Olympia et attendit fébrilement l'arrivée de Francesco.

— As-tu pu joindre M. Benedetti hier soir ? lui demanda-t-il en pénétrant dans le living-room un quart d'heure plus tard.

— Oui, acquiesça-t-elle. Et il m'a promis de m'accorder sa clientèle.

— Ton Sandro bien-aimé doit être ravi que tu lui aies obéi au doigt et à l'œil.

— Sandro Danzi est mon associé, pas mon petit ami, et je ne suis pas à sa botte.

— Tu parles ! Dès que tu l'as eu au bout du fil, tu t'es détournée de moi et tu m'as traité comme quantité négligeable.

— Cela prouve que certains hommes ont une personnalité intéressante et méritent d'être respectés alors que d'autres ne savent pas s'y prendre avec les femmes et sont faciles à oublier.

Francesco s'assit dans un fauteuil, la mine sombre, et regarda Carlo, qui était arrivé chez Primo et Olympia cinq minutes avant lui, pianoter sur les touches de son portable.

— Je ne suis pas le seul à ne pas savoir m'y prendre avec les femmes, jeta-t-il à Celia pendant que Carlo téléphonait à son épouse et la suppliait de ne pas faire d'imprudences. Mon frère est encore plus prévenant envers Della que je ne l'ai été envers toi.

— Pourquoi lui demande-t-il de se ménager ?

— Parce qu'elle a été victime d'un accident d'avion et qu'elle est très fragile. Depuis qu'elle a failli succomber à une crise cardiaque, il la protège de son mieux.

— Au risque de l'étouffer.

— Oh ! il s'est bien rendu compte que Della détestait les ordres et les conseils, mais il ne peut pas s'empêcher de lui en donner, quitte à la mettre en colère.

Quels fléaux, ces Rinucci ! songea Celia en entendant Carlo harceler Della jusqu'à ce qu'elle lui raccroche au nez.

8

— Que faites-vous dans la vie ? demanda Celia à Carlo pendant le dîner auquel les avaient conviés Primo et Olympia.

— Francesco ne vous l'a pas dit ?

— Non. Il m'a juste précisé que votre métier était très accaparant et que vous aviez beaucoup voyagé quand vous étiez célibataire.

— Comme je suis archéologue, j'ai effectivement participé à de nombreuses fouilles avant d'épouser Della. Après mon mariage, j'ai décidé de revenir m'installer à Naples à cause des ennuis de santé de ma femme et j'ai eu la chance d'être nommé conservateur de l'un des musées de la ville. Si vous avez du temps libre un jour, j'aimerais bien que vous passiez à mon bureau et que vous me donniez des conseils. Grâce aux guides audio que nous mettons à la disposition des aveugles, ceux-ci peuvent déambuler d'une salle à l'autre et suivre un parcours prédéterminé, mais ce qu'il faudrait, c'est que nous les autorisions à toucher les œuvres d'art au lieu de nous borner à les leur décrire. Jusqu'à maintenant, les administrateurs se sont tous montrés assez réticents à ce sujet. J'ai eu beau leur expliquer que nos poteries, nos sculptures et nos toiles de maître ne risquaient pas d'être endommagées, ils m'ont interdit de laisser qui que ce soit s'en approcher.

— Quelqu'un a-t-il déjà enfreint cette règle ?

— Oui. Il y a un mois, le fils de l'un des membres du

comité de gestion, qui n'est ni malvoyant ni handicapé moteur, est arrivé complètement ivre au musée et a cassé une amphore.

— Pourquoi ne fais-tu pas faire une ou plusieurs répliques de chaque objet ? lança Francesco à Carlo.

— Parce que les imitations sont en général très décevantes, rétorqua celui-ci après avoir savouré le délicieux tiramisu que lui avait servi Olympia. La semaine dernière, des étudiants ont essayé de copier un tableau datant de la Renaissance, mais ils n'y sont pas parvenus.

— Ce n'est pas à ce genre de procédé que je pensais. Aucun élève des Beaux-Arts, aussi talentueux soit-il, ne sera capable de reproduire à l'identique tes statues grecques ou tes vases étrusques. Un infographiste expérimenté, en revanche, pourrait fort bien dessiner l'une de tes précieuses sculptures en trois dimensions avec ses reliefs, ses creux et ses méplats. Il lui suffirait ensuite de transmettre à une machine assistée par ordinateur les centaines de données qu'il aurait enregistrées et le tour serait joué.

— Tu es sûr que le résultat serait convain-cant ?

— Oui. Il y a un an, à Londres, j'ai vu des tanagras en résine de synthèse qui ressemblaient à s'y méprendre aux figurines originales. Les gens qui voulaient les examiner de près avaient le droit de les toucher et, s'ils les abîmaient, cela n'avait pas d'importance puisqu'il s'agissait de banales copies.

Carlo brandit son verre de chianti et le choqua contre celui de Francesco.

— Merci du renseignement, grand frère, lui dit-il. Dès qu'on m'y autorisera, j'engagerai le meilleur infographiste de Naples et je lui demanderai de reproduire tous les trésors du musée.

— Pourrai-je venir te chercher demain et t'emmener visiter ma fabrique de meubles ? lança Francesco à Celia en la reconduisant chez elle après le dîner.

— J'aurais bien aimé que nous passions la journée ensemble, mais c'est impossible, car j'ai déjà un rendez-vous.

— Avec qui ? Avec le directeur d'une entreprise concurrente de la mienne ?

— Non. Avec Sandro. Nous allons tester l'une des activités originales que nous voulons proposer aux clients de Follia Per Sempre.

— Quel que soit l'endroit où ton associé et toi avez prévu de vous retrouver, je t'y accompagnerai.

— Sans chercher à savoir en quoi consiste cette « activité originale » que nous souhaitons expérimenter ? Connaissant ta curiosité et ton autoritarisme, je parie que tu ne vas pas tarder à m'interroger et à me critiquer.

— Pas du tout ! Grâce aux talents de cordon-bleu d'Olympia et au merveilleux chianti que Primo nous a offert, je suis de très bonne humeur et je n'ai aucune envie de gâcher la soirée.

— Merci de ta gentillesse, mais que feras-tu demain si mes idées et celles de Sandro te déplaisent ?

— Je t'épargnerai mes commentaires et j'observerai une stricte neutralité. Je n'ai pas à approuver ni à désapprouver tes choix, car tu es assez grande pour prendre tes propres décisions.

Celia se tourna vers Francesco, la bouche arrondie de stupéfaction.

— Pourrais-tu répéter ce que tu viens de dire ? lui demanda-t-elle.

— Je n'ai pas à approuver ni à désapprouver tes choix, car tu es assez grande pour prendre tes propres décisions, lâcha-t-il en martelant ses mots. Quoi que je pense de tes initiatives, je me garderai bien de te donner mon opinion.

— Incroyable ! ironisa Celia. Où est donc passé le vrai Francesco Rinucci, celui qui m'accablait de conseils du matin au soir ?

— Il a cédé la place à un parfait gentleman qui respecte les autres et les laisse libres d'agir comme bon leur semble, déclara Francesco le plus sérieusement du monde. À quelle heure ton associé t'a-t-il fixé rendez-vous ? ajouta-t-il en s'arrêtant à l'entrée de la Via Santa Lucia.

— À 16 h 30. Il faudra donc que nous partions vers 16 heures.

— D'accord. Je viendrai te chercher dès que j'aurai quitté mon bureau.

— Où allons-nous ? demanda Francesco à Celia le lendemain après-midi.

— Au sud de Naples, l'informa-t-elle en posant son sac sous le tableau de bord de la Ferrari et en attachant sa ceinture de sécurité. À huit kilomètres d'ici, il y a un petit aérodrome privé que fréquentent les mordus de parachutisme et c'est là que Sandro nous attend.

— Les mordus de parachutisme ! Tu ne vas pas essayer de les imiter, j'espère ?

— Non. Comme je tiens à ce que tous les Napolitains connaissent l'existence de Follia Per Sempre, j'ai invité des journalistes à filmer l'événement et je serai obligée de rester au sol avec eux pendant que Sandro sautera dans le vide.

— Il est fou, ce type. Encore plus fou que toi.

— Et alors ? Quand je t'ai demandé hier ce que tu ferais si nos idées te déplaisaient, tu m'as répondu que tu observerais une stricte neutralité.

— Je t'ai vraiment dit cela ?

— Mot pour mot.

— J'avais dû boire un peu trop de chianti, marmonna

Francesco en quittant la Via Santa Lucia sur les chapeaux de roues.

Puis, après quelques minutes de silence, il ajouta d'un ton malicieux :

— À la réflexion, je suis ravi que ce cinglé de Danzi ait décidé de prendre des risques et je ne serais pas mécontent qu'il se rompe les os. Je n'aime pas les m'as-tu-vu qui ressemblent à des acteurs de cinéma et qui ont de l'esprit par-dessus le marché.

— Tu es jaloux du physique de Sandro ?

— Jaloux, non, mais j'aurais préféré qu'il soit laid comme les sept péchés capitaux.

— Si tu crois que je vais me jeter à son cou parce qu'il est séduisant, tu peux dormir tranquille. Je n'ai pas l'habitude de mêler travail et sentiments.

— Sauf en cas de faiblesse passagère, se moqua Francesco. La première fois que nous nous sommes rencontrés, toi et moi, c'était pour des raisons professionnelles et cela ne t'a pas empêchée de me tomber dans les bras au bout d'une semaine.

— C'est l'exception qui confirme la règle, riposta Celia du tac au tac. La belle histoire d'amour que nous avons vécue au début de l'année n'a rien à voir avec l'amitié que je porte aujourd'hui à Sandro.

Puis, impatiente de changer de sujet, elle demanda d'une voix brève :

— Sommes-nous encore loin du terrain d'aviation ?

— Non, pas très loin, grommela Francesco. S'il n'y avait pas eu un embouteillage à la sortie de Naples, nous serions déjà arrivés.

Quand ils pénétrèrent dans le hall d'accueil de l'aéro-club dix minutes plus tard, Sandro, qui avait revêtu une combinaison rouge cerise, vint les saluer et leur présenta Silvio Cavalli, son instructeur.

— Lorsqu'il aura pris de l'altitude, le monomoteur que nous avons loué survolera deux fois le tarmac, expliqua-t-il à Celia, et c'est ensuite seulement qu'on nous donnera l'ordre de sauter.

— À quelle distance du sol devras-tu ouvrir ton parachute ?

— À huit cents mètres environ.

— Pourquoi ne pas le faire dès que possible ? s'étonna Francesco.

— Parce que c'est peu de temps avant l'atterrissage qu'il faut manœuvrer la voilure et décélérer, répondit Silvio Cavalli à la place de Sandro.

— Si on tire trop tôt sur la sangle, on descend lentement et on se prive du plaisir de fendre l'air comme un oiseau, précisa ce dernier. Si on réagit trop tard, en revanche, on risque de se briser la nuque…

— … et de se retrouver à l'hôpital en pièces détachées, acheva Celia sous l'œil amusé des journalistes qui se pressaient autour d'elle.

— Pourras-tu t'occuper de mon chien pendant que je serai là-haut ? lui demanda Sandro.

— Avec joie, acquiesça-t-elle avant de lâcher son sac et de saisir la poignée du harnais dont était muni le berger allemand.

De crainte que Jacko ne se sente abandonné, Francesco le prit par le collier et lui caressa le museau.

— Ne t'inquiète pas, mon vieux, le rassura-t-il. Je ne te laisserai pas tomber.

— Que se passe-t-il maintenant ? interrogea Celia en collant son front à une baie vitrée.

— Ton associé et son moniteur ont rejoint le pilote sur le tarmac, l'informa Francesco. L'appareil dans lequel ils sont en train de monter est tellement petit qu'ils vont être serrés comme des sardines.

— Aucune importance ! Ce qu'ils veulent, ce n'est pas

s'installer confortablement au fond de la carlingue, mais braver le danger.

— Pour risquer ainsi sa peau, il faut avoir une case en moins.

— Qu'est-ce que tu dis ?

— Que, pour risquer ainsi sa peau, il faut être très courageux.

Imperméable à l'acidité du ton, Celia sortit du hall d'accueil et leva la tête vers le ciel.

— J'entends un bruit de moteur, lança-t-elle. Est-ce l'avion de Sandro qui a décollé ?

— Oui, confirma Francesco. Il s'éloigne de l'aérodrome.

— Mais il va revenir par ici, n'est-ce pas ? questionna-t-elle de l'air anxieux d'un enfant qui a peur d'être privé de dessert.

— Évidemment ! Maintenant qu'il est à trois ou quatre mille mètres d'altitude, je le vois faire demi-tour et survoler les prairies qui encadrent la piste… Ça y est ! Sandro et Silvio ont sauté.

— Ont-ils ouvert leurs parachutes ?

— Pas encore. Ils s'agrippent l'un à l'autre, bras et jambes écartés comme s'ils voulaient à la fois danser la farandole et imiter les oiseaux.

— Ce que j'aimerais être à leur place !

« Le jour où je t'autoriserai à grimper dans un vieux coucou et à planer au-dessus d'un champ de luzerne, il neigera sous les tropiques », s'abstint de rétorquer Francesco, excédé par l'inconscience de Celia.

— Au cas où tu t'inquiéterais pour ton cher associé, laisse-moi te rassurer, lâcha-t-il d'un ton rogue. Son instructeur et lui ont atterri et ils sont tous les deux sains et saufs.

— Dieu soit loué ! s'écria-t-elle en se précipitant vers le tarmac à la suite des trois cameramen qui avaient filmé le saut.

— J'ai l'impression que ta maîtresse nous a oubliés, lança Francesco à Jacko. La seule chose qui l'intéresse en ce moment, c'est la publicité que vont lui faire les médias. Si Antonio Feltona t'a traité avec la même désinvolture qu'elle, je comprends que tu aies l'oreille basse et le moral à zéro. Personne ne devrait abandonner un chien ou un enfant.

« Un chien *ou un enfant…* » Les mots encore aux lèvres, Francesco se demanda quelles blessures on avait bien pu lui infliger jadis pour que cet insupportable sentiment de solitude qui l'oppressait revienne constamment l'assaillir. Mais, avant qu'il n'ait eu le temps de fouiller dans sa mémoire, Celia le rejoignit à l'entrée du hall d'accueil.

— Où veux-tu que je t'emmène ? lui jeta-t-il d'une voix crispée.

— Chez moi.

— Tu ne préfères pas répondre aux questions des journalistes ?

— Non. Je me suis engagée à leur accorder une interview à la fin de la semaine. Il n'y a donc rien qui m'oblige à rester ici.

— La prochaine fois, ce ne sera pas d'un avion que je sauterai, ce sera d'une montgolfière, cria Sandro à Francesco.

— De mieux en mieux ! bougonna ce dernier en entraînant Celia vers le parking de crainte que la témérité maladive de son associé ne soit contagieuse.

Après avoir regagné Naples, ils s'arrêtèrent dans l'une des petites épiceries qui jalonnaient les rues du centre-ville et y achetèrent de quoi préparer le meilleur des dîners.

— Quand nous habitions à Londres, c'était toujours toi qui faisais la cuisine, se rappela Francesco, les bras encombrés de légumes et de fruits. Tu avais dressé la liste de mes plats préférés et tu t'exerçais à les confectionner jusqu'à ce que le résultat te plaise.

— Mais il y avait des spécialités napolitaines dont

je n'avais trouvé la recette nulle part, répliqua Celia, un sourire au coin des lèvres.

— Comme tu tenais absolument à y goûter, tu me demandais de réunir les ingrédients et de me transformer en marmiton.

— Ce que j'ignorais à ce moment-là, c'est que tu n'avais aucun talent de cordon-bleu et que tu n'étais même pas capable de distinguer une lentille d'un pois chiche ou une banale pomme de terre d'un navet.

— Je suis un fin gourmet, pas un grand chef, se défendit Francesco.

— Moi qui croyais que tous les Italiens savaient cuisiner, j'ai été très déçue le jour où je me suis rendu compte que tes connaissances en gastronomie avoisinaient le zéro pointé.

— Tu n'aurais pas dû être étonnée. Du sang anglais coule dans mes veines et les sujets de Sa Gracieuse Majesté n'ont pas la réputation d'être des virtuoses du fourneau.

— Quand j'ai compris que tu étais plus doué pour me critiquer que pour jongler avec mes casseroles, j'ai décidé de suivre des cours du soir et d'apprendre à préparer une vraie pizza napolitaine...

— La première fois que tu en as confectionné une, je l'ai trouvée délicieuse, mais j'ai regretté de ne t'avoir été d'aucune utilité. Malgré mon allergie aux tâches ménagères, je n'aimais pas me mettre à table en rentrant du bureau et me faire servir comme un nabab.

— Si tu avais essayé de me réduire en esclavage, je t'aurais donné un coup de poêle à frire sur la tête et tu aurais vite changé d'attitude !

— Ça, je veux bien le croire. Tu as toujours eu une sainte horreur des machos.

Après avoir quitté l'épicerie à la suite de Celia, Francesco la guida vers sa Ferrari, puis l'aida galamment à s'y installer avant de s'asseoir au volant.

— Pendant que je prépare le repas, va donc promener Jacko, lui ordonna-t-elle dès qu'ils eurent regagné la Via Santa Lucia.

Et, avant qu'il n'ait eu le temps de protester, elle s'engouffra dans le hall de son immeuble.

— Les hors-d'œuvre sont prêts, annonça-t-elle avec une feinte solennité quand il la rejoignit au fond de sa cuisine vingt minutes plus tard, mais je n'ai pas osé allumer la gazinière.

— Ah bon ! s'exclama-t-il sans se méfier du sourire taquin dont elle le gratifiait. Pourquoi ?

— Parce que je suis aveugle et que j'ai eu peur de mettre le feu à l'appartement. Quelqu'un que je ne nommerai pas m'a répété qu'il fallait être prudent dans la vie. Alors, j'ai décidé de suivre ses conseils et de manger froid à partir de maintenant.

— J'aurais dû me douter que tu me racontais des histoires, petite peste ! grommela Francesco en prenant Celia aux épaules et en la secouant comme un prunier. Tu mériterais que je t'enferme dans ta chambre et que je jette la clé par la fenêtre.

— Si tu faisais cela, tu serais le premier à le regretter, riposta-t-elle d'un ton moqueur, car tu serais obligé de dîner seul et de passer la nuit sur le canapé du salon, qui est beaucoup moins confortable que mon lit. Puisque tu as l'air impatient de me punir, continue à me serrer dans tes bras au lieu de m'envoyer au piquet et inflige-moi un châtiment… corporel.

— Un châtiment corporel ! Je me demande ce que tu entends par là.

— Tu veux que je te donne un indice ?

— Oui. J'adore jouer aux devinettes.

Les traits éclairés d'un sourire, Celia se haussa sur la

pointe des pieds et colla ses lèvres à celles, frémissantes, de Francesco.

— Viens, jeta-t-elle après avoir échangé avec lui le plus voluptueux des baisers. Viens vite !

Oubliant les innombrables querelles qui les avaient opposés l'un à l'autre, ils franchirent la large porte cintrée qui reliait la cuisine à la chambre et, peau contre peau, bouche contre bouche, réinventèrent à l'infini les gestes du bonheur.

— Je croyais t'avoir perdue à jamais, *bella mia*, chuchota Francesco dès qu'il eut recouvré à grand-peine son souffle et ses esprits.

— Tu as eu tort de désespérer, murmura Celia en lui effleurant le visage d'une lente caresse. Si tu avais réfléchi ne serait-ce qu'une seconde, tu aurais deviné que je ne me laisserais pas facilement décourager.

— Même par le roi des imbéciles ?

— Même par le pire des tyrans.

— Te rappelles-tu la première fois que nous avons fait l'amour ?

— Bien sûr ! Comment aurais-je pu l'oublier ?

— Ce soir-là, j'étais arrivé chez toi à l'improviste et, lorsque tu étais venue m'ouvrir, je m'étais demandé ce que tu cachais sous ta robe à manches longues et à col roulé. Vu ton pragmatisme, je m'étais dit que tu ne devais pas être le genre de fille à acheter de la lingerie affriolante.

— As-tu été déçu quand tu m'as déshabillée et que tu t'es rendu compte de ton erreur ?

— Au contraire ! Tu n'imagines pas le plaisir que j'ai pris à t'enlever ton joli string en satin écarlate et à dégrafer ton balconnet de dentelle.

Francesco pencha la tête et cribla la gorge dénudée de Celia d'une kyrielle de baisers.

— Est-ce le même soutien-gorge que tu portes aujourd'hui ? questionna-t-il.

— Que je *portais*, rectifia-t-elle avec un zeste d'ironie. Dès que tu es entré dans ma chambre, tu t'es jeté sur moi comme un sauvage et tu me l'as arraché.

— Était-ce le même que celui dont je viens de te parler ? insista Francesco.

— Oui, répondit Celia en se gardant bien de lui avouer qu'elle l'avait acheté exprès pour lui le lendemain de leur première rencontre et qu'elle l'avait glissé intentionnellement dans sa valise avant de quitter l'Angleterre.

9

— Tu sais ce qu'on devrait faire pour terminer la soirée en beauté ? lança Francesco à Celia. Sabler le champagne et trinquer à notre bonheur.

— Excellente idée ! approuva-t-elle en sautant à bas de son lit et en enfilant un kimono. J'ai acheté du champagne ce matin.

— Avec qui avais-tu l'intention de le boire ?

« Avec toi, mon amour », faillit-elle avouer.

Mais, de crainte qu'il ne l'accuse d'avoir tout prémédité, elle ravala les mots qui se pressaient sur ses lèvres et se borna à répondre :

— Avec personne en particulier. Quand je suis allée au supermarché, j'ai mis la bouteille dans mon Caddie sans réfléchir.

— Qui t'a accompagnée là-bas ?

— Giulietta, ma femme de ménage. Elle vient épousseter mes meubles trois fois par semaine et m'aide à faire mes courses.

Pendant que Francesco se rhabillait, Celia regagna sa cuisine, le cœur léger, puis sortit des flûtes en cristal de son vaisselier et les remplit à ras bord de champagne.

— Tchin-tchin ! s'exclama-t-elle dès qu'il l'eut rejointe.

— Je ne sais pas si c'est à cause des… violents efforts que j'ai fournis ce soir, déclara-t-il en étouffant un bâillement, mais je tombe de sommeil.

— Dommage que tu sois déjà fatigué, car j'espérais passer la nuit entière à explorer le septième ciel avec toi.

— La nuit entière ! releva Francesco dans un soupir d'agonisant. Tu veux ma mort ?

— Arrête de jouer les martyrs et viens te reposer, paresseux ! lui dit Celia en l'entraînant vers le fond du salon et en s'asseyant sur le canapé.

— Je pourrais rester comme cela pendant des années, murmura-t-il après s'être allongé à côté d'elle. Lorsque nous vivions ensemble, il nous arrivait souvent d'écouter de la musique et de nous endormir, serrés l'un contre l'autre sur ton vieux sofa.

— Ce que nous étions heureux dans ces moments-là !

— Nous le serons encore, je te le promets. À partir de maintenant, nous discuterons rationnellement chaque fois que nous aurons un problème à résoudre et, au lieu de nous quereller, nous essaierons de trouver un terrain d'entente.

— Rationnellement ! répéta Celia, rieuse. Depuis quand ce mot t'est-il familier ?

— Depuis que nous nous sommes réconciliés, déclara Francesco juste avant que la sonnerie du téléphone ne lui déchire les tympans. Si c'est cet enquiquineur de Sandro qui est au bout du fil, je sens que je vais hurler, ajouta-t-il d'un ton venimeux.

— Ça ne peut pas être lui. Je lui ai demandé de ne me déranger *sous aucun prétexte*.

— Et tu crois qu'il sait ce que l'expression signifie ?

— Oui. Malgré son allergie chronique à la discipline, il y a certains ordres qu'il n'ose pas enfreindre.

Sourde aux grognements dubitatifs de Francesco, Celia se pencha vers le combiné et saisit le récepteur des deux mains.

— Celia Ryland à l'appareil, jeta-t-elle dans le micro. Que désirez-vous ?... Ah ! bonsoir, Mario. Comme je suis très occupée en ce moment, je préférerais que vous me rappeliez plus tard et que… Entendu. Si le prochain numéro de votre magazine doit être bouclé avant minuit, je veux bien vous accorder cinq minutes. Puisque vous avez interviewé Sandro cet après-midi, il a dû vous dire que j'étais jalouse de lui et que j'avais hâte de l'imiter… Oui, ce qu'il vous a confié est exact. Pour inciter les clients de Follia Per Sempre à sortir des sentiers battus, j'aimerais sauter d'un hélicoptère ou d'un ballon, mais ne vous en faites pas, je vous informerai de la date à laquelle aura lieu l'événement…

— Qui était-ce ? demanda Francesco à Celia dès qu'elle eut pris congé de son correspondant et raccroché.

— L'un des journalistes de la presse écrite que j'avais invités à l'aérodrome, répliqua-t-elle en se laissant aller contre le dossier du canapé.

— Quand tu lui as annoncé que tu allais sauter d'un hélicoptère ou d'un ballon, tu n'étais pas sérieuse, j'espère ?

— Bien sûr que si ! Je n'ai pas l'habitude de parler à tort et à travers.

— Maintenant que nous nous sommes enfin réconciliés, tu ne vas tout de même pas recommencer à me donner des sueurs froides ?

— Ce n'est pas pour t'effrayer que j'ai décidé de suivre l'exemple de Sandro, mais pour montrer aux imbéciles qui traitent les aveugles d'incapables qu'ils se trompent lourdement.

— Tu le leur as déjà prouvé en demandant à des cameramen de venir filmer ton associé et de diffuser les images à une heure de grande écoute. Alors, sois raisonnable et renonce à tes projets.

— Chaque fois que je fais quelque chose qui te déplaît, tu te mets en colère et tu m'accuses d'avoir perdu la tête, mais ton attitude est encore moins sensée que la mienne.

— Quand tu m'informes que tu souhaites grimper dans

un aérostat et sauter du haut de la nacelle, que voudrais-tu que je te réponde ? Que tu as ma bénédiction et que je me fiche pas mal de ce qui pourrait t'arriver ? Tu ne comprends pas que, si je refuse de te laisser courir des risques, c'est parce que je t'aime ?

— Pour toi, « aimer » signifie « contrôler » et « dominer ». Pendant les cinq mois que nous avons passés ensemble à Londres, tu n'as pas arrêté de me donner des ordres et des conseils sans te rendre compte que tu m'étouffais.

Celia se leva du canapé et poussa un soupir de lassitude.

— J'en ai assez de devoir me justifier en permanence, Francesco, ajouta-t-elle. Assez d'être considérée comme une irresponsable et de n'avoir droit qu'à des reproches.

— Oublions le coup de fil que tu viens de recevoir et cessons de nous disputer, suggéra-t-il en bondissant du sofa. Avant que ce satané journaliste n'ait eu la mauvaise idée de t'appeler, nous étions heureux et nous nous…

— … bercions d'illusions, acheva Celia. Au fond de nous-mêmes, nous savions que cet état de grâce ne pourrait pas durer, mais nous préférions nous cacher la tête dans le sable que d'affronter la réalité.

— À t'entendre, on croirait que l'amour éternel est une invention de romanciers et qu'il ne sert à rien de courir après cette chimère.

— Je n'ai pas dit cela. Autour de nous, il y a un tas de gens qui ont eu la chance d'épouser l'homme ou la femme qu'ils aimaient et je ne doute pas de leur sincérité.

— Si tu es persuadée que leur mariage est solide, pourquoi ne veux-tu pas essayer de les imiter ?

— Parce que je suis différente d'eux. Quand je sors avec quelqu'un, il faut toujours que ce soit moi qui impose mes conditions et non pas l'inverse, car je déteste les compromis. Peut-être suis-je trop indépendante et trop égoïste.

— Toi, égoïste ? se récria Francesco en attirant Celia à

lui et en refermant ses bras sur elle. Quelle idée ! Tu es la personne la plus généreuse que je connaisse.

— Et la plus invivable, riposta-t-elle avant de se dégager d'une secousse et de heurter les étagères mal équarries de sa bibliothèque.

— Oh ! mon Dieu, tu t'es blessée, s'exclama Francesco à la vue des gouttes de sang qui perlaient aux lèvres de la jeune femme et qui étoilaient de rouge son joli front bombé. Je vais aller chercher du Mercurochrome et des sparadraps dans ton armoire à pharmacie.

— Non, ne te donne pas cette peine. Je suis habituée à me cogner aux meubles et à…

— C'est faux ! Au cours des cinq mois que nous avons passés ensemble, tu ne t'es pas égratignée une seule fois. Si je ne t'avais pas mise en colère il y a un instant, tu serais sortie du salon tranquillement et tu ne te serais pas ouvert l'arcade sourcilière.

— Arrête de culpabiliser, je t'en prie. Pourquoi te sens-tu toujours responsable de ce qui m'arrive ?

— Parce que j'ai des scrupules et que je m'en voudrais de ne pas assumer les conséquences de mes actes. Comme tu t'en es déjà aperçue, hélas, je suis très angoissé et, depuis que nous nous connaissons, ma hantise des accidents n'a fait qu'empirer. Lorsque tu t'exposes à un quelconque danger, j'ai tellement peur de te perdre que je deviens odieux. Le soir de notre rupture, pendant que je bouclais mes valises, tu m'as dit que ma possessivité maladive n'avait d'égal que mon autoritarisme et tu as eu raison d'employer ces mots-là.

— Non, j'ai eu tort de m'énerver et de te lancer des horreurs à la figure. C'était cruel et injuste.

— Cruel peut-être, mais rigoureusement exact. Quand tu m'as reproché de trop te surveiller et de ne pas te laisser respirer, j'ai bien vu que j'avais abusé de ta patience et que tu avais hâte de reprendre ta liberté.

— J'étais tellement en colère que je n'ai pas mesuré mes paroles, prétendit Celia en essuyant du bout des doigts son front ensanglanté.

— Ne cherche pas à me ménager, *cara*, répliqua Francesco avec un petit rire sans joie. Il y a huit mois, nous nous sommes promis d'être sincères l'un envers l'autre et je ne veux pas que tu mentes pour m'éviter de souffrir. Je me suis conduit comme un affreux tyran et il est normal que tu m'aies envoyé promener. J'aimerais pouvoir te dire que j'ai changé depuis nos retrouvailles et que, si tu acceptais de me donner une seconde chance, je saurais t'offrir la vie insouciante dont tu rêves, mais ce ne serait pas très honnête de ma part. Je suis encore un abominable despote et il vaut mieux que nous cessions de nous…

— Non, pas déjà, coupa Celia, les cils emperlés de larmes. Quand nous avons fait l'amour tout à l'heure, j'ai éprouvé un tel sentiment de plénitude que j'ai cru toucher le ciel. Alors, laisse-nous du temps, je t'en supplie.

« À quoi bon espérer l'impossible et patienter en vain ? », faillit objecter Francesco, persuadé que les happy ends n'existaient que dans les contes de fées et que, sauf miracle, il ne se transformerait pas du jour au lendemain en prince charmant.

— Je vais retourner à la villa et je te téléphonerai dès que possible, lança-t-il au moment même où le timbre de l'entrée se mettait à carillonner.

— Qui cela peut-il bien être ? murmura Celia. Je n'ai demandé à personne de passer me voir et je n'ai donné mon adresse à aucun journaliste.

— Tu veux que j'aille ouvrir à ta place ?

— Oui, merci. Je ne suis pas d'humeur à bavarder avec qui que ce soit.

— Si c'est ton cher associé qui est en train de martyriser ta sonnette, que devrai-je lui dire ?

— Que je suis trop fatiguée pour le laisser entrer.

— Voilà la réponse que j'espérais ! riposta Francesco avant de quitter le living-room à grandes enjambées et de tirer la porte du hall.

— Est-ce ici qu'habite Mlle Ryland ? questionna l'homme d'une cinquantaine d'années qui s'impatientait derrière le battant.

Mû comme par un ressort, Jacko bondit du fauteuil où il s'était pelotonné au début de la soirée et se précipita vers l'inconnu en aboyant.

— Qui êtes-vous, monsieur ? interrogea Celia après avoir gagné le vestibule d'un pas hésitant.

— Antonio Feltona. J'aimerais vous demander une immense faveur, *signorina*.

— Antonio Feltona, répéta-t-elle, pensive. Vous êtes le précédent maître de Jacko, n'est-ce pas ?

— Oui. J'ai été obligé de me séparer de lui dès que j'ai recouvré la vue et on vous l'a prêté parce que vous aviez besoin d'un chien capable de vous guider dans les rues de Naples.

— Si vous avez peur qu'il n'ait été maltraité, soyez rassuré : il est en parfaite santé.

— Mais il a souvent l'air abattu, précisa Francesco.

— Rien d'étonnant à cela ! s'exclama Antonio. Il a vécu longtemps avec moi et, à son âge, on déteste les bouleversements. Comme je me doutais qu'il n'était pas heureux, j'ai décidé de venir vous rendre visite pour essayer de vous convaincre de le laisser partir.

— Vous... vous voulez m'enlever Jacko ? bredouilla Celia, le cœur bloqué.

— Non. J'aimerais que vous me le rendiez de votre plein gré et que vous demandiez aux dirigeants de l'association de vous confier un autre labrador, moins vieux et moins fatigué que lui.

— C'est justement parce qu'il a des années d'expérience qu'ils me l'ont prêté et je ne peux pas me priver de ses services. Sans son aide, je serais perdue.

— Si vous souhaitez réfléchir avant de me donner une réponse définitive, je suis tout disposé à…

— Inutile de chercher à m'amadouer, *signor* Feltona ! s'écria Celia. Je ne changerai pas d'avis.

Puis, impatiente de clore la discussion, elle pirouetta sur ses talons et se heurta à la porte du living-room.

— Du calme, *amore* ! lui glissa Francesco à l'oreille en la prenant par la taille et en l'entraînant vers l'une des chaises qui encerclaient la table de la cuisine. Assieds-toi et respire à fond, ajouta-t-il d'une voix douce. Tu as l'air au bord de l'évanouissement.

— Avoue qu'il y a de quoi ! lâcha-t-elle, les jambes faibles. Jacko est le meilleur des guides et je ne veux pas me séparer de lui.

— Il ne doit pourtant pas être le seul chien à connaître les rues de Naples.

— Si les responsables de l'association en avaient eu des dizaines à me proposer, ils m'auraient laissée choisir. Comme ils ne l'ont pas fait, j'en déduis que le nombre de labradors et de bergers allemands à avoir fréquenté une école de dressage est très limité.

— Dans ce cas, il ne te reste plus qu'une solution.

— Laquelle ?

— T'en remettre à moi. Bien que je n'aie ni le flair ni la docilité de ce brave Jacko, je pourrais le remplacer au pied levé en attendant que tu trouves un autre compagnon à quatre pattes.

— Tu crois que j'ai le cœur à plaisanter ? maugréa Celia en s'écroulant sur une chaise et en resserrant nerveusement autour de sa poitrine les pans de son kimono.

— Oh ! mais je ne plaisante pas, se récria Francesco. Tu

m'as souvent répété que j'étais trop sérieux et qu'il fallait avoir un petit grain de fantaisie pour profiter de la vie. Tu ne vas donc pas me reprocher maintenant de vouloir suivre tes conseils ?

— Si j'acceptais ton offre, qui dirigerait ta fabrique de meubles pendant que tu me servirais de guide ?

— Fabrizio, mon bras droit. Je resterais en contact avec lui via internet et, après lui avoir donné mes consignes chaque matin, je serais à ton entière disposition. Dès que tu aurais besoin d'aide, il te suffirait de m'appeler et j'accourrais.

— Comme un gentil toutou, fidèle et obéissant ?

— Exactement ! Je mettrais ma fierté de côté et je ne songerais qu'à une chose : ton bonheur.

— Qui te dit que je serais heureuse d'être à ta merci et de ne pas pouvoir faire un pas sans toi ?

Francesco se laissa tomber dans le rocking-chair qui oscillait à l'entrée de la cuisine et poussa un profond soupir.

— J'aurais dû deviner que tu m'accuserais une fois de plus de vouloir te priver de liberté, dit-il d'une voix lasse. Peut-être as-tu raison de ne pas m'accorder ta confiance. Je suis aussi tyrannique que possessif et j'ai beau essayer de m'améliorer, je n'y arrive pas. Puisque tu tiens par-dessus tout à ton indépendance, il vaut mieux que tu oublies mon offre et que tu gardes Jacko jusqu'à ce qu'on te prête un autre chien. Les amis dévoués tels que lui sont difficiles à remplacer.

— C'est bien pour cela que je refuse de le laisser partir, déclara Celia en se levant de son siège, les épaules droites et la tête haute.

— Antonio Feltona va être déçu que je n'aie pas réussi à te faire changer d'avis.

— Je m'en doute, mais, quand je lui aurai expliqué ce que je ressens, il n'osera pas insister. Il a vécu la même chose que moi à la suite d'un grave accident et il sait pertinemment ce qu'on éprouve lorsqu'on est aveugle.

— Veux-tu qu'on aille lui parler dès maintenant ?

— Oui. Plus tôt il comprendra que ma décision est irrévocable, plus vite il s'en ira.

Après avoir jailli de son rocking-chair, Francesco offrit son bras à Celia, puis l'aida à regagner le vestibule et s'arrêta, médusé, devant la porte grande ouverte du salon.

— Qu'y a-t-il ? lui demanda-t-elle.

— M. Feltona s'est assis dans un fauteuil pendant que nous discutions, l'informa-t-il à voix basse, et Jacko, qui est allongé à ses pieds, ne le quitte pas des yeux. Jamais encore je n'avais vu un chien regarder son maître avec une telle adoration.

— Tu ne crois pas que tu exagères ?

— Non, je t'assure. Si c'était le cas, je n'aurais pas été frappé de stupeur en sortant de la cuisine et je n'aurais pas jugé utile de te décrire la scène.

— N'essaie pas de m'attendrir, Francesco ! maugréa Celia. Quoi que tu fasses, je ne...

— Qu'avez-vous décidé, mademoiselle Ryland ? coupa Antonio Feltona en l'apercevant dans l'embrasure de la porte.

— De ne pas vous rendre Jacko pour le moment, lança-t-elle d'un ton résolu. Demain matin, je téléphonerai aux responsables de l'association et je leur demanderai de lui trouver un remplaçant. Il se pourrait donc que vous le récupériez assez vite.

— Comme ma femme et mes enfants l'adorent, j'avais espéré le ramener à la maison dès ce soir. Puisque c'est impossible, m'autorisez-vous à leur dire que rien n'est perdu ?

— Oui, mais j'ignore jusqu'à quand ils vont devoir patienter. Les chiens-guides ne sont pas très nombreux et je doute qu'on m'en prête un autre avant la fin de l'année.

— Je comprends, *signorina*, et je vous prie d'excuser

mon manque de tact. J'ai eu tort de venir chez vous à l'improviste et de vous ennuyer avec mes jérémiades.

Antonio Feltona se leva, un sourire figé aux lèvres, et donna une petite tape affectueuse à Jacko.

— Au revoir, mon vieux Giacomo, lui dit-il. Il faut que je m'en aille maintenant et que je retourne à… Non, non, reste là et sois sage.

— Le pauvre Jacko a l'air effondré, glissa Francesco à Celia. Au lieu de se tenir tranquille, il s'est ébroué et a voulu suivre M. Feltona.

— Ne le grondez pas, mademoiselle Ryland, implora ce dernier. Il est triste de ne pas pouvoir m'accompagner, mais c'est une brave bête et je suis persuadé qu'il vous aime beaucoup.

— Il est inutile que vous le défendiez, riposta la jeune femme. Je sais qu'il ne me laissera pas tomber.

Puis, à l'adresse du labrador, elle ajouta d'un ton péremptoire :

— Au pied !

Trop habitué à obéir aux ordres pour se rebeller, Jacko vint docilement s'asseoir à côté d'elle et gémit de désespoir quand il vit son ancien maître franchir le seuil du vestibule à pas menus.

— Attendez, *signor* Feltona, cria Celia, le cœur serré. Je… j'ai changé d'avis. Jacko a l'air tellement malheureux de devoir rester ici que je préfère vous le rendre dès aujourd'hui.

— Je vous suis très reconnaissant de votre générosité, mademoiselle Ryland, mais, si les responsables de l'association tardent à vous trouver un autre chien, que ferez-vous ?

— Je demanderai à un ami de m'aider jusqu'à ce qu'ils aient déniché la perle rare.

— Vous êtes sûre de ne pas regretter votre décision ?

— Sûre et certaine.

Celia caressa une dernière fois le pelage de Jacko et lui tapota le museau.

— Va rejoindre ton maître, lui dit-elle. Ses enfants ont hâte de t'embrasser.

— Je suis fier de toi, *carissima*, murmura Francesco dès qu'il se retrouva seul à seule avec la jeune femme. Tu as réagi comme il le fallait et tu t'es montrée incroyablement courageuse.

— Lorsque j'ai entendu Jacko gémir à fendre l'âme, j'ai éprouvé une telle émotion que je m'en serais voulu de le retenir ici contre son gré, avoua-t-elle. Maintenant qu'il est parti, il ne me reste plus qu'à accepter ton offre et à espérer que tu sauras t'acquitter de ta mission.

— Que devrai-je faire pour ne pas te décevoir ?

— Obéir au moindre de mes ordres.

— Et passer mes nuits sur une carpette, au pied de ton lit ?

— Non, quand même pas ! Il y a une chambre d'amis à côté de la mienne et c'est là que tu dormiras.

10

— Allô, maman ? lança Francesco dans le micro de son portable le lendemain matin. Je te téléphone pour t'avertir que je vais venir chercher quelques objets personnels à la villa cet après-midi.

— Où es-tu en ce moment ?

— Chez Celia.

— Vous allez habiter ensemble, elle et toi ?

— Oui, mais n'en tire aucune conclusion. Comme elle a dû se séparer de son labrador hier soir et qu'elle a besoin d'aide, j'ai décidé de lui servir de guide en attendant que les responsables de l'association dont elle est membre lui trouvent un autre chien. Quand nous arriverons à la maison, tu voudras donc bien éviter de nous parler mariage et de nous demander à quelle date aura lieu la cérémonie.

— Même si tu ne m'avais pas appelée, mon chéri, je ne me serais pas permis de vous poser ce genre de question. Tu me connais, voyons !

— C'est justement parce que je te connais que j'ai préféré te passer un coup de fil. Je n'aimerais pas que tu me fasses mourir de honte à force d'insister.

— Ah, ce que tu peux être désobligeant, parfois !

— Ta mère a été adorable, remarqua Celia en rentrant de la villa Rinucci au début de la soirée. Comme tu m'avais dit qu'elle avait hâte de te caser, je croyais qu'elle nous interrogerait sur nos projets et qu'elle nous pousserait fermement vers l'autel, mais elle a été la discrétion personnifiée.

— Un vrai miracle ! s'exclama Francesco, soulagé que Hope ait suivi ses consignes à la lettre. Qu'y a-t-il dans la poche qu'elle t'a donnée ?

— Des biscuits à l'anis et aux amandes saupoudrés de sucre glace. Il paraît qu'on appelle ces gâteaux des *tozzetti* et que c'est l'une des spécialités de Rosa, sa cuisinière.

— Veux-tu y goûter dès maintenant ?

— Non. Je préférerais que nous allions nous dégourdir les jambes et que nous les savourions à notre retour.

— Très bonne idée ! Une petite balade nous fera le plus grand bien à tous les deux.

— De quel côté vas-tu m'emmener ? Du côté du port ou du centre-ville ?

— À toi de choisir ! décréta Francesco en descendant de sa Ferrari et en offrant son bras à Celia. N'est-ce pas ce que Jacko t'aurait répondu si tu l'avais interrogé et qu'il avait pu parler ?

— Absolument pas ! Ni Wicksy ni lui ne m'auraient laissée décider à leur place, car c'étaient eux les patrons. Quand je souhaitais traverser une rue où il y avait trop de circulation, j'avais beau leur ordonner d'avancer, ils refusaient de bouger. Au lieu de continuer à trottiner, ils s'asseyaient à mes pieds et posaient une patte sur mes chaussures pour me montrer qu'il serait dangereux de leur désobéir.

— Chaque fois que je les ai vus t'écraser les orteils, j'ai cru qu'ils le faisaient par simple maladresse et j'ai failli les gronder.

— Les chiens-guides ne sont jamais maladroits. Ils ont été dressés dans un seul but : aider leurs maîtres à se déplacer en toute sécurité. Et rien ne saurait les empêcher d'accomplir leur mission.

— Leur arrive-t-il dans certaines circonstances de transgresser les règles probablement très strictes qu'on leur a enseignées ?

— Oui, à condition que cela ne présente aucun risque. Lorsque je disais « *Andiamo !* » à Jacko et qu'il jugeait imprudent d'exécuter cet ordre, il se servait de ses petites cellules grises et cherchait un moyen de contourner l'obstacle sans mettre ma vie en péril.

— Je t'ai entendue téléphoner aux dirigeants de l'association ce matin et les informer que M. Feltona était venu récupérer son labrador. Comment ont-ils réagi à cette nouvelle ?

— Avec beaucoup de gentillesse et de compréhension. Ils m'ont répondu qu'ils allaient essayer de trouver un remplaçant à Jacko, mais que je devrais patienter trois ou quatre mois. Crois-tu que tu pourras tenir ton rôle de guide jusqu'à la fin de l'année ?

— Évidemment ! De nous deux, c'est toi qui seras la première à craquer. Tu aimes tellement ton indépendance que tu vas avoir du mal à me supporter.

Une main posée sur l'épaule de Celia, Francesco quitta la Via Santa Lucia d'un pas tranquille et longea le garde-fou qui dominait du haut de ses vieilles pierres les eaux rougeoyantes de la baie.

— Le soleil décline à l'horizon et transforme le débarcadère en un vaste brasier, lança-t-il à la jeune femme après s'être accoudé au parapet. Y a-t-il un autre endroit où tu voudrais que je t'emmène ?

— Je l'ignore, répliqua-t-elle en levant la tête vers le ciel et en offrant son visage aux caresses du vent. Jacko était un compagnon très agréable, mais il n'avait aucun talent de narrateur. Quand il me conduisait quelque part, il ne prenait pas la peine de me décrire le panorama et ne me demandait pas si le cadre me plaisait.

— Qu'aimerais-tu savoir ?

— À quoi ressemblent les bateaux qui doivent aller et venir sous tes yeux.

— Certains sont des hydroptères et relient Naples à Capri. En été, des hordes de touristes américains et européens visitent l'île chaque semaine et les navettes sont bondées.

— Il paraît que la Grotta Azzurra est une pure merveille et qu'on y accède en canot.

— Elle est effectivement l'un des joyaux de Capri. Il y a de tels jeux de lumière à l'intérieur de la caverne que l'eau et les stalactites ont l'air irréelles.

Celia s'adossa au parapet, les paupières closes, et garda le silence pendant de longues minutes.

— Rentrons, décréta-t-elle soudain en cherchant à tâtons le bras de Francesco.

Mais, fasciné par l'incessant ballet des ferry-boats et par la lente agonie du soleil à l'horizon, il resta immobile au pied du vieux mur, la tête tournée vers le large.

— Où es-tu ? questionna Celia d'une voix anxieuse.

— Là, répondit-il avant de s'arracher à sa contemplation et de la prendre par le coude. Je suis là, n'aie pas peur.

— Comme je ne t'entendais plus, j'ai cru que tu étais parti et que tu m'avais oubliée.

— Navré de t'avoir donné cette impression. Je n'aurais pas dû te quitter des yeux.

— Ce n'est pas grave. Avec l'habitude, tu deviendras le meilleur des guides, j'en suis convaincue.

— Qu'est-ce que j'ai bien pu faire de mon stylo ? grommela Francesco le lendemain soir, quand il voulut noter sur un calepin les informations que lui avait transmises l'un de ses collaborateurs.

Après avoir fouillé en vain son attaché-case, il se rappela

avoir glissé un feutre dans l'une des poches du veston qu'il portait le lundi précédent et dont Celia l'avait débarrassé à leur retour de l'aérodrome.

Croyant qu'elle était en train de prendre une douche à l'autre extrémité du loft, il sortit du salon à pas de géant, puis entra sans frapper dans la chambre contiguë à la sienne et se figea au milieu de la pièce, le cœur battant à tout rompre.

Assise à sa coiffeuse, simplement vêtue d'un string et d'un balconnet en dentelle arachnéenne qui ne dissimulaient rien ou presque de ses charmes, Celia semblait plongée dans une profonde méditation.

— Pardon de… de ne pas m'être annoncé, bredouilla Francesco en caressant du regard les formes délicates de la jeune femme et en se faisant l'effet d'un voyeur. Je pensais que tu étais dans la salle de bains.

— Tu voulais me demander quelque chose ?

— Oui, mais je… j'ai oublié ce que c'était.

— Quand cela te reviendra, tu n'auras qu'à me le dire.

— D'accord, articula-t-il péniblement avant de s'éloigner à reculons et de courir se jeter sur son lit, persuadé qu'il ne fermerait pas l'œil de la nuit.

Le lendemain et les deux semaines suivantes, une agréable routine s'installa entre Celia et Francesco. Comme elle connaissait les moindres recoins de son appartement et qu'elle pouvait se déplacer de pièce en pièce sans l'aide de qui que ce soit, il la laissait seule chaque matin et rejoignait ses employés dans les faubourgs industriels de Naples. L'après-midi, il la conduisait au siège de Follia Per Sempre, où l'attendait Sandro, et ne retournait la chercher qu'à 18 heures. Dès qu'ils avaient fini de dîner, ils partaient se promener en ville et s'amusaient de l'agitation qui secouait en permanence les vieux quartiers du Dôme.

— Pourquoi prenons-nous toujours à gauche lorsque nous arrivons à ce croisement ? s'étonna un soir Celia. Il n'y a pas de rue qui va à droite ?

— Si, maugréa-t-il, mais elle est plus longue et plus tortueuse que l'autre.

— Ça m'est égal. Je ne suis pas fatiguée de marcher.

— Quand tu te baladais avec Jacko, je parie que tu ne te permettais pas de contester ses décisions.

— Comme j'avais une confiance totale en lui, je n'en voyais pas la nécessité.

— Dois-je en déduire que tu me soupçonnes de te cacher quelque chose ?

— Oui. Et j'aimerais bien savoir ce que c'est.

— Dommage que je ne puisse pas m'asseoir sur tes jolis escarpins et t'obliger à rester plantée là, en plein milieu du carrefour, jusqu'à ce que tu me laisses choisir notre itinéraire !

Celia éclata d'un rire perlé.

— Tu n'es ni un labrador ni un berger allemand, *caro*, et ce n'est pas demain que je t'autoriserai à me broyer les orteils pour me forcer à t'obéir.

« Espérons que Ruggiero et Polly ne nous apercevront pas ! », se dit Francesco avant de tourner à droite, la mort dans l'âme.

Mais à peine avait-il fait une dizaine de pas qu'une fenêtre s'ouvrit au-dessus de sa tête et qu'un joyeux « ohé ! » lui cloua les pieds au sol.

— Qui nous appelle ? l'interrogea aussitôt Celia.

— Mon frère Ruggiero et sa femme, bougonna-t-il. Ils habitent au troisième étage du vieil immeuble qui se trouve au coin de la rue et doivent être ravis de me voir jouer les chiens-guides.

— Comment ont-ils su que tu m'avais proposé de remplacer Jacko ?

— Grâce à la remarquable « discrétion » de ma mère, j'imagine. Quand on lui confie un secret et qu'on lui demande de ne pas le divulguer, il faut toujours qu'elle téléphone aux autres membres de la famille pour les mettre au courant.

— Maintenant que Ruggiero et Polly nous ont aperçus, il ne nous reste plus qu'à aller les saluer.

— Tu ne crois pas que nous ferions mieux de les ignorer et de continuer notre route ?

— Non. Ce ne serait pas très gentil de notre part.

De l'air d'un condamné qui monte à l'échafaud, Francesco gravit les trois volées de marches qui menaient à l'appartement de son frère et de sa belle-sœur, puis en franchit avec réticence le seuil.

— Tu nous as évités ces quinze derniers jours, se plaignirent de concert Ruggiero et Polly dès que Celia et lui se furent assis sur le canapé du living-room.

— Ne me dites pas que vous avez passé vos soirées accoudés à la fenêtre en espérant que j'aurais l'idée stupide de venir me balader au pied de votre immeuble et que vous pourriez vous moquer de moi ? riposta-t-il d'un ton aigre.

— Non, le détrompa Ruggiero en lui offrant un verre de *prosecco*. Nous aurions bien aimé te guetter, mais nous n'étions pas à Naples au début de la semaine.

— Où êtes-vous allés ?

— À Rome. Nous avons d'abord rendu visite à Luke et à Minnie, qui nous ont fait faire la tournée des grands-ducs. Ensuite, nous avons été accueillis à bras ouverts par oncle Franco et par tante Lisa.

— Comment vont-ils ?

— Pas trop mal. Lisa avait eu une bronchite quelques jours plus tôt et était encore convalescente. Quant à Franco, c'est une force de la nature. Qu'il pleuve, qu'il vente ou qu'il neige, il n'attrape ni rhumes ni angines et garde une santé de fer.

— Tant mieux ! jeta Francesco avec une telle sécheresse que Celia se crut obligée de prétexter une violente migraine pour écourter la conversation.

— Cela ne te ressemble pas d'être aussi taciturne, lui dit-elle dès qu'ils eurent regagné leur appartement dans un silence de mort. Qu'est-ce que tu as ?

— Rien du tout, maugréa-t-il avant de traverser le hall au pas de charge, de s'engouffrer à l'intérieur de sa chambre et de claquer la porte derrière lui.

Sachant que, si elle allait lui poser les mille et une questions qui la taraudaient, il s'empresserait de les éluder, elle se déshabilla en un tour de main, puis se glissa entre ses draps et, brisée de fatigue, succomba immédiatement au sommeil.

Ce fut un cri déchirant qui, au milieu de la nuit, perça l'épais brouillard où elle s'était enfoncée. Un long cri de haine et de fureur comme elle n'en avait encore jamais entendu.

— Ce que je veux, c'est que tu fiches le camp et que tu sortes de ma vie définitivement, hurlait Francesco de l'autre côté de la cloison. Que tu fiches le camp… que tu fiches le camp…

Dévorée d'inquiétude, Celia se leva à la hâte et, sans prendre la peine d'enfiler un peignoir, se précipita vers la chambre d'amis.

— Réveille-toi, *caro*, ordonna-t-elle à Francesco avant de s'asseoir au bord du matelas et de lui secouer les épaules. Réveille-toi, je t'en supplie.

— Où… où suis-je ? marmonna-t-il en se redressant dans un sursaut.

— Chez moi, dans le loft que me loue Sandro à l'entrée de la Via Santa Lucia.

— Quelle heure est-il ?

— Je n'en sais rien, mais cela m'étonnerait qu'il fasse jour, car tout est silencieux dehors.

— Pourquoi es-tu déjà debout ?

— Parce que je t'ai entendu crier et que j'ai voulu essayer de te réconforter.

— Tu n'aurais pas dû te lever. Il ne s'agissait que d'un cauchemar.

— Te souviens-tu de qui tu as rêvé ?

— Non.

— Lorsque je suis arrivée, tu étais en train de hurler : « Que tu fiches le camp… que tu fiches le camp… » As-tu une idée de la personne à qui tu t'adressais et des raisons de ta colère ?

— Pas la moindre, grommela Francesco. Au lieu de m'embêter avec tes questions ridicules, va te remettre au lit et rendors-toi.

Cinglée par la virulence du ton comme par un coup de fouet, Celia regagna sa chambre sans protester et passa le reste de la nuit à chercher le sommeil.

Dès que Francesco eut quitté l'appartement le lendemain, elle bondit sur son téléphone et composa de mémoire le numéro de la villa Rinucci.

— *Ciao, signora !* lança-t-elle quand un léger déclic au bout de la ligne lui apprit que Hope avait décroché. Ici, Celia. J'ai décidé de servir à Francesco l'un de ses plats préférés, mais j'aimerais que vous me donniez quelques conseils. Pourriez-vous venir me voir ce matin ?

— Volontiers. Bien que je n'aie ni le savoir-faire ni l'imagination de Rosa, je serai enchantée de vous aider à préparer le déjeuner.

— Merci. Je vous attends avec impatience.

Après avoir lâché le combiné, Celia alluma son toasteur et son percolateur, puis sortit du vaisselier deux mazagrans en faïence vernissée et un sucrier.

Lorsque le carillon du vestibule se mit à chanter vingt minutes plus tard, une délicieuse odeur de café et de pain grillé flottait dans l'appartement.

— Où est Francesco ? interrogea Hope en tirant l'une des chaises à haut dossier qui encerclaient la table de la cuisine et en s'y asseyant.

— À son travail, répondit Celia. Quand je dois rester ici, je préfère qu'il me laisse seule et qu'il aille rejoindre ses employés, car il a tellement peur de me voir manquer une marche et tomber de l'escalier qu'il m'empêcherait de vaquer à mes occupations.

— Pauvre Francesco ! Il est très prudent et très angoissé de nature.

— C'est ce que j'ai remarqué. Savez-vous pourquoi il est aussi tourmenté et contre quels vieux démons il s'efforce de lutter ?

— Pas vraiment. Pendant les dix longues années qu'il a passées loin de Naples, je n'ai pu bavarder avec lui qu'au téléphone. Je ne le connais donc pas mieux que vous. Après son retour d'Angleterre, je l'ai souvent entendu crier dans son sommeil, mais j'ignore ce qui l'obsède à ce point.

— A-t-il subi un traumatisme autrefois ?

— Non. Bien que notre vie de famille ait été assez chaotique, je ne pense pas qu'il ait été malheureux. Justin, mon aîné, a beaucoup plus souffert que lui. Quand je l'ai mis au monde, je n'avais que quinze ans et on me l'a enlevé dès le lendemain de l'accouchement parce qu'il était déshonorant à l'époque d'avoir un bébé hors mariage.

— Cette séparation a dû être terrible ?

— Le mot est faible. J'ai éprouvé un tel chagrin que j'ai failli en mourir.

Hope but son café à lentes gorgées, puis reposa son mazagran sur la table et s'abandonna contre le dossier de sa chaise.

— Lorsque j'ai épousé Jack Cayman, mon premier mari, reprit-elle d'une voix monocorde, il était veuf et avait un fils qui s'appelait Primo. Elsa, la mère du petit, était la sœur de Giulio, de Toni et de Franco. Un jour, ce dernier est venu voir son neveu en Angleterre et nous avons eu le coup de foudre l'un pour l'autre. Durant une semaine — une seule et merveilleuse semaine —, nous nous sommes aimés sans nous soucier du reste du monde. Et de cette brève liaison est né Francesco.

Celia, qui s'était attendue à tout, sauf à cette révélation fracassante, en resta bouche bée.

— Vous voulez dire que… que Francesco a été un enfant…, balbutia-t-elle dès que son cerveau engourdi par la nouvelle se fut remis à fonctionner.

— … adultérin ? acheva Hope à sa place. Oui ! Pendant trois ans, Jack a cru qu'il était de lui et l'a entouré d'affection. Il le préférait même à Luke, l'orphelin que nous avions adopté, et à son propre fils. Puis il a découvert la vérité et nous a chassés de sa maison.

— Qu'est-il arrivé ensuite ?

— Jack est décédé quelque temps après notre divorce et Primo, dont il avait obtenu la garde, a été confié aux Rinucci. C'est en venant lui rendre visite à Naples que j'ai rencontré Toni. Il avait une trentaine d'années à cette époque-là et il était tellement gentil que, le soir où il m'a demandé ma main, je la lui ai immédiatement accordée. Par la suite, il a adopté Francesco.

— Sait-il que vous avez eu une liaison avec son frère autrefois ?

— Peut-être s'en doute-t-il, mais il fait semblant de l'ignorer. Quand j'ai voulu le lui avouer, il a posé un doigt sur ma bouche pour m'empêcher de parler et m'a dit que le passé ne l'intéressait pas.

— Est-ce par amour que vous l'avez épousé ?

— Si je vous répondais oui, je vous mentirais. Au début de notre mariage, je n'éprouvais à son égard que de l'affection. Aujourd'hui, en revanche, je l'aime de tout mon cœur parce qu'il m'a offert ce qu'il y a de plus important au monde : la chaleur d'un foyer.

11

Un samedi sur deux, une réception était organisée à la villa Rinucci et les membres de la famille qui se trouvaient à Naples ce jour-là y étaient cordialement invités. Quand Roberto, l'un des cousins germains de Toni, et Anna, son épouse, vinrent visiter la Campanie le troisième week-end d'octobre, Hope leur fit les honneurs de la maison et les traita comme des princes.

— Pourquoi n'es-tu pas allé dire au revoir à Roberto et à Anna en bas du perron ? reprocha Della à Carlo lorsque celui-ci s'écroula dans un fauteuil à la fin du dîner. Où sont passées tes bonnes manières ?

— Elles se sont envolées dès que Roberto s'est mis à nous raconter cette stupide histoire de chasseur et de sanglier, marmonna-t-il. Je la connaissais déjà par cœur et j'ai eu toutes les peines du monde à l'écouter jusqu'au bout sans bâiller d'ennui.

— Il faut avouer que le pauvre homme a le don d'assommer son auditoire.

— Et la fâcheuse manie de couper la parole aux gens qui l'entourent. Chaque fois que j'ai essayé de placer un mot, il m'a interrompu.

— Maintenant qu'il est parti, lança Celia, expliquez-nous ce que vous avez fait le jour où un voleur s'est introduit dans votre musée et vous a menacé d'un pistolet.

Carlo, qui avait tenté à trois reprises de décrire la scène

pendant le dîner, mais qui avait dû y renoncer à cause de l'intarissable faconde de Roberto, se carra dans son siège et raconta par le menu comment il avait réussi à désarmer le cambrioleur d'un simple uppercut.

— Je t'ai observé cet après-midi, lui dit Francesco un peu plus tard dans la soirée, et je t'ai trouvé moins nerveux que d'habitude. Que t'est-il arrivé ?

— J'ai eu une longue conversation avec Della au début de la semaine et je me suis rendu compte que mon attitude envers elle risquait de briser notre mariage. Alors, pour ne pas tout gâcher entre nous, j'ai décidé de lui épargner mes crises d'angoisse et de la laisser vivre à sa guise.

— Moi, depuis que Celia m'a annoncé qu'elle voulait sauter en parachute du haut d'un aérostat ou d'un hélicoptère, je suis mort d'inquiétude et je ne peux pas m'empêcher d'imaginer le pire. Crois-tu qu'il existe un remède miracle contre ce genre d'anxiété ?

— Non, mais je suis sûr qu'un jour viendra où tu en auras assez de te ronger les sangs et où tu accepteras enfin de lâcher prise. Ce jour-là, Celia t'aidera à surmonter tes craintes et à…

La sonnerie stridente du téléphone écourta la riposte.

— Je vais répondre, décréta Carlo avant de quitter son fauteuil et d'aller décrocher. *Ciao, Minnie !* lança-t-il d'une voix forte dans le micro pour tenter de couvrir le brouhaha des conversations.

— Dommage que Luke et Minnie soient restés à Rome ce week-end, car j'aurais bien aimé bavarder avec eux, glissa Celia à Francesco. Que fait ta belle-sœur dans la vie ?

— Elle est avocate. Et c'est grâce à son métier que mon frère et elle se sont connus. Comme il possédait un immeuble résidentiel et qu'un différend l'opposait à ses locataires, ceux-ci ont demandé à Minnie de défendre leurs intérêts et elle a assigné Luke en justice.

— Tu veux dire qu'ils sont tombés amoureux l'un de l'autre entre deux audiences ?

— Oui. Au début du procès, ils se détestaient cordialement et, à la fin des débats, ils n'avaient plus qu'une idée en tête : se marier.

— Ce doit être palpitant d'épouser son ancien adversaire et de le...

— J'ai l'impression qu'il se passe quelque chose de grave, coupa soudain Ruggiero en essayant d'attraper des bribes de la conversation téléphonique qu'avaient engagée Minnie et Carlo.

— Très bien, jeta ce dernier d'un ton lugubre. Je vais aller chercher papa et maman.

Puis, le visage sombre, il se précipita vers ses parents, qui venaient de raccompagner Roberto et Anna jusqu'en bas du perron, et leur tendit le récepteur.

— Qu'y a-t-il ? demanda Primo à Carlo pendant que Toni et Hope discutaient avec Minnie.

— Tante Lisa a été victime d'une crise cardiaque aujourd'hui et les médecins ont dit à oncle Franco qu'elle avait peu de chances de s'en remettre.

— Oh, mon Dieu ! s'exclama Polly, consternée. Quand Ruggiero et moi lui avons rendu visite, nous l'avons trouvée affaiblie, mais nous pensions que c'était sa bronchite qui l'avait fatiguée.

— Pourquoi est-ce Minnie qui nous a téléphoné et non pas Franco lui-même ? s'étonna Olympia.

— Parce qu'il est au chevet de sa femme et qu'il ne veut pas s'éloigner d'elle, répliqua Carlo. Étant donné que Luke et Minnie habitent à Rome, eux aussi, et qu'il les voit plus souvent que nous, il les a chargés de nous avertir.

— Lisa va mourir, annonça tristement Toni après avoir regagné le salon d'un pas pesant. Et mon frère aimerait que nous nous réunissions tous autour d'elle.

— Il est hors de question que j'aille à Rome ce week-end, grommela Francesco. Je ne peux pas laisser Celia seule à Naples ni l'obliger à…

— Qui te parle de la laisser seule, mon chéri ? coupa Hope. À moins qu'elle n'ait d'autres projets, elle viendra avec nous et nous aidera à affronter cette épreuve.

— Merci de me traiter comme un membre de la famille, *signora*, lâcha Celia, émue. J'espère me montrer digne de votre confiance.

— Quand partirons-nous ? s'informa Ruggiero.

— Demain matin, répondit Toni. Nous voyagerons en train et, une fois arrivés à Rome, nous descendrons dans l'un des nombreux hôtels-restaurants de la ville pour ne pas déranger ton oncle.

— Je suis navré que ma mère t'ait demandé de nous accompagner, bougonna Francesco dès que Celia et lui eurent regagné leur appartement. Elle n'aurait pas dû te mettre au pied du mur.

— Moi, je suis heureuse qu'elle m'ait invitée, déclara-t-elle en s'asseyant sur le canapé du living-room. Et je le serais encore plus si je n'avais pas la désagréable impression de t'énerver. Lorsque j'ai voulu prendre congé de tes frères et de tes belles-sœurs il y a vingt minutes, tu m'as poussée sans ménagement vers ta voiture et pendant le trajet, tu m'as à peine adressé la parole. Que me reproches-tu ?

— Rien. C'est Della qui m'a agacé quand elle m'a informé à la fin de la soirée qu'elle nous avait réservé une suite dans l'un des palaces de Rome. Comme je n'ai pas eu le temps de lui expliquer que nous faisions chambre à part, il faudra que je téléphone au réceptionniste demain matin et que je le prie d'annuler cette…

— Non, ce ne sera pas nécessaire, coupa Celia. Je n'ai

pas l'habitude de fréquenter des hôtels de luxe et je me sentirai moins perdue si tu restes avec moi que si nous dormons dans deux pièces différentes.

Francesco se laissa tomber sur le sofa, à côté d'elle, et exhala un long soupir.

— Qu'est-ce qui te tracasse ? lui demanda-t-elle, inquiète.

— Je ne sais pas, répondit-il d'un ton morne. Quand je vivais aux États-Unis ou en Angleterre, il m'arrivait parfois d'avoir des idées noires, mais cela ne durait que quelques heures et je finissais généralement par reprendre le dessus. Mais, depuis que je suis de retour en Italie, la moindre contrariété me sape le moral.

— Est-ce à cause de ce qui s'est passé avant ta naissance que tu as perdu ta bonne humeur ?

— Qui t'a parlé de cela ?

— Ta mère. Quand elle est venue me rendre visite la semaine dernière, elle m'a avoué que tu étais le fils de Franco.

— C'est un secret de Polichinelle. Tout le monde dans la famille est au courant de cette vieille histoire et personne n'y fait allusion pour ne pas blesser Toni.

— Quel genre de relations entretiens-tu avec ton père biologique ?

— Des relations courtoises, sans plus. Nous ne nous sommes vus que cinq ou six fois en l'espace de vingt ans et nous n'avons échangé que des banalités.

— Franco a-t-il d'autres enfants ?

— Oui. Lisa lui a donné un fils et deux filles. Comme Toni a été un formidable papa de substitution et que je lui dois beaucoup, je m'en serais voulu de lui dire la vérité et d'aller vivre chez son frère.

— Crois-tu qu'il sait ce qui s'est passé jadis et qu'il préfère garder le silence ?

— Lui seul pourrait te répondre, maugréa Francesco avant de bondir sur ses pieds et d'aider Celia à se lever du canapé. Va vite te coucher, lui conseilla-t-il. Il est déjà tard et il faudra nous réveiller de bonne heure pour ne pas rater le train.

Le palace où ils descendirent le lendemain était situé dans la Via Veneto, en plein cœur de Rome. Après avoir décrit à Celia la suite qu'on leur avait réservée, Francesco la laissa défaire ses bagages et partit rejoindre sa famille à l'hôpital.

À peine avait-elle suspendu ses robes et ses blazers aux cintres du dressing que son portable se mit à sonner.

— Qu'est-ce que tu fabriques, tête de linotte ? lança une voix grondeuse au bout de la ligne.

— Ah ! salut, Sandro, s'exclama Celia en s'asseyant sur l'un des lits jumeaux qui meublaient la chambre. Je sais que nous avions rendez-vous ce matin, mais j'ai été obligée d'accompagner Francesco à Rome et j'ai oublié de te téléphoner.

— Je me demande ce que tu peux bien trouver à ce type. Il est toujours d'une humeur de chien et il a l'air de collectionner les bleus à l'âme comme d'autres les timbres-poste et les papillons.

— C'est ce qui me plaît chez lui. Quand il lui arrive de broyer du noir, il a besoin que je lui remonte le moral et j'adore me sentir utile.

— Moi aussi, j'ai le cafard de temps en temps.

— Oh ! ça m'étonnerait. Tu es beaucoup plus solide et équilibré que ne l'est Francesco.

— Ne lui dis pas cela, ou il va me tuer. Chaque fois qu'il vient te conduire au siège de Follia Per Sempre, j'ai l'impression que je l'insupporte et qu'il rêve de m'expédier en enfer d'un crochet du droit. Pourquoi me déteste-t-il à ce point ?

— Parce qu'il a peur que tu ne m'encourages à faire du parachutisme.

— Tu ne lui as pas raconté ce qui s'était passé le week-end où nous avions appelé les dirigeants de l'aéroclub et où ils nous avaient demandé de choisir lequel de nous deux serait le premier à sauter ?

— Non. Je n'ai pas osé lui avouer que nous avions dû tirer à la courte paille et que j'avais failli t'écharper quand le sort t'avait désigné. S'il savait que je t'en voulais de m'avoir devancée, il me traiterait de folle.

— Bientôt, tu n'auras plus grand-chose à m'envier. Simon, le rédacteur en chef de *L'Esperienza*, m'a appelé hier et m'a chargé de te dire qu'il attendait de tes nouvelles. Alors, essaie de le joindre et parle-lui de tes projets.

— D'accord. Je lui téléphonerai dès que j'aurai une minute de libre.

Après avoir salué Sandro d'un bref « au revoir », Celia éteignit son portable pour ne pas risquer d'être dérangée, puis alla s'asseoir à la table du salon et se mit à pianoter sur le clavier de son ordinateur.

— Oh ! excusez-moi, j'ignorais que vous étiez en train de travailler, s'écria Della en pénétrant dans la suite à la fin de la matinée.

— Vous êtes déjà de retour à l'hôtel ? lui demanda Celia, étonnée.

— Oui. J'ai préféré m'éclipser en même temps que Polly et qu'Olympia. Ce dont Franco a besoin avant tout, c'est du soutien de ses enfants, de son frère et de ses neveux, pas du mien.

— Comment est-il physiquement ?

— Très beau et très bien conservé. Il est aussi grand et musclé que Francesco, mais les similitudes s'arrêtent là. Quand on les voit côte à côte, on ne pourrait pas s'imaginer que l'un est le père de l'autre.

— Je me demande ce que Hope éprouve en ce moment.

— C'est difficile à dire. Lorsque nous sommes arrivés à l'hôpital et qu'elle a salué Franco, elle est restée tellement digne, tellement impassible qu'il aurait fallu avoir des dons d'extralucide pour deviner ce qu'elle ressentait. Pendant qu'elle discutait avec les infirmières qui s'occupent de Lisa, je me suis rappelé les confidences qu'elle m'avait faites la veille de mon mariage et j'ai trouvé que ma petite vie tranquille ne présentait aucun intérêt comparée à celle, merveilleusement romantique, qu'elle avait menée. Un jour, Carlo et Ruggiero m'ont montré des photos datant de l'époque où elle habitait en Angleterre et j'ai compris ce qui lui avait valu autant de succès : dans sa jeunesse, elle était d'une beauté à couper le souffle et je ne sais pas quel homme aurait pu avoir la force de lui résister.

Francesco ne rentra à l'hôtel qu'à l'heure du dîner et garda le silence durant tout le repas. Il avait à peine fini de boire le digestif que lui avait servi le sommelier quand le portable de Hope se mit à sonner.

— Très bien, jeta-t-elle après avoir écouté son correspondant, le front soucieux. Nous arrivons.

— Qui était-ce ? s'informa Toni.

— Franco. Il m'a dit que Lisa avait repris connaissance et qu'elle désirait nous voir, Francesco et moi.

— Retourne vite à son chevet. Je t'attendrai ici.

Devinant que Francesco allait avoir besoin d'aide, Celia se leva de table et quitta la salle à manger derrière lui.

— Lisa a une question à te poser, lança Franco à Hope dès que celle-ci l'eut rejoint dans le hall d'accueil de l'hôpital. Elle m'a demandé plus d'une fois si j'étais le père de Francesco et j'ai eu beau lui jurer que non pour ne pas lui faire de peine, je n'ai pas réussi à la calmer.

— Laisse-la partir en paix, conseilla Francesco à sa mère. Ne lui révèle aucun de tes secrets, je t'en supplie.

— Tu veux que je mente à Lisa ? s'étonna-t-elle.

— Oui. Dans l'état où elle est, il serait cruel de tout lui avouer.

Talonnée par Franco, par Celia et par Francesco, Hope grimpa l'escalier qui menait au service de cardiologie, puis enfila un corridor dont les murs laqués reflétaient la lumière blafarde d'une vingtaine de néons et pénétra seule dans la chambre de Lisa.

— Merci d'être venue, lâcha celle-ci d'une voix chevrotante. Je voudrais que tu répondes à une question qui n'a pas arrêté de m'obséder ces trente-huit dernières années, mais que je n'ai pas eu le courage de te poser jusqu'à maintenant. C'est au sujet de Francesco. Est-il le fils de… de mon mari ?

— Bien sûr que non ! la détrompa Hope avec force. Franco n'a aimé que toi dans sa vie et personne n'aurait pu te séparer de lui. Si j'avais su que tu doutais de sa fidélité et que tu te torturais l'esprit sans la moindre raison, il y a longtemps que je t'aurais révélé l'identité du père de Francesco.

Hope se pencha vers Lisa pour lui chuchoter quelques mots à l'oreille, puis se redressa lentement et céda sa place à Franco.

— Tu as fait ce qu'il fallait, maman, déclara Francesco dès qu'elle eut quitté la chambre. Grâce à tes pieux mensonges, Lisa va mourir en paix.

— Oh ! mais je ne lui ai pas raconté que des mensonges, mon chéri, s'exclama Hope. Quand je lui ai affirmé qu'elle avait été le seul et unique amour de Franco, je lui ai dit la stricte vérité. Ce que nous avons vécu ensemble, lui et moi, n'a été qu'un feu de paille et il aurait été inconvenant d'en parler aujourd'hui.

— Tu n'as aucun regret ?

— Absolument aucun ! L'homme que j'aime de tout mon cœur et que j'aimerai jusqu'à mon dernier souffle s'appelle…

Hope s'interrompit, les yeux rivés à l'escalier carrelé de blanc qu'elle avait gravi dix minutes plus tôt, et eut un sourire.

— Que se passe-t-il ? demanda Celia, étonnée du profond silence qui régnait autour d'elle.

— Ma mère a aperçu Toni au bout du couloir et elle est allée le rejoindre, lui expliqua Francesco. Il la serre dans ses bras comme s'il avait eu peur de la perdre et ils ont l'air tellement amoureux l'un de l'autre qu'on dirait deux jeunes mariés.

12

Quand Celia et Francesco regagnèrent leur suite une heure plus tard, elle crut qu'il allait l'enlacer et lui demander de rester auprès de lui jusqu'au petit matin, mais, au lieu de la serrer très fort dans ses bras, il se jeta tout habillé sur son lit et s'endormit instantanément. Déçue, elle troqua son tailleur-pantalon contre un pyjama en satin, puis se glissa entre ses draps et céda peu à peu au sommeil.

— Qu'est-ce que j'ai fait de mal, hein ?... Qu'est-ce que j'ai fait de mal ?

Réveillée en sursaut par ce cri de colère qui ébranlait les vitres de la chambre et déchirait le silence de la nuit, Celia se leva avec des gestes d'automate et caressa du bout des doigts le front baigné de sueur de Francesco.

— Tu n'as rien fait de mal, dit-elle d'un ton lénifiant. Rien, je te le jure.

— Pourquoi nous a-t-il chassés de sa maison, alors ?... Pourquoi ?... *Pourquoi ?*

— Comment pourrais-je te répondre, mon amour ? Je ne sais pas de qui tu parles.

— C'est de lui que je parle... De lui, tu entends ? Il veut qu'on fiche le camp... qu'on fiche le camp... qu'on fiche le camp...

Après avoir hurlé sa douleur et son désespoir pendant de longues minutes, Francesco cessa tout à coup de s'agiter et battit des paupières.

— Tu ne dors pas ? s'étonna-t-il en voyant Celia s'agenouiller entre leurs deux lits.

— Non, murmura-t-elle. Je me suis réveillée dès que tu t'es mis à crier et j'ai essayé de te réconforter, mais je n'y suis pas arrivée. Est-ce à cause des horreurs que je t'ai dites le soir de notre rupture que tu fais sans arrêt le même cauchemar ?

— Pas seulement. Les mots que tu as prononcés ce jour-là étaient déjà imprimés dans ma mémoire depuis une éternité. Tu n'as donc aucune raison de culpabiliser. La scène effroyable que je revis chaque nuit date d'une époque où nous ne nous connaissions pas encore, toi et moi.

— Qui est cet homme que tu ne parviens pas à oublier ?

— Jack Cayman, le premier mari de ma mère. Bien qu'il soit mort et enterré, j'ai l'impression qu'il continue à m'écraser de son mépris.

— Quelle image as-tu gardée de lui ?

— Celle d'un colosse, furieux et terrifiant. Comme je n'ai que trois ans dans mes rêves, je me sens minuscule à côté de ce géant et je tremble de peur dès qu'il se met à vociférer. Pour ne pas l'entendre hurler, je voudrais me boucher les oreilles et me sauver, mais je n'ose pas le faire parce que je ne tiens pas à ce qu'il me traite de poltron. Avant de me chasser de son manoir dans un accès de colère, il m'avait souvent dit que la lâcheté était le pire des défauts et qu'il valait mieux braver le danger que de s'enfuir.

— Savais-tu à ce moment-là qu'il n'était pas ton père ?

— Non. J'étais très proche de lui et je l'admirais. Chaque fois qu'il me prenait dans ses bras ou qu'il m'asseyait sur ses genoux, j'étais le plus fier et le plus heureux des petits garçons.

— Lorsqu'elle est venue m'aider à préparer le déjeuner la semaine dernière, Hope m'a confié qu'il était moins attaché à Luke et à Primo qu'à toi.

— Elle ne t'a pas menti. Pour une raison que j'ignore, il me considérait comme l'unique héritier des Cayman et se désintéressait de ses deux autres enfants.

— Que s'est-il passé le jour où tu as été obligé de le quitter ?

— Il a découvert que ma mère l'avait trompé et il est entré dans une fureur noire. Après l'avoir traitée de tous les noms, il lui a ordonné de monter faire ses valises et de décamper avec son sale « bâtard ». À l'époque, je ne savais pas ce que ce terme signifiait et j'ai cru que j'étais le seul à blâmer. Pendant des semaines, je me suis senti responsable du divorce de mes parents et indigne d'être aimé. Quand Toni essayait de m'apprivoiser en m'offrant des bonbons ou des gâteaux, je préférais me priver de friandises et garder le silence que de me confier à lui parce que j'étais persuadé que, si j'avais le malheur de lui expliquer ce que j'éprouvais, il finirait également par me détester et par me chasser de sa maison.

— Au bout d'un an, tu as bien dû te rendre compte que tu avais tort de culpabiliser et de refuser l'affection qu'il voulait te donner ?

— Oui, mais les cris de colère qu'avait poussés Jack Cayman sont restés gravés dans ma mémoire et aujourd'hui encore, je ne supporte pas d'entendre quelqu'un prononcer les mêmes mots que lui.

— Vu ta prestance et ton autorité, cela m'étonnerait que beaucoup de gens aient osé te demander de ficher le camp.

Un sourire se dessina sur les lèvres de Francesco.

— Je connais au moins une jeune femme qui a eu l'audace de me traiter d'affreux despote et qui m'a expulsé de son appartement.

— Ah bon ! répliqua Celia d'un air malicieux. Il faut croire que cette fille était une horrible mégère ou la reine des idiotes.

— Non. Elle avait des raisons de m'en vouloir. Je m'étais montré tyrannique avec elle et je l'avais empêchée, par excès de prudence, de réaliser ses rêves. Lorsqu'elle m'a jeté à la rue, j'ai perdu une fois de plus tout ce à quoi je tenais : la chaleur, l'amour, la sécurité... Et l'insupportable sentiment d'abandon que j'ai éprouvé ce jour-là a ravivé en moi de vieilles blessures.

— Quand as-tu compris que c'était l'intransigeance de Jack Cayman qui t'avait traumatisé ?

— En apercevant Franco dans le hall d'accueil de l'hôpital ce matin. Je me suis souvenu de ce qui m'était arrivé il y a trente-cinq ans et les pièces du puzzle que je n'avais pas encore réussi à assembler se sont mises en place d'un seul coup. Maintenant que j'ai enfin trouvé les réponses aux questions qui me hantaient, je vais pouvoir tirer un trait sur le passé et commencer une nouvelle vie.

Francesco effleura d'une caresse la nuque gracile de Celia et laissa ses doigts papillonner vers le doux renflement de ses seins.

— Qu'attends-tu pour enlever ton pyjama ? lui demanda-t-il d'une voix enrouée.

— Que tu te déshabilles, rétorqua-t-elle avant de lui arracher un à un ses vêtements et de plonger avec lui dans le flot du plaisir.

Brûlant d'une égale impatience, ils s'abandonnèrent sans réserve à cette force primitive, aussi inexorable que le cycle des marées, qui les soudait l'un à l'autre et s'enivrèrent de volupté jusqu'à ce que leurs gémissements se confondent en un même aveu de plénitude.

— Quand Toni est arrivé à l'hôpital ce soir et que ma mère lui a lancé un regard enflammé, déclara Francesco après avoir recouvré ses esprits, tu sais ce que j'ai regretté ? Que tu ne puisses pas me décocher des œillades incendiaires.

— Cela prouve que tu n'es pas très observateur, riposta

Celia. Bien que je sois aveugle, je te caresse souvent du bout des cils et, chaque fois que je tourne la tête dans ta direction, c'est du désir qu'il y a au fond de mes yeux. Du désir et de l'amour.

— Lisa est morte à l'aube, annonça Franco à tous les membres de la famille le lendemain matin. Elle est restée consciente une bonne partie de la nuit et, avant qu'elle ne s'endorme, je lui ai dit à quel point je l'aimais.

— Elle le savait déjà, affirma Hope. Les sentiments que vous éprouviez l'un pour l'autre étaient indestructibles et personne n'aurait eu l'idée absurde de chercher à vous séparer.

Courbé sous le poids du chagrin, les traits tirés, Franco traversa le hall d'accueil de l'hôpital d'un pas vacillant et, avec l'aide de Toni, alla remplir les formalités d'usage au secrétariat.

— Je comprends que Hope se soit entichée de Franco, glissa Della à Celia. Toni a dû être un charmant jeune homme, mais je doute qu'il ait eu autant de succès que son frère.

— Quand on veut séduire une femme, il ne suffit pas d'être beau, grand et musclé. Si le physique était plus important que tout le reste, je serais incapable de tomber amoureuse.

— Avez-vous réussi, Francesco et vous, à résoudre vos problèmes ?

— En partie, oui. Et j'espère que nous arriverons à trouver un juste milieu entre sa conception de la vie à deux et la mienne.

— Vu les énormes progrès qu'a accomplis Carlo ces derniers temps, il n'y a pas de raison pour que Francesco ne change pas d'attitude à son tour. Bien que l'un et l'autre soient de perpétuels angoissés, ils font preuve d'une telle générosité qu'on leur pardonne volontiers leurs erreurs.

— Comment te sens-tu ? demanda Francesco à sa mère en l'entraînant vers le parking de l'hôpital.

— Pas trop mal, ne t'inquiète pas.

— Ce qu'a déclaré Franco il y a un instant ne t'a pas vexée ?

— Non. Je savais depuis des années que Lisa avait été son grand amour et que, s'il l'avait quittée à cause de moi, il m'en aurait voulu d'avoir brisé leur ménage.

— Quand il a découvert que tu étais enceinte, a-t-il songé à divorcer ?

— Oui, mais j'ai préféré lui dire adieu et le laisser rentrer seul en Italie que de l'épouser.

— Pourquoi ?

— Parce que, quand on aime quelqu'un, on ne doit ni l'étouffer ni l'obliger à se sacrifier.

Les funérailles de Lisa eurent lieu trois jours plus tard en présence de tous les Rinucci. Après avoir lancé sur le cercueil les roses blanches et les fragiles orchidées qu'elles tenaient à la main, Minnie, Olympia, Della et Polly se demandèrent ce que pouvait bien éprouver leur belle-mère à la vue des larmes de désespoir que versait Franco. Croyant qu'elle essaierait de le consoler, elles la regardèrent s'approcher de la tombe où son ancienne rivale allait dormir jusqu'à la fin des temps et cherchèrent sur son visage un reflet de la folle passion qui l'avait amenée jadis à tromper Jack Cayman.

Mais, debout au pied du catafalque, superbe de dignité, Hope n'avait d'yeux que pour Toni.

De retour à Naples, Celia et Francesco décidèrent d'un commun accord d'oublier les règles de chaste cohabitation qu'ils avaient établies le soir du départ de Jacko et se grisèrent chaque nuit du divin plaisir d'être deux.

— Un certain Simon a téléphoné pendant que tu étais sous la douche, annonça un matin Francesco à Celia. Il m'a dit qu'il te consacrerait toute une page dans le numéro de décembre de son magazine et voulait savoir quand tu serais prête à imiter Sandro.

— Que lui as-tu répondu ?

— Que tu allais le rappeler et qu'il pourrait te poser lui-même la question.

— Pince-moi, je rêve ! s'écria Celia en secouant la tête d'un air incrédule. Tu ne l'as pas envoyé paître ?

— Non. L'envie m'a démangé de lui raccrocher au nez, mais j'ai réussi à me maîtriser.

— Comment y es-tu arrivé ?

— Grâce à ma mère. Elle m'a expliqué qu'il ne fallait pas étouffer les gens qu'on aimait ni les obliger à se sacrifier.

— Belle formule !

— N'est-ce pas ?

Pendant que Celia essayait de joindre le rédacteur en chef de *L'Esperienza*, Francesco quitta le living-room par simple discrétion et attendit qu'elle ait fini de téléphoner pour revenir dans la pièce.

— Quand vas-tu te rendre à l'aérodrome ? lui demanda-t-il dès qu'elle eut reposé le combiné.

— Demain matin, dit-elle d'un ton circonspect. Cela ne t'ennuie pas que je saute en parachute avec Silvio Cavalli, le moniteur de Sandro ?

— Que cela m'ennuie ou non, peu importe ! C'est à toi de prendre tes décisions et d'en assumer les conséquences. À partir d'aujourd'hui, je ne me mêlerai plus de tes affaires et je m'efforcerai de respecter tes choix, même si je les désapprouve. Lorsque j'étais adolescent, j'ai souvent vu mon beau-père se plier aux caprices de ma mère et il n'en est pas mort. Je n'ai donc qu'à suivre son exemple et à espérer que tout ira bien.

— Ce n'est pas parce que Toni est heureux de vivre dans l'ombre de Hope que tu dois te croire obligé de l'imiter. Tu as un caractère très différent du sien et je parie que tu regretteras de…

— Au lieu de cacher ta joie et de chercher des problèmes là où il n'y en a pas, interrompit Francesco, savoure ta victoire, *carissima*. Tu rêvais d'être libre ? Tu l'es ! Tu voulais que je te laisse pratiquer des sports dangereux ? Non seulement je t'y autorise, mais, pour te prouver ma bonne foi, je vais t'accompagner à l'aérodrome demain matin.

— Tu seras capable de rester sur le tarmac pendant que je monterai à bord d'un hélicoptère et que je sauterai dans le vide ?

— Oui. Puisque tu ne l'as pas encore remarqué, je te signale que j'ai beaucoup changé ces derniers jours et que je suis enfin devenu un parfait gentleman, souriant, aimable et décontracté.

— Hum ! s'exclama Celia, les lèvres plissées en une moue dubitative. Je demande à voir…

13

— Pourquoi ma mère et toi faites-vous des messes basses chaque fois que vous vous rencontrez ? demanda Francesco à Celia en l'emmenant à l'aérodrome le lendemain matin.

— Nous ne sommes pas les seules à comploter, répondit-elle dans un sourire. Olympia, Della et Polly sont de mèche avec nous.

— Que manigancez-vous toutes les cinq ?

— Nous préparons la réception qui sera donnée le mois prochain à l'occasion de l'anniversaire de mariage de Hope et de Toni. Tu n'as pas oublié qu'ils allaient célébrer leurs noces de rubis ?

— Si. Il s'est passé tellement de choses ces trois dernières semaines que cela m'était sorti de la tête.

— Cette année, il y aura deux fois plus d'invités que d'habitude et les festivités dureront au moins quarante-huit heures.

« Espérons que tu seras encore en vie à ce moment-là et que tu pourras y assister ! », répliqua en lui-même Francesco, les mains crispées sur le volant de sa Ferrari.

— Je ne mourrai pas avant le jour J, sois tranquille, déclara Celia. J'ai promis à Hope de lui consacrer tout mon temps à partir de demain et j'espère bien tenir parole pour la remercier de la générosité avec laquelle elle m'a accueillie au sein de votre famille.

— D'autres qu'elle ont été ravis de faire ta connaissance et de t'offrir leur amitié.

— C'est exact. Primo, Olympia, Carlo et Della ont été très gentils avec moi.

— Savent-ils que tu as décidé de sauter en parachute ce matin ?

— Oui. Je les ai invités à venir nous rejoindre et ils ont accepté. Ruggiero et Polly seront peut-être également de la partie, mais je n'en suis pas certaine. Quand je leur ai téléphoné hier soir, ils m'ont dit qu'ils étaient submergés de travail depuis leur retour à Naples et qu'il leur serait difficile de se libérer.

Après avoir garé sa voiture sur le parking de l'aérodrome, Francesco aida Celia à quitter son siège, puis l'accompagna jusqu'aux vestiaires, où elle devait s'équiper de pied en cap, et alla retrouver Carlo et Della au fond du hall d'accueil.

— Comment te sens-tu ? lui demanda son frère en le voyant enfouir nerveusement ses poings dans les poches de son veston.

— Ça va, jeta-t-il entre ses dents, mais j'ai hâte qu'on en finisse.

— Celia ne se blessera pas, n'aie crainte, le rassura Della. Les femmes sont beaucoup moins fragiles que ne le pensent les hommes. Je crois même qu'elles sont plus solides et plus combatives qu'eux. N'est-ce pas que j'ai raison, *tesoro mio* ? lança-t-elle à Carlo.

— Oui, mon amour, s'empressa-t-il de répondre avec une étonnante docilité. Tout ce que tu dis est parole d'évangile, *carissima*.

— Quelle merveilleuse entente ! se moqua Francesco. Il vous arrive souvent d'imiter maman et Toni ?

— Très souvent, affirma Della. Depuis une quinzaine de jours, j'enseigne à mon mari les règles d'or de l'harmonie conjugale et c'est un excellent élève. Quand Celia t'aura inculqué les principes de base, tu feras de gros progrès, toi aussi.

— Elle a déjà dû se charger de son éducation, riposta Carlo. Sinon, il ne l'aurait pas amenée à l'aérodrome ce matin.

— Pour qu'il l'ait enfin autorisée à prendre des risques et qu'il ait accepté de lui servir de chauffeur, il faut effectivement qu'elle lui ait donné deux ou trois petites leçons et que ces leçons aient porté leurs fruits.

Francesco regarda son frère et sa belle-sœur s'éloigner, la main dans la main, et envia leur bonheur. Comparé aux liens indissolubles qui unissaient Carlo à Della, l'équilibre que Celia et lui avaient su trouver était tellement fragile qu'un simple faux pas suffirait à le rompre.

— Ne vous tracassez pas, monsieur Rinucci, lança Silvio Cavalli en jaillissant des vestiaires. Celia et moi allons sauter ensemble et je ne la lâcherai pas tant qu'il y aura le moindre danger.

— Merci de votre sollicitude, bougonna Francesco, mais je ne suis pas inquiet.

— Tu parles ! s'exclama Celia après l'avoir rejoint au milieu du hall d'accueil. Angoissé comme tu l'es, tu ne dois pas en mener large.

— Reconnais qu'il y a de quoi se faire du mauvais sang. Tu ne t'es encore jamais servie d'un parachute et rien ne me garantit que tu seras capable d'ouvrir celui que tu portes sur ton dos.

— Silvio m'a donné tous les conseils dont j'avais besoin et il ne me reste plus qu'à les suivre.

Celia brandit le casque que lui avait remis le moniteur et l'agita sous le nez de Francesco.

— Tu as vu ce récepteur et ce micro ? lui dit-elle. Ils permettront à un instructeur au sol de me guider en cas de problème avant l'atterrissage. Quant aux anneaux dont est muni mon harnais, ils sont reliés aux suspentes et, en tirant dessus, je pourrai manœuvrer la voilure. Je sais où chacun d'eux est situé et je n'aurai pas de mal à actionner le mécanisme.

— Oh ! mais je n'en doute pas.

— Pourquoi ta voix tremble-t-elle, alors ?

— Parce que j'ai peur de te perdre, avoua Francesco pendant que Silvio et Sandro allaient accueillir les photographes et les cameramen à l'entrée du hall. Je veux que tu me reviennes et que nous...

— Je suis *déjà* revenue vers toi, coupa Celia en levant sa main droite et en lui caressant le visage du bout de l'index. Crois-tu que j'aurais eu l'idée de fermer mon cabinet-conseil de Londres et d'en ouvrir un à Naples si tu ne m'avais pas manqué ?

— Quand tu m'as dit le jour de nos retrouvailles que tes parents t'avaient incitée à quitter l'Angleterre, tu m'as menti ?

— Non. Ils m'ont bel et bien recommandé de partir dépenser à l'étranger la grosse somme d'argent qu'ils m'avaient donnée, mais ils ne m'ont imposé aucune destination.

— C'est donc pour me revoir que tu as choisi l'Italie plutôt que la Grèce ou que les États-Unis ?

— Uniquement pour te revoir, mon amour.

Celia effleura les lèvres de Francesco d'un baiser soyeux, puis sortit du hall à longues foulées.

— Bonne chance ! lui cria Sandro.

— Merci, hurla-t-elle avant de vérifier une dernière fois sa radio et de monter à bord de l'hélicoptère dont les pales tournoyaient au milieu du tarmac.

Quand l'appareil s'éleva à la verticale et que le bruit du rotor s'intensifia, elle eut l'impression que son cœur se mettait à jouer au bilboquet dans sa poitrine et sentit une brusque nausée lui serrer l'estomac.

— Qu'avez-vous ? s'inquiéta Silvio.

— Rien, répondit-elle. Nous avons décollé à une telle vitesse que j'ai failli me trouver mal, mais ça va mieux, ne vous en faites pas.

— Dès que nous aurons atteint l'altitude requise, nous survolerons l'aérodrome et nous sauterons juste au-dessus de la piste d'atterrissage afin que tous vos amis puissent vous applaudir.

— Ou se moquer de moi. Avec la chance que j'ai, je risque de m'écraser sur la tour de contrôle.

— Aucun danger ! Les accidents de ce type sont extrêmement rares.

— À quand remonte le dernier ?

— A… six semaines environ.

Amusée par le petit ton désinvolte qu'avait employé Silvio et par la pause infime qu'il avait marquée pour ménager ses effets, Celia sentit sa gorge se dénouer et esquissa un sourire.

— Une fois que la porte de l'hélicoptère aura coulissé, lui dit-il d'une voix redevenue sérieuse, je vous pousserai et nous basculerons dans le vide au même moment. Ensuite, nous nous cramponnerons l'un à l'autre des deux mains jusqu'à ce que nous puissions ouvrir nos parachutes. Compris ?

— Compris !

— Plus que vingt secondes, hurla l'instructeur au sol dans le casque de Celia. Prête à sauter ?

— Prête ! s'écria-t-elle avant de tendre un bras vers Silvio et d'être propulsée hors de l'appareil.

— Tout va bien ? lui demanda-t-il par radio en lui saisissant les poignets.

— Extraordinairement bien, jeta-t-elle, le souffle

court. J'ai l'impression d'être aussi légère qu'une plume et de flotter à la dérive.

— Aviez-vous déjà éprouvé cela ?

— Oui. J'ai fait de la plongée sous-marine en juin dernier et, quand je me suis retrouvée au fond de l'océan, j'ai ressenti la même chose que ce matin.

« À un détail près, faillit ajouter Celia. Il y a quatre mois et demi, je me moquais pas mal de la réaction de Francesco alors que maintenant, je ne songe qu'à lui et à la folle inquiétude que je dois lui causer. »

— Ouvrez votre parachute, lui intima Silvio. Vous n'êtes qu'à huit cents mètres du sol.

Avec fébrilité, elle actionna l'une des commandes reliées aux suspentes et se fit bientôt l'effet d'une toupie livrée aux caprices d'un ouragan.

— Que se passe-t-il ? interrogea-t-elle, prise de panique.

— Le vent a forci et vient de changer de direction, lui expliqua le moniteur sans se départir de son calme. Tirez sur l'anneau qui se trouve en haut de votre harnais, à gauche, puis sur celui qui est situé juste en dessous. Cela va stabiliser la voilure.

Les doigts engourdis par la peur et par le froid, Celia obéit aux ordres que lui avait donnés Silvio et, prenant subitement conscience des risques auxquels elle s'était exposée, se promit que jamais, plus jamais, elle n'obligerait Francesco à vivre un tel cauchemar.

— Tirez encore un peu sur les anneaux, lui conseilla Silvio. Encore un peu... encore... encore... Ça y est ! Préparez-vous à atterrir !

Dès que ses pieds eurent touché le sol, Celia se roula en boule pour amortir sa chute et se redressa, la tête en plein brouillard.

— Vos amis accourent dans notre direction, lui dit

Silvio après l'avoir débarrassée de son casque et de son harnais.

— Francesco est parmi eux ?

— Oui. Il devance les autres d'une bonne dizaine de mètres. Si vous souhaitez aller le rejoindre, vous le pouvez, car il n'y a aucun obstacle entre lui et vous.

— Merci.

Celia s'élança vers Francesco, le cœur battant à se briser, puis s'abattit sur sa poitrine et l'embrassa à perdre haleine sans se préoccuper des joyeux hourras que poussaient autour d'eux Primo, Olympia, Carlo et Della.

— Je ne ferai plus de plongée sous-marine ni d'acrobaties aériennes, décréta Celia le soir même, lorsque Francesco vint la rejoindre dans leur chambre.

— C'est parce que tu as eu une peur bleue au moment de sauter que tu as pris cette décision ? lui demanda-t-il en s'allongeant à côté d'elle.

— Non. C'est parce que je me suis enfin rendu compte que je n'avais pas le droit de jouer avec ma vie et avec tes sentiments... Ce qui ne veut pas dire que je serai sage comme une image à partir de maintenant et que tu pourras dormir sur tes deux oreilles.

— Dans quel genre d'aventure vas-tu te lancer dès que tu te seras remise de ta frayeur ?

— Dans celle dont mon père et ma mère m'ont souvent parlé. Avant ma naissance, ils adoraient voyager et pratiquer des sports à risques, mais ils m'ont dit que, quand on aimait relever des défis, il valait mieux fonder une famille que d'aller faire du trekking dans l'Himalaya, car il était aussi difficile de s'occuper d'un bébé que d'escalader l'Éverest ou l'Annapurna.

Francesco baissa vers Celia un regard étonné.

— Dois-je comprendre que tu as hâte d'être maman ? l'interrogea-t-il, le cœur gonflé d'espoir.

— Oui, acquiesça-t-elle sans l'ombre d'une hésitation. Rien ne saurait me rendre plus heureuse que de t'épouser et de porter tes enfants.

Le trente-cinquième anniversaire de mariage de Hope et de Toni fut célébré à la mi-novembre et, afin que les invités venus des quatre coins de l'Italie aient le temps d'apprécier leur séjour à Naples, les festivités durèrent toute une semaine.

— As-tu vu Franco ce week-end ? demanda Della à Carlo le dernier soir.

— Non, répondit-il. Il est le seul membre de la famille à ne pas s'être déplacé.

— Crois-tu que ta mère songe à lui et qu'elle regrette de ne pas avoir pu l'accueillir à la villa ?

— Certainement pas ! Toni et elle sont trop amoureux l'un de l'autre pour s'être aperçus de son absence.

Après avoir déambulé entre les longues tables habillées de damas qui chatoyaient sous les lustres du living-room, Hope et Toni s'éclipsèrent avec la même impatience que deux jeunes mariés au seuil de leur nuit de noces, puis montèrent s'isoler dans leur chambre et décachetèrent ensemble la lettre que leur avait adressée Franco.

« Cher Toni, chère Hope,

Je vous remercie de m'avoir invité à venir partager votre bonheur, mais je suis tellement triste d'avoir perdu Lisa que, si j'assistais aux nombreuses réceptions que vous allez donner, mon chagrin risquerait de ternir votre joie et celle de vos hôtes.

Lorsque vous lirez ces quelques lignes, je serai en Suisse, là où Lisa et moi avons passé notre lune de miel, et j'espère que ce pèlerinage adoucira mon deuil en me permettant de revivre les instants merveilleux dont j'ai la nostalgie.

Cordialement,

Franco. »

— Te rappelles-tu la croisière romantique que nous avions prévu de faire après notre mariage ? demanda Hope à Toni en repliant la lettre et en levant vers lui un regard débordant d'amour.

— Oui, murmura-t-il. Nous avions décidé de partir explorer les îles du Pacifique, mais, comme Luke avait attrapé la grippe et contaminé Francesco, nous avons dû rester à Naples et nous occuper d'eux. Ensuite, je suis tombé malade et tu m'as soigné avec un tel dévouement que j'en ai été tout chaviré.

— Que dirais-tu si je te proposais de réserver deux places sur le prochain vol à destination de Tahiti et d'aller jouer les Robinson Crusoé à l'ombre d'un cocotier ?

— Que c'est une idée formidable, *carissima*, approuva Toni avant d'enfermer Hope dans ses bras et de lui donner le plus doux des baisers.

ANNIE WEST

Noces romaines

Traduction française de
ALEXANDRA TEISSIER

HARLEQUIN

Titre original :
HER FORGOTTEN LOVER'S HEIR

Ce roman a déjà été publié en 2019

1

Elle s'éveilla complètement désorientée.

Battant des paupières, elle scruta la pénombre. Un fauteuil, une table de chevet, une petite fenêtre…

Rome. Elle était à Rome. Dans l'hôpital où on l'avait conduite après son agression en pleine rue.

Loin de s'apaiser, son cœur battit plus fort. Cette sensation de désorientation persistait. Quoi de plus normal, puisque tout, au-delà de cette chambre, n'était qu'une page blanche…

Son nom. Sa nationalité. Ce qu'elle faisait à Rome.

Elle ne se souvenait de *rien*.

Sur une impulsion, elle tendit la main vers la table de chevet, effleura le petit peigne et le baume pour les lèvres à la vanille, ses uniques biens désormais. Ses vêtements déchirés, ensanglantés, étaient partis à la poubelle, et aucune trace d'un sac à main ou d'un portefeuille.

Elle ferma les yeux et s'obligea à respirer doucement pour endiguer la panique. Après tout, elle savait une ou deux choses.

Elle n'était pas italienne, puisqu'elle pensait en anglais. Tout juste avait-elle de vagues notions d'italien pour touristes, se rappela-t-elle. Une vingtaine d'années, le teint pâle, des traits réguliers sinon ordinaires, les yeux gris-bleu et des cheveux cuivrés ternis par les shampooings énergiques pour enlever le sang.

Et surtout, elle était *enceinte.*

L'angoisse lui serra la gorge.

Enceinte, anonyme et seule…

L'amnésie n'était que temporaire. Les médecins se montraient optimistes ; enfin, la plupart. Il fallait y croire, coûte que coûte – l'autre possibilité était trop atroce à envisager. Elle se sentirait mieux à la lumière du jour, dès que l'agitation aurait repris dans le service. Même la batterie de tests auxquels on la soumettait en permanence offriraient une diversion bienvenue. Tout, plutôt que de rester là complètement seule et…

Un frisson courut sur sa nuque. Quelqu'un la regardait, elle en était sûre.

Lentement – le moindre geste brusque lui sciait le crâne –, elle tourna la tête vers la porte et cligna des yeux à plusieurs reprises. Des hallucinations, maintenant ? Sa mémoire en vrac, ce n'était pas assez ?

Sur le seuil de la chambre se tenait un homme.

Ce n'était pas un employé de l'hôpital, non… Plutôt un mannequin, avec cette silhouette haute et joliment découplée, mais assez mince pour porter un costume sombre avec une élégance touchant à la perfection. La mâchoire carrée, le nez fort, les pommettes saillantes composaient un visage viril au charme… étonnant.

Une émotion inattendue l'assaillit. La surprise, sans doute. Et la curiosité. Quel meilleur dérivatif à ses pensées moroses que cette sublime apparition ?

Sublime, mais sombre, songea-t-elle en le regardant s'avancer dans la chambre. De près, le personnage dégageait une rudesse qui lui donna la chair de poule, avec sa barbe de trois jours plutôt sexy et ses yeux affûtés, qui dénotaient une intelligence rusée, calculatrice. Et qu'il était grand ! Il dominait toute la pièce. Une impression qui s'amplifia lorsqu'il s'arrêta près du lit.

Elle releva la tête et s'efforça de parler d'une voix calme, alors que son pouls s'affolait.

— Qui êtes-vous ?

Un consultant, peut-être ? Un spécialiste quelconque ? Cela expliquerait l'absence criante de chaleur humaine dans son contact avec sa patiente. Elle attendit en vain un sourire bienveillant, une parole réconfortante sur le temps qui guérit tout… Il ne portait pas non plus de stéthoscope, mais difficile d'imaginer un objet aussi trivial accroché sur ce costume superbement ajusté.

Pour toute réponse, les yeux de l'homme se rivèrent aux siens. Elle saisit alors ce qu'ils avaient de si particulier. Leur teinte dorée. Ou plutôt brun clair floqué d'or, et comme luisant d'un feu intérieur. Une nuance assez inattendue avec cette peau mate et ces cheveux de jais.

Cette inspection silencieuse finit par la mettre mal à l'aise.

— Je vous ai demandé…

— Tu ne te souviens pas de moi ? coupa l'inconnu.

Sa voix était miel et whisky, acier et velours à la fois. Une voix si enjôleuse qu'elle dut se faire violence pour se ressaisir. Ce tutoiement…

Elle se démena pour se redresser sur le lit et grimaça de douleur. Son pouls cognait maintenant contre ses tempes.

— Tu te sens bien ? J'appelle quelqu'un ?

— Est-ce que je devrais me souvenir de vous ? balbutia-t-elle. Nous nous sommes déjà rencontrés ?

Une lueur traversa les prunelles dorées.

— Vous me connaissez ? insista-t-elle en se penchant vers lui.

— Je…

Un bruit de pas dans le couloir.

Une blouse blanche s'encadra sur le seuil : le médecin rondouillard et volubile aux yeux doux qui l'avait rassurée alors que sa peur de ne plus retrouver la mémoire virait à la terreur. Il se mit à parler en italien à toute vitesse, en s'adressant à l'inconnu à son chevet. Ce dernier lui renvoya des répliques laconiques, l'inquiétude marquant ses traits virils.

— Est-ce que l'un de vous daignerait m'expliquer qui est cet homme et ce qu'il fait ici ?

Le médecin se tourna vers elle. Quant au mystérieux visiteur, il ne l'avait pas lâchée des yeux, même pendant son échange avec le médecin. Elle remonta le drap et la fine couverture sur ses épaules en frissonnant. L'intensité rare de ce regard la faisait se sentir nue. Pas simplement nue sous sa tenue d'hôpital ultralégère ; nue comme s'il avait le pouvoir de la déshabiller jusqu'à son moi le plus intime dissimulé au monde. Et elle ne savait même pas qui il était !

— Toutes mes excuses, nous aurions dû parler en anglais. Mais nous avons d'excellentes nouvelles pour vous ! lança le médecin en souriant.

Elle pivota de nouveau vers l'homme silencieux près du lit et humecta ses lèvres soudain desséchées.

— Vous me connaissez ?

Sa voix tremblait malgré ses efforts. Il hocha la tête.

— Oui. Tu t'appelles Molly. Tu es australienne.

Molly. Australienne.

Elle se renversa sur les oreillers, à peine consciente du geste du médecin qui les regonflait sous sa nuque. L'Australie. Voilà pourquoi elle était anglophone.

Molly ? Quel prénom étrange. Les sourcils froncés, elle s'efforça de retrouver un sentiment de familiarité, une émotion… Rien. Son moral plongea. Elle était tellement sûre que la moindre information à son sujet aurait déclenché une avalanche de souvenirs. Or la révélation de son prénom n'avait pas eu l'effet magique escompté. Rien n'avait changé. Elle nageait toujours dans le brouillard menaçant de l'inconnu.

— Ce doit être étrange de l'entendre de nouveau pour la première fois, mais tu t'habitueras…

Elle leva les yeux vers cet homme si bien bâti dont le ton cette fois se voulait rassérénant.

— Êtes-vous médecin, vous aussi ? Non ? Pourtant vous me connaissez ?

Il acquiesça encore, la mine grave. Pourquoi n'avait-il pas l'air content, ou tout au moins soulagé, de l'aider à lever le voile sur son identité ?

— Et… ?

Elle serra les dents. Allait-elle devoir lui soutirer une bribe d'information après l'autre ?

— Tu es venue en Italie travailler comme fille au pair chez un couple italo-australien.

— Fille au pair ?

— Oui. Nounou, si tu préfères, ou assistante maternelle…

Elle hocha impatiemment la tête. Elle savait ce qu'était une fille au pair ! Et d'ailleurs, comment le savait-elle puisque même son propre prénom ne lui était pas familier ?

— Vous êtes sûr de me connaître ? Vous ne me confondez pas avec une autre ?

Était-ce de la compassion qu'elle lisait dans ses yeux ? Cet homme prenait grand soin de masquer ses émotions.

— Tout à fait sûr. Tu es institutrice, mais tu as pris des congés pour venir en Italie.

— Institutrice…

— Tu adores les enfants.

Une tonalité dure dans sa voix la fit tressaillir. Était-ce le fruit de son imagination, ou la lueur dorée de ses prunelles semblait plus prononcée, tout à coup ?

Quoi qu'il en soit, elle accepta cette fois sa réponse sans la mettre en doute. Oui, elle adorait les enfants. Elle s'imaginait tout à fait en institutrice. Non que des souvenirs précis lui reviennent, mais voilà enfin des mots qui résonnaient en elle.

Dans un contexte pareil, apprendre qu'elle était enceinte lui avait causé un choc. L'idée de mettre un enfant au monde sans savoir qui elle était ni qui était le père l'épouvantait. Restait la merveille d'une vie nouvelle germant dans son ventre. La joie finirait par l'emporter sur la peur, une fois sa mémoire revenue.

Un sourire hésitant se dessina sur ses lèvres.

L'inconnu s'ébroua aussitôt. Ses narines frémirent comme pour aspirer davantage d'oxygène, et ses yeux…

Bon sang, oublie ses yeux ! Tu t'en moques, de ses yeux, si beaux soient-ils ! C'est sur toi-même que tu dois te concentrer, Molly ! Molly comment, d'abord ?

— Quel est mon nom de famille ?

Avec ce nom, elle retrouverait son passé, localiserait famille et amis, commencerait à recoller les morceaux de sa vie. Ses doigts accrochèrent la couverture. À condition que son amnésie se dissipe un jour, et que cette vie ne soit pas condamnée à rester dans l'oubli à jamais.

L'inconnu consulta du regard le médecin, qui acquiesça d'un signe de tête.

— Agosti, dit-il. Tu t'appelles Molly Agosti.

Son front se plissa.

— Agosti ?

Une nouvelle fois, elle attendit en vain un signe de son inconscient.

— Vous êtes sûr ? Ce nom sonne plutôt italien.

Son teint ne plaidait pas en faveur d'une ascendance italienne, mais elle était bien obligée de croire ce type sur parole, jusqu'à preuve du contraire.

— Et vous êtes… ?

S'était-il crispé ? Non, il ne semblait pas en colère.

Pourtant un changement subtil s'était produit. L'air s'était chargé d'électricité et vibrait entre eux.

Elle secoua la tête. De l'électricité dans l'air ! Des vibrations ! Était-elle du genre à raisonner en termes d'auras et de forces invisibles ? Ou était-elle simplement connectée à cet homme de manière surnaturelle ?

— Je suis Pietro Agosti.

Elle s'arracha à la contemplation des mains à la puissance troublante posées sur le rail du lit pour relever les yeux.

— Agosti ? Mais c'est le même nom !

— En effet.

Les commissures des lèvres s'étirèrent en un sourire qui n'atteignit pas les yeux, mais l'éblouit tout de même.

Le regard brun doré l'observait, attentif, inquisiteur ; tout au fond de son subconscient, une alarme retentit.

— C'est parce que je suis ton mari.

2

Molly fixa l'individu imposant qui se dressait devant elle, bouche bée, l'esprit comme anesthésié sous le choc.

Son *mari*, cet homme si troublant ? Ce n'était pas possible ! Tout en lui trahissait l'argent et le pouvoir. Le costume était sûrement coupé sur mesure, la chemise d'une blancheur de neige et la cravate en soie subtilement chatoyante étaient du genre à sortir d'une boutique de grand couturier, sans parler des boutons de manchette en or, discrets mais artistement ouvragés.

Quant à ses mains... Un léger frisson la parcourut alors qu'elle se concentrait sur cette partie de son anatomie. Grandes et fermes, ces mains, et d'une si jolie forme qu'on les imaginait assez habiles pour sillonner le corps d'une femme et lui donner du plaisir. Aurait-elle donc un faible pour les mains sexy ?

Les joues en feu, elle détourna les yeux, inquiète de ce qu'ils pourraient trahir. Une réaction aussi vive chez elle au contact de cet homme semblait... déplacée. Il avait beau dire, il restait un inconnu pour elle.

Des mains soignées, une élégance naturelle, une lourde chevalière en or, Pietro Agosti gravitait dans un milieu riche. Très riche. À en juger par son autorité naturelle et cette chevalière visiblement ancienne, il en était même issu. Pas elle. Sans en avoir la preuve, elle en était convaincue.

Le miroir de la salle de bains lui avait renvoyé un

visage ordinaire, sans rien de très fascinant. Ses cheveux oscillaient entre caramel et blond foncé, un coloris trop quelconque pour provenir d'un flacon sophistiqué. Ses mains n'étaient pas abîmées, mais pas manucurées non plus. Elle ne portait aucun bijou. Ils n'étaient pas assortis, tous les deux. Comment pouvaient-ils être mari et femme ?

Cela paraissait tellement improbable. Il passait sûrement son temps avec des femmes du monde aussi belles que superficielles, pas avec des filles au pair !

Si c'était le cas pourtant, alors il devait être le père de l'enfant qu'elle portait. À cette idée, une vive émotion s'empara d'elle.

— *Signora* Agosti ?

Elle releva vivement la tête en entendant la voix du médecin, prête à rejeter ce titre. Ce n'était pas son nom d'origine, après tout. Quant à être mariée avec... avec...

Elle jeta un regard furtif à la haute silhouette postée à son chevet, immobile. Quelque chose dans cette fixité parfaite la rendait nerveuse. Il attendait quelque chose, mais quoi ? Qu'elle le reconnaisse, peut-être ? Ou bien qu'elle déclare qu'elle ne pouvait en aucun cas être sa femme ?

Le sang cogna de plus belle contre ses tempes. Comme elle grimaçait, le médecin s'approcha vivement, vérifia son pouls en marmonnant quelque chose en italien et l'invita à se rallonger tout à fait.

Pendant tout ce temps, elle ne pensa qu'à la proximité de Pietro Agosti. À son charme intimidant. Si les médecins ne lui avaient pas assuré qu'elle finirait par guérir, elle aurait vu en lui l'ange de la mort venu la chercher.

Elle tourna la tête vers lui. La chaleur de son regard la prit au dépourvu. La fièvre resurgit, non plus dans ses joues cette fois, mais dans son corps tout entier.

— Vous êtes sûr que cet homme est mon mari ? demanda-t-elle au médecin.

Celui-ci lança un regard navré à son visiteur. Pietro Agosti était-il un personnage si important que personne, jamais, ne mettait en doute sa parole ? Molly frissonna. Pour une raison qu'elle n'avait aucune chance d'identifier, elle se rebiffait à l'idée d'être à sa merci.

À sa merci ? Depuis quand une femme pensait-elle à son mari en ces termes ?

— *Signora* Agosti, dit le médecin d'un ton débonnaire, nous n'avons aucun doute sur ce point. Votre mari vous a décrite dans les moindres détails, y compris votre cicatrice d'appendicite.

Il avait donc une connaissance intime de son corps. Un drôle de pétillement courut sur sa peau. Un début de souvenir ? La trace d'une familiarité avec cet homme sombre et mystérieux ? Ou l'excitation à l'idée de ces grandes mains caressant sa peau nue un jour prochain ?

Elle lui jeta un nouveau coup d'œil à la dérobée. Son sourire aurait été apaisant sans cette lueur calculatrice dans ses yeux. Molly déglutit. Sa migraine se précisait. Toutes ces révélations, c'était trop pour sa pauvre tête.

— Laissez-moi vous assurer que votre mari est un homme très respectable et estimé.

— Je pense que ça suffira pour aujourd'hui. Molly est manifestement très fatiguée. Le choc a été violent. Nous devrions la laisser se reposer.

Il partait ? Elle rouvrit brusquement les yeux. Et s'il ne revenait jamais ? Si elle se retrouvait seule, comme un bagage non réclamé ? Si, demain, tout cela se révélait être un rêve ? Si personne en fait ne savait qui elle était ? La peur lui serra la gorge à l'idée d'être une nouvelle fois abandonnée ici à son triste sort.

— Non ! S'il vous plaît, ne partez pas !

Un éclair traversa ces yeux troublants, de compassion cette fois, lui sembla-t-il.

— Pourriez-vous nous laisser un moment, docteur ? Je sais qu'il y a des formulaires à remplir, je passerai vous voir après avoir discuté avec Molly.

— Bien sûr. Oui, c'est une excellente idée.

Le médecin assura une dernière fois à Molly que tout irait bien et s'éclipsa aussitôt, sans s'offusquer d'avoir été purement et simplement congédié.

Une fois en tête à tête avec cet homme d'influence qui se prétendait son mari, Molly sentit son soulagement s'effriter.

Il approcha une chaise et s'assit près du lit.

— Voilà qui est mieux. Maintenant tu n'es plus obligée de te tordre le cou pour me regarder.

Sa bouche s'incurva en un petit sourire, qu'elle lui rendit, spontanément cette fois, sans bien savoir pourquoi. Ses muscles se détendirent. Prenant brusquement conscience de sa posture de défense, épaules voûtées, poings crispés, elle baissa les yeux et posa les paumes à plat sur le drap.

Elle semblait si pâle. Si fragile. Pietro ne s'était pas attendu à cela, même après avoir pris connaissance de ses blessures. Il était venu le plus vite possible, galvanisé par le choc et le soulagement à la nouvelle qu'elle avait été retrouvée.

À la vue de la souffrance dans le regard las de Molly, quelque chose se crispa en lui et vibra comme une corde de violon pincée.

Ce qui l'avait attiré chez elle, parmi tant d'autres choses, c'était son caractère solaire ; ainsi que son sourire facile, ses yeux lumineux... La voir si effrayée aujourd'hui lui donnait des envies de casser quelque chose. De préférence la figure du motard qui l'avait renversée, sûrement pour lui voler son sac, avec portefeuille et passeport. Son équipe d'enquêteurs était en liaison avec la police. Une fois le coupable localisé, il paierait cher pour ses actes.

Pietro serra les dents à l'idée de Molly étendue sur le bitume, inconsciente. Puis se réveillant en plein cauchemar, sans même se souvenir de son propre prénom ! D'après le médecin, la perte de mémoire était une conséquence du choc. De l'agression ? Ou des événements qui avaient précédé son escapade à Rome ?

Les doigts glacés de la culpabilité se refermèrent sur sa gorge. Pietro déglutit. L'accident, il n'y était pour rien. En revanche, ce qui s'était passé juste avant…

— Je suis contente que vous… que tu m'aies trouvée.

Le regard grave de la jeune Australienne accrocha le sien.

— C'est si angoissant de ne pas savoir qui on est.

Elle avait l'air si perdue, et en même temps si déterminée à faire preuve de courage en minimisant sa peur ! Un élan protecteur le souleva à l'improviste, à sa grande stupeur.

Il se croyait pourtant immunisé contre la vulnérabilité féminine, après une expérience particulièrement marquante. Les circonstances ici étaient différentes. Il tendit la main pour saisir celle de Molly, avant de se raviser. Mieux valait garder ses distances. Elle semblait si frêle, avec ces yeux qui lui mangeaient le visage – un visage blême, obstinément tourné vers lui.

Il devait faire très attention à son propre comportement. Pas d'initiatives inconsidérées. Il ne pouvait se permettre de commettre une nouvelle erreur.

— Je ne peux même pas imaginer l'effet que ça doit faire de ne se souvenir de rien.

Il s'attendait à moitié à ce qu'elle avoue que ce n'était pas tout à fait exact, qu'elle avait gardé quelques souvenirs. Ne serait-ce que celui de la crise qui l'avait poussée à filer à Rome sur un coup de tête.

— Mais ne t'inquiète pas, je prendrai soin de toi, ajouta-t-il.

— C'est vrai ?

Il n'aurait su dire si cette perspective la réjouissait ou la pétrifiait au contraire. Était-ce qu'il lui faisait *peur* ?

— Bien sûr ! Tu peux compter sur moi. Tout ira bien, Molly. Laisse faire le temps. Tu n'as aucun souci à te faire. Je cherche en ce moment à contacter ta sœur en Australie pour la faire venir ici auprès de toi.

Les commissures de la bouche pulpeuse de Molly se détendirent aussitôt. Son visage épuisé reprit des couleurs. Elle ressemblait davantage à la femme qu'il avait connue, maintenant.

— J'ai une sœur ? demanda-t-elle, tout excitée.

— Oui. Elle s'appelle Jillian.

— Et mes parents ?

Pietro secoua la tête.

— Je suis désolé, Molly. Il ne reste plus que vous deux.

Le sourire s'estompa aussi vite qu'il était venu. Le cœur de Pietro se serra. Il ne se souvenait que trop bien de son propre deuil.

— J'ai quand même beaucoup de chance d'avoir un mari et une sœur, murmura-t-elle, les yeux baissés sur sa main qui tripotait le drap. Je me demandais si quelqu'un viendrait m'identifier un jour.

L'aveu en disait long sur son angoisse. Pietro se félicita d'avoir mobilisé une équipe pour retrouver sa trace. S'il ne l'avait pas fait, s'il avait ignoré la petite voix de la raison qui lui soufflait, un peu tard, qu'il avait commis une erreur monumentale, combien de temps serait-elle restée coincée ici, seule, dans ces limbes inhumains ?

Cette prise de conscience renforça encore sa détermination à prendre soin d'elle. Il avait agi sur une impulsion ce soir, mais il ne le regrettait pas ; et tant pis pour les complications qui en découleraient peut-être. Molly avait besoin de lui.

— Tu te sentiras mieux une fois sortie d'ici.

— Sortie… de l'hôpital, tu veux dire ?

— Mais oui !

— Vraiment ? Ils vont me laisser partir ?

— Bien sûr. Tu n'es pas prisonnière, Molly.

Son sourire hésitant alluma un éclat bleuté dans ses yeux gris. Devant ce regard plein d'espoir, Pietro éprouva de nouveau une sensation étrange dans la poitrine. Il se dit que c'était juste la satisfaction à l'idée que tout serait simple, si simple en fin de compte.

— Je sais. Ils ont fait de leur mieux pour m'aider.

Molly s'arrima au regard brun doré de Pietro. Il n'y avait rien à craindre, désormais, songea-t-elle. Son mari était là. En toute logique, il était la personne en qui elle avait le plus confiance au monde, non ? Néanmoins, un frémissement courait toujours de sa nuque jusqu'au bout de ses doigts. Comme une décharge d'énergie, dès que leurs regards se croisaient.

Les étincelles crépitèrent de plus belle tandis qu'elle détaillait ses traits farouches, sa silhouette élancée, puissante, de félin. Tout de même, ne devrait-elle pas ressentir un petit quelque chose de plus devant son mari ? Un sentiment de soulagement réconfortant à l'idée de rentrer chez elle ?

Or ce n'était pas tout à fait du soulagement qu'elle éprouvait. S'y ajoutait un petit quelque chose que son inconscient tentait de lui souffler, mais elle n'était pas en état de déchiffrer ses messages pour le moment.

À quoi bon se faire des illusions ? Elle n'était pas en état de faire grand-chose, en réalité. Toute réflexion un peu profonde lui faisait tourner la tête, et à la moindre tentative pour plonger dans le passé, des murs gris se refermaient inexorablement autour d'elle.

Abattue, elle ferma les yeux.

— Molly ? Qu'est-ce qui se passe ?

Le ton était vif. Même les yeux clos, elle perçut son inquiétude, assez naturelle somme toute chez un mari confronté à son épouse en souffrance. Il était absurde de s'imaginer que quelque chose ne tournait pas rond ici.

La seule chose qui ne tourne pas rond, c'est toi.

Les pieds de la chaise crissèrent sur le linoléum. Elle rouvrit les yeux à temps pour voir Pietro Agosti filer vers la porte.

— Ne pars pas !

Cette voix désespérée, c'était la sienne ?

Il se figea sur le seuil. Molly se redressa sur son lit étroit, ignorant le pilonnage en règle de ses tempes que déclencha le mouvement. La peur était là, inutile de se voiler la face, devant la perspective de se retrouver de nouveau complètement seule.

— S'il te plaît, reste.

— J'allais juste chercher un médecin. Tu as mal…

— Ne pars pas !

Était-elle toujours dépendante à ce point ? Pourvu que non ! En suivant le regard de Pietro, elle s'aperçut que sa main s'était tendue vers lui, tremblante. Elle laissa retomber ses doigts, perturbée de constater qu'elle avait besoin à ce point de sa présence.

— Tu… Tu ne vas pas me ramener chez nous ?

— Bien sûr que si.

La voix était de nouveau toute proche. Elle n'avait même pas entendu Pietro revenir. Pour autant, elle se garda de relever la tête. Elle avait la sensation que son regard brûlant la déchiffrait sans effort, jusque dans cette vulnérabilité qu'elle s'expliquait mal – tandis que lui, avec son air de contrôle et son visage impénétrable, restait un livre fermé. Entre amoureux, entre mari et femme, les rapports étaient plus équilibrés, sûrement ? Qu'est-ce qu'elle en savait… Tout était nouveau pour elle. Pouvait-elle seulement se fier aux idées qui fusaient dans sa tête ? Et si elles n'étaient que le contrecoup du choc ?

— Je te ramènerai à la maison dès que le médecin aura donné son accord.

À la maison.

Le soulagement la submergea. Bientôt. Bientôt elle serait loin d'ici, dans un environnement familier, et sa mémoire reviendrait. N'est-ce pas ?

Un long bras sous une manche sombre se tendit soudain en travers du lit. Un éclat de vieil or sur une manchette immaculée, puis des doigts fermes enveloppèrent les siens d'une chaleur réconfortante.

Pietro ne prononça plus un mot. Oppressée par l'étrangeté de cet homme qui était son mari, Molly s'abstint de le regarder et se concentra sur la main qui tenait la sienne et le pouce qui lui caressait doucement la peau, neutralisant l'angoisse qui lui nouait le ventre.

Une onde de chaleur déferla peu à peu dans son corps en vaguelettes délicieuses, tant et si bien qu'elle se sentit bientôt flotter, relâchée, presque inerte, sur un océan bienheureux.

Ses doigts se contractèrent autour de ceux de Pietro, qui lui rendit légèrement la pression. Un soupir monta dans sa gorge, ses paupières devinrent lourdes…

Elle s'était trompée. Il y avait bien une connexion entre eux, tout compte fait. Elle la percevait, maintenant. Ce n'était pas simplement cette chaleur, ou ce merveilleux sentiment de paix, c'était autre chose. Un élément vital venait de retrouver sa place au centre exact de son corps.

Parce que Pietro Agosti était avec elle.

Un petit sourire lui vint aux lèvres. Ses paupières battirent.

Tout allait s'arranger.

Pietro contempla la jeune femme endormie qui tenait toujours sa main bien serrée. Il en détailla chaque parcelle, les doigts fins, le poignet délicat, le bras nu, nappé d'or par le soleil italien. Ses seins ronds qui se soulevaient sous le drap au rythme de son souffle régulier. Son cou semblait frêle, comme si elle avait perdu du poids ces derniers jours. À cette pensée, le remords refit surface. Il lui pressa la main un peu plus fort, la relâcha aussitôt. Elle avait besoin de dormir.

Il releva les yeux vers son visage, dont la pâleur faisait ressortir les taches de rousseur. Ses sourcils étaient finement dessinés, plus sombres que les cheveux, comme ses cils. Joli nez, joli menton… Mais le plus remarquable était sa ravissante bouche sculptée en cœur. Un rêve pour tout homme.

La seule pensée de ces lèvres sur lui déclencha un désir fulgurant dans le ventre de Pietro. Il dégagea sa main et la fourra dans sa poche.

Quel soulagement d'avoir pu lui offrir un peu de réconfort. Elle avait si peur tout à l'heure, tout en s'efforçant de ne pas le montrer ! Pietro se répéta qu'il faisait ce qu'il fallait. Dans la précipitation, il n'avait pas eu le choix, de toute façon. S'il avait réfléchi aux conséquences, il aurait anticipé la complication qui lui avait forcé la main, mais il avait la tête à l'envers depuis quelques jours.

Pietro se targuait d'avoir un certain sens de l'éthique et de l'honneur. Certains l'accusaient de dureté. Essentiellement des concurrents plumés par ses soins, ou plus rarement une maîtresse qui ne l'avait pas cru lorsqu'il avait déclaré préférer les liaisons passagères. Il pratiquait la franchise, jusqu'à la brutalité parfois. Autant dire qu'il dérogeait à son code de conduite personnel avec ce qu'il faisait maintenant, et plus encore avec ce qu'il s'apprêtait à faire ensuite.

Un sourire cynique lui fendit le visage. Pourquoi ne pas appeler un chat un chat ? Il mentait ! Il mentait effrontément.

C'était nécessaire. Pour le moment du moins.

Pietro fit taire la petite voix de sa conscience. Pas question de regretter de faire ce qu'il fallait pour tout le monde. Ce n'était pas comme s'il comptait faire du mal à Molly ! Loin de là. Il comptait la choyer pendant cette période où elle avait le plus besoin de son aide.

Il n'y avait pas d'alternative.

3

La limousine rutilante se faufila presque sans bruit dans les rues de Rome, loin de l'hôpital.

Assise à côté de Pietro à l'arrière, Molly regardait obstinément ailleurs. Des doutes l'assaillaient sur leur relation. Elle avait beau se dire qu'ils s'effaceraient avec le temps et l'intimité retrouvée, c'était perturbant. Ne se sentant pas le courage de rompre le silence, surtout après le remue-ménage épuisant qui avait précédé son départ de l'hôpital, elle fixa le paysage devant elle, dans l'espoir qu'une image quelconque déclencherait un souvenir.

Rien ne vint. La voiture traçait sa route à travers une ville qui lui était totalement étrangère, et son moral plongeait. Il était trop tôt de toute façon, on lui avait recommandé de ne rien attendre dans l'immédiat, mais se débarrasser du cocktail désagréable d'excitation, de peur et d'impatience qui l'habitait tenait de l'impossible.

La journée était ensoleillée et chaude, à en juger par la tenue des passants. Dans la voiture climatisée, l'atmosphère restait fraîche. Ou bien c'était peut-être la vitre de séparation qui rendait l'ambiance un peu guindée ?

Quant à son mari, il la rendait nerveuse. En fait de retrouvailles chaleureuses, elle n'avait droit qu'à une gentillesse circonspecte, comme la veille au soir quand il lui avait tenu la main jusqu'à ce qu'elle s'endorme. Pas un baiser ! Quelle sorte de couple était le leur ?

Sans doute n'était-il pas du genre à extérioriser ses sentiments en public. Toute la matinée, le personnel s'était affairé autour d'eux, jusqu'au directeur de l'hôpital qui avait fait une brève apparition pour serrer la main du *signor* Agosti et les escorter vers la sortie avec force courbettes. En outre, elle était blessée ; il était donc naturel que Pietro se refuse à l'étouffer de baisers.

Ses joues s'enflammèrent à cette pensée. Quel effet cela faisait-il de se retrouver entre ses bras fermes et puissants ? La nuit précédente, elle avait rêvé de lui. D'une main dure et douce à la fois, il explorait son corps avec minutie, la rendait folle de désir. Elle s'était réveillée en sueur, le corps palpitant, dans sa chambre déserte.

Était-ce un épisode si fictif que cela ? Pietro avait su décrire sa cicatrice d'appendicite, après tout. Ce rêve érotique pouvait très bien être un souvenir. Le signal que sa mémoire se réveillait enfin.

— Comment te sens-tu ? Est-ce que la température te convient ?

Molly rougit de plus belle. Son émoi n'avait pas échappé à Pietro, qui l'observait en continu.

— Tout va bien, merci.

Elle se tourna enfin vers lui. Au grand jour, cet homme était toujours diablement séduisant, digne de figurer dans les magazines de mode ou les émissions consacrées aux *people*, même si ce nez arrogant et cette mâchoire volontaire évoquaient surtout le pouvoir, comme sa réserve et sa froideur apparentes.

Il lui avait longtemps tenu la main hier soir, pourtant. Il ne s'était pas plaint de devoir attendre les résultats des tests réalisés avant sa sortie. Il avait pris le temps de s'entretenir avec plusieurs médecins de l'établissement, et même des administrateurs, sortis de leurs bureaux uniquement pour avoir l'honneur de serrer la main de Pietro Agosti…

C'était un VIP, mais elle ignorait tout de lui. Il avait fait en sorte que la conversation tourne exclusivement autour d'elle, de ses symptômes, de ses chances de guérison. Ils n'avaient pas eu l'occasion de se retrouver en tête à tête avant de monter dans la limousine.

— Comment m'as-tu retrouvée ?

— Mes hommes te cherchaient.

— Tes hommes ? Tu veux dire que tu as des employés ?

Elle se mordit la lèvre. Évidemment qu'il avait du personnel à son service ! Ils roulaient dans une limousine, Pietro appelait le chauffeur par son prénom. Et puis une garde-robe aussi impeccable demandait sûrement un entretien régulier. Molly l'imaginait mal repassant sa chemise et lustrant ses chaussures avant de sortir.

— Je dirige une entreprise, dit Pietro en haussant les épaules.

— Pourquoi ne pas m'avoir cherchée toi-même ?

Pietro se rembrunit.

— Tu avais disparu, Molly. Les efforts d'un seul homme n'auraient jamais suffi.

Sa voix s'était durcie. Molly comprit alors, avec un soulagement indicible, que les museler le plus possible était sa façon de gérer les émotions. Peut-être s'était-elle laissé influencer par le cliché de l'Italien extraverti. Pietro était différent. Un macho tout en contrôle.

— Comment ai-je pu *disparaître* ?

— Pardon ?

— Comment se fait-il que tu n'aies pas su où je me trouvais ? Je ne suis pas bêtement sortie acheter une bouteille de lait, je présume ?

— Eh bien, tu es partie pour Rome et…

— « Partie » ? Nous n'habitons pas ici ?

Il avait indiqué une adresse en ville dans les dossiers de l'hôpital, pourtant.

— Nous étions dans ma maison de famille, à la campagne. Tu as souhaité faire un saut à Rome et mes engagements m'ont empêché de t'accompagner.

Perplexe, Molly se cala contre le dossier capitonné de la banquette en se demandant ce qui la dérangeait dans cette histoire. Il n'y avait rien d'anormal à vivre à la campagne, tout de même. Sauf que le style élégant et strict de Pietro le désignait d'office comme un citadin.

Elle mit son vague malaise sur le compte de leur situation insolite. Mari et femme, mais étrangers l'un à l'autre. Et ce regard vrillé sur elle pendant qu'il parlait, comme pour jauger sa réaction ! Que craignait-il ? Qu'elle oublie aussi sec ses propos ? Seule sa mémoire à long terme restait vierge. Elle se souvenait de tout ce qui était arrivé depuis son réveil à l'hôpital, en dépit de quelques difficultés de concentration.

— Tu t'es volatilisée à peine arrivée à Rome, ajouta-t-il.

De nouveau cette voix nouée, dans laquelle Molly devina une émotion contenue. Une façon de masquer sa vulnérabilité, mais aussi, sans doute, de ne pas l'oppresser en soulignant combien sa disparition l'avait affecté.

— Je ne l'ai pas fait exprès.

Il la regarda. Ses traits s'adoucirent.

— Aucune importance. C'est fini, tout ça.

Il tendit la main pour presser brièvement la sienne ; aussitôt, Molly se sentit mieux. Elle referma les doigts autour de ceux de son mari, jusqu'au moment où un virage serré envoya Pietro tanguer vers l'autre coin de la banquette.

— Mais nous avons un pied-à-terre à Rome aussi, n'est-ce pas ? demanda-t-elle. Où nous allons maintenant ?

— En effet. Non loin d'ici. Mais n'en attends pas trop.

L'appartement vient d'être complètement refait. J'ai bien peur qu'il n'éveille aucun souvenir chez toi.

— Tu lis dans mes pensées, décidément.

— Je me mets à ta place, voilà tout.

Molly haussa les épaules.

— Au moins, au milieu de mes affaires je me sentirai un peu plus chez moi. Et ça suffira peut-être à me rendre la mémoire, qui sait ?

Elle songea, abattue, au peigne rouge et au baume à lèvres à la vanille nichés dans le petit sac à main griffé que Pietro lui avait apporté ce matin, avec une tenue dans laquelle elle n'était pas du tout à l'aise – des escarpins argentés magnifiques et une robe en soie unie très élégante, qui l'avaient transformée en une femme stylée, mais étrangère à elle-même.

— Ah, murmura Pietro. Tu vas devoir attendre encore un peu pour retrouver tes affaires, j'en ai peur.

— Quoi ?

— Tu en avais emporté quelques-unes à Rome, mais comme l'appartement était encore en chantier tu es descendue ailleurs…

Il se tut. Molly crut déceler une légère incertitude sur son visage, mais très vite il ajouta :

— Hélas, tu n'as pas pensé à me donner ton adresse avant l'accident. Nous n'avons pas encore réussi à localiser ton hôtel. Tes bagages s'y trouvent encore, je présume.

— Tu ne savais pas où je logeais ?

Cela semblait un peu étrange…

— Mon assistante aurait pu te réserver une chambre, mais ce voyage a été décidé sur une impulsion. Tu as toujours été… indépendante.

Molly réfléchit.

— Alors ces vêtements que je porte ne sont pas à moi,

dit-elle en pinçant délicatement le jupon de sa jolie robe griffée.

— Achetés pour toi par une assistante.

Pietro dut percevoir son désarroi car il lui reprit la main.

— Tout va bientôt s'arranger, Molly.

Sa voix était tombée dans les notes graves, un peu rugueuses, qui avaient bercé ses rêves la nuit précédente. Un petit frisson la traversa, une ondulation légère, mais prometteuse. Son corps revenait lentement à la vie au contact de Pietro. Une douce chaleur se répandit dans son ventre, ses seins se tendirent contre la dentelle du soutien-gorge neuf.

De quoi compenser un peu sa déception à la nouvelle qu'elle ne retrouverait pas ses affaires aujourd'hui. Cette chaleur dans son corps, c'était bel et bien de l'excitation. Du désir. De l'attirance pour ce mari au charme ténébreux…

La gêne qu'elle éprouvait jusque-là se craquela. S'ils s'astreignaient à la retenue du fait de sa situation particulière, au-dessous, en profondeur, coulait une authentique passion. Le fait que Pietro reste patient et en retrait eu égard aux difficultés qu'elle rencontrait, sans s'offusquer qu'elle n'ait aucun souvenir de lui, en disait long sur son caractère.

Elle sourit à son compagnon, le cœur gorgé de joie.

— Merci, Pietro. Quelle chance de t'avoir à mes côtés !

Il parut un peu troublé, marmonna quelque chose qu'elle n'entendit pas et se tourna vers la vitre.

— Eh bien ! Nous voilà arrivés chez nous.

« Chez nous » était un appartement somptueux, qui occupait l'intégralité du dernier étage d'un immeuble.

Molly écarquillait les yeux à mesure qu'elle absorbait le luxe des lieux, digne d'un magazine de décoration haut de gamme, chaque pièce révélant une discrète opulence toujours dans des tons de blanc ou de crème. Elle tendit la main vers un petit cheval vert céladon, unique touche de couleur dans un salon immense, et la retira aussitôt. Une pièce authentique très précieuse, à coup sûr.

Son pouls s'accéléra lorsqu'elle découvrit la salle à manger grandiose, assez vaste pour abriter un banquet. Même le bureau adjacent, à la décoration minimaliste, respirait le raffinement avec ses rares meubles de prix et quelques œuvres d'art exquises.

Avait-elle réellement sa place ici ? Elle se sentait presque une intruse.

L'appartement venait d'être rafraîchi, se remémora-t-elle. Avec un goût irréprochable et un faste sans ostentation. Ils ne venaient pas du même milieu, voilà tout.

Elle coula un regard vers Pietro, qui s'était arrêté pour rejeter un appel en cours sur son portable. Il lui restait beaucoup à apprendre sur l'homme qu'elle avait épousé. Et sur elle-même aussi. Une perspective intimidante. Refoulant son malaise, Molly s'efforça d'afficher une assurance qu'elle était loin d'éprouver.

Pietro lui présenta Marta, la gouvernante, précisant qu'elle passait toutes ses journées ici et repartait le soir. Molly hocha la tête et prononça les salutations d'usage, un peu étonnée de son effarement à l'idée d'avoir du personnel pour cuisiner ou faire le ménage à sa place.

Néanmoins, l'entretien de cet appartement de prestige représentait sûrement un emploi à temps plein. Les moindres surfaces brillaient comme un sou neuf, des miroirs anciens à la piscine tout en longueur sur le toit-terrasse. Même les plantes en pot fleurissaient à profusion sans une feuille desséchée en vue. Si le jardinage lui avait été confié, la moitié des plantes seraient déjà flétries, vu ses talents en la matière…

Molly se figea subitement au beau milieu de la terrasse : comment savait-elle cela ? À moins qu'elle ne l'ait imaginé…

Et ses scrupules à l'idée d'employer une gouvernante ? Elle avait forcément l'habitude, si tel était leur mode de vie.

— Molly ? Que se passe-t-il ? Viens t'asseoir.

Pietro, visiblement inquiet, lui saisit le coude et l'entraîna sous une pergola ombragée pour l'installer dans un charmant fauteuil en fer forgé garni d'un coussin crème.

Écru, rectifia distraitement Molly en pensée. Comme le reste dans l'appartement, le mobilier de jardin était dans des nuances de blanc, mais le créateur de ce petit bijou n'affublerait jamais ses coussins d'un banal « crème ».

Une large paume se plaqua sur son front comme pour jauger une fièvre. L'envie submergea soudain Molly de se presser contre elle en quête de réconfort, mais Pietro la lâcha pour s'accroupir devant elle.

— Qu'est-ce qui t'arrive, Molly ? Une migraine ? Je vais te porter jusqu'au lit.

Elle l'arrêta d'un geste, pas trop sûre d'être en état de parler. Car sa réaction immédiate à l'idée de voyager dans ses bras avait été : « Oui, je t'en prie ! » Non qu'elle ait besoin de s'allonger, mais elle rêvait des bras de Pietro autour d'elle, bien serrés. Son unique certitude depuis qu'elle l'avait rencontré, c'était qu'elle se sentait mieux dès qu'il la touchait. Or elle redoutait de s'amollir quand elle avait besoin au contraire de toutes ses forces pour affronter ces temps difficiles.

— Inutile. Je me sens bien, vraiment.

Elle enfonça les doigts dans l'épais coussin de son fauteuil pour ne pas céder à la tentation de tendre la main vers lui. Quelle splendeur, cet homme ! Surtout quand il l'enveloppait d'un regard aussi intense, aussi attentif.

— Un souvenir m'est revenu, c'est tout, ajouta-t-elle.

Loin de sauter de joie, Pietro fronça les sourcils.

— C'est vrai ? Un souvenir important ?

— Tout est important, je suppose, non ? Je me souviens du jardinage.

— Du… *jardinage* ? répéta-t-il, l'air perplexe.

— C'est tellement dérisoire, n'est-ce pas ? On s'attendrait plutôt à ce que je me souvienne d'abord de toi, de notre mariage. Ou de mon arrivée en Italie.

Haussant les épaules, elle se coula plus confortablement dans son fauteuil pour savourer la chaleur du soleil après tout ce temps passé entre les quatre murs d'un hôpital.

— Et rien de tout cela ne te revient ?

La tension dans la voix de Pietro lui fit prendre conscience que lui aussi venait de connaître des moments terribles. Apprendre que quelqu'un qu'on aime a disparu sans laisser de trace, et apprendre ensuite que cette personne est réapparue, mais qu'elle n'a plus aucun souvenir de vous ! Rien d'étonnant à ce qu'il soit crispé. Lui aussi avait traversé de rudes épreuves.

Si elle le connaissait mieux, elle poserait sa main sur la sienne. Ou effacerait d'une caresse ce pli soucieux sur son front. Elle avait tellement envie de se connecter avec Pietro, de briser cette barrière invisible entre eux ! Mais l'audace lui manqua. C'était encore un inconnu, après tout.

— Désolée. Je t'ai donné de faux espoirs, sans doute. Ce n'est pas grand-chose en fait, une image assez floue dans ma tête. Je sais juste que je suis une piètre jardinière et que j'en plaisantais souvent en disant que j'avais la main noire, avec toutes ces plantes assassinées par inadvertance.

Une excitation nouvelle fusa dans ses veines. Ce dernier détail ne lui était pas revenu tout de suite, c'est en parlant qu'elle l'avait repêché. Elle avait la sensation d'avancer sur une route qui se déroulait à mesure devant elle, sans savoir ce qui l'attendait au prochain tournant.

— C'est merveilleux ! s'exclama Pietro avec un temps de retard. Ils l'avaient bien dit, que ta mémoire reviendrait petit à petit. Reste assise, je vais te chercher une boisson fraîche. Je ne veux pas que tu te surmènes.

Molly secoua la tête. Si grande que soit la tentation de ne pas bouger de là, ses priorités étaient ailleurs.

— Ce qui me ferait vraiment du bien, c'est une longue douche bien chaude, ou peut-être un bain.

À l'hôpital, une fois ôté le dernier bandage, elle s'était offert une douche rapide avant d'enfiler les vêtements apportés par Pietro, mais l'odeur de désinfectant jouait les prolongations dans ses narines.

— Si tu es sûre, dit-il en s'effaçant pour lui permettre de se lever à son tour. Mais ensuite, à la sieste ! Nous discuterons plus tard. Tu as besoin de récupérer des forces.

Molly s'apprêtait à le rassurer sur son état de forme après ces longues journées de repos forcé, mais la fatigue la rattrapait. Le chahut avant sa sortie de l'hôpital l'avait bel et bien éreintée.

— Tu as peut-être raison, soupira-t-elle.

Si Pietro tenait à la choyer, elle n'allait tout de même pas lui renvoyer ces bonnes intentions à la figure !

La sollicitude de son époux lui réchauffait le cœur. Comme elle avait été stupide, en le voyant apparaître à l'hôpital, de voir en lui une ombre, une vague menace. Il était pétri d'angoisse pour elle, voilà tout.

Elle avait besoin de temps pour s'habituer à sa propre identité. Pour apprendre à connaître Molly Agosti et son mari. Tant de questions en suspens, tant de choses à comprendre !

Si bien qu'elle ne souffla mot de sa grossesse. Qui pouvait dire comment Pietro réagirait, s'il serait content ? Peut-être avaient-ils mis un certain temps à le concevoir, ce bébé. À moins qu'il n'arrive comme une surprise. Non, décidément, mieux valait patienter encore un peu avant d'annoncer la nouvelle. Ils avaient suffisamment à faire pour le moment.

Molly se laissa guider jusqu'à une très belle chambre. Pietro lui demanda une fois de plus si elle n'avait besoin de rien, avant de s'éclipser. L'espace d'une seconde, Molly s'était demandé s'il se glisserait avec elle entre les draps pour lui faire ce câlin qui n'avait que trop tardé à venir… Il lui parut normal cependant qu'il se soit abstenu. Pietro veillait à lui laisser de l'espace, conscient d'être encore pour elle un inconnu.

Elle retira ses chaussures et enfouit les orteils dans la douceur pelucheuse du tapis disposé dans l'entrée de la pièce. Un peu plus loin, juché sur un socle, trônait le lit, avec une tête en fer forgé délicatement ouvragé de roses stylisées.

Molly détourna les yeux. Pas question d'imaginer Pietro sur ce lit immense. Encore moins de s'imaginer elle-même nue, écartelée sur la courtepointe, les doigts agrippés aux tiges de ces roses tandis qu'un grand brun ténébreux se glissait entre ses cuisses…

Elle ravala un gloussement ravi. Et *ça*, est-ce que ce n'était pas un souvenir ? Fébrile, elle sourit à l'idée d'un regain de sa mémoire amorcé dans cette chambre. Cette pulsation dans son ventre, ce frémissement dans ses muscles, juste en s'imaginant au lit avec Pietro. Serait-elle d'une nature particulièrement sensuelle ? Tant de questions dans sa tête, et si peu de réponses ! Après la douche, elle y verrait plus clair. La matinée avait été compliquée.

Elle traversa la pièce pour aller ouvrir une porte. En fait de salle de bains, elle se retrouva devant un dressing. Un dressing de luxe.

Molly se figea, ahurie. Des rangements sur mesure pour chaussures, sacs, bottes, chapeaux. Un divan confortablement rembourré, sans doute pour s'y installer le temps de décider de sa tenue. Des rangées entières de vêtements suspendus sur cintres, de plusieurs couleurs et de plusieurs styles. Ici une robe d'été lumineuse, là un tailleur élégant…

Encore des robes, longues, étincelantes, des jupes à volants, d'autres droites…

Molly pivota lentement sur elle-même en balayant du regard cette garde-robe féminine, si bien garnie que des mois n'y suffiraient pas pour l'épuiser. Avait-elle été constituée pendant son séjour à l'hôpital ? Était-ce un prêt ? Elle se promit d'interroger Pietro…

Un détail lui sauta aux yeux, tout à coup : ce dressing ne contenait aucun habit masculin.

Intriguée, elle alla ouvrir une autre porte. Celle-ci donnait sur une partie de la terrasse de toit, séparée du reste du jardin par une haie d'arbustes feuillus.

Molly fit demi-tour. Une troisième porte, là-bas, au fond de la pièce. La salle de bains, enfin ! Grande, en marbre crème veiné d'or…

Ignorant l'appel de la baignoire, mais aussi de la douche avec dôme de pluie prévue pour au moins dix personnes, Molly pivota sur ses pieds nus pour étudier la chambre elle-même. Pas d'autres portes, donc pas de dressing pour Pietro. Ni aucun signe d'une présence masculine. Rien ne traînait sur les tables de chevet, le bureau, le sofa disposé face au lit.

Pietro ne partageait donc pas cette chambre avec elle.

Drôle de couple, décidément…

4

Pietro, confortablement installé sur la terrasse de toit, soupesait la situation dans le jour tombant.

Son plan était risqué. À tout moment, pour peu que Molly recouvre la mémoire, ses efforts pouvaient être sabordés. Elle élèverait des barrières qui lui compliqueraient la tâche.

Cela ne l'arrêterait pas, bien entendu. Il était déterminé à obtenir ce dont il avait besoin. Car l'enjeu était énorme.

Il en avait vu d'autres. Bien qu'issu d'un milieu privilégié, il avait connu la tragédie, la trahison, la désillusion. Autant d'épreuves qui lui avaient forgé le caractère. La vie n'était pas un jeu pour lui. Une fois lancé sur un objectif, il mettait tout en œuvre pour réussir.

À dix ans, il avait vu son univers voler en éclats lorsque ses parents et sa petite sœur avaient trouvé la mort dans un accident. Il s'était retrouvé du jour au lendemain totalement seul et vulnérable. Les années passant, il avait appris à s'accommoder de ce terrible sentiment d'isolement en se jurant de se bâtir une vie riche de tout ce qu'il avait perdu. Ainsi, le succès de l'entreprise familiale, à l'état de ruines lorsqu'il avait atteint l'âge de la reprendre en main, était le fruit de sa détermination. En tant qu'entrepreneur, il adorait les défis.

Sa vie privée était moins flamboyante. Pietro esquissa un sourire désabusé. Un fiasco, oui, son mariage avec Elizabetta ! Il s'en voulait encore de n'avoir pas subodoré que son ex-femme n'était qu'une menteuse, une croqueuse de diamants de la pire espèce. Comment avait-il pu se laisser abuser par sa prétendue grossesse ? Il connaissait la réponse. Elizabetta lui avait offert ce dont il rêvait depuis toujours : un sentiment d'appartenance, une famille à lui. Elle avait senti ce manque chez lui et exploité sa faiblesse. Il s'était laissé distraire au point d'ignorer les signaux d'alerte. Par la suite, il avait vite rebondi et exclu cette femme de sa vie, mais ses rêves étaient toujours là. Et Molly lui permettrait de les réaliser.

Un frisson le secoua. Enfin, il décrocherait le Graal !

Un bruit lui fit lever les yeux. Molly venait de s'encadrer sur le seuil et s'avançait à sa rencontre.

Le cœur de Pietro accéléra brutalement sa cadence. Son sexe se tendit, et ce n'était pas la réussite de son plan méticuleux qui l'excitait ainsi, mais bien une silhouette fine, moulée dans un corsaire blanc et un top bleu sans manches, ses pieds menus chaussés de sandales blanches…

Le désir intense de soulever Molly dans ses bras pour la ramener au lit le saisit. Un peu plus tôt, il était passé la voir et l'avait longuement regardée dormir roulée en boule sur la courtepointe, subjugué par un sein et une cuisse pâle dévoilés dans l'échancrure du peignoir. Un sursaut de conscience l'avait brutalement ramené à la réalité : Molly était en convalescence, il fallait y aller doucement.

Elle avait le don de le rendre fou de désir. Comme le dernier soir en Toscane. En dépit de sa fureur et de son dégoût, alors aussi il l'avait violemment désirée ; ni l'orgueil ni le bon sens n'avaient pu étouffer sa convoitise. Voilà pourquoi sans doute il avait perdu son sang-froid d'une manière aussi spectaculaire.

Aujourd'hui, la colère était passée, disloquée par la

vérité. Tout avait changé – sauf son attirance pour Molly, puissante, électrique. Bizarre qu'elle ne l'ait pas remarqué.

Affichant la sérénité, il leva la main pour l'accueillir.

— *Ciao, bella.*

Elle lui adressa en retour un sourire hésitant. Le soleil à son déclin dorait d'ambre ses cheveux fauves coupés aux épaules. Un instinct de possession s'empara de lui au souvenir de ses doigts enfouis dans les boucles épaisses à la couleur si fascinante.

— Bien dormi ?

— Mieux que dans tous mes souvenirs. Ce qui ne représente pas grand-chose, évidemment.

— Patience, *cara*. Un jour après l'autre. Ils reviendront tous.

Le contraire arrangerait ses affaires, certes, mais l'idée d'une amnésie à vie lui répugnait. D'après les médecins, qu'il avait longuement interrogés à ce sujet, le temps finirait par en venir à bout. D'ici là, Pietro était déterminé à veiller sur Molly… et à consolider la réussite de ses propres projets.

— Merci, Pietro.

Elle prononça son prénom d'une voix timide. Instantanément, il fut transporté au jour de leur rencontre. Charmante, mais très réservée avec lui, elle s'était révélée franchement exubérante avec les enfants dont elle avait la charge ; ce contraste l'avait intrigué.

Elle s'arrêta près de la table et inclina la tête pour l'observer. Pietro fut aussitôt en alerte.

— Tu souris, dit-elle. Qu'est-ce qui t'amuse ?

— Je souris, moi ?

Le souvenir l'avait peut-être réjoui, mais… Il montrait si rarement ses émotions. Un trait de caractère précieux pour les négociations de travail, peaufiné au fil des ans.

— Pas tout à fait, répliqua Molly en s'asseyant en face

de lui. Mais un coin de ta bouche a tressailli et tes yeux semblaient différents.

Pietro en resta coi. Personne ne lisait en lui aussi facilement. *Prudence*, se répéta-t-il pour la énième fois. Il était habitué à rester le maître du jeu et à déchiffrer les autres, pas à être lui-même un livre ouvert !

Marta surgit sur ces entrefaites, un plateau dans les bras.

— *Grazie*, dit Molly avec le sourire, en acceptant un jus de fruits.

— *Prego, signora*.

Marta déposa devant lui un verre de vin et une assiette d'*antipasto misto*. Il la remercia d'un signe de tête.

— Tu n'as pas oublié ton italien, à ce que je vois..., dit-il à Molly.

Jusqu'à quel point avait-elle perdu la mémoire, au juste ? Elle haussa les épaules.

— Je sais dire « s'il vous plaît » et « merci ». Je connais quelques plats et les jours de la semaine ; les nombres, c'est plus compliqué. Est-ce que je parlais couramment italien ? demanda-t-elle en pinçant les lèvres. Je ne me rappelle pas.

Le sourire solaire qu'elle avait réservé à la gouvernante s'était estompé, une ombre voilait son regard. Ce n'était pas de la comédie : elle ignorait tout de son passé. Ses propres ruses l'obsédaient tellement qu'il guettait la même attitude chez les autres.

La détresse de Molly toucha un point sensible en lui. Il lui saisit la main sur la table, ignorant la chaleur qui le gagna à ce contact, et s'efforça d'adopter un ton enjoué.

— Honnêtement, l'italien et toi... Tu venais de commencer à l'apprendre.

— Et moi qui espérais me découvrir bilingue !

Son sourire était un peu forcé. Pietro eut pitié d'elle.

— Je peux combler quelques trous de mémoire, si tu veux.

— Génial ! J'ai tellement de questions. Mais d'abord,

qu'est-ce qui t'a amusé en me voyant arriver sur la terrasse ? Cela a un rapport avec moi ?

De sa main libre, elle tripotait nerveusement un petit bouton de perle sur son caraco. Molly était mince et sexy avec un charme nature, rafraîchissant, aux antipodes des filles sophistiquées qu'il croisait d'habitude à Rome.

— Je me remémorais le jour de notre rencontre.

— Vraiment ? Raconte !

C'était comme s'il venait de la rallumer. Elle se redressa, l'air gourmand, ses lèvres roses entrouvertes sur un doux sourire, ses yeux d'un bleu aussi pâle que son caraco. Il arrivait toujours à deviner l'excitation chez elle car, dans ces moments-là, le bleu l'emportait sur le gris dans ses prunelles.

— C'était dans ma villa, en Toscane, commença Pietro.

— Ah oui ! La maison de famille à la campagne dont tu parlais dans la voiture… Et cela remonte à quand ?

— Au printemps dernier.

Les yeux de Molly s'arrondirent de stupeur.

— C'est si récent ? Alors… nous sommes jeunes mariés, dit-elle en s'empourprant légèrement.

Pietro se borna à hocher la tête. Molly fronça les sourcils et baissa les yeux sur son verre, les joues plus roses encore.

— Pourtant, nous ne dormons pas dans la même chambre.

À ces mots, le cœur de Pietro fit une violente embardée. Pourquoi avait-il cru que Molly accepterait les choses simplement, sans se poser de questions ?

— Tu as besoin de repos. Les médecins ont beaucoup insisté.

De plus, en dépit du désir qu'elle lui inspirait, il avait des scrupules à l'idée de coucher avec elle maintenant. Si elle savait…

— J'étais donc dans ma villa en Toscane, je travaillais à mon bureau…

Il marqua une pause, pour s'assurer que la diversion fonctionnait. Comme prévu, Molly acquiesça, impatiente d'entendre la suite.

— Ce matin-là, j'avais du mal à me concentrer. La villa n'est pas le seul bâtiment sur la propriété ; au bout de l'allée, de l'autre côté d'une petite éminence, il y a une vieille ferme. Ma cousine Chiara m'a convaincu de la laisser la réaménager en maison d'hôtes. Elle vient de se lancer dans le métier.

Leur accord prévoyait qu'elle garderait aussi les bénéfices. Il se faisait une joie de soutenir cette prometteuse petite entreprise.

— Je l'ai louée ? demanda Molly.

— Pas exactement. C'est une famille australienne qui l'a louée. Le mari étant d'origine toscane, ils comptaient séjourner plusieurs mois dans la région. Tu les as accompagnés pour t'occuper de leurs trois jeunes enfants. Ils sont retournés en Australie la semaine dernière.

— C'est juste, tu m'as dit que j'étais jeune fille au pair.

— Un emploi provisoire. Comme je te l'ai dit à l'hôpital, tu es enseignante spécialisée dans la petite enfance, à la base. Comme un de leurs garçons a des difficultés d'apprentissage, les parents t'ont choisie pour tes qualifications.

Molly fronça les sourcils.

— J'ai abandonné un poste de professeur pour un job temporaire ?

— Tu n'avais pas encore de poste définitif. C'était une opportunité de voyager avant de te mettre en quête d'une situation plus stable.

Pietro mesura soudain combien ce devait être difficile d'apprendre des choses sur soi de la bouche d'un autre.

— Tu es merveilleuse avec les enfants, ajouta-t-il. Même quand ils sont fatigués et fatigants.

Le sourire radieux de Molly l'électrisa. Il avait toujours

quelque chose d'enivrant. Dans l'insouciance, il étincelait comme le soleil un jour d'été sans fin ; dans l'amusement, il se faisait complice, une invitation à la joie ; et dans l'excitation, il devenait sensuel, irrésistible, l'arme fatale d'une sirène dotée du pouvoir d'étouffer jusqu'à la voix de la prudence la plus sévère.

— Et ce jour-là, dans ton bureau… ?

Pietro reprit pied à regret dans le présent.

— Il y a eu un problème avec la piscine de la ferme, qui n'était plus praticable. Ma cousine m'a supplié de laisser les enfants utiliser la mienne, sous surveillance stricte, deux heures par jour.

— Laisse-moi deviner : c'est moi qui les surveillais ?

— En effet. Tous les jours, souvent deux fois par jour, tu venais avec les enfants.

— Je parie que tu adorais les entendre jouer et piailler pendant que tu essayais de travailler !

Pietro secoua la tête.

— C'était une distraction, mais cela ne me dérangeait pas vraiment. J'aime les enfants, leur compagnie est joyeuse. En fait, j'étais en train de me battre avec un rapport particulièrement ennuyeux, quand j'ai entendu un rire.

— Les enfants font souvent du bruit dans une piscine…

— Ce n'était pas un enfant. C'était une femme, et son rire m'a fait l'effet d'un soleil ruisselant depuis le jardin jusque dans mon bureau à travers la porte ouverte. Je me suis levé, j'ai suivi ce son enchanteur et je vous ai trouvés, toi et trois petits gamins.

Une rougeur éloquente colora la gorge de Molly.

— Un soleil ruisselant ? C'est poétique, mais très exagéré.

— Détrompe-toi. Le plus beau, c'est que tu n'avais absolument pas conscience du charme de ton rire. Il n'était pas destiné à attirer l'attention.

Pietro avait appris à faire la différence. Les airs aguicheurs, les petits rires flûtés composés pour séduire, il en avait eu sa dose. Toutes ces simagrées le glaçaient désormais.

Il se rappela la vision de Molly dans le petit bassin, un T-shirt blanc extra-large plaqué sur le corps qui révélait les contours d'un maillot sombre dessous. Un côté de sa tête était tout mouillé, éclaboussé par les enfants, l'autre n'était que boucles douces et brillantes. Et ce sourire…

Au premier regard, il avait éprouvé un choc. Le désir l'avait lacéré comme une griffe – désir de capter la brillance de son rire et la chaleur de sa gentillesse, désir de posséder son corps souple et svelte. Ce désir était resté intact. Il avait envie de Molly en cette seconde tout autant que ce jour-là. C'était une faim qu'il portait chevillée au corps, et qu'il devait ignorer pourtant, car elle menaçait de le distraire au moment où il était plus nécessaire que jamais de garder la tête froide.

— C'est un coup de foudre que tu décris là, non ? s'enquit Molly, le cœur battant.

Ils étaient forcément tombés amoureux, puisqu'ils étaient mariés. Néanmoins, elle avait encore du mal à y croire. Leur couple semblait tellement improbable. Un riche homme d'affaires italien sexy, au charisme renversant, et une petite institutrice australienne au physique passe-partout…

Pietro lui décocha un sourire carnassier qui la rendit toute chose.

— L'amour prend plus de temps que ça, mais c'était assurément un coup de désir.

À ces mots, une flamme tournoya dans son ventre avant d'embraser tout son corps.

— Tu ne me crois pas ? demanda-t-il comme elle baissait le nez sur son verre.

— Je suis surprise, c'est tout.

— Tu penses que les coups de désir ne sont pas ton truc ? Crois-moi, c'était tout à fait réciproque.

Sa voix avait pris une tonalité aguicheuse qui la fit frissonner de plus belle. Comment faisait-il cela simplement avec sa voix ? Non, il y avait aussi ses yeux et leur éclat d'acier en fusion. Lorsque Pietro la regardait ainsi, elle ne se sentait plus si ordinaire. Elle devenait belle, majestueuse, envoûtante. Vénus en personne.

— Et donc, nous avons fait connaissance…

— Tu amenais les enfants à la piscine matin et soir.

— Pas très romantique, si ?

Il haussa les épaules.

— Les enfants se couchaient tôt. Tes soirées étaient libres.

Le léger vibrato dans sa voix ne laissait aucun doute : ces soirées avaient mené tout droit à l'intimité.

Molly détourna vivement les yeux et s'octroya une généreuse gorgée de jus de fruits dans l'espoir que le froid apaiserait sa fièvre croissante. *Quoi de plus naturel que de désirer son mari ?* se raisonna-t-elle. En même temps… ce désir la perturbait inexplicablement.

Sans doute parce qu'il persistait à garder ses distances, sous prétexte qu'elle était en convalescence. Si seulement il l'avait prise dans ses bras pour la couvrir de baisers, par exemple, ou même simplement lui avait tenu la main… Tout aurait été plus facile ! D'autant qu'il la désirait, lui aussi. Elle le voyait à son regard qui la dévorait.

— Et ainsi le sexe a mené à l'amour. Tu n'as sûrement aucun mal à envoûter les filles, Pietro.

— Tu persistes à penser que tout est parti de moi ? dit Pietro en secouant lentement la tête. Je n'étais pas en quête d'une relation sérieuse. Surtout dans ma propre maison. C'est toi qui m'as fait changer d'avis.

— Tu préférais enchaîner les conquêtes ?

Pietro se pencha en avant.

— J'ai eu des maîtresses, je ne le nie pas. Mais tout a changé maintenant.

Il soutint longuement son regard. Molly sentit son cœur battre jusque dans sa gorge. Est-ce qu'un autre homme l'avait déjà regardée avec une telle intensité ? Même cela, elle n'en était pas sûre. Oh ! cette frustration. Elle se faisait l'effet d'une spectatrice de sa propre vie.

L'envie était forte de céder à son attirance pour Pietro, de puiser du réconfort dans leur relation physique que son corps semblait juger aussi excitante que satisfaisante. Seulement, cette attirance s'accompagnait d'une appréhension tenace qui la freinait. Mari ou pas, Pietro Agosti restait un mystère.

Et elle, qui était-elle ? Quelle sorte de femme était Molly Agosti ?

— Quel était mon nom de jeune fille ?

— Armstrong, répondit Pietro sans paraître s'émouvoir de ce brusque changement de sujet. Tu es née Margaret Daisy Armstrong, prénoms que tu dois à tes grands-mères, sauf erreur. Molly est le diminutif de Margaret.

— Et ma sœur se prénomme Jillian. Quand doit-elle arriver à Rome ?

— Elle se révèle difficile à localiser. Elle s'est lancée dans un périple à travers le monde sac au dos. Elle serait en Amérique du Sud à l'heure qu'il est. J'ai mobilisé toute une équipe pour la retrouver.

Les épaules de Molly s'affaissèrent. Elle avait tellement compté sur des retrouvailles imminentes ! Revoir un proche avec qui elle avait partagé une si longue tranche de vie lui aurait sûrement rafraîchi la mémoire.

Des doigts solides enveloppèrent les siens.

— Ce n'est pas grave, Molly. Nous la trouverons bientôt.

Elle acquiesça, éperdue de reconnaissance. Ses doutes semblaient soudain injustifiés. Pietro était son mari. Il était là, bien présent, compréhensif, il faisait son possible pour l'aider. Clairement, il la chérissait. Ce qui l'amena une nouvelle fois à se demander pourquoi elle n'arrivait pas à se détendre tout à fait.

— Il y a quelque chose que tu dois savoir, dit-elle, la bouche sèche, le cœur battant.

— Oui ?

Molly inspira à fond.

— Je suis enceinte.

5

Pietro ressentit une excitation familière, une joie folle qui fit battre son cœur un peu plus vite. Il répondit au regard inquisiteur de Molly par un large sourire. Jamais il ne commettait deux fois la même erreur. Une qualité dont il se vantait volontiers. Le destin, sous la forme de l'amnésie de Molly, lui offrait une chance de rejouer ce moment crucial. En mieux. La première fois qu'elle lui avait parlé de sa grossesse, à la villa…

Le regret lui mordit le cœur. Molly n'aurait jamais dû se retrouver seule à Rome ni se faire agresser. Il ne devrait pas lui-même aujourd'hui se trouver sur le fil du rasoir, à guetter la résurgence de ses souvenirs, à tout faire pour se racheter et réussir le coup le plus important de sa vie.

— C'est merveilleux ! Absolument merveilleux ! s'écria-t-il en saisissant les mains tremblantes de Molly.

— Tu n'as pas l'air surpris. Tu savais ?

— On m'en avait informé, oui. À… À l'hôpital. Est-ce que tu te sens heureuse ?

Molly hocha lentement la tête.

— Je crois. L'idée est difficile à assimiler. Elle ne semble pas tout à fait réelle pour l'instant.

Pietro lui caressa le poignet, où battait un pouls irrégulier.

— Tu as eu beaucoup de choses à assimiler déjà. Laisse faire le temps.

— Est-ce que nous voulions un enfant ?

Le sourire hésitant de Molly lui rappela qu'elle était une femme complexe. Facile à vivre, volontaire et pragmatique, elle avait aussi une fibre romantique assez prononcée. Elle croyait aux fins heureuses, à l'amour pour toujours. Ce dont il comptait bien tirer profit…

— Non, la grossesse était inattendue. Mais cet enfant à venir n'en est pas moins une bénédiction.

— Je suis si contente que tu voies les choses ainsi. Je me demandais…

Pietro porta la main de Molly à ses lèvres. Le geste se voulait réconfortant et respectueux. Seulement, le goût de sa peau, unique, indéfinissable, le bouleversa. Sa main se crispa tandis qu'un élan sauvage le soulevait comme une houle.

Molly lui avait échappé une fois. Cela ne se reproduirait pas. Elle était la mère de son enfant, sa place était auprès de lui.

— Ne doute pas un seul instant que je désire ce bébé, Molly, chuchota-t-il d'une voix étranglée.

Après avoir inspecté les rangées de vêtements dans le dressing, Molly avait déniché pour le dîner une robe courte turquoise, ornée de perles dorées sur le décolleté. La couleur vibrante lui inspirait joie et confiance en soi, la coupe près du corps mettait sa taille en valeur.

Sa main se posa sur son ventre. À peine quelques semaines de grossesse. Cela ne se verrait pas de sitôt, mais elle était décidée à profiter au maximum de ces jolies tenues tant que ce serait possible. Ces sandales dorées la rehaussaient de quelques centimètres et affinaient ses jambes, remarqua-t-elle en tournant devant le miroir. Pietro allait-il le remarquer ?

Sûrement : Pietro remarquait tout. Parfois, il la regardait comme s'il avait très envie de la grignoter, une petite bouchée après l'autre. À cette pensée, un désir chaud perla au fond de son corps. La sensation était désormais familière, de plus en plus fréquente. Et partagée, elle en était certaine.

Depuis deux jours qu'elle était là, sa mémoire restait désespérément vierge, en dépit des longues siestes réparatrices qu'elle s'imposait. Le regard sombre et brûlant de Pietro lui tournait les sens. Dès que leurs peaux se frôlaient, elle lisait sur son visage le même choc. Malgré cela, rien. Leurs contacts restaient impersonnels, platoniques. Tout juste lui avait-il baisé la main lorsqu'elle lui avait annoncé qu'elle était enceinte.

Quelle angoisse ce jour-là ! Elle ne savait pas à quoi s'attendre et, oui, la perspective de mettre au monde un enfant alors qu'elle ne se connaissait même pas elle-même l'effrayait. Par chance, Pietro, lui, montrait un enthousiasme contagieux. Mais maintenait une distance courtoise, alors qu'elle voulait des sentiments. La passion. La connexion. L'intimité d'un couple, en somme.

Elle éprouvait le besoin de se libérer de ses limbes, de se sentir vivante, réelle, après ces semaines passées dans une bulle, à l'hôpital d'abord, puis dans cet appartement. Ce soir, elle était prête à faire le grand saut et à replonger dans leur relation. Elle trouverait bien un moyen de combler le fossé qui les séparait.

La tentation augmentait de jour en jour. Cette sensation de familiarité avec Pietro... La chaleur de sa main sur la sienne. La douceur râpeuse de sa voix, qui lui donnait la chair de poule. La chaleur dans son regard, qui lui embrasait le corps. Molly voulait tout cela, et plus encore. Elle voulait son mari.

Pietro se trouvait déjà sur la terrasse de toit lorsqu'elle émergea dans la tiédeur du soir. Debout près de la balustrade, il contemplait les lumières de la ville.

Molly s'immobilisa. C'était un luxe rare de pouvoir

observer Pietro à son insu. Ce qu'elle vit l'intrigua. Tout était là : le profil farouche avec les angles presque arrogants du nez et de la mâchoire, la force tranquille et la haute taille familière, soulignées par le costume élégant. Néanmoins, même au repos, il ne semblait pas détendu.

Qu'est-ce qui lui ôtait l'envie de sourire ? Ses affaires ? Il travaillait principalement à distance depuis qu'elle s'était installée avec lui. Aurait-il négligé son travail pour s'occuper d'elle ?

Molly traversa la terrasse. Il ne l'entendit pas approcher, avec le ruissellement continu de la petite cascade dans la fontaine décorative et le bourdonnement de la circulation dans la rue. Il sursauta et se retourna d'un bloc.

— *Cara*. Tu es très en beauté, ce soir.

Le petit surnom affectueux fit battre un peu plus vite le cœur affamé de Molly. Elle ouvrit la bouche pour nier machinalement, avant de se raviser. Elle n'avait pas l'habitude de s'imaginer belle – cela, elle en était convaincue –, mais ce soir elle se sentait différente. Surtout sous ce regard-là, qui la propulsa jusqu'à lui.

La chaleur du corps de Pietro l'enveloppa. Elle respira avec bonheur son après-rasage raffiné, captant une autre fragrance. L'odeur de Pietro. Une odeur de propre, une odeur d'homme.

Il s'était raidi. Est-ce qu'il n'aimait pas la sentir si proche ? Et s'il y avait une faille dans leur couple, un problème auquel Pietro répugnait à faire allusion tant qu'elle n'aurait pas recouvré la mémoire ? Cette hypothèse était insupportable. Il fallait que leur mariage soit solide, parce qu'il était à ce jour l'unique pilier de son univers.

— Tu as l'air si grave, dit-elle en souriant. À quoi penses-tu ?

— À rien d'important.

Son visage s'était refermé. L'image lui vint de volets

métalliques claqués sur des fenêtres, masquant son expression à un point presque surnaturel. Elle avait vraiment la sensibilité à fleur de peau ce soir.

Elle posa la main sur son biceps ; le muscle était raide.

— Tu peux me parler, Pietro. Je ne suis plus une invalide. Tu as quelque chose en tête, je le sais. Ton travail, peut-être ?

La bouche de Pietro s'incurva lentement, fendant ses joues de sillons charmeurs. Molly retint son souffle en accueillant ce sourire qui lui était destiné.

— Non, tout va bien de ce côté-là. J'ai des pilotes efficaces aux commandes, je peux me permettre de prendre quelques jours de congé.

— Alors, qu'est-ce qui te tracasse ? Et ne me dis pas que ce n'est rien !

S'apercevant que sa voix grimpait dans les aigus, Molly pinça les lèvres.

— Si tu t'inquiètes pour moi, reprit-elle, c'est inutile. Je suis plus forte de jour en jour.

— Bien sûr que tu es forte !

Frustrée, elle lui lâcha le bras et se détourna pour s'accouder au muret.

— Molly ?

Elle ne se retourna pas, les yeux rivés sur la ligne des toits romains que le soleil bas teignait d'ambre et d'abricot. La beauté de cette oasis paisible, à l'écart du brouhaha de la ville, ne suffit pas à l'apaiser. Elle était oppressée par la réticence obstinée de Pietro, par son refus de partager ses soucis dans une conversation digne de ce nom, mais aussi par ses propres limites physiques.

Elle prit subitement conscience qu'elle n'avait pas quitté l'appartement depuis son retour de l'hôpital. L'essentiel de son temps, elle l'avait passé à dormir ou lire. Elle avait aussi exploré sur Internet la côte Est de l'Australie, sans qu'un seul souvenir n'émerge. C'était peut-être pour cela qu'elle était à cran.

— Sortons, dit-elle soudain en pivotant sur ses talons. Si nous dînions dans un restaurant du quartier ?

— Marta est sur le point de servir. Mais si tu préfères...

— Non, non. J'avais oublié.

— Qu'est-ce qui se passe, Molly ? Tu n'as pas l'air dans ton assiette.

Elle se mordit la lèvre pour contenir une réplique cinglante du genre : « Tu as le droit de poser des questions indiscrètes, et pas moi ? » Cela aurait été injuste et ingrat de sa part.

— C'est vrai, dit-elle en le regardant bien en face, je suis nerveuse. Je suis restée trop longtemps enfermée entre ces murs.

Était-ce du soulagement qu'elle lut dans ses yeux ?

— C'est facile à réparer, affirma-t-il. Sortons dès demain, visiter quelques-uns des lieux emblématiques de la ville. Qu'en dis-tu ?

Rien n'était un problème pour ce mari décidément très compréhensif. Mais...

— Bonne idée, Pietro. J'adorerais visiter Rome avec toi.

— Mais... ?

Elle se jeta à l'eau sans plus réfléchir.

— J'ai la sensation tenace que quelque chose cloche entre nous. Tu ne veux jamais me dire ce que tu as en tête. Et puis, tu ne...

— Oui ?

— Tu ne me touches pas.

Pietro ouvrit de grands yeux.

— Mais je croyais que... Comme tu ne te souvenais pas de moi...

En effet, en toute logique elle aurait dû redouter le contact avec un homme qu'elle connaissait à peine. Pourtant, elle avait la certitude de le connaître. Quelque chose en elle le désirait intensément. Pourquoi se sentirait-elle gênée d'éprouver de l'attirance pour son mari ? Pietro devrait même s'en réjouir !

— Ce serait bien si tu ne me traitais pas comme une invitée. Par exemple, j'aimerais que tu m'embrasses.

Il resta un instant sidéré. Puis, d'un coup, ses yeux sombres se mirent à pétiller.

— C'est *ça* qui te tourmente ? Le fait que je ne t'aie pas embrassée ?

Elle le toisa d'un air de défi, les mains sur ses hanches.

— Ce n'est pas seulement une question de baisers ! C'est notre relation qui m'intrigue. Est-ce que tu me caches quelque chose, Pietro ? Un truc ne tourne pas rond. Tu…

Sa voix mourut comme les grandes mains de Pietro se refermaient sur ses coudes pour l'attirer contre lui.

Elle se croyait prête, mais ce mur de muscles chauds pressé contre elle, c'était tellement plus que ce qu'elle avait imaginé !

Saisie, elle fixa cette bouche à un souffle de la sienne, avec sa ligne si troublante, ferme mais sensuelle, s'incurvant en une invite irrésistible. Son audace s'envola soudain à l'idée que Pietro, en matière de baisers, était un expert, tandis qu'elle…

Ses facultés de réflexion l'abandonnèrent tout à fait lorsqu'il s'inclina sur sa bouche. Une décharge électrique fit grésiller sa peau jusqu'à la pointe de ses seins.

Les lèvres de Pietro, douces, si douces, voyageaient sur les siennes avec une lenteur insoutenable, prenaient tout leur temps pour redécouvrir un territoire sûrement familier pourtant. Lorsque sa langue lui lécha délicatement la commissure des lèvres, un éclair jaillit dans le corps de Molly. Tremblante, elle agrippa les bras de Pietro.

Après une caresse plus insistante que les autres, un barrage céda en elle. Ses lèvres s'entrouvrirent, la langue de Pietro s'y aventura. Ses genoux se dérobèrent si brusquement qu'elle serait tombée s'il ne l'avait serrée contre lui. Voilà. C'était exactement ce qu'elle voulait.

Ses doigts remontèrent sur les épaules dures de Pietro, s'enfouirent dans sa tignasse épaisse pour le retenir. Elle avait recherché un souvenir. Maintenant elle l'avait. Pas une réminiscence à proprement parler, plutôt un souvenir des sens. Son corps vibrait d'excitation en reconnaissant le goût de Pietro, son pouvoir grisant, la familiarité de ce corps ferme contre le sien. Un sanglot de soulagement dans la gorge, elle se moula contre lui.

Le baiser changea de tonalité. Une paume empoigna sa fesse, l'autre sa taille, brûlantes comme un fer rouge à travers l'étoffe de la robe. Qui pouvait dire l'effet que cela ferait sur sa peau nue ? Électrisée, Molly répondit fébrilement aux caresses de la langue de Pietro, dont le pouce effleura le dessous d'un sein. C'était si bon !

Hissée sur la pointe des pieds, elle ondula contre le corps viril de son mari, éperonnée par l'envie de ne faire qu'un avec lui. La main de Pietro se referma sur son sein. L'onde de plaisir se répercuta d'un bout à l'autre de son être. Elle avait la sensation d'exploser de l'intérieur. Elle gémit et se cramponna à lui.

Une petite voix lui enjoignait la prudence, la pressait de réfléchir avant de se donner avec une telle générosité. Elle fut incapable d'en suivre les conseils. Elle n'avait aucune envie que ce moment s'arrête. C'était un arc-en-ciel de couleurs au sortir d'une grisaille persistante, un mets délicieux après une disette qui lui avait laissé un goût de cendres dans la bouche. C'était la vie, le sexe, l'amour après la peur, la douleur et la solitude.

Le moyen de résister ?

Les doigts dans les cheveux de Pietro, la bouche scellée à la sienne, elle ploya contre lui et découvrit, pour son plus grand délice, qu'il était tout aussi affecté qu'elle. Contre son ventre se pressait un sexe dur. La preuve irréfutable qu'en dépit de tout la passion et la connexion qu'ils partageaient étaient encore fortes. Molly éprouva alors un sentiment de puissance, pour la première fois depuis son réveil à l'hôpital. Elle n'était plus une victime !

Elle avait la confirmation que Pietro était l'homme de son cœur. Celui auquel elle avait confié son corps et son amour. Car ce n'était pas seulement la luxure qui l'inondait en cet instant, jetait à bas les fragiles barrières qu'elle avait érigées : ce qui gonflait au plus profond de son être avait le goût de l'amour. La saveur de l'amour.

Molly sourit contre la bouche vorace de son mari et laissa glisser sa main jusqu'au membre gonflé. Impressionnant…

Pietro s'arracha brusquement à ses lèvres, la tête chavirée, et lui repoussa la main. Molly chancela, les genoux en coton. Elle peinait à refaire surface après cet assaut sensuel. Pietro haletait. Il avait tout d'un homme qui luttait pour conserver son sang-froid. Ce spectacle la ravit. Et s'il était resté insensible, maître de lui comme si souvent ces derniers jours ? L'idée était insupportable.

— Pourquoi t'es-tu arrêté ?

— J'ai promis de prendre soin de toi, Molly, de t'aider à guérir. Or ce baiser nous conduisait tout droit à…

— Je sais où il nous conduisait. J'ai perdu la mémoire des détails, pas de la vie en général. Il n'y a rien de mal à s'embrasser entre mari et femme !

— Alors que Marta est sur le point de servir le dîner ?

Elle s'étonna de le voir si contrarié. Un baiser, ce n'était tout de même pas grand-chose ! Il enfouit les doigts dans ses cheveux de jais. Sa chevalière jeta un éclat doré. Molly sentit comme un tressautement dans sa poitrine et se figea. Pietro laissant retomber sa main, elle suivit des yeux son geste, le front plissé. Quelque chose rôdait juste au-delà de sa conscience…

— Molly ? Qu'est-ce qui t'arrive ?

— Je ne sais pas… Une chose dont j'ai failli me souvenir. Lève de nouveau ta main, balbutia-t-elle.

Il obéit. Molly la prit et la retourna, paume vers le bas, notant les longs doigts déliés, le large dos mat, émaillé de quelques poils noirs, la lourde chevalière, les ongles nets. Tellement sexy, cette main…

Du pouce, elle traça une ligne en travers des doigts. Puis, sans réfléchir, elle approcha sa propre main pour la comparer à celle de Pietro. Quelle différence ! De taille, de couleur, de force et…

Ce fut une illumination.

Elle chancela. Pietro la saisit aux épaules. Ce n'était pas un souvenir, pas vraiment. Juste une déduction tardive, qui la laissait nauséeuse.

— Tu peux me lâcher maintenant, murmura-t-elle, luttant contre la panique.

Elle se concentra pour respirer calmement.

— Tu t'es souvenue de quelque chose ? On dirait que tu as vu un fantôme !

Elle fixa ce visage magnifique et trompeur avec un sourire dénué de joie. Il semblait inquiet. À juste titre.

— Non, je ne me suis souvenue de rien.

Pietro demeura impassible. *Poker face,* songea Molly. *Il bluffe.*

— Mais j'ai enfin pris conscience d'une chose que j'aurais dû remarquer tout de suite. Tu portes une chevalière.

Il acquiesça.

— Elle était à mon père. Elle signifie beaucoup pour moi.

— Plus que ton mariage ? Parce que tu ne portes pas d'alliance.

À sa façon de pincer les lèvres, Molly comprit qu'elle avait mis dans le mille. Elle exhiba sa propre main gauche.

— Moi non plus. Pas d'alliance. Ni même une marque attestant que j'en ai porté une à un moment.

Comment ne l'avait-elle pas vu plus tôt ? C'était si simple, pourtant ! Devait-elle incriminer la lenteur de sa pauvre cervelle en friche ? Ou s'était-elle laissé piéger parce qu'elle avait trop voulu croire en Pietro, croire en *eux*, parce qu'elle avait envie d'avoir sa place quelque part ?

Elle laissa retomber sa main et recula. La force de cet homme qui lui avait menti sur un point aussi capital lui avait semblé réconfortante ; elle devenait soudain une menace. Un grand froid l'envahit.

— Nous ne sommes pas mariés, n'est-ce pas, Pietro ? articula-t-elle avec lenteur entre ses dents serrées. Que veux-tu de moi ? Et pourquoi suis-je ici ?

6

Molly s'attendait à voir Pietro déconfit, ou tout au moins embarrassé après avoir été pris sur le fait en plein mensonge. Or il n'avait pas bronché. À se demander si elle ne s'était pas trompée, s'ils n'étaient pas mariés, tout compte fait…

— Je suis navré, Molly.

Le regret qu'elle perçut dans sa voix douce la glaça. Elle frotta ses bras nus pour se réchauffer. Pas de dénégations, donc. L'angoisse lui serra le cœur. C'était donc vrai, Pietro Agosti n'était pas son mari…

Qui était-il ? Un prédateur en quête de femmes vulnérables ? Mais pourquoi alors avoir mis fin à leur baiser, alors qu'il aurait pu facilement… Non ! Elle se refusa à aller jusqu'au bout de cette idée.

Était-elle prisonnière ici ?

Ses yeux filèrent derrière lui, calculant la distance qui la séparait de l'appartement et, au-delà, de la porte d'entrée. S'il fallait courir, elle n'aurait aucune chance face à Pietro…

Pourquoi avait-il prétendu être son mari ? Son esprit tournait si vite qu'elle n'arrivait pas à saisir une explication logique. Le stress lui donnait le vertige. Elle porta la main à son front.

— Respire. Profondément.

Il avait gardé une voix basse et égale, comme pour s'adresser à un enfant apeuré. Il s'écarta d'elle le temps de lui avancer une chaise.

— Tiens. Tu viens d'avoir un choc.

— Ne me dis pas ce que je dois faire !

Pas question de s'asseoir et de lui laisser ainsi l'avantage. Molly croisa les bras et le fusilla du regard.

— La faute à qui, d'abord, si j'ai eu un choc ?

Qui était cet homme qui l'avait enlevée et amenée chez lui ? Plus exactement, *qui était-elle* ? Ces histoires qu'il lui avait racontées sur leur rencontre, sur son passé, sur son nom même, est-ce que c'était du vent, comme leur prétendu mariage ?

La peur enflait en elle, mais la colère l'emporta.

— Si tu n'es pas mon mari, qui es-tu ? Pourquoi m'avoir amenée ici ?

— Je suis Pietro Agosti, comme je te l'ai dit.

— Pourquoi devrais-je te croire ? répliqua Molly du tac au tac.

Il sortit un portefeuille de sa poche, en retira une carte d'identité. Pietro Agosti, trente-deux ans, une adresse à Rome. Il lui tendit aussi deux cartes de crédit portant le même nom.

Le pouls de Molly ralentit imperceptiblement sa course.

— Tu habites Rome, d'après ce papier.

Il haussa les épaules et ouvrit les mains en un geste de bonne volonté.

— Je passe mon temps à aller et venir entre la Toscane et Rome. Ici, c'est ma résidence officielle. La villa toscane est une maison de famille, héritée de mes parents.

Les doigts serrés sur les cartes, Molly fixa sans mot dire les yeux énigmatiques de Pietro.

— Crois-moi, reprit-il, j'ai fait au mieux. À l'hôpital, on ne m'aurait rien dit de ton état de santé, on m'aurait encore moins autorisé à te faire sortir, si je n'avais pas laissé croire au personnel que nous étions mariés. C'était une ruse nécessaire, sinon tu serais encore coincée là-bas, dans la solitude et l'angoisse. Il fallait que je passe pour un parent proche.

Elle entendit l'urgence et le sérieux dans sa voix, mais comment y croire ? Même la carte d'identité ne prouvait pas grand-chose.

— J'étais fou d'inquiétude, Molly. Il *fallait* que je m'assure que tu allais bien.

Enfin, un soupçon d'émotion dans ces yeux impénétrables ! Une émotion réelle ou feinte ? Elle avait les mains moites malgré le grand froid qui lui pénétrait les os.

— L'ennui, c'est que je n'ai pas pu me dédire à l'hôpital après avoir déclaré que nous étions mariés. Et je me demandais à quel moment te révéler la vérité sans te causer de frayeur. Tu aurais fini par te souvenir, de toute façon, mais quand ?

Il haussa de nouveau les épaules, avec un sourire en coin qui la toucha au cœur. L'instinct lui souffla qu'elle avait déjà craqué pour ce petit sourire contrit par le passé. Parce qu'il l'avait dupée plus d'une fois ? Ou parce qu'il était digne de confiance, en fin de compte ?

— Il n'y a pas eu de moment favorable pour une explication. Tu semblais fragile, pas encore prête à entendre la vérité…

— Mais assez solide pour être embrassée !

Molly serra les bras autour de sa taille en réprimant un frisson. Qui donc avait-elle embrassé ? Et cette certitude qu'elle avait tout à l'heure de désirer Pietro parce qu'ils étaient amants… Avait-elle cédé à un parfait étranger qui la retenait ici pour Dieu sait quelle raison ? Pourtant, son soulagement en arrivant, lorsqu'elle avait eu le sentiment de rentrer à la maison… Et la passion, l'amour… Tout cela ne serait donc que les illusions d'un esprit dérangé ? Elle était une imbécile, voilà ! Une imbécile naïve, si naïve !

— Ah, je devrais m'excuser pour ça aussi ?

Contre toute attente, loin de s'excuser, Pietro sourit.

— J'aurais dû résister, mais l'homme perd facilement le sens de la mesure.

— Parce que je suis à ta merci ?

Une expression de stupeur horrifiée se peignit sur son visage.

— Parce que tu es ma maîtresse, Molly !

— Vraiment ?

— Bien sûr ! Pourquoi t'aurais-je cherchée partout sinon ?

— Je n'ai que ta parole comme preuve.

Pietro tressaillit comme si elle l'avait giflé. Il plissa les yeux et réfléchit un moment.

— Que t'imagines-tu ? Que je suis un parfait étranger qui a traversé la rue pour entrer dans l'hôpital en quête d'une proie ? Que je t'ai amenée chez moi, habillée et chouchoutée simplement parce que j'avais des projets criminels à ton sujet ?

Il serra les mâchoires, l'air de n'avoir jamais essuyé pire insulte de sa vie. Qu'il pense donc ce qui lui chantait ! Elle, elle avait besoin de réponses.

— Je ne sais pas quoi penser, rétorqua-t-elle en soutenant son regard. Je viens de découvrir que la seule personne au monde prétendant savoir des choses sur moi m'avait menti. Tout ce que je sais de toi, c'est ton nom ! Qu'est-ce que je suis censée croire ? Je ne sais même pas si je peux te faire confiance !

Faire front lui coûtait. La tension faisait vibrer son corps comme une note discordante, nasillarde. Sur sa langue, elle sentait le goût amer de la peur.

Pietro grommela dans sa barbe et se mit à arpenter la terrasse à grandes enjambées. Elle l'entendit jurer tout bas en italien.

— Je suis désolé, Molly, dit-il enfin d'une voix bourrue en s'immobilisant à quelques pas d'elle. Je savais que la révélation te causerait un choc, mais de là à ce que tu imagines des horreurs pareilles !

Il s'éloigna vers le muret et l'agrippa si fort qu'elle vit ses phalanges blanchir.

— D'abord, poursuivit-il, sache que tu es absolument en sécurité avec moi. Je ne suis ni un criminel ni un prédateur sexuel. Je peux te fournir des références, si tu le souhaites. Je connais un juge… non, deux, et un policier de haut rang. Ça suffirait ?

Molly ne pipa mot. Comment saurait-elle si ces personnes étaient réellement ceci ou cela ?

— Ensuite, tu *es* Molly Armstrong, de nationalité australienne, et on s'est rencontrés comme je te l'ai dit.

Le soulagement la submergea. Elle voulait tellement le croire – ne serait-ce que parce que l'idée de redevenir une femme anonyme sans passé l'épouvantait.

— Enfin, nous sommes amants. Après ce baiser, tu ne devrais plus en douter, mais ceci pourrait aider.

Il plongea la main dans sa poche et en retira un téléphone.

— Qu'est-ce que c'est ?

— Une photo de nous.

Molly haussa les sourcils. Ils avaient évoqué cent fois son passé, mais elle n'avait pas pensé à réclamer des photos ! À croire que le coup reçu sur la tête l'avait réellement déboussolée.

— Pourquoi est-ce que tu ne me l'as pas montrée avant ?

— Parce que je ne voulais pas que tu me demandes d'autres photos ; de notre mariage, par exemple.

Parce qu'il avait menti et qu'il n'y avait pas eu de mariage. Restait qu'ils étaient *peut-être* amants, et qu'il s'était débrouillé pour décrocher un droit de visite à l'hôpital. Et qu'après l'avoir vue il avait mesuré à quel point elle avait hâte de sortir de là.

— Tiens.

Il lui tendit son téléphone. À l'écran, un selfie pris par Pietro accroupi, torse nu et en short de bain, au bord d'une piscine. Un instant, l'attention de Molly fut distraite par l'étalage de muscles. Puis elle se vit, souriante, en petit maillot deux pièces noir, les cheveux trempés. Entre eux se tenait un petit garçon brun à lunettes, hilare.

Molly scruta ce petit visage.

— Qui… ?

— C'est Tom, un des petits sous ta responsabilité. Il a réclamé une photo souvenir.

Sur l'image, la bonne humeur générale sautait aux yeux. Et aussi les doigts de Pietro sur sa taille nue. Molly frissonna, imaginant cette main sur elle, et l'effet que cela ferait de se blottir contre ce corps ferme et puissant.

— Est-ce que tu as d'autres photos de nous ?

Sans un mot, Pietro reprit son téléphone et fit défiler d'autres images, avant de le brandir sous ses yeux.

Ce fut à peine si Molly se reconnut sur la photo. Elle était étendue sur une couverture près du tronc noueux d'un olivier, pieds nus, la jupe retroussée aux genoux, les premiers boutons de son chemisier défaits sur un décolleté plongé dans l'ombre. Mais ce ne furent pas ses vêtements froissés qui retinrent son attention. Elle ne vit que le petit sourire sur ses lèvres, dont elle approchait une grappe de raisin noir en fixant l'objectif d'un regard aguicheur.

Elle rougit en contemplant son alter ego. Elle n'arrivait pas à se croire capable d'afficher une attitude aussi sexy, aussi confiante. Soit elle était éperdument amoureuse du photographe, soit sa libido débordait ce jour-là. Quoi qu'il en soit, ce cliché témoignait d'un degré d'intimité cohérent avec sa posture sur le précédent.

— Je vois, murmura-t-elle, embarrassée.

Ayant tout oublié de sa relation avec Pietro, elle se faisait l'effet d'une voyeuse penchée sur la vie amoureuse d'une autre. C'était si étrange… Toutefois, elle s'était sentie à sa place tout à l'heure dans les bras de Pietro, et parfaitement en phase avec lui lorsque leurs bouches s'étaient scellées. Son instinct ne l'avait pas trompée, en fin de compte. Ce désir si puissant qui la portait vers lui, c'était parce qu'ils étaient amants. Ou l'avaient été.

Lentement, elle releva la tête. Le regard de Pietro ne l'avait pas lâchée.

— À présent tu comprends pourquoi notre baiser était si explosif.

Molly tressaillit. Il avait lu dans ses pensées !

— N'essaie pas de nier, Molly. Même sans ta mémoire, la connexion est bien présente.

Il la gratifia de ce sourire lent qui la faisait fondre de l'intérieur et chanceler. Il ne se soucia même pas de cacher sa satisfaction. Évidemment. Elle ne s'était pas contentée de participer, elle avait carrément exigé qu'il l'embrasse.

— Un vrai soulagement, ajouta Pietro.

— Pardon ?

— Du fait de ton amnésie, je ne pensais pas que tu aurais envie de m'embrasser. Tu m'as prouvé le contraire. Tout était comme avant, entre nous. Aussi fort.

Ses yeux brillaient – était-ce une lueur d'excitation ? Molly recula d'un pas, reconnaissant dans ce regard un instinct primaire. Chercher du réconfort dans les bras de cet homme, c'était une chose, mais elle ne savait pas encore où elle en était avec lui. Ils avaient été amants, cela semblait clair. L'étaient-ils encore ? Néanmoins, elle ne voyait aucune raison qui pourrait l'inciter à mentir sur ce point.

— Le bébé !

Comment avait-elle pu oublier ? Sa main se posa sur son ventre dans un geste protecteur.

— Est-ce qu'il…

— Oui, il est de moi. N'en doute pas une seconde.

Pietro ne souriait plus. Il s'approcha d'elle. Cette fois, Molly ne bougea pas, quand bien même cette intrusion dans son espace la perturbait, comme si celle-ci déclenchait des alarmes en elle, mettant tous ses sens en émoi.

— Ou plutôt, il est de *nous*, corrigea-t-il. Nous l'élèverons ensemble.

— Vraiment ?

Quel accord avaient-ils ? Une sorte d'éducation partagée à distance ? Ou avait-elle accepté de s'établir en Italie ?

— Bien sûr, renchérit-il en lui décochant un nouveau sourire. Puisque nous allons nous marier.

— Nous sommes fiancés ?

La main de Molly vola vers sa gorge, où son pouls s'affolait. Pourquoi cette idée la bouleversait-elle à ce point ? Une demi-heure plus tôt à peine, elle se croyait mariée avec lui ! C'était peut-être à cause de cette satisfaction qui se lisait sur le visage de Pietro. Il ne se préoccupait pas de masquer ses sentiments maintenant, et semblait très impatient de l'épouser.

Un frisson d'excitation la traversa. C'était quelque chose, de se sentir désirée à ce point. Il lui prit la main, en baisa la paume, et des vibrations délicieuses se propagèrent le long de son bras. Sa réaction viscérale à Pietro attestait qu'elle le désirait aussi… Et le reste ? Allait-elle prendre tout ce qu'il disait pour argent comptant ? N'avait-il pas inventé leur mariage ?! Surtout, était-ce seulement pour pouvoir la ramener chez lui ?

En étudiant le fier visage de Pietro, Molly eut envie de croire que la situation était aussi simple qu'il le prétendait. Tout plaidait en ce sens : les frissons à son contact, l'excitation devant ce regard sensuel…

Elle contempla sa main posée dans celle de Pietro.

— Je n'ai que ta parole, pour nos fiançailles.

Pietro acquiesça en se dégageant.

— Veux-tu m'excuser une seconde ? J'ai quelque chose qui devrait éclaircir ce point.

Il s'éloigna aussitôt à longues enjambées dans la pénombre. Dans le couloir, il croisa la gouvernante, avec qui il échangea quelques mots. Pour décaler leur dîner ?

Molly se détourna et se laissa choir dans un fauteuil en s'efforçant de calmer son agitation par de profondes inspirations et la vue merveilleuse sur Rome devant elle.

Que croire ? Le discours de Pietro paraissait plausible. Elle se sentait en sécurité avec lui. Il s'était clairement donné beaucoup de mal pour la retrouver. L'idée qu'il lui donne des références la fit sourire, mais peut-être aurait-elle intérêt à poursuivre son enquête ?

Son instinct lui soufflait qu'elle n'en avait pas besoin. Que Pietro comptait pour elle. Pas seulement parce qu'il l'avait sortie des murs gris de l'hôpital, mais parce qu'elle était attachée à lui.

Cependant, elle avait appris ces derniers jours à prendre les choses les unes après les autres, en évitant les suppositions hasardeuses. Si seulement elle se souvenait de quelque chose, n'importe quoi… Jusque-là, sa mémoire se résumait à deux points de détail : sa tendance à malmener les plantes et le souvenir physique des bras de Pietro. Pas de quoi sauter au plafond…

Molly secoua la tête, dépitée. Elle ignorait même si la patience était dans sa nature ! Elle pouvait interroger Pietro, mais était-il digne de confiance ? Quel dommage que sa sœur ne soit pas là !

Des pas résonnèrent sur les dalles. Elle se retourna. Pietro traversait le jardin. Un vrai fantasme féminin. L'idéal du grand brun séduisant. Ses yeux perçants achevèrent de lui brouiller les idées.

— J'avais mis ceci de côté pour toi, dit-il en lui tendant un petit écrin de velours bleu.

— Qu'est-ce que c'est ?

— Prends, c'est à toi.

Molly déglutit. Tendre la main pour prendre cet objet lui coûta. Elle eut le sentiment de franchir une frontière.

Le velours avait gardé la chaleur des doigts de Pietro. Molly le fixa un moment avant de soulever le couvercle. Un grand feu l'éblouit. Sa main trembla un peu. Les papillons qui dansaient en elle devinrent des cerfs-volants, qui tournoyaient à lui donner le vertige.

Une bague. Une pièce remarquable…

— C'est une opale.

Et pas n'importe quelle opale. La pierre était bleu indigo moucheté de vert iridescent. Lorsqu'elle la tourna, des éclairs rouges apparurent, comme jaillis d'un feu secret.

— Elle est absolument sublime !

Un cercle de diamants entourait la pierre centrale. Cette bague devait coûter une petite fortune. Le regard ahuri de Molly glissa vers Pietro, qui souriait.

— Content qu'elle te plaise. J'ai pensé que tu aimerais quelque chose venant de ta terre natale.

La délicatesse de l'attention émut Molly. C'était le signe d'un attachement sincère, le geste d'un homme anticipant sa nostalgie.

— C'est ta bague de fiançailles. Je n'avais pas encore eu l'occasion de te la donner. J'aimerais que tu la portes.

La sincérité de Pietro ne faisait aucun doute. Son regard plein d'espoir exprimait pour une fois autre chose que l'assurance et le contrôle. Comme si son bonheur dépendait de sa décision à elle d'accepter ou non ce cadeau. Il ressemblait à n'importe quel homme brûlant de savoir si sa fiancée approuvait son choix. Molly en fut touchée. S'était-elle fait une montagne de ce mensonge sur leur mariage, qui lui avait tout de même permis de s'échapper de l'hôpital ?

— Quand as-tu…

— … acheté cette bague ? Je l'ai commandée pendant mon séjour en Toscane. Elle a été faite sur mesure.

En Toscane. Cet objet précieux n'était donc pas arrivé avant son départ pour Rome, raison pour laquelle elle ne le portait pas à son réveil à l'hôpital. Leurs fiançailles étaient sûrement très récentes.

— Tu m'as dit que nous nous étions rencontrés il y a quelques mois à peine. C'est peu pour faire suffisamment connaissance avant de s'engager.

— Cela nous a suffi, Molly. Je sais que tu es la femme de ma vie. Toi aussi tu voulais qu'on se marie. Tu me l'as dit.

L'imparfait la fit tiquer. Était-ce pour cette raison que Pietro semblait sur le qui-vive, en dépit de son sourire ? Attendait-il qu'elle affirme éprouver toujours les mêmes sentiments ?

— Elle est magnifique, Pietro, et j'ai envie de la porter. Mais je me sens… bizarre. Je ne me souviens pas de nos fiançailles et…

À sa grande honte, sa voix s'étrangla, ses yeux s'emplirent de larmes. Ses émotions oscillaient d'un extrême à l'autre ce soir, c'était vraiment pénible.

— Allons, chuchota Pietro en l'attirant contre lui. Il n'y a pas de quoi se mettre dans ces états. Ça peut attendre. L'important, c'est que tu saches où nous en sommes.

Elle secoua la tête contre son cou, presque coupable de trouver du réconfort dans ses bras alors qu'elle était incapable de se résoudre à enfiler cette fichue bague.

— Je suis bouleversée… C'est tellement gentil, tu t'es donné tellement de mal. Mais je n'ai aucun souvenir de nous. Accepter la bague dans ces conditions me semble une erreur.

Le menton calé sur sa tête, Pietro lui caressa les cheveux.

— Ce n'est pas grave. Ces souvenirs de nous qui t'échappent, ils reviendront.

Il s'écarta juste assez pour relever son visage vers lui.

— Détends-toi, Molly. Garde cette bague, tu la porteras quand tu le jugeras bon. Oublions tout ça pour le moment. Viens, le dîner est servi.

Il l'entraîna vers la pergola habillée de plantes grimpantes au parfum entêtant. La table avait été dressée pour deux, avec nappe blanche et argenterie, dans la lumière vacillante projetée par des bougies ventrues.

Au fil du dîner, la sollicitude de Pietro ne se démentit pas. Il l'amusa d'anecdotes sur Rome et de projets de visites. Molly se détendit peu à peu. Combien, dans la situation de Pietro, auraient fait preuve d'une telle indulgence ? Clairement, il tenait à elle. En dépit de son impatience tout à l'heure, il était prêt à attendre qu'elle se sente plus à l'aise avec lui.

Elle avait de la chance d'avoir un tel homme dans sa vie.

Voyant Molly se relaxer, Pietro comprit qu'il avait raison de ne pas la presser, en dépit de sa propre frustration. Elle éveillait chez lui un instinct protecteur inédit. Sa détresse ce soir, en comprenant qu'ils n'étaient pas mariés, l'avait ébranlé. En insistant pour qu'elle porte la bague, il risquait de la braquer et de se retrouver à la case départ…

L'angoisse au ventre, il la revit claquant la porte de la villa ; non pour un bref séjour touristique à Rome, comme elle le croyait, mais pour sauter dans le premier avion pour l'Australie. En aller simple.

Il était vert de rage, ce soir-là. Molly lui avait lancé qu'elle ne voulait plus jamais le revoir avant de tourner les talons, tête droite, le dédain personnifié malgré ses yeux trempés de larmes. Une pointe de remords lui cisailla le ventre. Il avait bien commandé la bague de fiançailles depuis la Toscane. Non parce qu'il lui avait fait sa demande et qu'elle l'avait acceptée, mais parce qu'il avait compris son erreur à peine quelques heures plus tard.

Ils se marieraient, tôt ou tard. Abandonner son enfant était tout simplement exclu. La famille avant tout. Il en rêvait depuis si longtemps ! Précisément, depuis l'époque où la sienne lui avait été si cruellement arrachée. Plus qu'un vœu, c'était une aspiration profonde, vivace, qui ne l'avait jamais lâché. Aujourd'hui encore, il sentait au plus profond de lui, au cœur de son univers, ce trou noir qu'aucun succès professionnel ne comblerait jamais.

La solution était simple : s'assurer la garde de son enfant en s'attachant Molly par le mariage. N'avait-elle pas eu des étoiles dans les yeux en lui annonçant sa grossesse, la première fois ? Ses timides allusions à un avenir avec lui témoignaient de ses espoirs romantiques.

Molly lui sourit par-dessus son verre. Si gentille, et si timide encore pourtant… Le cœur de Pietro se serra. C'était aussi bien qu'elle n'ait aucun souvenir de cette ultime soirée en Toscane. Pour la première fois en six ans, depuis Elizabetta, il avait laissé l'émotion le submerger aux dépens de la raison, en un tsunami dévastateur. Son sang se glaça au souvenir des horreurs qu'il avait débitées à Molly sous le coup d'une fureur aveugle.

Ce n'était pas le moment de penser à ça. Il devait se concentrer sur le présent et sécuriser son plan.

Molly esquissa un geste à l'appui d'un argument. Il en profita pour lui saisir la main. Il perçut que son pouls s'accélérait sous la peau satinée. Elle battit des cils et détourna la tête, sans retirer sa main.

Pietro gomma aussitôt son sourire un peu trop triomphant. Avec son romantisme naturel, Molly était déjà tombée dans sa main, dans son lit, comme un fruit mûr. Il n'avait plus qu'à la séduire pour l'amener à retomber amoureuse de lui. Ainsi, le jour où sa mémoire reviendrait, une séparation serait exclue. Molly serait exactement là où il voulait qu'elle soit : chez lui, avec leur enfant.

Rien de plus excitant qu'un plan simple et infaillible.

7

Molly n'arrêtait pas de sourire. Elle n'avait pas mesuré la différence que cela ferait de se promener à l'air libre dans les rues. Dans l'appartement de Pietro, pourtant magnifique, elle commençait à se sentir confinée. C'était sa première vraie sortie depuis son réveil à l'hôpital.

Vite, elle s'arracha au passé pour revenir au présent, à la joie de la liberté retrouvée.

— Si on allait s'asseoir un moment ? proposa Pietro.

— Bonne idée.

Elle se laissa guider vers une terrasse de café. Pietro veillait à son bien-être tel un ange gardien. Toute la journée, il était resté en retrait, prévenant toutefois, comme s'il savait combien cette première journée en extérieur serait étonnamment fatigante pour elle, moins du fait de l'effort physique que du bombardement continuel d'images et de sons nouveaux.

Dans la rue, plus d'une femme se retournait sur son passage pour mater en douce cet homme si élégant en mocassins griffés et chemise à col boutonné. Ces regards le laissaient de marbre. Il était entièrement centré sur elle.

Cette pensée lui fit battre le cœur. Pietro se révélait un compagnon idéal, attentif et drôle, protecteur dès que la foule dans certains lieux très touristiques menaçait de la bousculer. Un peu plus tôt, la devinant au bord d'une crise de panique, il l'avait enlacée sans un mot pour l'extraire en douceur d'un groupe d'inconnus volubiles et la distraire avec une anecdote désopilante.

La prévenance discrète de Pietro la charmait au moins autant que sa haute silhouette et le sourire rare qui mettait ses sens en effervescence. Elle ne savait toujours pas ce qu'elle ressentait pour lui, hormis une attirance trop vive pour son propre bien. Il faudrait du temps pour lui pardonner le mensonge sur leur mariage découvert la veille. Néanmoins, cette journée de liberté était un bon début, elle se sentait déjà plus légère.

— Merci, Pietro, dit-elle en prenant place à la table minuscule qui venait de se vider comme par magie à leur arrivée sur la terrasse.

— Merci pour quoi ?

— Pour tout. Pour aujourd'hui. Je sais que tu as mis ton travail de côté pour passer du temps avec moi.

Tôt le matin même, il avait passé plusieurs appels, dont un en anglais au cours duquel il avait reporté un rendez-vous au prétexte d'un impératif familial nécessitant sa présence. S'entendre désigner comme un membre de sa *famille* avait beaucoup fait pour apaiser sa nervosité.

— Certaines choses sont plus importantes que le travail, Molly.

Il avait décidément l'art de faire vibrer sa corde sensible en lui donnant la priorité. Ou c'était peut-être la façon dont il prononçait son prénom avec un accent chantant et sexy, aussi délicieux que le *gelato* qu'il lui avait offert un peu auparavant.

— Je t'en suis reconnaissante. Quelque chose me dit que les visites touristiques n'entrent pas dans tes habitudes.

Pietro retira ses lunettes de soleil aux verres réfléchissants pour la clouer d'un regard brûlant.

— Tu n'étais jamais venue à Rome. Partager ta joie est un réel plaisir. Merci à toi ! Je me sens privilégié.

Il esquissa un petit sourire. Molly retint son souffle. Sa résolution de contenir son attirance pour ne pas brûler les étapes s'écornait. Au prix d'un sérieux effort, elle détourna le regard vers la foule qui se pressait sur la *piazza*.

— Qu'est-ce qui te ferait plaisir ?

La question de Pietro la fit tressaillir. Perdue dans ses pensées, elle n'avait pas remarqué l'arrivée du serveur. Elle baissa les yeux sur la carte, qu'elle n'avait même pas ouverte.

— Pas de café. Ni d'alcool. Un soda avec beaucoup de glace, s'il te plaît.

Pietro passa commande, puis se tourna vers elle.

— Je suis content que le Panthéon t'ait plu.

Molly reporta les yeux sur le gigantesque édifice et sa coupole majestueuse. Quelle merveille !

— Pénétrer dans un vestige de l'Antiquité aussi bien préservé, c'est un rêve ! Et ce grand trou dans le toit… J'avais lu un article sur le sujet, mais je n'avais pas compris que le pavement était légèrement convexe pour faciliter l'évacuation de l'eau de pluie. Drôlement futé. Je m'attendais aussi à quelque chose de plus petit. Les énormes colonnes à l'entrée et leur âge vénérable m'ont renvoyée à mon insignifiance. Nous n'avons pas de bâtiments historiques aussi anciens en Australie. Le plus vieux que j'aie visité, c'est le Cadman's Cottage à Sydney, construit au XIXe…

Pietro plissa les yeux.

— Tu as lu un article sur le Panthéon ? Quand donc ? À l'appartement ?

— Non, je…

Molly écarquilla les yeux et se mordit la lèvre.

— Je me disais aussi… Tu n'es pas tombée dessus récemment, n'est-ce pas ? Tu te souviens l'avoir lu avant ton départ pour l'Italie. Ou du moins pour Rome.

— Avant l'accident, conclut Molly d'une petite voix.

Une image se forma dans son esprit – pas un écran, un

livre. Un guide de voyage avec une photo de l'intérieur du Panthéon, immense. Elle se vit elle-même tournant la page, découvrant le Colisée, l'escalier de La Trinité-des-Monts, les galeries d'art, les *piazze* et le ciel romain bleu, si bleu… Elle en eut la chair de poule.

— C'est un souvenir, murmura-t-elle en levant les yeux vers Pietro. Je pensais que je me souviendrais d'abord des choses importantes, comme toi, ou ma famille…

— Plus d'un souvenir, même.

Bizarrement, loin de s'emballer il semblait plutôt soucieux, comme s'il se demandait ce qui surgirait ensuite. Et comment elle réagirait. Une nouvelle fois, elle l'admira malgré elle de rester aussi stoïque et attentionné.

— Avec celui de mes talents de jardinière, tu veux dire ? Deux souvenirs en deux jours !

— Trois. Tu viens d'évoquer un cottage à Sydney. Tu n'en as pas seulement entendu parler. Tu sais que tu t'y es rendue.

Molly planta les yeux dans ceux de Pietro. Il avait raison. C'était bien un autre souvenir. Des frissons tièdes coururent sur sa peau. Elle se vit traversant Circular Quay depuis le bord de mer jusqu'au pimpant cottage en pierre. Elle sentit sur sa nuque la brise rafraîchissante venue du port tandis qu'elle accompagnait un groupe d'enfants vers le cottage. À côté d'elle, une autre enseignante, plus âgée, lui décocha un sourire las avant de compter les élèves. L'écho de l'ovation générale à la promesse des glaces qui suivraient. Puis un cri. Une petite venait de trébucher et de s'érafler le genou.

Les sourcils froncés, elle s'accrocha désespérément à cette vision, mais l'image ne tarda pas à trembler et à s'estomper, lui laissant la bouche sèche et un nœud au ventre.

Elle battit des paupières. Quelque chose lui caressait la main – le pouce de Pietro, qui lui effleurait le poignet.

Elle se fit l'effet d'un plongeur revenant à la surface, désorienté. Pietro ne lui demanda rien, patient, le geste tendre, protecteur, avec une expression implacable – comme prêt à affronter un démon à sa place, songea-t-elle soudain. À se demander quels souvenirs inquiétants il redoutait de voir émerger ! À moins que son imagination ne lui joue des tours…

— C'est vrai, dit-elle en lui pressant la main. Je me suis rendue là-bas avec des élèves. Il faisait très chaud, tout le monde était fatigué. Une enfant est même tombée.

Elle marqua une pause, frappée par la précision du souvenir.

— Son nom me revient. Sally Paynton !

— *Brava, tesoro !* Ta mémoire se remet en route. Tu dois être soulagée.

— Oui. J'avais tellement peur de rester définitivement amnésique !

Elle avait évité jusque-là de se l'avouer. La peur était si profonde que la moindre allusion aurait pu porter malheur.

— Maintenant, tu sais que cette crainte était sans fondement.

Simple, mais tellement efficace. En quelques mots, Pietro venait de chasser l'horreur tapie dans le silence de ses nuits.

Le serveur apparut et déposa d'un geste cérémonieux sur la table leurs boissons, accompagnées d'un petit plateau contenant du pain et des *antipasti*.

Pietro leva son verre de vin pour porter un toast.

— À toi, Molly ! Et à notre avenir commun, ajouta-t-il après une brève hésitation.

Elle lut dans ses yeux un mélange d'admiration et de possessivité qui la réchauffa instantanément. Elle eut beau se dire qu'elle n'était pas prête pour autre chose que de l'amitié, pas encore, qu'il valait mieux attendre que son esprit reprenne un fonctionnement normal, son corps refusait de coopérer. Elle ne trouva même pas l'énergie de dégager sa main. La joie pétillait en elle, faisait frémir sa peau et gonfler ses seins sous le regard affûté de Pietro. Il la regardait comme un amant. Et elle avait envie qu'il soit précisément cela.

Elle attendit que le doute l'assaille, mais elle n'éprouvait qu'un profond sentiment de justesse. Comme si son corps avait reconnu et accepté Pietro avant sa cervelle. Était-ce absurde de sa part, de se méfier autant ? Chaque moment apportait une preuve supplémentaire que cet homme était incroyablement important pour elle.

— À l'avenir, dit-elle, prudente.

Loin de s'agacer de sa réserve, Pietro lui décocha un sourire tranquille, comme pour dire : « Pas grave, je te laisse tout le temps du monde pour m'accepter et accepter notre couple. » Cela, plus que tout le reste, acheva de dissiper les doutes de Molly. Elle lui rendit son sourire. Peut-être que tout irait bien, en fin de compte.

— Pietro !

Une jeune femme émergea de la foule, mince, vive, en jean moulant et top flashy. Elle se jeta sur Pietro, l'embrassa sur les deux joues et se mit à parler en italien à toute vitesse.

Face à cette inconnue visiblement intime avec Pietro, si jolie, si délurée, Molly se crispa, une curieuse sensation de froid dans le ventre. Ça ne pouvait pas être de la jalousie, n'est-ce pas ? Non, elle n'aurait pas dû avaler si vite son soda glacé par cette chaleur, voilà tout !

Sauf qu'elle n'avait pas encore touché à son verre…

— Chiara, dit soudain Pietro, parlons anglais à partir de maintenant. Molly ne comprend pas l'italien. Molly, je te présente ma cousine Chiara.

— Ta… *cousine* ?

Un soulagement inexplicable l'envahit.

— Tu es une bonne amie de Pietro ? demanda Chiara.

Le regard de la jeune Italienne se posa sur leurs mains jointes. Après un instant de stupeur, elle sourit et tira une chaise à elle pour s'installer avec eux.

— Ravie de te connaître ! Je veux tout savoir sur toi et Pietro. Et je veux des détails…

— *Adesso basta,* déclara Pietro en secouant la tête. Molly n'est pas là pour te divertir !

Il affermit sa prise sur la main de Molly, qui sentit le petit feu intérieur se ranimer. Pietro la surprotégeait, mais c'était un signe de prévenance de sa part. Son instinct lui soufflait qu'elle était habituée à se défendre seule, mais dans ce monde encore étrange, il était bon de compter sur un allié.

— Enchantée, Chiara, dit-elle en rendant son sourire à cette femme qui semblait à peine plus jeune qu'elle. Je ne sais rien de la famille de Pietro.

Chiara haussa ses sourcils de jais à la ligne parfaite.

— Il ne t'a pas parlé de sa cousine préférée ?

— C'est ton frère, mon préféré, répliqua Pietro avec un petit sourire.

Molly étouffa un rire devant l'expression indignée de Chiara.

— Me faire ça à moi, ta cousine dévouée !

— Et bavarde. Et toujours dans mes pattes…

— Les hommes adorent qu'on leur prête attention.

— Pff… J'étais censé adorer que tu me casses les pieds pour m'emprunter ma voiture neuve, peut-être ?

Chiara fit la moue.

— Ne me dis pas que tu ronchonnes encore ? Tout ça pour une misérable petite éraflure…

— Une *éraflure* ? s'écria Pietro.

En écoutant cet échange de reparties, Molly se demanda si ses rapports avec Jillian étaient aussi faciles et enjoués. L'affection qui unissait les cousins faisait plaisir à voir.

Elle confirmait l'image qu'elle avait de Pietro, celle d'un homme sincère et fiable. Sa crise de panique en apprenant qu'il avait menti sur leur mariage n'en paraissait que plus irrationnelle.

Quant à ce sentiment diffus qu'il lui cachait quelque chose, cette impression d'une ombre chez lui à laquelle elle n'avait pas accès, c'était sûrement le fruit d'une imagination trop fertile. Il s'efforçait de gérer son amnésie avec la plus grande précaution, voilà tout.

— Molly ?

Elle releva les yeux. Chiara la regardait.

— Je me demandais d'où tu étais originaire ? Ton accent n'est pas américain.

— Je suis australienne. De la côte Est, au nord de Sydney.

— Tu connais Pietro depuis longtemps ?

— Quelques mois. Mais c'est ma première visite à Rome.

— Alors vous vous êtes rencontrés en Toscane ! Est-ce que…

— La journée a été longue, Chiara, intervint Pietro d'un ton amusé mais ferme. On aimerait se détendre plutôt que de subir un interrogatoire.

Chiara ne se troubla pas pour si peu.

— Eh bien, nous trouverons un moment pour papoter quand tu te seras reposée, Molly. Je te montrerai les endroits les plus tendance en ville. Donne-moi ton numéro.

— Tu peux la joindre chez moi.

Chiara fixa son cousin d'un air incrédule et se renversa contre le dossier de sa chaise avec un grand sourire.

— C'est merveilleux ! Je t'appellerai, Molly, d'accord ? On sortira toutes les deux. Ça me fera plaisir.

— À moi aussi.

La vitalité de la jeune femme plaisait beaucoup à Molly. Ce serait agréable de nouer une autre connaissance.

Chiara jeta un coup d'œil à sa montre et se leva.

— À bientôt alors ! Je dois filer. Je suis déjà en retard.

Sur un dernier sourire et une embrassade entre cousins, elle se fondit dans la foule.

— Chiara est très chaleureuse, commenta Molly.

Elle baissa les yeux sur sa main, toujours prisonnière de celle de Pietro. Cette vue éveilla de petits frissons dans son dos. Non, ce n'était pas tout à fait exact : les frissons étaient là depuis un bon moment, elle s'était simplement efforcée de n'y attacher aucune importance. Une nouvelle preuve qu'elle était tout sauf immunisée contre cet homme imposant avec lequel, à l'en croire, elle avait accepté de partager sa vie.

Son pouce lui cajolait le poignet, une caresse bien anodine, et pouf ! Elle fondait.

— Elle semblait étonnée que je vive avec toi, ajouta-t-elle.

Pietro haussa les épaules et but une gorgée de vin.

— Je n'ai jamais cohabité avec mes maîtresses.

— Jamais ?

— Jusqu'à toi. J'aime trop mon intimité. Elle a dû deviner que tu étais spéciale, dit-il, les yeux rivés aux siens.

Spéciale. Le mot lui plaisait. D'autant que Pietro la regardait comme si elle était son fantasme ultime. Ce regard aiguisé comme une lame lui faisait trembler le souffle et le corps...

Au diable la prudence ! L'humour de Pietro, son instinct protecteur, son amour de la famille commençaient à saper sa résistance. L'idée d'être sa maîtresse, sa fiancée même, ne l'intimidait plus. Elle l'intriguait. L'excitait.

Un frisson la secoua, mais ce n'était plus de la peur. C'était du désir. Un désir charnel et pur.

8

Pietro était à deux doigts de craquer.

Il avait compté séduire Molly en douceur, afin de ne pas donner l'impression de lui forcer la main. À peine quelques jours s'étaient écoulés depuis sa sortie de l'hôpital, et il se demandait déjà où trouver la force de patienter encore.

Il avait envie qu'elle vienne à lui animée de la même ardeur qu'en Toscane naguère. Pour cela, elle avait besoin de temps. Surtout après avoir compris qu'ils n'étaient pas mariés. Elle ne portait toujours pas sa bague. N'ayant aucune assurance sur l'avenir, il devait avancer avec précaution.

Son ventre se contracta lorsqu'il glissa un bras autour de sa taille en quittant le restaurant. C'était une torture exquise de la tenir contre lui tout en muselant son besoin sauvage de la toucher comme il en rêvait…

— Pietro, tout va bien ? Tu sembles tendu.

Il coula un regard vers le visage de Molly. Il évita de s'attarder sur ces lèvres luisantes, ou sur ces yeux obliques dont le gris virait au bleu ce soir, reflétant la couleur de sa robe.

Elle s'était épanouie à mesure que sa nervosité s'estompait. Les examens médicaux, le matin même, avaient confirmé qu'elle et le bébé se portaient bien. Toute la soirée, elle avait montré un bel entrain et un charme trop puissant à son goût, dans cette robe qui dénudait des bras fermes et un décolleté prometteur. Son sang-froid s'effilochait à une allure alarmante.

— Très bien. Cette soirée était agréable, n'est-ce pas ?

— Merveilleuse ! Des plats délicieux, et quel joli restaurant ! J'ai d'abord cru qu'il serait un peu trop...

— Trop quoi ?

Elle haussa les épaules.

— Je ne sais pas. Trop chic. Je craignais de me sentir mal à l'aise, mais le personnel a su rester simple. J'ai passé un très bon moment.

Ce discours ne fit que corroborer ce que Pietro avait déjà compris. À la différence d'Elizabetta, Molly n'attendait ni n'exigeait le luxe et les courbettes que peut acheter la richesse. Il s'en voulait encore d'avoir cru ne serait-ce qu'une seconde qu'elles étaient de la même engeance toutes les deux, celle des croqueuses de diamants intéressées par son argent et rien d'autre.

— Tant mieux. C'est un de mes restaurants préférés.

Il se garda de préciser qu'il en était pour partie propriétaire, d'où la table de choix qui leur avait été attribuée, près d'une charmante cour intérieure, loin des paparazzis à l'affût.

Il s'engouffra à l'arrière de la limousine à la suite de Molly, en se forçant à regarder ailleurs comme sa robe se retroussait dans le mouvement sur une cuisse mince, pâle...

Son sexe durcit, sa gorge se contracta, il eut la sensation d'étouffer. C'était contre nature de se retenir à ce point, alors que Molly avait été une amante passionnée – et le redeviendrait bientôt. S'il contenait ses impulsions dans sa vie professionnelle, en matière de sexe, il était trop habitué à obtenir tout ce qu'il désirait.

Molly observa Pietro du coin de l'œil. Elle se demandait ce qui pouvait bien le crisper à ce point.

La veille au soir, déjà, alors qu'ils étaient sur la terrasse de toit, elle était partie la première, prétextant la fatigue. Pietro lui avait souhaité bonne nuit assez sèchement, loin de sa douceur coutumière. Elle n'avait pas fermé l'œil de la nuit, trop agitée, trop sensible. Sensible à lui, surtout. Elle aurait pu facilement céder au besoin de le toucher, comme elle en rêvait depuis des jours – des rêves érotiques intenses, et si réels ! À se demander s'ils n'étaient pas plutôt des souvenirs.

Et voilà que ça recommençait. Il s'était montré un convive plaisant durant le dîner, amusant et attentif comme pendant leurs balades touristiques, et puis…

Alors qu'elle s'agitait sur la banquette, elle surprit un regard de Pietro vers le bas de sa robe, aussitôt détourné vers la vitre. Au détour d'une rue, la lumière d'un réverbère révéla un poing serré sur sa cuisse. Sa tension évidente mettait les nerfs de Molly à rude épreuve. Qu'est-ce qui n'allait pas ? Aurait-elle fait quelque chose de mal ?

— Merci pour cette belle soirée, lui dit-elle d'une voix étranglée.

— Tout le plaisir était pour moi.

Il souriait, mais le cœur n'y était pas. Sa voix manquait autant de naturel que cet échange. Il se pencha en avant pour lancer une consigne au chauffeur. La limousine accéléra.

Molly soupira. De jour en jour, elle avait appris à se détendre davantage, jusqu'à se sentir presque normale. Elle avait gagné en assurance en dépit de sa peur secrète d'une amnésie définitive, elle et le bébé se portaient bien, et l'enthousiasme de Pietro au sujet de l'enfant prouvait que sa future paternité l'excitait. Cela seul avait suffi à éradiquer son angoisse. Certes, elle n'arrivait pas à se remémorer leur relation, mais il était clair qu'ils avaient été amants. Elle avait encore terriblement envie de lui. Et Pietro incarnait tout ce qu'elle pouvait désirer…

Excepté dans des moments comme celui-ci.

Était-il possible que l'attraction physique soit à sens unique, malgré ce baiser passionné qu'ils avaient échangé ? Molly se rembrunit. Il lui fallait en avoir le cœur net et combler le fossé qui se creusait entre eux s'ils devaient se construire un avenir ensemble.

Elle attendit d'être entrée dans l'appartement. Une chance que la gouvernante ne loge pas sur place. Cette discussion ne pouvait avoir lieu que dans la plus stricte intimité.

— Il faut qu'on parle, Pietro.

Sa voix résonna dans le silence. Pietro se tourna à demi vers elle, toujours aussi peu disposé à la regarder en face, apparemment.

— Bien sûr. Mais demain, d'accord ? J'ai des dossiers à boucler ce soir.

Molly hésita, consciente qu'il négligeait son travail depuis un moment pour s'occuper d'elle. Reporter cette conversation n'était peut-être pas une mauvaise idée… Mais c'était aussi une façon de repousser le problème. Lâchement. Parce qu'elle avait peur de ce qu'elle pourrait découvrir en affrontant Pietro.

— Ce sera bref.

Croisant les bras pour dissimuler le tremblement de ses mains, elle le précéda dans le salon. L'élégance immaculée de la pièce souligna soudain le ridicule de ses prétentions. Pour qui se prenait-elle, à réclamer quoi que ce soit ici ? Elle se sentait comme un imposteur dans ce joyau de la décoration d'intérieur.

Avant de flancher, elle pivota sur elle-même, étonnée de trouver Pietro sur ses talons, visiblement inquiet. De façon assez injuste, cela la mit en colère. Elle n'était pas malade, bon sang !

— Qu'est-ce qui se passe, Molly ?

— Je suis perplexe.

Les paillettes dorées dans les yeux de Pietro étincelaient. Il inspira à fond et fourra les mains dans ses poches.

— Continue, dit-il sans sourire.

Devant l'air grave de son compagnon, son courage faiblit, mais elle tint bon. Il fallait qu'elle sache :

— Qu'est-ce qui ne va pas entre nous ?

Il écarquilla les yeux. Un instant, elle crut discerner une lueur d'épouvante, une vraie frayeur dans ces yeux de prédateur. Elle en était encore à tenter de donner un sens à cela lorsque la lueur disparut, laissant place à de la confusion, de la curiosité et un soupçon de cette patience infinie qui semblait être la spécialité de Pietro.

— Comment ça, « qu'est-ce qui ne va pas » ?

Molly avala sa salive.

— Tu es bienveillant, généreux dans ton soutien, et aussi sexy et plein de vigueur. Il y a une vraie connexion entre nous, semble-t-il. Et d'une seconde à l'autre, sans prévenir, tu te retranches dans ta coquille, comme si tu ne voulais plus rien avoir à faire avec moi. Ce soir par exemple, en sortant du restaurant, tu semblais souhaiter être n'importe où ailleurs !

Molly détesta entendre sa voix se casser sur le dernier mot. Elle aspira une goulée d'air, puis une autre, consciente que son cœur battait trop vite et que son souffle s'enrayait. Consciente, en somme, qu'elle venait d'avouer son désir.

À sa grande stupéfaction, le visage d'abord figé de Pietro se fendit d'un large sourire.

— Serait-ce une manière de me dire que tu as envie de moi ?

Sa chaleur, son odeur d'homme l'enveloppaient, la retenaient prisonnière. Sa voix rauque lui égratigna délicieusement la peau. Hallucinée par sa propre réaction, Molly se raidit, tout à coup vulnérable face à un Pietro qui venait subitement de perdre son impassibilité. Son sourire s'était aiguisé. Il avait retiré les mains de ses poches. Molly fixa, fascinée, ces grandes mains si belles, si puissantes, qui se déployaient souplement, et une vive chaleur l'envahit. Une chaleur intense irradia entre ses cuisses, si éloquente qu'elle en resta saisie.

Il fit un pas vers elle et l'angoisse revint en force. C'était absurde. Elle n'avait pas peur, elle avait *envie* de lui ! Restait la sensation troublante que l'équilibre délicat de leur relation avait changé de registre. Qu'elle se trouvait au bord d'un précipice. Et surtout, qu'elle n'y comprenait plus rien,

— J'ai juste envie de comprendre ce qu'il se passe !

— Ce qu'il se passe, répliqua Pietro, c'est que j'ai un mal de chien à me retenir de poser les mains sur toi. À te laisser tranquille, pour que tu te sentes à l'aise.

Il se dressait devant elle, la dominait de toute sa stature.

— C'est vrai ? rien... rien de plus ?

Il peinait lui aussi à garder ses distances... Le soulagement amollit encore ses genoux en coton. Il n'y avait donc pas de terrible secret ? Pas d'ombre redoutable au tableau ?

— Ce n'est pas suffisant ? murmura Pietro en grimaçant.

Il lâcha un flot de syllabes fluides en italien. Les mots formèrent un ruban de velours qui se mit à danser autour d'elle, caressant, enjôleur. Il plongea vers son ventre, s'enroula autour de ses hanches et remonta vers ses seins pour en taquiner les pointes. Comme elle vacillait un peu sous le charme de ces notes chantantes, Pietro posa la main en coupe sur sa joue. Elle se blottit dans sa grande paume. Un soupir lui vint, de bien-être et de reconnaissance éperdue. *Je suis à la maison*, songea-t-elle.

— Je te veux, Molly. Tu m'as manqué. J'ai eu si peur de ne jamais te retrouver.

Elle pressa les doigts sur ses lèvres pour le faire taire.

Incroyable qu'elle ait si peu songé à l'angoisse qu'il avait dû endurer, tout occupée qu'elle était à pleurer sa mémoire perdue.

— Mais tu m'as trouvée.

Elle lui avait enfin soutiré quelques détails. Si elle avait bien compris, son équipe et lui avaient passé toute l'Italie au peigne fin, et pas seulement Rome, pour retrouver sa trace. Et même l'Australie, lorsque les recherches initiales s'étaient révélées insuffisantes ! Et quand bien même il n'aurait pas eu les moyens de se faire aider, il n'aurait pas cessé de la chercher, Molly le savait.

— Je ne partirai plus, ajouta-t-elle.

Pietro l'enlaça. Grisée, elle frissonna de plaisir. Elle en voulait encore. Elle se coula contre lui, dans sa chaleur, jusqu'à ce que leurs torses frottent l'un contre l'autre.

— Je ne te laisserai plus jamais partir, Molly. Tu es à moi.

Cela sonnait comme un serment. Elle le ressentit dans chaque fibre de son être et n'en douta pas une seconde. Elle qui rêvait d'avoir une certitude, elle la tenait enfin.

— Oui, souffla-t-elle, les yeux dans les yeux. Ne me laisse jamais partir.

Être aimée à ce point ! Être vitale pour quelqu'un, et ressentir en retour ce besoin de le serrer dans ses bras pour le garder auprès d'elle… N'était-ce pas la chose la plus précieuse au monde ?

— Aime-moi, Pietro. S'il te plaît.

Son grand corps se raidit contre elle, faisant chanter le sang dans ses veines.

— Je me suis retenu parce que tu avais clairement besoin de temps…

Molly ne souffla mot, hypnotisée par ses iris mordorés. Ou peut-être par le timbre de sa voix, délibérément tentateur.

— … mais maintenant…

Tout se passa très vite.

Une main la souleva jusqu'à ce que ses orteils ne touchent plus terre, l'autre s'enfouit dans ses cheveux, délogeant les épingles qui les maintenaient en place dans le style sophistiqué qu'elle avait tenté pour ce dîner à l'extérieur, puis se cala sur sa nuque. Pietro lui prit alors les lèvres.

La passion qu'il mit dans ce baiser fit fondre Molly. Un éclair jaillit sous ses paupières closes, annonciateur de la tempête à venir, tandis qu'il s'appropriait sa bouche à petits coups de langue précis, gourmands, qui lui donnèrent la chair de poule.

Pietro avait une saveur addictive, un goût de miel corsé relevé de whisky. Molly se surprit à lui mordiller les lèvres, éperdue de désir à un point qu'elle n'aurait jamais cru possible, même après le baiser qu'ils avaient partagé. Le moindre contact, le moindre gémissement de plaisir l'aiguillonnait. À croire que les jours passés avec lui l'avaient peu à peu amenée à un stade d'addiction avancé.

Comme il la basculait par-dessus son bras pour la dévorer à son aise, elle agrippa ses épaules puissantes à deux mains et répondit goulûment à son baiser.

Un baiser ? Plutôt un amuse-bouche, un prélude à bien d'autres délices… Tout son être se préparait pour la suite du festin. Le feu se répandit dans ses veines lorsqu'elle sentit contre son ventre sa verge longue et dure. Pietro lui empoigna les fesses ; alors, ses genoux s'ouvrirent tout seuls et il cala son érection exactement là où elle en avait envie.

Elle eut vaguement conscience d'un mouvement, de Pietro faisant quelques pas, puis elle sentit des coussins moelleux dans son dos, et enfin le poids de son amant sur elle. Alors seulement, elle rouvrit les yeux. Pietro lui effleurait le sein, allumant des gerbes d'étincelles dans tout son corps. Elle se cambra, le souffle altéré, ahurie de se sentir aussi à l'aise ainsi clouée par le corps de Pietro.

Ils étaient allongés sur un des grands canapés crème du salon et elle savait, avec une certitude étonnante vu sa mémoire en friche, qu'il ne lui faudrait pas longtemps pour prendre feu. Croisant son regard, Pietro esquissa un sourire un peu crispé.

— Navré, *tesoro*. La chambre est trop loin.

Molly en resta coite. Puis elle cessa tout à fait de penser. Pietro s'était agenouillé entre ses cuisses. La robe fut promptement roulée jusqu'à sa taille. L'air effleura ses hanches et son ventre nus. Oubliant toute pudeur, Molly se délecta du regard gourmand de son amant, de ses gestes fébriles. C'était si bon de se laisser déshabiller par lui. La dentelle de la culotte céda sous ses doigts impatients. Un délice, vraiment, cette détermination rageuse avec laquelle il jeta sur le tapis ses dessous déchirés…

Elle frémit lorsqu'il caressa doucement le cœur de sa féminité.

— Pietro…

Une paume glissa vers son ventre et s'y posa délicatement. Pietro contempla un moment sa propre main étalée, possessive, sur le nid de leur enfant à naître, une profonde jubilation dans le regard. Puis leurs yeux se croisèrent. Un courant passa de l'un à l'autre à cet instant précis, si puissant que les mots manquaient pour le décrire ou l'expliquer. Molly eut seulement conscience d'un lien entre eux aussi sauvage qu'indestructible.

Alors, d'un geste vif, Pietro dégrafa son pantalon, le fit glisser sur ses chevilles et le repoussa du pied. Molly se demanda fugitivement si ses talons n'allaient pas abîmer les coussins, mais ses yeux tombèrent sur le sexe dressé, prêt pour elle, et le reste perdit toute importance. Sa bouche devint sèche. Pietro se positionna sur elle ; son grand corps la couvrait tout entière.

Il resta immobile une fraction de seconde, les yeux dans

les siens. Puis il l'éperonna d'un unique et puissant coup de reins. Molly l'accueillit et se laissa envahir par sa chaleur exquise. Cette invasion, elle en rêvait depuis longtemps, mais la vigueur soyeuse qui s'enfonçait en elle de plus en plus profondément dépassait tout ce qu'elle avait pu imaginer.

Elle pantelait, le cœur fou, sidérée par le pur miracle de sa fusion avec Pietro. Elle et lui ne formaient qu'un seul corps. Le visage de son amant, à un souffle du sien, s'était tendu, plus affûté que jamais. Molly huma avec bonheur l'odeur de sa peau d'homme, le sel de sa sueur, les effluves de sexe affriolants.

— Lève tes genoux.

Ce chuchotis ardent… Elle s'exécuta sans protester et découvrit qu'il pouvait s'inviter en elle plus loin encore, jusqu'au centre exact de son être. Il fallait qu'elle le lui dise, qu'elle partage son allégresse ! Mais il se retira sans prévenir, avant de replonger en elle. Galvanisée, Molly ficha les talons dans ses reins pour s'arc-bouter à sa rencontre, les doigts agrippés à ses épaules à travers la chemise. Il frémit, une preuve supplémentaire qu'elle n'était pas seule à être chamboulée par ce tumulte de sensations.

De nouveau, il se retira, puis s'enfouit en elle. C'était si bon, si invraisemblablement parfait, ce petit manège érotique… Des ondes de choc se propageaient dans son corps. Sa vue se troubla, et entre ses jambes… Oh !

Cette fois, en se dégageant, Pietro avait glissé une main entre eux pour caresser du pouce son clitoris. Elle eut à peine le temps de capter la lueur de triomphe dans ses yeux étincelants avant d'exploser dans une myriade d'étoiles éblouissantes.

Elle planait encore lorsque Pietro décolla à son tour dans une secousse puissante. Bombardé de sensations infiniment douces, son corps fébrile n'en finissait plus de trembler de ravissement. Mais surtout, il y avait la vision de Pietro pris dans la même ivresse…

Pour la première fois depuis son réveil à l'hôpital, ils étaient sur un pied d'égalité.

Molly ne comprit pas bien pourquoi c'était important, mais un sourire lui vint aux lèvres et son cœur se gonfla de bonheur. La main calée sur la nuque de Pietro, elle ferma les yeux et attira contre elle son grand corps agité encore des répliques du séisme qu'ils venaient de vivre. Ensemble.

9

Une sensation inhabituelle réveilla Pietro en sursaut.

Molly. Étalée dans la pénombre de la chambre, en travers du lit et de son corps à lui. Ses cheveux soyeux lui chatouillaient le torse. Son souffle léger n'aurait pas dû l'émoustiller, et pourtant. À moins que ce ne soit sa tête, qui reposait mollement si près de…

Le moyen de juguler sa libido dans ces conditions extrêmes ? Il était dur depuis qu'il avait ouvert les yeux. Bon sang ! Il était dur depuis que Molly avait emménagé dans cet appartement.

D'un geste lent, destiné à tromper l'urgence qui bouillonnait en lui, il lui caressa les cheveux, puis laissa glisser sa main vers l'épaule. Molly s'étira comme une chatte, pressa ses seins contre lui et marmonna dans son sommeil.

Pietro sourit. Ce serait si facile d'y prendre goût. Il avait partagé son lit plus d'une fois, mais aucune femme depuis Elizabetta n'avait été invitée à rester pour la nuit.

La duplicité de son ex-femme avait jeté une ombre durable sur sa vie personnelle. C'était le mélange des sentiments et du plaisir charnel qui avait conduit au fiasco avec elle. Il se remémora son enthousiasme contagieux, subtilement teinté d'incertitude, lorsqu'elle lui avait annoncé sa grossesse. Sa propre excitation. L'enfant n'était pas prévu au programme, mais il avait toujours voulu une famille à chérir et protéger au sein de laquelle vieillir en paix... Et qui donne un sens à sa vie.

Malgré ses oncle et tante, qui s'étaient occupés de lui de leur mieux à la mort de ses parents, le foyer qui lui avait été arraché n'avait cessé de lui manquer. Sa mère et son grand sourire, ses gestes doux. Son père qui trouvait toujours du temps à lui consacrer, en dépit des exigences de l'entreprise familiale. Même sa jeune sœur, si peste les premières années, commençait à lui plaire...

Son oncle et sa tante avaient eu maille à partir avec un garçon, sociable et bien élevé à l'origine, devenu du jour au lendemain un sale gosse maussade et agressif. Pour finir, ils l'avaient envoyé dans un pensionnat. Pietro leva les yeux vers le plafond. Le règlement strict de l'école et la gentillesse de deux professeurs l'avaient remis sur les rails. Mais, durant cette période loin des siens, les liens familiaux s'étaient distendus, même s'il avait aujourd'hui de bons rapports avec son oncle et sa tante – surtout, à sa grande joie, avec ses deux cousins plus jeunes.

Molly remua contre lui, le ramenant à la réalité de son désir. La réveiller serait une injustice. Elle avait besoin de sommeil, la nuit avait été tellement agitée.

La satisfaction l'envahit comme une onde de chaleur. Molly était aussi ardente qu'avant. Davantage même, peut-être. Comme si les barrages qui avaient pu exister naguère avaient cédé.

Parce qu'elle croyait à son amour ! Elle croyait au tableau romantique qu'il lui avait dépeint, celui d'amants arrachés l'un à l'autre par un caprice du sort et de nouveau réunis. Elle le voyait comme un chevalier fouillant le pays à sa recherche, l'aidant à quitter l'hôpital, lui offrant un refuge, une identité. Et l'amour.

Pietro s'efforça d'ignorer la voix désagréable de sa conscience. Ses intentions étaient louables. Ne donnait-il pas à Molly exactement ce qu'elle voulait ? Il n'avait pas oublié les étoiles dans ses yeux, ce dernier soir en Toscane, lorsqu'elle lui avait parlé du bébé…

Il comprit subitement pourquoi le sexe cette nuit avait été plus phénoménal encore que les autres fois.

C'était avant tout, bien sûr, le soulagement de l'avoir de nouveau auprès de lui, après des semaines d'angoisse. La vraie différence, cependant, c'était Molly elle-même. Avant ce soir, elle retenait encore une partie d'elle. Son cœur, plus précisément. C'était normal, car ils avaient noué une simple liaison passagère ; jusqu'à cette bombe, l'annonce de sa grossesse. Tandis qu'aujourd'hui…

Aujourd'hui Molly croyait en lui, en *eux*, totalement. Et cette nuit, elle s'était donnée à lui corps et âme, avec une générosité qui avait transformé une partie de jambes en l'air spectaculaire en une aventure presque existentielle. À un moment, il s'était senti si proche d'elle, si uni à elle qu'une émotion étrange l'avait submergé, un cocktail d'euphorie et de terreur. Une fenêtre s'ouvrait sur une chose qu'il n'avait jamais connue ni anticipée.

Pietro sentit soudain un énorme poids lui écraser la poitrine. Le poids des attentes de Molly, de son bonheur. Un type comme lui, habitué à piloter une multinationale forte de milliers d'employés, ne craignait pas les responsabilités. Mais ici, le contexte était différent. La pression lui paraissait gigantesque. Il frissonna violemment, avant de se raisonner.

Tout allait bien. Il avait obtenu ce qu'il cherchait. Et Molly aussi serait bientôt satisfaite, puisqu'elle voulait partager sa vie et élever leur enfant avec lui. Pile ce qu'il allait lui offrir. Il la rendrait heureuse. Il n'avait donc aucune raison de se sentir coupable. Il n'avait pas profité d'elle, puisqu'il comptait réaliser son rêve !

Seul le réveil de sa mémoire pourrait poser un petit

problème. Si ce réveil advenait… Il avait déjà une stratégie toute prête pour cette éventualité, de toute façon.

Pietro sourit.

Il comblerait cette femme chaleureuse et passionnée sur tous les plans, sexuel et sentimental, tant et si bien qu'elle serait incapable d'imaginer la vie sans lui le jour où le passé resurgirait. Il lui expliquerait qu'il avait réagi trop vite à la nouvelle de sa grossesse. Elle comprendrait, parce qu'elle était une femme raisonnable, au fond, malgré ses penchants romantiques – sans cela, jamais elle ne se serait embarquée dans ce qui était à l'origine une liaison passagère. Il lui ferait miroiter un avenir à deux, et cette famille dont elle rêvait comme lui. Elle serait heureuse et tout irait bien dans le meilleur des mondes.

La main de Pietro se referma sur la taille de sa maîtresse. Celle-ci s'étira contre lui, provocante à son insu.

Aussitôt le désir se rappela à son bon souvenir. Il aurait dû la laisser dormir, mais… La sensualité avec laquelle elle se lovait contre lui, même dans le sommeil, révélait une nature voluptueuse, une amatrice de plaisirs charnels, comme lui. Et puis, pour se l'attacher, n'était-il pas tenu de saisir au vol la moindre opportunité ? Qui pouvait savoir quand le brouillard de l'amnésie se dissiperait…

Pietro laissa sa main voyager sur la gorge de Molly, puis s'égarer plus bas, sous la rondeur d'un sein. Il sourit comme elle soupirait et roulait un peu de côté, offrant la pointe dressée à sa caresse. Lentement, il en traça le contour et sentit naître sous la pulpe de ses doigts de petits frissons à mesure qu'il resserrait les cercles. Le souffle de Molly se fit saccadé.

Alors, il se dégagea d'elle et la fit basculer en douceur sur le dos. Une moue de protestation apparut sur ses lèvres, comme si même endormie elle regrettait déjà son absence. Pas si compliqué sûrement, avec de telles bases, avec le désir et l'affection qu'elle lui portait, de forger un lien assez solide pour affronter la vérité un jour, n'est-ce pas ?

Sa main descendit encore. Les côtes, la dentelure du nombril. Ce corps offert, c'était une incitation à la luxure. Quel plaisir ce serait de voir le désir poindre sous ses paupières lourdes s'il la possédait d'autorité... Des scrupules le retinrent. La conquérir, oui, mais pas sans son consentement. Ce qui signifiait qu'il devait la réveiller d'abord.

Rendu guilleret par cette perspective, Pietro se laissa glisser plus bas, tout en dessinant du bout des doigts des arabesques tendres sur la peau veloutée.

— C'est bon, ça, chuchota Molly d'une voix étranglée.

Le sourire de Pietro s'élargit. Il pressa des baisers sur sa hanche tout en se faufilant entre ses cuisses, puis lui lécha doucement le nombril.

Un gémissement déchira le silence.

— Ne t'arrête pas...

La voix de Molly, embrumée de sommeil, était infiniment troublante. Néanmoins, pas question d'expédier l'affaire. Molly attendait un amant romantique, il serait précisément cela. Mieux, il avait envie de prendre le temps de la choyer. La magie, c'était que son plaisir à elle décuplait le sien. Retarder la jouissance tiendrait du supplice, mais elle n'en serait que plus gratifiante et spectaculaire.

Accoudé sur le matelas, Pietro fit courir les doigts sur le ventre de Molly, qui frémit sous la caresse légère. Là, de jour en jour leur bébé prenait des forces ; il serait bientôt assez grand pour former une bosse. D'ici quelques mois, Pietro pourrait poser sa paume ainsi et le sentir bouger.

Son enfant. L'ébauche de sa nouvelle famille.

Ce miracle le sidérait sans relâche. Sa main plaquée sur la chair tiède tremblait un peu. Il se pencha pour l'embrasser, humant l'odeur unique de sa maîtresse – un musc très féminin et une fragrance légère, douce, comme du chèvrefeuille. Ce ne pouvait être ni du savon ni du parfum, songea-t-il soudain. Le cocktail était le même du temps où ils étaient ensemble en Toscane. Quel que soit le parfum qu'elle utilisait alors, il avait disparu. Ici, maintenant, c'était l'essence même de Molly. Pure, douce et sexy.

— Tu es content, pour le bébé ?

Pietro se redressa. Elle le regardait avec intensité.

— N'en doute jamais, Molly. C'est une nouvelle merveilleuse.

Comme c'était simple, lorsque la vérité coïncidait avec ce qu'elle avait envie d'entendre. Il en irait toujours ainsi dorénavant, se dit fermement Pietro. Les désirs de Molly étaient déjà les siens ; en la contentant, il atteindrait ses propres objectifs et chacun y trouverait son compte.

Elle posa la main sur son épaule. Des doigts délicats caressèrent sa joue râpeuse, qui aurait bientôt besoin d'un coup de rasoir. Il tourna la tête, mordilla le bout de ses doigts avant d'en happer un en bouche.

Molly se tendit. Ses cuisses s'affermirent autour de son torse et la fièvre le reprit. Elle l'observait, appuyée sur un coude. L'intensité de son regard confirma ce que disait déjà son corps frémissant.

Pietro retira la petite main de sa bouche, en baisa la paume et descendit plus bas. La fine toison blond foncé était d'une douceur affriolante ; son sexe délicieusement tendre. Il le caressa, y posa la bouche. Molly laissa échapper une plainte sourde, lui saisit la tête à deux mains et la relâcha aussitôt, comme si elle ne savait qu'en faire. Pietro en profita pour lui lécher le poignet, où le pouls battait si vite qu'il semblait en surrégime.

Un sentiment d'euphorie le gagna. Ils étaient tellement en harmonie, tous les deux. Aussi ardents l'un que l'autre.

Il reprit l'exploration langoureuse de son sexe, lécha, mordilla, revenant sans cesse au clitoris sur un rythme lent et régulier, destiné à lui faire perdre la tête. La tension dans son propre corps grimpait dangereusement. Des tremblements incoercibles l'agitaient. Le besoin de s'enfouir dans cette féminité et de visiter les étoiles atteignait un point de non-retour. Il pinça tendrement le clitoris entre ses lèvres et l'aspira. Molly eut un soubresaut, son cri d'allégresse transperça la nuit.

Une poignée de secondes plus tard, penché sur elle, Pietro dégagea une mèche de son visage pour mieux observer le va-et-vient des vagues de plaisir sur sa peau diaphane. Leurs regards se croisèrent. Elle ouvrit la bouche, mais aucun son n'en sortit. Il s'agenouilla entre ses jambes et la pénétra sans plus attendre. Elle ne tarda pas à reprendre feu.

— Oui, chuchota-t-elle en verrouillant les chevilles sur ses reins. Maintenant !

À la seconde poussée, elle reprit son envol dans un long cri de délivrance.

Jamais Pietro n'avait connu de sensation aussi exquise que celle de Molly succombant au plaisir dans ses bras. Il tenta de calmer le jeu, de prolonger ce moment. Mission impossible. Une sorte de feulement lui échappa, et il décolla à son tour vers une galaxie lointaine, perdant le sens de toutes les réalités autres que ce ravissement absolu et Molly. Molly, qui même au faîte de la jouissance s'arrimait à lui comme si elle ne devait plus jamais le lâcher.

Comment s'étonner que la Terre semble tourner sur une nouvelle orbite cette nuit ? songea-t-il un peu plus tard, l'esprit délicieusement en déroute, les membres disloqués sur le corps alangui de Molly.

Il inspira profondément et tenta de rassembler ses esprits.

Il aimait le sexe, depuis toujours. C'était bon signe pour l'avenir que Molly et lui soient compatibles à ce point – le mot était faible. La tentation était grande de prêter à ce phénomène un sens supérieur, mais c'était toujours ainsi avec le sexe. Quand c'était bon, c'était très, très bon.

Voilà ce qu'il avait partagé avec Molly, rien de plus, se dit-il. Ils avaient été amants pendant des mois, par conséquent leurs corps étaient sur la même longueur d'onde. Il y avait aussi l'exultation de savoir qu'elle portait son enfant. Ensemble, ils construiraient le foyer qu'il attendait depuis si longtemps.

C'était tout. Rien de plus.

Satisfait, Pietro enveloppa Molly dans ses bras et roula sur le dos en l'attirant près de lui. Tout se passait exactement selon ses vœux. Mieux, même, qu'il ne l'avait espéré. Tout était sous contrôle.

10

Molly posa ses sacs de shopping sur un des canapés blancs et en sortit le coussin qui lui avait attiré l'œil dans une boutique bohème chic. Elle ne put retenir un petit soupir de satisfaction en le disposant au milieu de la flopée de coussins céladon et vert d'eau déjà placés là.

Elle recula d'un pas pour mesurer l'effet. Le tissu bronze avait juste la bonne nuance pour contraster avec les verts qu'elle avait achetés la semaine précédente. Les mains sur les hanches, elle tourna lentement sur elle-même en balayant du regard l'élégant salon. Oui, la combinaison était parfaite. Bien plus engageante que le crème sur blanc original de la pièce, digne d'un magazine haut de gamme, mais trop sophistiqué pour donner envie de l'habiter.

Son regard dériva vers le petit tapis aux tons verts et bruns qu'elle avait déniché quelques jours auparavant sur un marché. Il y avait aussi, sur une table près des fenêtres, ce vase garni de marguerites aux couleurs vibrantes. Son premier achat. Elle était tombée amoureuse de sa forme simple, sinueuse, et de sa couleur vert bronze.

Elle songea au trac qui l'avait saisie au moment de le placer dans cette pièce au design irréprochable et se trouva ridicule. Elle avait même demandé à Pietro son autorisation ! « Tout ce que tu voudras. C'est aussi ta maison. » Ces mots l'avaient réchauffée tout autant que les baisers qui avaient suivi.

Molly se laissa choir sur un canapé profond, saisit un autre coussin parmi ceux qu'elle avait achetés et le serra contre elle en souriant, aux anges.

Malgré sa mémoire récalcitrante, elle était heureuse. Pietro était tout simplement merveilleux. Ardent. Plein de vigueur et de tendresse à la fois. Incroyablement attentionné et viril, sous son vernis policé. L'incarnation du macho italien sexy. Depuis une semaine qu'ils faisaient de nouveau l'amour ensemble, elle se sentait choyée.

Un petit frisson de plaisir se propagea dans son corps au souvenir de leur câlin ce matin-là. Un prélude langoureux, presque paresseux, qui s'était transformé en feu d'artifice lorsqu'elle lui avait chuchoté à l'oreille ce qu'elle avait envie de faire avec lui. Pour finir, il était parti en retard au bureau, mais son ultime caresse au moment de la quitter avait prouvé qu'il s'en moquait.

Elle s'étira contre le dossier du canapé comme une chatte repue et promena un regard distrait sur les changements qu'elle avait apportés au décor. La pièce était assurément plus chaleureuse. Un endroit où se détendre. Un *chez-soi*.

L'angoisse familière lui serra la gorge, mais elle la refoula. Pas question de se lamenter de la lenteur des progrès de sa mémoire. L'important, c'était que des fragments du passé revenaient tout de même.

Des visages d'enfants dans une salle de classe. Une longue plage de sable fin avec les effluves iodés grisants portés par une brise tiède. Une colline dévalée en trottinette, le vent dans la figure comme elle tentait de rattraper une autre fille de douze ou treize ans qui la devançait – sa sœur ? Une copine ? Une cueillette de mûres, et elle émergeant des fourrés avec des brindilles dans les cheveux, les mains noires de jus, le goût âcre et sucré du fruit dans sa bouche…

Molly s'obligea à considérer le bon côté des choses. Ces quelques images évoquaient une vie joyeuse, un travail gratifiant et une enfance insouciante. Cela suffirait pour le moment. En outre – elle glissa la main sur son ventre encore plat —, elle et Pietro étaient en train de se fabriquer leurs propres souvenirs.

— Oh ! Vous êtes rentrée, *signora*. Je n'ai pas entendu la porte.

La gouvernante se tenait sur le seuil du salon.

— Bonjour, Marta. Je viens d'arriver. J'admirais mes emplettes, dit Molly avec un geste vers les coussins. J'espère qu'elles plairont à Pietro.

Le visage de Marta s'illumina.

— Il approuvera tous vos choix, *signora*. Je ne l'ai jamais vu aussi…

Elle s'interrompit net et secoua la tête.

— Moi, j'aime bien ce que vous faites dans cette pièce. Elle est plus chaude maintenant.

Molly ouvrit de grands yeux. Elle savait combien Marta était dévouée à Pietro. La gouvernante n'avait jamais émis la moindre critique sur la décoration de l'appartement.

— Je suis contente que cela vous plaise.

L'approbation de Marta faisait chaud au cœur. Même avec le feu vert de Pietro, Molly répugnait à dépenser l'argent du compte qu'il lui avait ouvert. À ce jour, ses seuls achats avaient été destinés à l'appartement. Elle ne s'était rien acheté pour elle.

Elle baissa les yeux sur l'opale qu'elle avait enfilée à l'annulaire gauche ce matin-là, pour la première fois. Une douce chaleur l'envahit.

Après des semaines de déchirement entre doute et ravissement, elle avait décidé aujourd'hui de reprendre sa vie en main. Elle ne pouvait pas rester dans ces limbes, dans la peur de s'engager sous prétexte que sa mémoire tardait à revenir. Elle était résolue à se fier à son instinct et à ses sentiments pour Pietro. Dès son retour ce soir…

— Un livreur est passé déposer des bagages en votre absence, reprit Marta. J'ai pensé que vous préféreriez peut-être les déballer vous-même.

Molly se figea.

— Des bagages ?

Son cœur accéléra brutalement sa cadence et se mit à tambouriner dans sa poitrine. Marta acquiesça d'un air compatissant.

— Un employé du *signor* Agosti vient de les retrouver et les a fait aussitôt livrer. Je les ai mis dans votre chambre.

Marta marqua une pause avant de reprendre :

— Aimeriez-vous boire un thé pendant que vous jetez un coup d'œil ?

Molly était déjà debout.

— Merci. Ce serait parfait.

Molly avait sous les yeux une valise bleu marine posée sur le large banc capitonné placé en bout de lit. La gorge sèche, elle ouvrit puis ferma lentement ses mains moites. Cette valise souple, ordinaire, n'évoquait rien de familier. Et puis, en regardant mieux, elle repéra le ruban jaune orangé noué autour de la poignée et son cœur faillit cesser de battre.

Elle tendit une main tremblante pour caresser le ruban. Elle l'avait mis là pour personnaliser sa valise et la retrouver facilement sur le tapis tournant de l'aéroport. Sa sœur Jillian avait ri, en lui suggérant d'investir plutôt dans un sac à dos rouge vif, comme elle.

Molly se laissa tomber sur le lit à côté de la valise, sous le choc de ce souvenir précis de Jill. Le premier bien réel qu'elle ait de sa sœur ! L'énormité du progrès la fit trembler d'excitation.

Cette valise était-elle la clé de sa mémoire ? Elle referma les doigts sur la fermeture Éclair…

Une demi-heure plus tard, Molly était toujours assise au même endroit. Le thé apporté par Marta refroidissait sur la desserte près du lit.

L'excitation avait fait long feu et refroidi elle aussi, laissant place à la déception. La découverte de ses bagages aurait dû l'aider dans sa reconquête du passé. Rien n'en était sorti, hormis ce flash à propos de sa sœur.

Maussade, elle baissa les yeux sur le caraco en dentelle qu'elle tenait dans les mains. C'était celui qu'elle portait sur la photo que Pietro lui avait montrée sur son téléphone. Il ne lui évoquait aucun souvenir.

En manipulant les vêtements et les affaires de toilette que contenait la valise, elle avait éprouvé un sentiment de familiarité. Ces habits étaient les siens, aucun doute là-dessus : les ballerines plates un peu fatiguées, les jupes infroissables, les jeans tout doux à force d'être portés…

Rien d'autre. Pas de téléphone ni d'agenda, rien qui puisse l'aider à remplir les blancs. Tout cela devait se trouver dans le sac à main qui lui avait été arraché dans la rue. Sa main retomba mollement sur ses genoux comme elle fixait sans la voir la porte du dressing de l'autre côté de la pièce.

La réapparition de ce bagage avait abouti à une seule révélation. Ou plutôt une confirmation. Molly Armstrong, quel que soit son passé, était étrangère à ce monde d'opulence. Un seul des tops ou des pantalons suspendus derrière cette porte là-bas coûtait certainement plus cher que le contenu entier de sa valise. Le gouffre qui la séparait de Pietro semblait se creuser davantage à chaque pièce tirée de la valise.

À ce propos, elle trouvait bizarre de ne pas en avoir

emporté au moins une de valeur en quittant la Toscane pour son séjour romain. Pietro était un homme généreux. Sa fiancée, habitant avec lui dans sa villa, avait forcément été gâtée ; Molly avait même renoncé à admirer les vêtements en vitrine ces derniers jours, de peur qu'il ne les commande pour elle.

Elle songea à son excitation devant les touches de couleur apportées à la décoration du salon. Comme si des coussins et un tapis avaient le pouvoir d'atténuer le glamour ! Avait-elle sérieusement cru que des marguerites dans un joli vase lui donneraient le sentiment d'être *chez elle* ?

Un rire consterné lui échappa. Pietro vivait dans un autre monde. Une escorte discrète accompagnait chacune de leurs sorties. Les premiers temps, trop distraite, elle n'avait pas prêté attention aux hommes en costume sombre qui les protégeaient à distance. Ils faisaient désormais partie de sa vie quotidienne. Comme la limousine, et les effusions qui accueillaient Pietro partout où ils se rendaient.

Ses doigts froissèrent le coton du caraco. Ces vêtements attestaient qu'elle n'avait pas sa place ici. Contrairement à ce qu'elle avait espéré, elle n'avait pas avancé d'un pouce vers la guérison. Si forte que soit sa détermination à aller de l'avant, à se construire un avenir, le fantôme du passé rôdait, menaçant, autour de son bonheur…

Pourquoi menaçant ? Elle l'ignorait, mais un sombre pressentiment l'oppressait. Elle ne pourrait jamais vraiment profiter de l'avenir sans connaître son passé.

Pietro pila net sur le seuil de la chambre en voyant Molly prostrée sur le lit, tête basse, les épaules voûtées. Elle semblait si seule. Si fragile. Si différente de la femme qu'il connaissait.

Le bébé ? Une complication de sa blessure à la tête ? Une nouvelle dramatique ?

— Molly ?

Il se précipita, s'assit au bout du lit et saisit ses mains glacées entre les siennes. Un frisson la secoua. Elle releva la tête et le regarda en clignant des yeux, si hagarde que Pietro redouta le pire.

— Qu'est-ce qui se passe ? Qu'est-ce qui ne va pas ?

Le désespoir se lisait dans les yeux de Molly, dont la teinte avait viré au gris de pluie.

— Ne fais pas cette tête, lui dit-elle. Tout va bien.

— C'est faux, clairement. Une mauvaise nouvelle de l'hôpital ? Les derniers tests ?

— Non ! Pas du tout.

Pietro respira un peu mieux.

— Alors, quoi ? Je vois bien que quelque chose te tracasse.

Il remarqua alors la valise ouverte à côté d'elle et son sang se glaça. Sa main s'affermit autour de celle de Molly. Le moment qu'il redoutait entre tous était-il arrivé ? Celui où elle se souviendrait de ce qu'il avait fait ?

Il pesta en son for intérieur. Il avait prévu d'être présent le jour de la livraison des bagages. Son staff avait fait du zèle en réagissant au quart de tour après leur découverte par le détective privé dans la petite pension où elle était descendue. Coincé dans une réunion importante, il n'avait appris la nouvelle qu'en quittant son bureau.

Il attira Molly contre lui, anxieux.

— Pardon, gémit-elle. Je suis lâche. Une vraie mauviette.

— Tu es une des personnes les plus courageuses que je connaisse.

Il lui releva le menton. Voyant ses yeux humides, il prit son visage en coupe entre ses paumes, puis effaça tendrement du pouce l'unique larme qui lui avait échappé.

— Dis-moi ce qui t'a bouleversée.

La voir ainsi dans la peine lui tordait l'estomac.

— Ce n'est rien, vraiment, protesta Molly avec un sourire qui n'était que l'ombre de celui, éblouissant, qu'elle lui réservait d'habitude. Je me suis donné de faux espoirs, voilà tout.

Elle désigna d'un geste vague le bout de tissu froissé sur ses genoux et la valise ouverte.

— Un souvenir très net de Jill, ma sœur, m'est revenu, ça m'a bouleversée. Je l'ai même entendue parler.

Ses yeux brillaient, et pas seulement à cause des larmes.

— C'est une excellente nouvelle…

Elle haussa les épaules.

— Oui. Mais du coup, j'en attendais davantage. J'ai eu beau sortir les affaires une par une, rien.

Sous le ton neutre, Pietro perçut sa détresse, ses espoirs déçus. Il fut assailli de remords devant son propre soulagement : elle n'avait pas retrouvé le souvenir de leur ultime et calamiteuse altercation.

— Bien sûr que tu es déçue. C'est normal.

Pour la première fois, il regretta sincèrement que la traque de sa sœur prenne autant de temps. Si seulement il avait une piste, un espoir, à partager avec Molly… Il ne savait que trop bien ce que cela faisait de se retrouver seul au monde.

— Je me sens si impuissante. Je veux me souvenir, je le veux de toutes mes forces ! Et il n'y a rien que je puisse faire pour accélérer le processus. Du coup, le fait d'habiter ici…

Ses yeux tristes croisèrent les siens.

— J'ai l'impression de faire semblant d'avoir ma place ici. Que ce n'est pas tout à fait réel.

Un grand froid envahit Pietro, qui éprouva soudain toutes les peines du monde à respirer. Si elle savait à quel point elle était proche de la vérité…

— Cela fait trop longtemps que tu es coincée ici.

— Nous sommes souvent sortis ensemble. Et aujourd'hui, je suis allée faire du shopping.

— C'est peu. Tu avais des occupations, des passions. Un travail. Même ici en Italie, tu n'étais pas en vacances. Tu t'occupais de trois enfants au quotidien.

— Jusqu'à ce que tu me fasses tourner la tête…

Devant sa joie, Pietro se cuirassa pour ne pas regretter de lui laisser croire ces sornettes. Il ne l'avait pas demandée en mariage ni détournée de son travail comme elle le croyait. C'était la nouvelle que ses employeurs allaient retourner en Australie pour une urgence familiale qui l'avait incitée à lui révéler sa grossesse.

— Tu as raison, reprit-elle lentement. Je ne connais personne ici, à part toi et Marta. Je me sens un peu coupée du monde.

C'était sa faute. Il l'avait gardée sous son aile pour mieux la contrôler. Il avait même éconduit sa cousine Chiara lorsqu'elle l'avait appelé pour convier Molly à boire un verre en ville avec elle.

Il émergea brutalement de ses réflexions en prenant conscience de ce qu'il avait été trop préoccupé pour remarquer plus tôt – la main de Molly dans la sienne. Fine, fraîche, mais surtout, pour la première fois, ornée d'une bague. Cette vue lui fit l'effet d'un électrochoc.

— Tu portes ma bague.

Il effleura du pouce la pierre dure, qui offrait un contraste saisissant avec la douceur de sa peau.

— Oui, répondit-elle en lui pressant la main.

Pietro releva les yeux. Ce qu'il vit sur son visage le laissa pantois. Les joues empourprées, un sourire délicieusement hésitant, presque timide, les yeux brillants… Ce n'était plus des larmes, c'était de l'excitation, teintée d'une lueur de défi.

— Cela me semblait idiot de ne pas la porter, vu ce que je ressens pour toi.

Elle se mordilla la lèvre avant de poursuivre, les yeux dans les siens :

— Je veux t'épouser, Pietro.

Une nouvelle vibration le secoua. La surprise, se dit-il fermement, et la satisfaction. Quoi d'autre ?

Il porta la main de Molly à ses lèvres et nota le frisson que son baiser déclenchait.

— Tu viens de faire de moi le plus heureux des Italiens, *tesoro.*

Il ne mentait pas. Il se sentait soudain de taille à conquérir le monde. Cette effervescence dans ses veines... Le poids qu'il charriait depuis si longtemps venait de se volatiliser comme par magie. Il retrouvait toute sa gaieté et sa joie de vivre. Il *savait* que tout finirait bien dans le meilleur des mondes !

Sa fiancée, bientôt sa femme. Son enfant.

Sa famille. Sa chair et son sang à lui.

Pietro enlaça Molly, enfouit la main dans sa chevelure soyeuse et l'embrassa à perdre haleine.

Une infinie douceur sous ses lèvres. La saveur unique de Molly. Il approfondit son baiser, plongea en elle pour réclamer son dû, poussé par une faim sauvage, viscérale, qui lui disait que tout cela était juste, absolument juste, sans la moindre équivoque.

Molly répondit à son baiser avec la même ardeur, cramponnée à ses épaules comme si sa vie en dépendait. Elle le désirait avec la même force. Il ressentit un besoin éperdu de quelque chose de plus. De prendre tout ce que Molly avait à offrir. Son sexe se tendit sous la toile du pantalon...

Non.

Lentement, croyant à peine à ce qu'il était en train de faire, Pietro se dégagea, défia le désir violent qui le tenaillait. En se redressant, il s'aperçut qu'il l'avait déjà renversée sur le lit. Il n'avait pas réfléchi. Avec Molly, il ne calculait jamais. Un regard, une caresse, et il avait envie d'elle, besoin des sommets incroyables qu'ils atteignaient ensemble. Mais pas cette fois.

Il s'assit en s'émerveillant d'être parvenu à s'arrêter alors que tout en lui le pressait de satisfaire sa faim. Cela sous l'effet d'une impulsion plus puissante encore, celle d'éradiquer la douleur qu'il avait lue sur le visage de Molly et entendue dans ses mots. Le sexe arrangerait tout, mais pour un temps seulement. Il voulait faire plus.

Il la regarda sans mot dire. Elle semblait aussi éberluée que lui.

— Pietro ? Qu'est-ce qui t'arrive ?

Molly scruta le visage soucieux de Pietro pour tenter de comprendre ce qui se passait dans sa tête.

— Rien, assura-t-il, respirant profondément comme pour s'ancrer dans le sol.

Il lui décocha un sourire rayonnant qui la laissa tout éblouie.

— Alors pourquoi t'es-tu arrêté en si bon chemin ?

— Tu m'en veux ? répliqua-t-il, amusé, en lui caressant la lèvre, geste qui alluma des étincelles dans son corps. Je me suis retenu pour que nous puissions discuter.

— Discuter ? Tu préfères ?

Elle bafouillait. Les baisers de Pietro lui donnaient le tournis. Elle n'avait pas pu mal interpréter ses intentions, si ?

— Rien ne me plairait davantage que de faire l'amour.

Ces yeux fiévreux, la tension dans sa voix… Exactement ce qu'elle ressentait aussi.

— Mais d'abord, parlons de ce que nous pouvons faire pour améliorer ta situation, poursuivit-il.

— Par exemple ?

— Eh bien, commençons par élargir ton réseau social. Si

je te proposais ma famille comme première étape ? Chiara serait ravie de te revoir. Tu te sentiras peut-être moins perdue en fréquentant davantage de monde. J'aurais dû m'en rendre compte plus tôt.

Molly posa la main sur la sienne, émue par sa sollicitude.

— Tu n'as rien à te reprocher. Tu as déployé beaucoup d'énergie pour t'occuper de moi. Je ferai volontiers connaissance avec ta famille. Après tout, elle sera aussi la mienne un jour.

Le sourire éblouissant réapparut.

— Bientôt, oui. Très bientôt, même, d'accord ?

Molly fondit. Elle adorait que Pietro la regarde de cette façon, comme si elle signifiait tout pour lui. Elle avait maintenant la certitude absolue que cet homme était celui avec lequel elle passerait le restant de ses jours.

Elle aimait Pietro de tout son cœur.

11

— Tu tiens le coup ? lança Chiara avec un sourire, en s'accoudant au balcon de son appartement. Je n'avais pas prévu que la fête prenne de telles proportions !

Derrière Molly, de l'autre côté de la baie vitrée, la soirée battait son plein.

— Tout va bien ! Tu as des amis fantastiques.

Elle avait été impressionnée en arrivant par le nombre d'invités habillés haute couture. Un étonnant mélange d'étudiants, d'artistes et de *people* richissimes.

Des êtres humains, rien de plus, s'était dit Molly. Elle avait simplement perdu l'habitude de socialiser depuis son agression. Puis, avec Pietro à son côté, elle avait engagé la conversation avec un artiste et sa ravissante petite amie issue de la haute société, qui s'était révélée être une auteure en herbe. Au cours de la soirée elle avait rencontré plusieurs personnages assez fascinants, et toujours chaleureux.

Ces jours-ci, elle avait davantage confiance en elle. L'amour de Pietro lui faisait un bien fou et lui facilitait les choses. Avant qu'ils ne quittent l'appartement ce soir, avisant sa robe, il avait marmonné qu'ils feraient mieux de rester chez eux. Le désir dans ses yeux, comme le fait qu'il ne l'ait pas quittée d'un centimètre ce soir jusqu'à ce qu'une relation d'affaires lui mette le grappin dessus dix minutes plus tôt, donnait à Molly la sensation de valoir un million de dollars. Sa peur terrible de ne pas avoir sa place dans le monde de Pietro, que quelque chose ne collait pas, s'amenuisait de jour en jour.

— Je suis contente que tu t'amuses. Je n'étais pas sûre qu'une foule pareille soit une bonne idée après ce que tu as traversé.

Molly haussa les épaules.

— Mon accident remonte à plusieurs semaines. J'ai eu le temps de m'en remettre.

Hélas, son passé restait une page blanche. Elle frissonna à cette pensée et s'empressa de la chasser de son esprit.

— Ça me fait du bien de sortir et de voir du monde. Merci encore de nous avoir invités. Et de m'avoir offert ton amitié, Chiara. Elle signifie beaucoup pour moi.

La jeune femme tendit la main et la referma autour de celle de Molly.

— Tout le plaisir est pour moi. Tu n'as pas idée du soulagement que cela représente de voir Pietro enfin casé avec une fille bien. Après Elizabetta, je me demandais si c'était encore possible. Il jouait les play-boys ces dernières années, mais ce rôle ne lui allait pas du tout. Son truc, c'est la famille.

Une secousse ébranla Molly. Quelque chose venait de déraper au plus profond d'elle-même, comme une vitesse brutalement désenclenchée dans un crissement de mauvais augure.

— Elizabetta ? Qui est-ce ? Une ancienne petite amie ?

Chiara parut tellement stupéfaite que les poils de Molly se hérissèrent sur sa nuque.

— Pietro ne t'en a pas parlé ?

Molly secoua la tête en silence. Chiara jeta un regard par-dessus son épaule vers son appartement plein à craquer.

— Il vaudrait mieux que tu abordes le sujet avec lui.

Cela ressemblait fort à une dérobade. Sa nuque la picotait maintenant, en proie à un bombardement d'aiguillons acérés.

— Parce que c'est un secret ?

— Non. C'est juste que…

Molly croisa les bras.

— Allez, Chiara. Mets-toi à ma place ! Tu ne peux pas mentionner son nom et me laisser comme ça dans le noir.

Chiara tripota une de ses longues créoles argentées et hocha la tête.

— Tu as raison. Il ne l'a pas évoquée devant toi parce que c'est de l'histoire ancienne, sans doute. Il est complètement débarrassé d'elle aujourd'hui. Je ne l'ai jamais beaucoup aimée, entre nous.

— Mais qui était-ce ? Une maîtresse ? Une partenaire en affaires ?

— Non…

Chiara pinça les lèvres.

— C'était sa femme.

— Tu es bien silencieuse, dit Pietro. Nous aurions peut-être dû quitter la fête plus tôt.

Il l'observait avec attention en la faisant entrer dans l'appartement. Prévenant, comme toujours.

— Ça va. Je me suis bien amusée.

Molly s'immobilisa sur le seuil du salon, trop nerveuse pour s'asseoir. Au moment de prendre congé des invités comme sur le trajet du retour, elle avait été incapable de se détendre. Elle attendait l'intimité de cet appartement pour aborder le sujet Elizabetta.

Pourquoi ne lui avait-il rien dit ? Il avait commencé à évoquer leur mariage. Logiquement, il aurait dû en profiter pour mentionner ses premières noces. Elle avait beau se dire que Pietro avait sûrement ses raisons de ne pas lui en parler, savoir qu'il lui avait caché une chose aussi importante faisait mal. Son estomac se contracta, elle chancela sur ses hauts talons. Une main chaude se cala aussitôt sous son coude.

— Tu es fatiguée. Viens. Vous avez besoin de repos, le bébé et toi.

Pietro semblait si raisonnable, si sûr de savoir ce qu'elle ressentait, que brusquement Molly se cabra. C'était idiot – il n'avait rien fait de mal. Ce devait être les hormones de la grossesse qui jouaient avec ses émotions.

Doucement mais fermement, elle dégagea son bras et s'écarta de lui.

— Molly ?

Un pli soucieux barrait le front de Pietro. Elle s'aperçut que c'était la toute première fois qu'elle le repoussait. Son contact la chavirait, en temps normal. Et pas seulement au lit. Très tactile, Pietro avait l'habitude de chercher sa main, de l'enlacer à la moindre occasion, d'enfouir le nez dans ses cheveux, et elle adorait ces caresses…

Pour une raison inconnue, sa sollicitude ce soir l'étouffait un peu.

— Je ne suis pas fatiguée, Pietro. Il faut que je te parle.

Elle perçut une brusque tension dans l'air.

— De quoi donc ? demanda-t-il en désignant une chauffeuse à son intention, qu'elle déclina.

— Elizabetta.

Elle attendit une réaction, en pure perte. Le masque impénétrable, qui s'était fait rare dernièrement, était de retour sur le visage de Pietro. Impossible de deviner ses pensées.

— Pourquoi ne m'en as-tu jamais parlé ? insista-t-elle.

Il haussa les épaules.

— Elle a disparu de la circulation depuis longtemps, et bon débarras ! Voilà pourquoi.

Molly fronça les sourcils.

— J'avais tout de même le droit de savoir que tu avais déjà été marié, non ?

Il se redressa comme si elle l'accusait d'un crime horrible.

— Bien sûr. Mais quel rapport avec nous ? Avec nos projets ?

Molly ouvrit la bouche, puis la referma, déroutée de se retrouver sur la défensive.

— Aucun.

Ses sentiments pour Pietro n'avaient pas changé. Elle voulait toujours vivre avec lui, élever leur enfant avec lui.

Elle effleura machinalement son ventre d'un geste protecteur. Il baissa les yeux sur sa main, qu'elle laissa aussitôt retomber. Comme le silence se prolongeait, un poids lui enserra les épaules, telle une cape de plomb, glacée, inconfortable. Elle tourna les talons et gagna la porte donnant sur la terrasse. De l'air !

— Elle n'avait rien de commun avec toi.

À ces mots, elle se figea, la main sur la poignée de la baie vitrée coulissante.

— En quel sens ? demanda-t-elle sans se retourner.

Il était plus facile de se concentrer sur les lampes disséminées dans le jardin, qui en faisaient un refuge si romantique.

— Elizabetta était jolie à l'extérieur, mais repoussante à l'intérieur.

La voix de Pietro lui parvint toute proche. Il était juste derrière elle.

— Tandis que, toi, tu es belle dedans *et* dehors.

Molly battit des cils. C'était stupide d'être bouleversée à ce point par de simples mots, mais Pietro avait décidément le don de la mettre dans tous ses états.

— Et ?

— Et elle ne m'a jamais aimé. Pas comme toi.

La voix grave chatouilla sa peau nue, lui donna des frissons. Elle porta une main à son cœur, qui tambourinait allègrement. Les sentiments qu'ils éprouvaient l'un pour l'autre crevaient les yeux depuis des semaines, mais les mots n'avaient jamais été prononcés à voix haute.

Une boule d'émotion lui comprima la gorge.

— Car tu m'aimes, n'est-ce pas, Molly ?

— Oui.

Le mot résonna haut et fort dans le silence de l'appartement.

Un soupir fit voleter ses cheveux. Pietro lui caressa le bras. Une délicieuse palette de sensations s'épanouirent sous ses doigts, irradiant tout son corps.

— Je suis réellement l'homme le plus chanceux du monde, de t'avoir.

Pietro lui posa la main sur le ventre et la déploya dans un geste de propriétaire qui électrisa Molly. Puis il s'inclina pour l'embrasser dans le cou. C'était si bon. Bien sûr qu'elle en voulait encore !

Elle batailla pour s'extraire de cette brume de délices.

— Tu me distrais. Dis-m'en un peu plus sur Elizabetta. Tu l'aimais, toi ?

Ce prénom avait un goût acide, très désagréable, sur sa langue.

— Non ! Encore une fois, elle n'avait rien de commun avec toi.

— Continue.

— Nous avions une liaison. J'étais sur le point d'y mettre un terme quand elle m'a annoncé qu'elle était enceinte.

Le sol se déroba sous les pieds de Molly. Pietro la serra contre lui.

— Elle a mis au monde *ton enfant* ?

Elle savait Pietro tout excité à l'idée du bébé qu'elle portait dans son ventre, pourtant il ne lui avait jamais dit qu'il était déjà père. Cela n'avait pas de sens. Quels que soient ses désaccords avec son ex-femme, il serait un père dévoué.

— Non.

Molly fit volte-face, la tête levée vers le visage aux traits durs de Pietro.

— Je suis tellement désolée…

Il secoua la tête.

— Tu ne comprends pas. Elle n'a pas perdu le bébé. Elle n'était pas enceinte.

Molly fronça les sourcils.

— Elle t'a menti ?

— Au risque de me répéter, répliqua-t-il avec un sourire un peu crispé, elle ne te ressemblait pas. C'était une enjôleuse doublée d'une arriviste sournoise.

Il lui effleura le front du bout des doigts.

— Elizabetta avait décidé de vivre dans le luxe. Elle m'a mis le grappin dessus. On était d'accord pour une liaison sans engagement, mais elle savait que je voulais des enfants un jour. Elle a donc prétendu être enceinte et vouloir garder le bébé. Je n'en revenais pas. Nous avions pris des précautions, mais en même temps j'étais ravi qu'elles n'aient servi à rien.

Lorsqu'il baissa de nouveau les yeux, le masque avait disparu ; l'émotion était là, bien visible, authentique.

— Je t'ai raconté que j'avais perdu mes parents quand j'étais petit. Ce que je ne t'ai pas dit, c'est que j'ai perdu toute ma famille le même jour.

Molly en oublia de respirer.

— Mes parents et ma petite sœur skiaient quelque part dans les Alpes quand une avalanche les a emportés. J'étais censé être avec eux, mais je les avais convaincus de me laisser passer le week-end avec mon meilleur ami, qui fêtait son anniversaire.

— Oh ! Pietro !

Quelle tragédie invraisemblable… À court de mots, Molly le serra dans ses bras.

— Tout va bien. J'ai tourné la page, depuis le temps.

Tout de même, il y avait un sentiment de perte ancré profondément en lui. Était-ce pour cette raison qu'il se montrait si protecteur ? Parce qu'un deuil précoce lui avait appris que le bonheur était éphémère ?

— Je sais ce que c'est de n'avoir personne de spécial dans sa vie qui vous aime d'un amour inconditionnel, dit-il avec un sourire crispé. Elizabetta a compris que la famille était mon talon d'Achille.

Il eut une moue fataliste.

— Un entrepreneur n'est pas facile à duper en règle générale, mais la pensée qu'elle portait ma propre chair, mon propre sang…

Sa phrase s'acheva sur un soupir défait.

— J'aurais dû y réfléchir à deux fois, surtout quand elle m'a dit qu'elle voulait se marier vite.

— On ne devrait pas être obligé de s'attendre à des mensonges de la part des autres, souffla Molly, le cœur serré.

C'était là une facette de la richesse de Pietro qu'elle n'avait pas prise en compte. Il y avait donc partout des gens prêts à mentir pour mettre la main sur son argent ?

— Quand as-tu découvert la vérité ?

— Trop tard, répondit-il en grimaçant. Elle a prétexté une fausse couche pendant un de mes déplacements, mais son histoire ne tenait pas debout. Puis elle a essayé de me convaincre qu'elle s'était trompée au sujet de la grossesse et qu'elle avait eu peur de me décevoir, ajoutant qu'elle s'attendait à tomber enceinte bientôt de toute façon. Des salades qu'elle ne s'est même plus donné la peine de cultiver au bout d'un moment. Elle n'avait aucune envie d'un bébé, son train de vie somptueux en aurait souffert. Elle aimait surtout dépenser mon argent.

— Je suis navrée.

Les yeux hagards de Pietro se focalisèrent lentement sur

elle, comme si cela demandait un gros effort de s'arracher aux profondeurs boueuses du passé.

— C'est fini, tout ça. On s'est séparés, avec beaucoup d'acrimonie et des frais astronomiques, et j'ai retenu la leçon. Tu vois pourquoi je n'étais pas pressé de te parler d'elle, ajouta-t-il en lui caressant la joue. Ce que nous avons, toi et moi, est si différent ! Je ne voulais pas le souiller en évoquant cet épisode. Cela dit, tu as raison, j'aurais dû le faire plus tôt.

Molly entendit la tendresse dans sa voix, la sentit dans sa caresse, elle lut aussi le regret dans son regard. Comment lui reprocher d'avoir choisi de préserver leur histoire des miasmes de son premier mariage ?

— Je comprends, murmura-t-elle en se coulant contre lui.

Elle posa la main sur sa joue, les yeux sur le flamboiement pourpre au cœur de l'opale de sa bague de fiançailles. Ce qu'ils partageaient était fort et réel, aussi magique que cet éclat fugace.

— Mais à l'avenir, reprit-elle, je veux que tu me parles librement, sans me cacher quoi que ce soit sous prétexte de me protéger. Je suis plus solide que ça ! Je ne veux pas être ménagée, je veux être associée. D'accord ?

Pietro la fixa droit dans les yeux, l'air moyennement convaincu. Elle adorait sa force et son besoin très masculin de la protéger, mais c'était parfois pesant. Plutôt que de lever les yeux au ciel devant sa posture de macho, elle tenta de s'expliquer.

— C'est important, Pietro. Je veux que nous prenions soin l'un de l'autre, mais en égaux. Alors à partir d'aujourd'hui, plus de secrets. D'accord ?

Pietro daigna enfin incliner la tête.

— Comme tu voudras.

Il eut une brève hésitation, comme s'il choisissait ses mots.

— À partir d'aujourd'hui, plus de secrets.

Il avait un air si grave que le cœur de Molly fit une légère embardée. Est-ce que l'échange des consentements devant témoins, le moment venu, lui ferait cet effet-là ? Au départ, elle avait jugé un peu prématurée la suggestion de Pietro qu'ils se marient vite, pensant qu'il lui fallait plus de temps pour s'habituer à l'idée de devenir Mme Agosti ; mais là... Cette secousse d'amour et de désir qui la faisait trembler tandis qu'elle soutenait son regard intense.

Elle n'avait plus aucune envie d'attendre.

— Autre chose ?

Molly, chavirée d'émotion, fit non de la tête.

— Bien.

Un sourire enjôleur aux lèvres, Pietro se pencha et la souleva de terre.

— Alors, il est l'heure d'aller se coucher, *dolcissima*.

Il l'embrassa sur la bouche, lentement, rudement, montrant par là ses intentions avec une clarté qui enfiévra ses sens.

— Des objections ? murmura-t-il.

— Pas l'ombre d'une, souffla Molly, d'une voix altérée par un désir impossible à cacher.

— Tu vois ? Déjà un accord de trouvé après consultation.

Son sourire de loup féroce la fit rire aux éclats. Pietro aimait décidément parvenir à ses fins.

Le lendemain, alors qu'elle se prélassait dans le lit après le départ de Pietro, Molly se fit soudain la réflexion qu'il ne lui avait jamais dit : « Je t'aime. »

Il avait évoqué l'amour qu'elle lui portait. Rien d'autre. Cette découverte la doucha. Tout en elle se contracta, comme si elle venait de plonger dans un océan de glace.

Elle s'obligea à respirer calmement. Ses nerfs usés par le stress de l'amnésie lui jouaient des tours. Ces picotements dans les doigts, cette vague nausée, tout cela n'était qu'une réaction exagérée.

Elle roula sur le côté pour attraper l'oreiller de Pietro et le serra contre elle, les yeux fermés, inhalant son parfum. Son pouls s'apaisa et la raison reprit ses droits.

Donc, Pietro n'avait pas prononcé ces mots-là. Et alors ? Tout ce qu'il avait fait depuis le jour de son apparition à l'hôpital – et ce matin encore, en faisant exulter son corps avec une telle passion, une telle tendresse ! – attestait ses sentiments. Elle ne pouvait souhaiter un partenaire plus attentionné.

En outre, les hommes n'étaient-ils pas notoirement allergiques aux grands mots de ce genre ?

Il le lui avait sûrement dit avant, lorsqu'ils avaient parlé mariage pour la première fois. Elle n'avait aucun souvenir de sa demande, mais jamais elle n'aurait accepté d'épouser un homme sans être aimée de lui.

Pietro ne lui avait-il pas répété encore et encore qu'elle avait fait de lui le plus heureux des hommes ? Ne montrait-il pas ses sentiments à chaque caresse, chaque regard fervent, dans sa façon de la chouchouter, de la rassurer dans ses moments de découragement ? Cohabiter avec une amnésique ne devait pas être simple. Pietro ne s'était jamais plaint, pourtant.

Il était aussi clairement extatique à l'idée de devenir père. La moindre allusion au bébé le galvanisait.

Dans un mouvement d'impatience, Molly rejeta l'oreiller et le drap et balança les jambes hors du lit, agacée par ses propres pleurnicheries. Elle avait perdu toute une vie de souvenirs et, son seul souci, c'était d'entendre un jour Pietro dire : « Je t'aime » ?

Rien à faire. Elle avait beau se raisonner, le besoin persistait, impérieux, de plus en plus violent. Elle pouvait le lui demander carrément, exiger de lui cette réplique, mais elle n'aurait jamais la même valeur qu'une déclaration spontanée. Il suffirait d'une amorce, d'un détonateur, quelque chose… Ou d'un lieu particulier.

Molly se leva, ragaillardie, et gagna la salle de bains d'un pas alerte, l'excitation pétillant comme du prosecco dans ses veines.

— Tu veux aller faire un tour *en Toscane* ?

Alarmé, Pietro reposa son verre d'apéritif, les yeux fixés sur Molly.

Elle était éblouissante de sensualité dans la lumière de la fin du jour, avec cette robe de soie ambre très ajustée qui accentuait les nuances fauves de sa chevelure. Un peu plus tôt, il avait dû se faire violence pour se conduire en homme civilisé au lieu de l'entraîner directement au lit en la trouvant sur la terrasse, installée dans sa chaise longue favorite. Elle avait plutôt envie de parler, de toute évidence.

— Oui, affirma-t-elle.

— Pourquoi si loin ? Il y a de jolis coins plus proches de Rome qui te plairaient beaucoup.

Molly haussa les épaules. Des épaules dénudées, d'une finesse à mourir, sur lesquelles s'étalèrent ses jolies boucles dans le mouvement. Une vague de désir souleva Pietro. Il en fallait peu ces jours-ci pour réveiller la bête. Un regard, quelques effluves sucrés de chèvrefeuille, et son corps flambait. Du jamais vu.

Raison de plus pour se l'attacher par le mariage le plus tôt possible.

— Parce que c'est là que nous nous sommes rencontrés, que nous sommes tombés amoureux.

Molly détourna les yeux vers la ligne des toits romains.

— Cette ville est belle, mais un changement serait le bienvenu. Et puis tu souhaites qu'on se marie bientôt, n'est-ce pas ? Alors pourquoi pas dans ta maison, à la campagne ? J'aimerais une cérémonie toute simple dans l'intimité.

— Moi aussi, murmura Pietro.

Ce serait plus rapide à organiser, et plus confortable pour Molly qui n'avait aucun ami ici, hormis Chiara. Sa sœur restait introuvable, même si les enquêteurs tenaient enfin une piste intéressante. Il n'avait aucune envie de lui imposer des noces grandioses avec des centaines d'inconnus et autant de paparazzis. La villa présentait un avantage supplémentaire : détestant la campagne, Elizabetta n'y avait jamais mis les pieds.

— Tu as raison, la villa serait idéale. Abritée, sécurisée, assez grande pour héberger les invités… Et tu la trouvais très romantique. Les champs d'oliviers, surtout, te plaisaient beaucoup, ajouta-t-il, les yeux sur sa bouche pulpeuse.

— Vraiment ?

— C'est là que tu m'as séduit, la toute première fois.

Molly rosit.

— *Je* t'ai séduit ? J'ai du mal à le croire.

Pietro sourit en repensant à l'ardeur de ses baisers.

— Peut-être était-ce une séduction mutuelle.

Il avait fait le premier pas, mais n'avait rencontré aucune résistance. Longtemps, elle l'avait rendu fou, délicieusement inconsciente qu'elle était de son charme quand elle jouait avec les enfants, en T-shirt mouillé et chapeau mou.

— Mon petit doigt me dit que tu serais plutôt du genre à prendre les commandes, en matière de séduction, dit-elle en souriant. Mais qui sait ? Ma mémoire reviendra peut-être, une fois sur place…

Pietro refoula un haut-le-cœur à cette idée. Qu'à cela ne tienne. Ce n'était pas une raison pour la tenir éloignée de la villa. Il n'allait tout de même pas continuer à vivre en retenant son souffle de peur de ce qui pourrait arriver si elle se remémorait leur altercation…

À supposer même qu'elle recouvre la mémoire, Molly savait maintenant qu'il prendrait soin d'elle et de leur enfant et lui offrirait le foyer dont elle rêvait, n'est-ce pas ? Elle avait admis qu'elle l'aimait !

Une vive chaleur l'envahit au souvenir de ces mots-là. Son expression, lorsqu'elle avait ouvert son cœur pour la première fois, était restée gravée en lui. Rien, jamais, ne lui avait procuré une telle joie, une telle fierté, pas même la prouesse d'avoir sauvé de la ruine l'entreprise familiale. Être aimé, n'était-ce pas ce qui lui avait si cruellement manqué pendant toutes ces années ? Être lié à quelqu'un de la plus viscérale des manières.

Pietro se fit la promesse solennelle qu'elle ne regretterait jamais de l'avoir épousé.

— Entendu. Le temps de déplacer quelques réunions, je serai disponible dès vendredi, assura-t-il. Va pour la Toscane !

Le sourire lumineux de Molly dissipa ses derniers doutes sur le bien-fondé de ce séjour à hauts risques. Tant pis si cela devait réactiver le souvenir qu'il redoutait entre tous. Il ferait face, le cas échéant. Le mensonge, la tromperie, il détestait ça depuis toujours. Ce serait presque un soulagement que la vérité éclate, en fin de compte.

Molly traversa la terrasse jusqu'à lui et se posa sur ses genoux avec une grâce ondulante qui lui donna le vertige.

— Merci Pietro, chuchota la sirène en nouant les bras autour de son cou. J'ai hâte de voir cet endroit où je t'ai séduit. Peut-être que ça me remettra en mémoire quelques techniques utiles…

Pietro refoula un grognement. Ses bras se refermèrent autour d'elle. Il se pencha pour baiser sa gorge, aspirant le doux parfum de sa peau.

— Je crois bien que tu n'as rien à apprendre, *dolcissima*.

12

— C'est encore plus beau que je ne l'imaginais !

S'arrachant à la vision enchanteresse des douces collines toscanes, Molly se tourna vers Pietro, qui s'engageait dans une descente en courbe.

Elle aimait sa façon de conduire, ses grandes mains détendues sur le volant, sa manière de contrôler avec une aisance admirable ce coupé sport surpuissant. Mais à l'approche de leur destination, le visage fier de son chauffeur s'était étrangement durci. Des soucis professionnels, peut-être, qu'il n'arrivait pas à laisser derrière lui ?

— Tant mieux si l'endroit te plaît. C'est mon préféré.

Il quitta un instant la route des yeux pour lui sourire. Molly inspira profondément pour apaiser sa nervosité. Elle s'était dit et répété qu'il ne fallait pas attendre trop de ce voyage, que la vue d'un décor familier ne lui rendrait pas la mémoire d'un coup de baguette magique. Difficile néanmoins de ne pas espérer un petit quelque chose… Et de ne pas se ronger les sangs à l'idée d'un échec total !

Pietro lui prit la main.

— Ne t'inquiète pas. Quoi que l'avenir nous réserve, nous ferons face ensemble. Détends-toi. Nous y sommes.

Un grand portail à double vantail s'ouvrit devant eux. Pietro ralentit pour s'engager au pas dans une allée bordée d'un alignement régulier de fins cyprès. La brise agitait les feuilles des vignes dans les champs de part et d'autre de la route. Le paysage était un enchantement.

— Tu possèdes aussi un vignoble ?

— Tout petit.

Molly abaissa sa vitre pour savourer les senteurs de la végétation, de la terre gorgée de soleil, et aussi, un peu plus loin, les fragrances piquantes de plantes aromatiques. Comme elle respirait à pleins poumons, un frisson de joie la secoua. Ces odeurs lui semblaient… familières.

— Ça sent bon, n'est-ce pas ?

— Merveilleusement bon.

L'air parfumé la titillait, il réveillait une sensation indéfinissable. Molly refoula de son mieux son excitation. *N'attends rien*, se répéta-t-elle, pour s'éviter une déconvenue.

Une grande maison sur deux niveaux, toute pimpante avec ses volets clairs, apparut soudain de son côté de l'allée privée. Très ancienne visiblement, mais entretenue avec amour. Sur l'arrière se devinait la surface d'une piscine.

— Pas étonnant que tu te sentes bien ici. C'est charmant !

Curieusement, Pietro poursuivit sa route.

— C'est l'ancienne ferme, dit-il. Celle aménagée par Chiara en location saisonnière. Tu logeais là avec la famille australienne.

Molly se tordit le cou pour scruter la maison, en quête d'un détail familier.

— Ne t'inquiète pas. Nous reviendrons plus tard, tu pourras alors fouiller les lieux à loisir pour réveiller des souvenirs.

Comme souvent, Pietro avait deviné ses pensées. Elle se renversa contre son dossier, absorbant le paysage où dominaient le vert et l'or. Soudain, au détour d'un virage, une villa magnifique s'offrit à leurs yeux.

La ferme rénovée lui avait paru grande ? Ce n'était rien en comparaison de la maison de famille de Pietro. Plus vaste que toutes les villas de sa connaissance, ses murs couleur de sable blond étincelaient dans le soleil. Elle ne semblait pas intimidante, en dépit de ses deux étages. Les tuiles en terre cuite et les volets verts lui donnaient un air chaleureux et accueillant.

Molly admira les chemins de gravier sillonnant entre des lavandes, de gigantesques citronniers en pot et des arbres à l'ombre généreuse, des jardins classiques enchâssés dans des haies de buis soigneusement taillées. Le cocktail de parfums – citron et cyprès, lavande et soleil – lui chatouilla les narines. Puis, une fois le moteur coupé, elle perçut un bruit d'eau s'écoulant et remarqua une fontaine ouvragée, de facture antique, au centre du jardin, digne de trôner sur une *piazza* romaine même si elle était parfaite dans ce décor. À croire qu'elle était là depuis des siècles, façonnée par un maître de la Renaissance.

— Qu'est-ce qu'il y a de si drôle ? demanda Pietro en détachant sa ceinture.

Seigneur, elle riait sans même s'en rendre compte.

— Moi ! Je m'attendais à un refuge rustique tout simple, loin de ce… *palazzo* ! J'oublie tout le temps que tu es riche.

La paume de Pietro captura sa joue. Elle tourna le visage jusqu'à ce que leurs yeux se rencontrent et que jaillisse entre eux, une fois de plus, cet éclair de chaleur incroyable.

— On s'en fiche. L'important, c'est toi et moi. Et notre bébé, bien sûr.

Il lui décocha le sourire lent et sexy qui la charmait à tous coups. Tétanisée ou pas par sa fortune, comment lui résister ?

— Depuis combien de temps est-elle dans ta famille ?

Pietro haussa les épaules avec sa nonchalance coutumière.

— Environ deux cents ans. Elle n'était pas en très bon état quand j'en ai hérité. L'entreprise familiale touchait le fond, la propriété en a pâti. C'est moi qui l'ai rénovée. Elle te plaît ?

Molly se remit à rire.

— À ton avis ?

— Viens, dit Pietro en ouvrant sa portière. Je vais te faire visiter.

Ils furent accueillis à la porte par le régisseur du domaine et son épouse, chargée de l'entretien de la maison. Puis ils ressortirent d'une terrasse ombragée, d'où la vue était époustouflante : une piscine turquoise, d'autres jardins encore, les oliveraies vert argenté…

Molly, sous le charme, contempla le ballet des feuilles au gré des caprices du vent sur un fond de collines bleutées.

— Quelle merveille…

Pietro glissa un bras autour de sa taille.

— Une fois mariés, nous pourrons vivre ici, si tu veux. Une bonne partie de mon travail peut se faire à distance. Je n'irai en ville que par intermittence.

Molly le dévisagea. Le ton était léger, mais l'expression intense. Elle se laissa aller contre lui.

— Juste parce que je me sens mieux ici ?

— Moi aussi, je m'y sens bien. Ce serait un merveilleux endroit pour élever une famille. Ça te plairait ?

Ses prunelles floquées d'or brillaient, comme chaque fois qu'il évoquait leur enfant. Molly tenta de s'imaginer vivant à Rome, travaillant peut-être dans une école anglophone, mais l'idée de se consacrer quelques années au moins à sa petite famille l'exaltait. Surtout dans un paradis pareil !

— Je crois que oui.

Pour toute réponse, il prit fiévreusement ses lèvres, avant de lancer avec entrain :

— La route a été longue. Buvons quelque chose de frais ! Ensuite je te ferai faire le tour du propriétaire.

Ils s'installèrent à une table garnie de boissons et de victuailles appétissantes – légumes, charcuteries, olives... Molly n'eut aucun mal à se détendre dans un lieu aussi paisible et ensorcelant. Tout, de l'air parfumé à la nourriture en passant par la terrasse meublée avec goût, la plongeait dans une satisfaction béate.

— La noce serait si belle ici.

Elle imagina des chaises sur la pelouse, l'arche en pierre festonnée de rosiers grimpants, drapée dans la gaze... Follement romantique. Aurait-elle seulement quelqu'un à inviter ? Se serait-elle remémoré son passé d'ici là, ou prononcerait-elle ses vœux devant de parfaits étrangers ? Elle eut beau scruter la piscine cristalline qu'elle fréquentait chaque jour avec les enfants et où elle avait rencontré Pietro, à en croire celui-ci, le passé demeurait une ombre insaisissable.

— Prête pour une promenade ? Ou tu préfères te reposer ?

— Non, fais-moi visiter.

Pietro lui prit la main en souriant pour l'inviter à le suivre. Il était clairement très fier de cette maison.

— À la mort de mes parents, la propriété a été gardée pour moi en fiducie et l'entreprise confiée à un administrateur.

— Et pas à ta tante ou ton oncle ?

— Ils manquaient d'expérience pour brasser des affaires de cette envergure, et ils avaient déjà suffisamment de travail pour me gérer moi, en plus de leurs propres enfants. Bref, de mauvaises décisions ont été prises, l'entreprise a périclité. La propriété n'a donc pas pu être entretenue.

Restaurée avec un amour évident, la villa se révéla encore plus impressionnante à l'intérieur.

On n'avait pas regardé à la dépense. Toutefois, à la différence de l'appartement romain, il s'en dégageait une impression de bâti solide, qui vieillissait avec grâce dans un confort n'excluant pas les excentricités. Il y avait des cheminées massives en pierre sculptée et une profusion de meubles anciens, mais aussi partout des fleurs, de grandes fenêtres et des fauteuils rebondis, véritable incitation à la paresse. La salle à manger s'ornait d'immenses paysages en trompe-l'œil peints sur les murs et le plafond arrondi, si bien que la longue table semblait installée dehors, sous une tonnelle de verdure.

— Magique, commenta Molly, en se demandant l'effet que cela faisait d'utiliser cette pièce tous les jours.

Au fil de la visite, une douleur pointa derrière ses yeux. Elle portait ses lunettes de soleil pendant le trajet pourtant, et sur la terrasse aussi tout à l'heure.

— Molly ? Tu te sens bien ?

— Très bien.

Elle s'arracha à la contemplation d'une bibliothèque qui serait une bénédiction un jour de pluie, avec un feu qui crépiterait dans cette cheminée richement sculptée. Au bout de quelques pas, la tête lui tourna. Elle saisit la main de Pietro.

La grossesse ? Les fameuses nausées, qui lui avaient été épargnées jusqu'à présent ? Elle se sentait étourdie.

Alors qu'ils montaient le majestueux escalier en spirale conduisant aux étages, elle fut prise tout à coup d'un drôle de tremblement intérieur. Elle avait le souffle court, comme si ses poumons ne parvenaient plus à faire leur travail. Impossible d'inspirer assez d'air. Ses genoux se dérobèrent, elle se cramponna à la main de Pietro.

Une fois sur le palier, au moment d'obliquer vers les chambres. Molly s'immobilisa, les pieds en plomb.

— Je me sens…

Elle secoua la tête. Comment décrire cela ? Ce n'était pas tout à fait une migraine, plutôt une vive tension dans son crâne. Et son estomac faisait des loopings. Elle frissonna, glacée jusqu'aux os. Pour ne rien arranger, une alarme bourdonnait quelque part au plus profond d'elle-même. Le prélude à une bonne crise d'angoisse.

Pietro posa la main sur son front.

— Pas de fièvre, mais tu es moite. Et très pâle.

Il la souleva dans ses bras sans lui demander son avis.

— Ce n'est pas la peine, je peux marcher…

— Pas une bonne idée avec la mine que tu as. En outre, ajouta-t-il en adoptant le timbre « miel et whisky » irrésistible qu'elle adorait, je mourais d'envie de te tenir comme ça.

Là-dessus, il allongea le pas comme si elle ne pesait pas plus lourd qu'une plume.

En dépit de son malaise, Molly contint un sourire, mais elle se remit à trembler dès leur entrée dans la chambre principale. Elle eut à peine le temps d'apercevoir un lit immense, des fenêtres donnant sur le jardin, que soudain elle comprit, horrifiée, que son estomac ne tiendrait pas le coup.

— Salle de bains, chuchota-t-elle d'une voix pressante.

Pietro réagit à la vitesse de l'éclair. Elle atterrit en douceur sur le carrelage, agrippa le lavabo devant elle de ses mains tremblantes et soulagea son ventre dans un spasme libérateur.

Elle se redressa quelques minutes plus tard, un goût âcre de bile dans la bouche.

— Ça va, murmura-t-elle en croisant dans la glace le regard inquiet de Pietro, posté derrière elle comme un rempart, les bras autour de sa taille en soutien. Une nausée de grossesse, sûrement. Tu peux me laisser maintenant. Je vais aller m'allonger un moment.

C'était bon de tenir une explication rationnelle. Son corps s'apaisait peu à peu, n'était le mal de tête qui s'accentuait au lieu de se dissiper. Et aussi cette sensation désagréable, irrationnelle, de doigts glacés pianotant le long de sa colonne vertébrale.

Pour toute réponse, Pietro la prit de nouveau dans ses bras pour aller la déposer sur le lit. Il lui retira prestement ses chaussures, étendit un plaid sur ses jambes et s'assit près d'elle pour dégager des mèches de son front.

— Comment te sens-tu ?

— La nausée est partie, mais ma tête…

Elle se mordit la lèvre et ferma les yeux.

— J'appelle un médecin.

— Non ! Ce n'est qu'une migraine. Je veux juste dormir.

— Quand même…

— S'il te plaît, Pietro. Plus de médecins, j'ai eu mon compte à l'hôpital. Je ne peux plus les supporter.

— Très bien, concéda-t-il, visiblement à contrecœur. Mais si tu ne vas pas mieux au réveil…

Elle hocha la tête, et s'en repentit aussitôt. Son crâne explosait.

Pietro lui prépara un verre d'eau, qu'il posa tout près du lit, avec un téléphone.

— C'est un téléphone intérieur. Décroche si tu as besoin d'aide, pas besoin de faire plus.

— Merci, Pietro, dit-elle en lui pressant la main. Ne t'inquiète pas. Des millions de femmes ont des nausées et survivent à l'épreuve.

— Aucune d'elles n'est *ma* femme.

Malgré la douleur, le cœur de Molly s'emballa à ces mots. Comment avait-elle pu douter de ses sentiments ? Il y avait de l'amour dans les précautions dont il l'entourait – ces rideaux qu'il était allé tirer pour elle, ce baiser qu'il déposait sur son front en lui caressant la joue.

— Essaie de dormir, *carissima*.

La tendresse dans sa voix l'enveloppa comme une étole de velours.

— Promis.

Molly entendit la porte se refermer et remonta les genoux vers le menton, en chien de fusil. Il n'y avait rien à craindre. C'était sûrement une version un peu particulière des nausées matinales. Quant à cette angoisse inattendue…

Elle laissa son regard errer dans la chambre, saisie d'une étrange sensation de déjà-vu.

Les doigts glacés s'enfoncèrent dans son dos.

Pietro ouvrit la porte de la chambre avec précaution. La silhouette immobile de Molly lui parut incroyablement fluette sur le lit. Sa poitrine se soulevait à intervalles réguliers.

Elle dormait.

Il s'approcha sans faire de bruit. Elle lui tournait le dos, les jambes repliées, ses beaux cheveux étalés en travers de ses épaules. Il observa un moment ce corps assoupi, le temps que son propre cœur recouvre un rythme normal. Le pire était passé, visiblement. Sans doute une vilaine nausée de grossesse.

D'un geste machinal, il se massa la poitrine pour alléger la tension. La vue de Molly mal en point avait agi comme un révélateur. Il avait soudain mesuré à quel point elle comptait pour lui, non pas simplement en tant que mère de son enfant à naître, mais parce qu'elle était la femme qu'il voulait à ses côtés et à laquelle il était profondément attaché.

Quel chemin il avait parcouru depuis le soir où il l'avait chassée de cette maison ! Il se remémora la fureur sauvage qui l'avait submergé lorsqu'il s'était cru trahi pour la seconde fois. Aujourd'hui, Molly lui apparaissait dans toute sa vérité. Innocente et honnête, portant réellement son enfant.

Mieux, elle était la seule femme avec laquelle il ait envie de partager sa vie. Il avait épousé Elizabetta par devoir, avec le vague espoir qu'ils pourraient, avec le temps, se construire une vie ensemble. Quel imbécile d'être tombé dans le panneau tête la première !

Tenté de caresser les cheveux de Molly, il s'abstint, de peur de la réveiller. Cette retenue lui coûta. Il avait envie de s'allonger près d'elle pour être là en cas de besoin, pour s'assurer qu'elle allait bien. C'était une vraie bagarreuse en temps normal. D'où sa frayeur cet après-midi en la sentant si faible dans ses bras. Peut-être son tempérament farouche la faisait-il paraître plus solide qu'elle n'était.

Tendu comme un arc, il se borna à cajoler des yeux les courbes et les méplats de son corps. Surgit en lui le désir familier, et plus encore – une tendresse, une sensation nouvelle pour un type comme lui, peu habitué à éprouver des sentiments forts pour quiconque. Et pour cause : il ne s'était attaché à personne depuis que sa famille avait été décimée, vingt ans plus tôt.

Les yeux sur Molly endormie, Pietro comprit qu'il n'avait que trop longtemps repoussé le moment de lui révéler la vérité. Il n'était pas à l'aise dans le mensonge. Il détestait cela chez les autres. Pas étonnant qu'il se soit senti si mal ces dernières semaines.

Un soupir résigné lui échappa. Le jeu touchait à sa fin. Molly méritait mieux. Elle méritait la vérité. Même animé des meilleures intentions, il lui avait bel et bien menti. Il s'était aussi menti à lui-même. Il était grand temps de mettre un terme aux faux-fuyants.

Dès son réveil, il lui dirait tout. Elle avait le droit de savoir.

Molly attendit d'entendre la porte se refermer pour inspirer une grande bouffée d'air. Puis une autre. Elle se sentait en manque d'oxygène, presque asphyxiée, alors même qu'elle n'avait cessé de respirer calmement tout le temps que Pietro l'avait regardée.

Le plus difficile avait été de faire semblant de dormir en le sachant si proche. La veille encore, elle lui aurait tendu la main. La passion intense de Pietro, sa sollicitude tendre l'avaient portée pendant ces jours sombres au plus fort de sa souffrance face au traumatisme de l'amnésie.

Son visage se décomposa. Un goût aigre, fétide, remonta dans sa gorge. Elle avait appris à se reposer sur lui. À avoir besoin de lui. Son souffle se bloqua de nouveau. Inspirer, expirer. En restant là tranquille encore un moment, elle rassemblerait les forces dont elle avait besoin.

Ses yeux hagards se posèrent sur la petite table près de la fenêtre. Il faisait trop sombre pour distinguer les détails de la photo encadrée posée là, mais elle savait de quoi il s'agissait. Pietro, âgé de dix ans, le visage fendu d'un sourire effronté. À côté de lui, une petite fille en robe à volants qui avait exactement le même sourire. Derrière eux, un bel homme penché sur une femme elle aussi souriante. Une jolie petite famille.

Elle connaissait cette photo pour l'avoir déjà vue. Le soir où elle était venue annoncer à Pietro qu'elle était enceinte.

Une larme brûlante perla au coin d'un œil et dévala sa joue. Elle ne se donna même pas la peine de l'essuyer. D'autres suivaient, de toute façon, en un flot continu, et puis l'énergie lui manquait. Dans sa position de sécurité, les genoux sur la poitrine, elle était trop occupée à empêcher son corps de se disloquer.

Sa mémoire était revenue.

13

Les larmes se tarirent et les fragments de souvenirs retrouvèrent leur place d'origine, composant un tableau cohérent. Certains moments restaient un peu flous, comme celui de son agression, mais le reste était clair comme le cristal.

Terriblement clair…

Pas étonnant qu'elle se soit mise à trembler en montant jusqu'à cette chambre dont elle avait partagé le lit avec Pietro, mais aussi la douche, et ce fauteuil devant la fenêtre, sur lequel il l'avait fait jouir dans un long cri d'extase. Pas étonnant non plus que le malaise ait surgi dans la bibliothèque, où ils s'étaient si souvent retrouvés nus… Sans doute l'effet d'une accumulation d'images sous la surface, couche après couche, se pressant les unes contre les autres jusqu'au moment où la pression avait fait éclater la bulle dont elle avait pris soin, inconsciemment, d'entourer le passé.

Avec quelle force elle avait voulu se souvenir ! Maintenant que c'était fait, elle le regrettait presque.

Pourtant, sans cela, Pietro aurait pu continuer à mentir sur ses sentiments et tourner les siens en dérision.

Les dents serrées, ignorant la boule de souffrance qui lui obstruait la poitrine, Molly se força à revisiter le passé. Un passé calme, pour l'essentiel, hormis l'année tragique où elle avait perdu ses parents. Restait Jill, dont elle était proche. Elle avait tellement hâte de revoir sa sœur !

La Toscane. Elle y avait bel et bien été heureuse. Grâce

à Pietro. Il ne voulait qu'une aventure, mais elle s'était amourachée de son bel Italien, macho mais incroyablement tendre, drôle, follement sexy, facile à vivre au point d'accueillir sans sourciller trois gamins turbulents dans sa propriété. Il aimait les enfants. Mais il ne l'aimait pas *elle*. La douleur la cisailla. Elle gémit et roula de l'autre côté du lit, une main sur son ventre.

Pietro n'avait pas sauté de joie le soir où elle était montée dans cette chambre, espérant qu'il serait aussi excité qu'elle par ce bébé. Elle revit ses yeux hallucinés, les pépites dorées noyées sous un voile d'encre, son ton glacial, chaque mot qu'il prononçait se fichant en elle comme une écharde glacée. Puis, après le mépris, avait surgi la fureur. Elle avait à peine reconnu l'amant attentionné qui riait et l'abreuvait de caresses une heure auparavant dans l'individu vindicatif et cruel qui reculait devant elle comme s'il craignait une contamination… Ahurie par sa violence et ses accusations abracadabrantes, elle avait titubé vers la sortie en clamant qu'elle ne voulait plus jamais le revoir.

Molly frissonna et remonta le plaid jusqu'au cou. Ses pensées dérivèrent du côté de Rome. Il ne l'avait sûrement pas recherchée. Non, quelqu'un avait dû la reconnaître à l'hôpital et rapporter la nouvelle à Pietro Agosti, homme riche et puissant, fort d'un vaste réseau de contacts. Il n'était pas venu la trouver dans sa petite chambre pour s'excuser. Il n'avait qu'un objectif en tête, son bébé. Quitte à supporter la mère.

Une nausée lui souleva l'estomac. Elle s'assit en vitesse au bord du lit, ravalant la bile qui lui brûlait la gorge.

Son excitation à propos de cet enfant, Pietro ne s'en était jamais caché. C'étaient ses sentiments à son égard qu'elle avait mis en doute. À juste titre… Évidemment qu'il ne lui avait jamais dit qu'il l'aimait !

Elle ferma les yeux. Tant de choses prenaient sens maintenant.

Rome. Pietro la prenant dans le salon, la première fois, et trouvant tout de même le temps, alors qu'elle chavirait dans ses bras, de poser longuement la main sur son ventre. Elle s'était méprise sur son émotion. Oui, il était excité, par le bébé et par elle, mais n'importe quelle femme aurait fait l'affaire tant qu'elle portait le fruit de sa semence…

Molly se mordit le poing pour s'empêcher de hurler. Des larmes lui brûlaient les yeux, de rage cette fois. Pietro n'avait prétendu être son mari que pour faire main basse sur leur enfant, c'était si évident maintenant ! Par la suite, mis au pied du mur, il avait inventé de fausses fiançailles, avait profité d'elle de la pire des façons – en jouant avec ses sentiments.

Il aurait même fait pire. Il l'aurait épousée, en simulant de l'affection pour elle. Normal qu'il ait voulu accélérer la noce : il devait être très pressé de boucler l'affaire avant que la mémoire lui revienne ! Voilà pourquoi il lui avait consacré autant de temps. Pour être là, si jamais… Une corvée, sûrement, mais les parties de jambes en l'air compensaient un peu. Pietro avait une libido exigeante.

Elle frémit, mais s'intima de tenir bon. Il fallait aller jusqu'au bout de l'histoire, pour bien comprendre.

Elizabetta. Une femme intéressée, disait-il. Mais son vrai crime n'était-il pas de ne lui avoir jamais donné cet enfant promis ? Ici même, Pietro l'avait accusée d'être exactement comme son ex… À elle seule, cette scène, pendant laquelle il avait détruit et piétiné ses rêves, lui donnait la sensation d'être souillée.

Molly rejeta le plaid d'un geste vif et passa dans la salle de bains. Il faudrait sûrement davantage que du savon et de l'eau chaude pour laver cette tache profondément incrustée. Elle commencerait par frotter chaque parcelle de peau touchée par lui. Puis elle effacerait tout à fait cet homme de sa vie.

— Il faut qu'on parle !

Pietro leva les yeux de son ordinateur. Molly se tenait sur le seuil, les cheveux mouillés et attachés dans un style sévère découvrant un visage blême. Il se leva d'un bond.

— Tu ne devrais pas rester couchée ?

Son expérience des femmes le retint d'ajouter qu'elle avait l'air fatiguée. Tout de même, elle ne semblait vraiment pas dans son assiette. Crispée, les traits tirés, la bouche pincée…

Il traversa la pièce, les bras grands ouverts, et se figea en la voyant reculer.

— Molly ? Qu'est-ce qui se passe ?

Elle balaya le bureau du regard et frissonna.

— Pas ici, dit-elle. Dehors.

— Mais tu as besoin de t'asseoir et…

— Ce dont j'ai vraiment besoin, c'est de sortir de cette maison !

Là-dessus elle lui tourna le dos et s'éloigna à grands pas. Après une brève hésitation, Pietro la suivit. Autant parler dans un endroit où elle serait à son aise.

Elle traversa les jardins sans ralentir l'allure, jusqu'à l'oliveraie derrière la villa. Les pensées se bousculaient dans la tête de Pietro. Était-elle malade ? Était-ce le bébé qui…

À moins qu'elle n'ait commencé à se souvenir.

Son ventre se contracta. Il avait pris un risque en l'amenant ici, mais il s'était dit qu'il était prêt à faire face. De toute façon, il était désormais décidé à lui dire la vérité.

Elle s'arrêta enfin près d'un arbre au tronc noueux et se tourna vers lui.

— Molly, lança-t-il, un peu essoufflé, j'ai quelque chose à te dire.

Il avait envie de la prendre dans ses bras, car son discours lui causerait un choc. Sa posture raide l'en dissuada.

— Vraiment ? Quelle coïncidence ! J'ai moi aussi quelque chose à te dire, Pietro.

Sa voix avait un timbre un peu discordant. Comme un verre de cristal fêlé qui ne sonnerait plus juste.

— Il faut que tu saches…

— Moi d'abord, coupa-t-elle. On gagnera du temps. Je me souviens de tout, Pietro.

Les mots avaient jailli comme autant de flèches effilées.

— C'est merveilleux !

Pietro s'avança, les mains tendues, mais Molly s'écarta vivement.

— Je suis tellement soulagé, reprit-il. Je n'aime pas dire ça, mais je commençais à redouter le pire. Cela faisait des semaines…

— Tu veux vraiment me faire avaler ça ? Tu avais tout intérêt au contraire à ce que mon amnésie soit permanente !

Pietro s'était attendu à un moment difficile. Il se cuirassa en prévision de ce qui allait suivre. Avec son bon sens, Molly finirait par comprendre. Et puis, elle l'aimait, non ?

— Tu parles du dernier soir ici, avant ton départ ?

— Quoi d'autre ?

Molly eut un petit rire amer dont le son lui déchira le cœur. Savoir qu'il était la cause de sa détresse le brisait.

— Je comptais t'en parler à ton réveil. Il était temps de…

— Ah ça, il était grand temps !

Se rendant compte qu'elle avait crié, Molly pinça les lèvres et plaqua les mains sur le tronc derrière elle.

— Tu m'as *menti* !

Pietro grimaça. Il s'était cru prêt à affronter les conséquences de ses actes et à se faire pardonner. C'était nettement moins simple qu'une négociation en affaires… Sa certitude de pouvoir tout arranger se fissurait devant le

Pietro vacilla comme si elle lui avait balancé un coup en pleine figure. La douleur irradia dans sa poitrine, s'intensifiant dans la zone du cœur.

— Molly ! J'ai menti une seule fois, en te laissant croire que nous étions mariés. Mais je ne te mens pas, là.

Elle esquissa une moue de dédain.

— Ce mensonge, tu le répétais jour après jour. Tes sentiments soi-disant différents pour moi, ajouta-t-elle en ramenant les bras autour de sa taille, c'est juste parce que je suis enceinte. Tout ce qui t'intéresse c'est le bébé.

— Non !

Pietro lui saisit les coudes tant il avait besoin d'un contact avec elle. Elle n'essaya pas de se dégager, se bornant à le fixer avec une profonde tristesse dans les yeux.

— Je tiens à *toi*, Molly. Tu dois me croire. Est-ce que je ne t'ai pas montré chaque jour ce que tu représentes pour moi ?

La terreur lui asséchait les cordes vocales, au point que sa voix semblait appartenir à un autre. Car elle n'avait pas tout à fait tort, il avait cru vouloir la garder pour le bébé. Mais il s'était menti à lui-même, c'était clair avec le recul. Par orgueil, ou par peur de la profondeur de ses sentiments pour Molly.

— Bien sûr que je tiens à notre bébé, mais c'est toi que…

— Arrête ! S'il te plaît. Arrête, répéta-t-elle, tremblante. Je ne veux plus rien entendre, Pietro. Je ne supporte même plus que tu me touches.

À voir son regard tourmenté, elle ne plaisantait pas. Pietro la lâcha aussitôt et tituba en arrière. Tout se désagrégeait : ses certitudes sur Molly, sur lui-même…

— Tu ne m'aimes pas ?

Il était déboussolé. Un gamin perdu, comme ce petit de dix ans qui s'était retrouvé seul, en manque d'affection, inconsolable. Il était sur le point de lui déclarer ses sentiments, mais à quoi bon, si elle ne l'aimait pas en retour ? Si elle ne le croyait même pas ?

Il s'était habitué à son amour. Il l'avait savouré. C'était la base de ses projets d'avenir. Aujourd'hui, il n'en restait qu'un tas de cendres.

— Tu prends plaisir à enfoncer le clou, hein ? Ça t'amuse, que j'aie été aussi naïve ?

Elle se redressa et poursuivit avant qu'il ait eu le temps de trouver les mots qu'elle pourrait entendre :

— Oui, je t'ai aimé. Mais là, maintenant, je crois que je te déteste. Ta vue m'insupporte, Pietro. S'il te reste une once de décence ou de respect pour moi, écarte-toi de mon chemin !

Molly passa devant lui. Pietro refoula une envie folle de l'attraper et de l'emprisonner dans ses bras pour la convaincre, avec ses mains, son corps, ses mots, qu'ils étaient faits pour être ensemble. Pas à cause du bébé qu'ils avaient conçu, mais parce qu'elle l'aimait et qu'il l'aimait.

Il l'aimait.

Cela l'aida à rester vissé sur place tandis qu'elle courait vers la villa, alors que tout son être se rebiffait. Aimer Molly signifiait respecter son souhait.

Il l'aimait. C'était si simple et en même temps si énorme !

Pietro tendit la main pour s'appuyer contre le vieil olivier. L'écorce rude sous sa paume semblait soudain le seul élément solide dans ce monde qui tournait à l'envers.

Il était tard lorsqu'il regagna la villa. Sa gouvernante lui remit une note de la part de Molly. En la lisant, il découvrit, étonné, qu'il n'avait pas encore touché le fond, en fait.

Je retourne en Australie. Ne me suis pas, n'essaie pas non plus de m'en empêcher. J'en ai assez.

14

Pietro coupa le moteur de la voiture de location et observa la maison dans le silence du petit matin. Ce n'était pas une façon de gagner du temps. Il étudiait le contexte, un réflexe chez lui avant toute négociation d'envergure.

L'adrénaline faisait galoper son cœur. Il se pinça l'arête du nez dans l'espoir de refouler la migraine qui pointait. Il n'avait pas fermé l'œil pendant le trajet interminable jusqu'en Australie. La raison commandait le repos, mais attendre était exclu.

Les autres habitations de cette rue étaient de grandes structures modernes, des blocs de béton qui occupaient toute la superficie de la parcelle. Par contraste, le numéro 63 offrait un retour rafraîchissant vers le passé. De plain-pied, en bois peint d'un vert pastel égayé de moulures blanches, la maison était nettement plus petite que ses voisines ; pourtant, elle dégageait beaucoup de charme, nichée sur sa pelouse épaisse tondue avec soin et émaillée d'arbres graciles à feuilles étroites à travers lesquelles se devinait la surface miroitante de la baie, juste derrière la maison.

Elle avait un air… engageant.

Un rire s'étrangla dans sa gorge. Le doute l'assaillait. Non sur la sagesse de sa démarche, il n'avait pas l'ombre d'un état d'âme sur ce point, l'honneur exigeait qu'il aille jusqu'au bout. Il doutait seulement de l'issue de ce voyage.

Sa main se crispa sur le volant. Il avait fait de son mieux

pour s'occuper l'esprit et s'éviter toute émotion pendant le vol, mais il y avait des limites à tout et il avait atteint les siennes. En dépit de ses efforts pour rationaliser la chose, il ne pouvait plus ignorer le gouffre de désespoir qui l'aspirait peu à peu, jour après jour.

Il n'y avait pas de solution. Rien ne pourrait convaincre Molly de ses sentiments réels.

Il ferma ses yeux brûlants. Quelle ironie, n'est-ce pas ? Pris à son propre piège, après avoir manigancé une stratégie de séduction pour qu'elle tombe amoureuse de lui. Il aimait cette femme qui ne voulait plus jamais le revoir.

Comme si cela ne suffisait pas, son propre aveuglement le mortifiait. Lui qui se targuait d'avoir propulsé l'entreprise familiale au rang de multinationale florissante grâce à de solides facultés de discernement, il n'avait pas su voir ce qui était sous son nez. Il n'était même pas tombé amoureux d'elle à Rome. Il l'aimait depuis la Toscane sans le savoir. Voilà pourquoi il avait craqué dans ce moment de folie où il s'était cru trahi – parce que la douleur était insupportable.

Comme elle l'était aujourd'hui.

Pietro rouvrit les yeux. La vue de cette jolie maisonnette dans son berceau de verdure le pétrifiait. C'était là que s'évanouirait son dernier espoir de mener la vie de ses rêves, selon toute probabilité.

Avant de changer d'avis, il détacha sa ceinture, saisit l'enveloppe posée sur le siège passager et mit pied à terre. Un vent frisquet lui gifla le visage, petit rappel que c'était l'hiver de ce côté-ci du globe. Comme il traversait la rue silencieuse, une certaine excitation le gagna en dépit de tout à la pensée de revoir Molly. Et s'il restait une toute petite chance de la convaincre ?

Alors qu'il foulait la propriété que les sœurs avaient héritée de leurs parents, un cri moqueur le fit sursauter. Il leva les yeux vers les frondaisons. Un kookaburra, son grand bec pointu tourné vers le ciel et tremblant de tout le corps, riait là-haut d'on ne sait quelle bonne blague cosmique.

Molly avala sa dernière bouchée de toast en s'acheminant vers la porte et marqua une pause pour se repeigner du bout des doigts. Elle portait un vieux jean et des chaussettes épaisses, sa chemise avait connu des jours meilleurs, mais elle n'attendait pas de visiteurs. Comme Jillian était à Sydney pour un entretien d'embauche, elle avait la journée pour elle.

Un jour entier pour se morfondre et pleurer sur son sort.

Elle se redressa en soupirant. Si c'était encore cet agent immobilier qui venait la harceler pour qu'elle vende la maison, il serait bien reçu ! Elle ouvrit la porte et resta tétanisée. Ses doigts se crispèrent sur la poignée. Il fallait bien s'accrocher à quelque chose, elle tremblait tellement.

— Bonjour, Molly.

Sa voix n'avait pas changé. Toujours ce succulent whisky au miel. Elle faiblit malgré elle.

Ce moment, elle en avait rêvé. Pietro venant jusqu'ici la chercher. Contre toute logique, au détriment de son amour-propre et à rebours de toutes ses belles résolutions, ce rêve avait été son secret, son petit plaisir coupable.

Le contre-jour l'empêcha de déchiffrer l'expression de son visiteur, mais les souvenirs l'assaillirent. Le matin où il était apparu en costume sur le seuil de la chambre d'hôpital. Ses épaules nues, luisantes de sueur, au-dessus d'elle pendant l'amour sur une nappe de pique-nique, dans l'oliveraie séculaire. Son air égaré lorsqu'il avait avoué avoir menti.

— Qu'est-ce que tu fiches ici ?

Son grand corps se raidit. S'attendait-il sérieusement à être le bienvenu ?

— J'ai des nouvelles pour toi. Puis-je entrer ?

Molly hésita. S'effacer devant lui ou lui claquer la porte au nez ? Ces nouvelles qu'il apportait ne changeraient rien. Ses mensonges étaient impardonnables et le resteraient.

Et pourtant, dans son insigne faiblesse, elle se surprit à le dévorer des yeux, aimantée par l'odeur familière de l'après-rasage et celle, épicée, affriolante, unique, de la peau de Pietro.

Le désir de lui avait persisté. Quelquefois, dans son lit vide, elle se racontait des histoires, qu'elle imaginait avoir lu une détresse authentique sur son visage, le dernier jour. Évidemment qu'il avait été malheureux ! Elle l'avait coincé, après avoir enfin vu clair dans son jeu.

— Je ne pense pas que ce soit une bonne idée...

— J'ai fait un long chemin pour te voir. Je tenais à faire cette démarche en personne.

Il brandit une enveloppe, dont la vue lui donna la chair de poule. De quoi s'agissait-il ? Le début d'une bataille juridique pour leur bébé ? Sa main vola vers son ventre.

— Très bien. Entre.

Autant écouter ce qu'il avait à lui dire. En le congédiant maintenant, elle imaginerait le pire. Avec sa fortune et son pouvoir, Pietro Agosti avait les moyens de l'anéantir sur le plan légal.

La carrure impressionnante de Pietro occupait toute la largeur du couloir. Molly dut se faufiler entre le mur et lui pour le précéder vers le salon, qui donnait sur la mer. Elle avait oublié la sensation du regard de Pietro lui caressant le dos.

— Je t'en prie, assieds-toi.

Sans le regarder, elle s'installa dans son fauteuil préféré, heureuse de reposer ses jambes flageolantes.

— Merci.

Alors enfin, elle se força à le regarder en face.

Elle étouffa une exclamation. Pietro n'était plus que l'ombre de lui-même. Les joues creuses, les traits tirés, des sillons autour des lèvres. Elle plongea les yeux dans les siens et n'y trouva plus les pépites dorées qu'elle aimait tant. Ils semblaient éteints.

Très troublants, ces changements.

— Tu viens d'arriver d'Italie ?

— J'ai atterri tard hier soir à Sydney.

Ceci expliquait cela. Le décalage horaire…

— Tu as dû te lever à l'aube, dit-elle, sachant que sa maison se trouvait à plusieurs heures de voiture de Sydney.

— J'ai pris la route hier soir.

Molly écarquilla les yeux.

— Mais où as-tu dormi ?

— Dans un motel à quelques kilomètres d'ici.

Molly tenta de se figurer son ancien amant milliardaire posant ses valises dans un motel bon marché fréquenté plutôt par des familles ou des représentants de commerce. Avait-il aussi emmené son escorte ? Tous au miteux Golden Sands Motel ! On croyait rêver…

Les ressorts du vieux fauteuil gémirent. Non, elle ne rêvait pas : Pietro était bien là, chez elle, en mission, une mission si importante qu'elle ne pouvait pas attendre.

— Tu vas te battre pour avoir la garde, dit-elle, résignée.

La bagarre était inévitable. C'était presque un soulagement d'aborder le sujet à voix haute. Voilà des semaines qu'elle avait quitté Rome, et chaque jour elle se demandait quand Pietro se déciderait à bouger pour récupérer son enfant.

Il se pencha brusquement en avant. Les ressorts protestèrent avec vigueur.

— Non ! Ça n'a rien à voir…

— Pardon ?

Il ne répondit pas tout de suite. Bizarrement, hormis

son costume taillé sur mesure, Pietro n'avait rien d'un magnat des affaires, aujourd'hui. Il semblait surtout un homme désorienté, empêtré dans un fatras d'émotions inextricable. Comme elle.

N'importe quoi ! se fustigea-t-elle. Elle projetait ses états d'âme sur lui. Elle était déjà tombée dans ce piège, en Italie. En Toscane d'abord, en croyant à un amour partagé, puis à Rome, en lisant de l'amour dans son attitude possessive alors que seul le bébé l'intéressait. Elle pinça la bouche, les ongles fichés dans le cuir de son fauteuil.

— Je ne suis pas venu te prendre l'enfant, Molly. Je ne ferais jamais une chose pareille.

Son cœur s'emballa. Était-ce la vérité ? Ou un nouveau jeu pervers ? Perplexe, elle s'efforça de rassembler ses idées. Pietro l'avait manipulée, mais il n'était pas foncièrement mauvais. À son arrivée à l'aéroport de Sydney, épuisée, les nerfs en vrac, elle avait eu la stupeur de découvrir qu'un chauffeur l'attendait avec la consigne de la conduire où elle voudrait, aux frais de Pietro. Celui-ci avait fini par localiser sa sœur et fait le nécessaire pour qu'elle se rende aussitôt en Australie. Jill était arrivée un jour après elle. L'homme qui avait fait tout cela ne pouvait être cruel au point de mentir maintenant sur une chose aussi importante que leur enfant, si ?

Elle ferma les yeux et serra les paupières très fort. Voilà qu'elle recommençait à tirer la situation dans le sens qui l'arrangeait ! C'était le remords qui motivait Pietro, ou le besoin de montrer patte blanche s'ils devaient finir devant un juge. Rien d'autre.

— Tiens, Molly. Vérifie toi-même. Aucun rapport avec la garde.

Elle rouvrit les yeux et prit l'enveloppe qu'il lui tendait. Un document d'allure officielle.

— Je l'ai fait rédiger en anglais pour te faciliter la lecture.

Après avoir inspiré à fond, Molly baissa les yeux sur le papier. Au fil de la lecture, la peur fit place à la stupéfaction.

— Tu me *donnes* ta villa en Toscane ?

La villa, mais aussi l'intégralité de la propriété, dont plusieurs fermes, un vignoble et une oliveraie.

— *Si.*

Molly relut les paragraphes qu'elle avait survolés, à la recherche d'un piège, d'une clause quelconque stipulant qu'en acceptant cela elle donnerait à Pietro des droits sur l'enfant. Il n'y avait rien. Seulement l'attestation qu'elle détenait désormais l'entière propriété du domaine, assortie d'une somme rondelette.

— Je ne comprends pas…

— Je t'ai légué le domaine. Mon espoir, c'est que tu vives là-bas avec notre enfant, au moins une partie du temps.

Ha ! Il y avait donc bien un piège.

— Donc, tu veux la garde. Au moins partagée.

— Non ! C'est ma maison de famille. Il est juste qu'elle te revienne. Puis, le moment venu, elle sera à notre enfant. L'argent vient s'ajouter aux revenus réguliers que je vous assurerai. Il couvrira la gestion du domaine si nécessaire, mais celui-ci devrait se gérer tout seul et générer de solides bénéfices s'il reste entre de bonnes mains. Le responsable actuel est excellent, le nouveau viticulteur aussi.

Molly fronça les sourcils. Ce domaine qui était dans sa famille depuis plusieurs générations, il avait décidé de lui en faire cadeau, comme ça… ?

— Tu pourrais le léguer directement à ton fils ou ta fille.

— Non, Molly. Je veux qu'il soit à toi. Tu adores cet endroit et c'est… C'est dans l'ordre des choses.

— Qu'est-ce que tu entends par là ?

Pietro la regarda droit dans les yeux.

— Appelons cela un dédommagement. Si nous nous étions mariés, tu aurais eu ta part. Là, tu pourras habiter sur place avec notre enfant sans te sentir redevable vis-à-vis de moi. Je sais que ça ne te plairait pas.

— Et que veux-tu en échange ?

— Rien. Tu as du mal à me croire sur parole, on dirait.

— Évidemment ! Après tant de mensonges…

— Je n'ai pas menti sur mes sentiments envers toi. Je t'aime, Molly.

Pour la première fois depuis l'apparition de Pietro sur son perron, Molly perçut l'éclat familier de l'or dans ses yeux. Comme elle avait envie de croire à sa sincérité !

— Mais bien sûr…, murmura-t-elle en secouant la tête.

Pietro pâlit.

— Je savais déjà que je n'arriverais pas à te convaincre. Pourtant je me disais…

Sa voix mourut. Il détourna la tête.

— Je t'aime, Molly. C'est la vérité, l'absolue vérité. Tu ne peux pas savoir combien je suis navré de t'avoir blessée. De t'avoir donné le sentiment d'être trahie.

Il braqua sur elle des yeux hantés.

— Il est exact que j'ai menti parce que je te voulais, et que je voulais mon enfant. Mais mon stratagème idiot s'est retourné contre moi. J'ai compris trop tard que j'avais été motivé tout du long par l'amour. Je suis tombé amoureux de toi en Toscane. C'est pour ça que j'ai réagi de manière aussi violente quand tu m'as dit que tu étais enceinte. J'ai cru à une nouvelle trahison.

Molly se raisonna : elle n'allait tout de même pas gober une énormité pareille !

— Tu as une drôle de façon de montrer ton amour.

— Tu as raison. C'était inexcusable de ma part de laisser le cauchemar Elizabetta gâcher notre histoire. J'ai été en dessous de tout.

Il bondit et se mit à marcher de long en large, les mains au fond des poches. Voilà qui ressemblait davantage à l'homme dont elle avait gardé le souvenir, un félin gorgé d'énergie et de vitalité. Même si son visage, lorsqu'il pivota vers elle, exprimait surtout un sentiment d'échec.

— Au diable les justifications et les excuses ! poursuivit-il. Je t'ai menti. Tu n'as donc aucune raison de me croire aujourd'hui quand je te dis que je t'aime. Il n'y a plus rien que je puisse dire ou faire pour te prouver mes sentiments, n'est-ce pas ?

Il la scrutait avec une telle intensité que Molly se troubla.

— Les mots, c'est facile, souffla-t-elle. Ce sont les actes qui comptent.

— Alors il n'y a rien à ajouter.

Le silence se fit, pesant, pétri de douleur.

— Si tu as besoin de quoi que ce soit, reprit-il enfin, n'hésite pas à me joindre à tout moment. *Via* mon avocat si tu préfères. Ses coordonnées figurent sur le document.

Il se tournait déjà vers la porte.

— C'est tout ? Tu ne veux pas être prévenu au moment de la naissance ? Être tenu informé, par la suite ?

Pietro lui jeta un regard par-dessus son épaule, assorti d'un petit sourire.

— Je te connais, Molly. Tu feras ce qu'il faut, tu me transmettras l'essentiel.

Jamais elle n'avait vu un regard aussi abattu. La souffrance nue. Impossible de se méprendre sur ce point.

Pietro disparut avant qu'elle ait pu réagir. Abasourdie, elle écouta ses pas dans le couloir avec une incrédulité croissante. Sa vision se brouilla.

Molly fixait sans le voir le document posé sur ses genoux. Ainsi, Pietro avait fait tout ce chemin pour lui remettre le titre de propriété de son domaine, et il repartait aussitôt… ?

Pourquoi ces longues heures de vol, puis de voiture, pour une démarche dont un avocat aurait pu se charger ?

Il avait même fait plus. Il s'était excusé. Il lui avait dit qu'il l'aimait.

Molly frémit au souvenir de son regard désespéré. Pietro n'était pas bon comédien à ce point, si ? Des larmes de frustration plein les yeux, elle batailla vaillamment contre l'envie de le croire. Comment le pourrait-elle, sans preuve ?

« Ce sont les actes qui comptent », avait-elle dit. Eh bien, qu'avait fait Pietro ? Il avait veillé sur elle pendant sa convalescence au point de négliger ses affaires. Il l'avait emmenée en Toscane tout en sachant sûrement que l'endroit raviverait sa mémoire. De lui-même, il avait organisé son vol de retour en Australie en classe affaires, retrouvé Jill et réservé son retour à elle aussi. Il avait cédé la maison où il avait été le plus heureux, avec sa famille… Et que demandait-il en échange ? Rien. Tout juste comptait-il sur elle pour le tenir informé de l'essentiel.

Les joues humides, Molly fixa le couloir par lequel Pietro avait disparu. L'amour était un risque à prendre. Un saut dans l'inconnu. Oserait-elle ? Ne valait-il pas mieux jouer la sécurité ? Elle devait penser à son enfant, que sa décision affecterait lui aussi.

Des preuves tangibles de l'amour de Pietro, elle n'en aurait jamais. C'était d'abord une question de confiance.

Pietro voulut lancer le moteur, mais sa main tremblait tellement qu'il la posa sur le volant à la place. Son corps tout entier vibrait d'émotion. Avoir revu Molly, et se faire rejeter encore une fois…

La douleur passerait avec le temps, sûrement. Il n'y croyait pas une seconde, mais quantité de gens dans le monde survivaient à des calamités autrement plus tragiques.

Un rire amer monta de sa gorge. Dire qu'il avait cru souffrir de son mariage avec Elizabetta ! La désillusion et les blessures d'orgueil n'étaient rien comparées à la détresse qui le submergeait aujourd'hui.

Toute sa volonté n'avait pas été de trop pour respecter les souhaits de Molly et s'en aller. Il s'était promis de ne pas implorer son pardon. Non par fierté, mais parce que cela ne mènerait nulle part. Il avait lu l'incrédulité dans ses yeux sublimes. Une seconde chance accordée par pitié ne lui aurait pas suffi. C'était son amour qu'il voulait. Son amour, qui lui était aussi indispensable que l'oxygène à ses poumons.

Pietro contempla d'un œil morne ses doigts crispés sur le volant. Il sursauta lorsqu'on frappa à sa vitre.

Il n'en crut pas ses yeux en reconnaissant le visage de Molly au-dehors. Tout en lui se figea. Seul l'espoir battait des ailes…

Lentement, il ouvrit sa portière et sortit de la voiture.

Molly recula d'un pas et s'humecta les lèvres. Inévitablement, le désir flamba dans ses veines.

— Je te crois, dit-elle.

— Pardon ?

Sa voix était si douce qu'il dut se pencher, absorbant son parfum frais et sucré.

— Je te crois, répéta Molly d'une voix plus ferme. Je te fais confiance, Pietro.

Là-dessus, elle esquissa un sourire tremblant qui eut toutes sortes d'effets surprenants sur ses organes vitaux. Il en perdit momentanément l'usage de la parole et toute faculté de mouvement. Puis il fit ce qu'il s'était retenu de faire depuis son arrivée. Il enlaça Molly d'une main et de l'autre lui caressa la joue, ébloui par son sourire.

Une flèche d'amour pur le transperça lorsqu'elle laissa son visage reposer dans sa paume.

— C'est vrai ? chuchota-t-il. Tu me pardonnes ?

— Oui.

Elle posa à son tour la main sur sa joue, et ce fut comme s'il entrait au paradis.

— Je t'aime, Pietro. Depuis longtemps. Je veux passer le reste de ma vie avec toi.

À ces mots, une allégresse indicible l'envahit.

— Moi aussi je t'aime, Molly. Depuis longtemps. Je veux passer le reste de ma vie avec toi. Et je promets d'être digne de ta confiance.

Sa sublime Australienne soupira sous ses lèvres.

— Je n'en demande pas plus…

Une éternité plus tard, alors que la tendresse laissait place à une frénésie brûlante, Molly collée à lui, vorace, un coup de klaxon obligea Pietro à lever les yeux. Des voisins feignaient de s'affairer autour de leur voiture ou de leur boîte aux lettres en jetant des regards curieux dans leur direction.

— On choque tout le quartier, murmura Molly.

— Ça te gêne ?

— Pas du tout. Les bonnes nouvelles se partagent !

— Alors, ceci ne te gênera pas non plus.

Il la souleva de terre et traversa la route jusqu'à la petite maison verte.

Son rire résonna dans la rue, le couloir, la chambre… Un son dont Pietro ne se lasserait jamais. Molly était sa femme. Son avenir. L'amour de sa vie.

Épilogue

— *Signora Agosti* ?

— *Si* ?

Molly se tourna vers Marta, très élégante dans sa robe grenat. Elle était de repos aujourd'hui, une invitée parmi d'autres dans la villa toscane.

— Le photographe est prêt, *signora*. Avez-vous besoin d'aide ?

— Merci, Marta, mais je suis là maintenant, fit la voix de Pietro.

Il avait surgi dans le couloir. Il fixa Molly et lui décocha ce sourire qu'il lui réservait en exclusivité, celui qui faisait danser son cœur, avant de souffler à la gouvernante :

— Dites au photographe qu'on arrive tout de suite.

— N'oubliez pas, *signore*, que votre épouse n'appréciera pas d'avoir sa robe froissée sur les photos, dit Marta avant de s'éclipser.

Pietro refoula un rire en traversant la chambre, une lueur machiavélique au fond des yeux.

— Marta me connaît trop bien.

— N'y pense même pas ! protesta Molly. Je viens à peine de retoucher mon rouge à lèvres. Pour une fois, j'aimerais être présentable sur une photo et pas…

— Froissée ?

— Exactement.

Molly sourit devant la mine défaite de son mari.

— Juste un petit baiser, *tesoro*, plaida-t-il en l'enlaçant.

Molly s'empourprait déjà. Irrésistible Pietro, qui pressait des baisers sur le coin de sa bouche, sur sa gorge... Elle se cambra contre lui avec un soupir de plaisir, le corps en feu.

— Pietro !

— Hum... Dès que la séance photo sera terminée, je te ramènerai ici pour une petite sieste !

— Et qui veillera sur nos invités ?

— Chiara et Jillian se sont déjà proposées. Elles disaient que tu serais fatiguée après la fête du baptême. Si elles savaient combien tu es endurante ! Délicieusement endurante...

Molly saisit les doigts en maraude de Pietro et les écarta de sa robe.

— Plus tard, mon amour. Les photos, tu te souviens ? Nous, les filles, aimons nous faire belles pour la postérité !

— Tu es toujours belle, *mio dolce amore*. Au-dehors et au-dedans, dit-il en entrelaçant leurs doigts. Quant aux filles...

Il se tourna vers les berceaux où dormaient les jumelles, ravissantes avec leurs boucles brunes et leurs bouches en cœur.

— ... Elles sont presque aussi belles que leur mère.

Molly n'était pas d'accord. Margherita et Marcella étaient les plus gracieuses créatures du monde. Même leurs prénoms avaient une place toute spéciale dans son cœur. Selon le vœu de Pietro, l'une portait celui de sa mère et de son arrière-grand-mère avant elle, suivant la tradition en vigueur dans sa famille. Pour l'autre, elle avait choisi Marcella en mémoire de la petite sœur de Pietro.

— Merci, Molly, murmura-t-il en lui baisant la main. Je n'aurais jamais cru connaître un jour un bonheur aussi grand.

— Moi non plus.

Son cœur chantait si fort qu'elle se hissa sur la pointe de pieds et l'embrassa à pleine bouche. Son homme. Son amour.

La séance photo attendrait…

KATE HEWITT

Un ténébreux italien

HARLEQUIN

Titre original :
THE BRIDE'S AWAKENING

Ce roman a déjà été publié en 2011

1

Debout sur le seuil du château San Stefano, Vittorio Ralfino, comte de Cazlevara, cherchait à repérer dans la foule des invités sa future épouse. Comme il ne l'avait pas vue depuis seize ans, sauf sur une petite photo dans un magazine, il n'était pas certain de réussir à l'identifier. Peut-être même son regard s'était-il déjà posé sur elle sans qu'il l'ait remarquée.

La dernière fois qu'il l'avait vue, elle enterrait sa mère. Tout ce qu'il se rappelait d'elle, c'était un visage triste, d'une pâleur de cire, encadré par une chevelure sombre et rebelle. Elle avait alors treize ans. Sur le cliché du magazine, un peu plus précis, elle souriait de toutes ses dents. Mais peu importait son apparence; seules comptaient les qualités qu'il espérait trouver chez Anamaria Viale : la loyauté, une bonne santé, l'amour de la terre et des vignes. Sans parler de la dynastie qu'il créerait, et de l'empire qu'il pourrait bâtir grâce au vignoble que sa future épouse allait lui apporter.

Sous les regards curieux — des voisins, des relations et de quelques rares amis —, il pénétra à grands pas dans le hall médiéval. On chuchotait beaucoup autour de lui car durant ces quinze dernières années, jamais il ne s'était attardé plus d'un jour ou deux en Vénétie. Il préférait rester éloigné de cette région qui lui rappelait un passé douloureux.

— Vittorio! Goûte ça. C'est le nouveau vin rouge de Busato. Un mélange de raboso et de molinara. Qu'en dis-tu?

Quelqu'un venait de lui mettre en main un verre de vin rouge rubis. Instinctivement, il le leva pour en humer le bouquet épicé et fruité, avant d'en boire une gorgée.

— Pas mal, se contenta-t-il de répondre.

Il n'avait aucune envie de discuter des mérites de Busato, un petit vigneron qui ne pouvait rivaliser avec le domaine familial de Cazlevara, le plus vaste et le plus réputé de la région.

Et puis, il voulait repérer Anamaria.

— Alors, tu es de retour ? À ce qu'on raconte, tu vas t'occuper du vin ? insista Paolo, un ami de son père.

Avec son visage bonhomme enluminé par la boisson, on lui aurait donné le bon Dieu sans confession.

— Du vin, j'en ai toujours fait. Le château de Cazlevara produit neuf cent mille bouteilles par an.

— Mais pendant que tu parcourais le monde…

— On appelle ça faire du marketing, coupa Vittorio, agacé. Mais maintenant, je suis de retour ; pour de bon.

De retour pour empêcher son frère Bernardo de dilapider les revenus du domaine, et son hypocrite de mère de les voler, lui et ses héritiers à venir. Mais il ne pouvait rien dire de tel, aussi se força-t-il à sourire, même si son regard restait dur.

— Anamaria Viale est arrivée ? reprit-il.

En voyant l'air étonné de Paolo, Vittorio étouffa un juron. Il voulait toujours aller trop vite. Huit jours plus tôt, il avait décidé d'épouser Anamaria, et il aurait voulu que ce soit déjà fait. À cause de sa précipitation, les commérages risquaient désormais d'aller bon train…

— J'ai quelque chose à lui demander, expliqua-t-il en haussant les épaules, comme si c'était sans importance.

— Je crois l'avoir aperçue près du feu, répondit Paolo avec un petit rire. Je m'étonne que tu aies pu la rater.

Sans s'attarder sur cette dernière remarque, Vittorio se

dirigea vers la cheminée au manteau orné d'une énorme hure de sanglier. Quelques hommes s'y étaient regroupés pour boire en toute tranquillité. En y regardant de plus près, il aperçut au centre du groupe une silhouette de femme.

Anamaria Viale.

Vêtue sans la moindre recherche d'un tailleur-pantalon informe, et sa longue et épaisse chevelure brune relevée en queue-de-cheval par une barrette. Comme la plupart des invités à cette soirée de dégustation, elle tenait un verre. Le regard de Vittorio s'attarda sur ses traits bien dessinés, mais trop accusés pour qu'on puisse la trouver « jolie ». Il préférait les femmes plus délicates. Et plus minces, évidemment.

Anamaria n'était pas grosse, loin de là ; elle avait des formes très féminines — mais la mère de Vittorio ne se serait pas privée de la déclarer « en surpoids ». À cette idée, il grimaça : il avait hâte de voir la tête que ferait cette vieille sorcière quand il lui annoncerait son mariage ! Cet imbécile de Bernardo, son petit chéri, n'hériterait donc pas, et le plan qu'elle avait ourdi dès qu'elle avait pris connaissance du testament de son mari resterait lettre morte.

Vittorio sourit amèrement à cette pensée. Pour lui, peu importait le physique de sa future épouse. Au contraire même : les belles femmes n'étaient jamais satisfaites de rien, à l'exemple de sa mère ou de sa dernière maîtresse, qu'il avait quittée parce qu'elle n'arrêtait pas d'exiger de lui plus de temps, d'argent et d'amour.

Anamaria, il en était convaincu, saurait se contenter de ce qu'il voudrait bien lui donner ; elle le remercierait même vraisemblablement. C'était ce qui lui fallait : une épouse humble et reconnaissante.

Tout en contemplant sa haute silhouette, il se dit qu'elle ne devait guère susciter l'intérêt des hommes. Lorsque lui,

Vittorio Ralfino, comte de Cazlevara, feindrait de l'avoir remarquée, elle se mettrait sûrement à bégayer et à rougir.

Fort de cette assurance, il se dirigea vers elle, la tête haute, arborant un sourire plein d'aplomb dont il connaissait l'effet dévastateur.

— Anamaria, lança-t-il d'une voix grave.

La jeune femme se retourna, surprise, et lui adressa un sourire qui illumina un instant son visage. L'affaire était dans le sac…

Soudain, elle se redressa de toute sa taille, et la remarque de Paolo prit tout son sens : Anamaria Viale ne passait en effet pas inaperçue ! Elle lui jeta un regard hautain, et son sourire se fit brusquement plus froid, presque méprisant. Devant ce changement d'expression, Vittorio sentit sa confiance en lui taraudée par l'inquiétude.

— Bonjour, comte Cazlevara, fit-elle d'une voix basse.

Ses traits n'avaient rien de désagréable : des sourcils et un nez bien dessinés, des yeux gris foncé, une belle bouche. Elle était loin d'être laide ; plutôt quelconque, en fait, nota Vittorio en accentuant son sourire. Comment cette fille pourrait-elle résister à son charme ?

— Permettez-moi d'être le premier à vous dire que ce soir, vous êtes charmante.

Elle haussa les sourcils avec amusement. Même si son sourire restait froid, il remarqua dans ses iris sombres des étincelles dorées.

— Effectivement, vous êtes le premier à me le dire.

Vittorio mit quelques secondes à comprendre qu'elle se moquait de lui, tout autant que d'elle-même d'ailleurs. Légèrement déstabilisé, il lui prit la main pour y poser ses lèvres, tout en cherchant quel propos flatteur lui adresser. Visiblement, elle n'était pas stupide — et au fond, tant mieux. Au moment où sa bouche allait effleurer la main de la jeune femme, elle baissa délibérément le bras. Conscient des regards qui pesaient sur eux, Vittorio regretta que cette première rencontre ne se déroule pas entièrement sous son contrôle, comme il l'avait planifié.

— À quoi dois-je un tel empressement, monsieur le comte ? Cela fait au moins dix ans que nous ne nous sommes pas vus.

Il se demanda à quoi elle pensait en cet instant, ou ce qu'elle se rappelait de cette dernière rencontre.

— Je suis simplement ravi de me retrouver chez moi, parmi toutes ces beautés.

Elle eut un petit rire de mépris. Décidément, Anamaria Viale n'était pas la féminité incarnée…

— C'était donc pour apprendre à faire le joli cœur que vous vous êtes expatrié ? lui demanda-t-elle avec un sourire moqueur.

Puis elle tourna les talons, le laissant en plan. Vittorio fut si surpris qu'il en resta muet. Puis, blessé dans son orgueil, il sentit la colère monter en lui. Elle venait de le remettre à sa place comme une institutrice rabrouant devant toute la classe un gamin mal élevé. Lui, qui avait projeté de la demander en mariage sinon le soir même, du moins dans les jours qui venaient !

Il avait toujours obtenu ce qu'il voulait. Et dans l'instant. Jamais il n'aurait cru rencontrer la moindre difficulté à séduire cette femme. Après avoir lu cet article sur elle, et vu sa photo, il s'était convaincu qu'elle serait ravie, à trente ans et toujours célibataire, d'avoir attiré son attention, qu'elle vivrait cela comme un miracle. À peine avait-il projeté d'user de son charme et de lui dispenser quelques compliments.

Apparemment, il s'était montré un peu arrogant, ou trop pressé… Vittorio sourit. Séduire Anamaria Viale prendrait plus de temps que prévu ? Parfait, il aimait les défis ! Et puis, le moment était venu. À trente-six ans, il ne devait plus tarder pour se marier et assurer sa descendance. Faire la cour à Anamaria lui prendrait une semaine ou deux. Même s'il était inutile qu'elle tombe amoureuse de lui, du moment qu'elle acceptait sa proposition, il avait eu tort d'imaginer qu'elle était prête à se pâmer dans ses bras — erreur tactique qu'il n'allait pas réitérer.

La prochaine fois qu'il rencontrerait Anamaria, elle ne pourrait pas s'empêcher de lui sourire. Il l'avait choisie entre toutes, elle serait donc à lui. Et il lui dicterait ses conditions.

Ana s'éloigna de Vittorio sans se retourner. Pourquoi ce monstre d'arrogance l'avait-il abordée ? Ils avaient beau être voisins, cela faisait au moins dix ans qu'elle ne l'avait pas vu. Et de toute sa vie, c'était tout juste s'il lui avait adressé trois phrases. Alors, pourquoi avait-il éprouvé ce soir le besoin de se jeter sur elle pour lui asséner ces compliments ridicules ?

« Parmi toutes ces beautés », avait-il dit. Elle savait bien qu'elle ne se rangeait pas dans cette catégorie. On le lui avait assez répété. Trop grande, trop ronde, une voix trop grave. Rien en elle ne pouvait attirer un homme comme Vittorio Ralfino, toujours au bras de starlettes, de top-modèles ou de mondaines blasées.

Elle avait beau prétendre ne pas s'intéresser à ce genre de presse, elle avait vu des photos de lui dans les magazines people. Cela piquait sa curiosité et sa jalousie. Car, pour être honnête avec elle-même — comme elle s'y efforçait en toutes circonstances —, elle devait bien s'avouer être jalouse de ces femmes minces et frêles, qui paradaient dans des robes moulantes et sexy. Ce même genre de femmes qui à l'école l'avaient toujours rejetée. Or, Vittorio avait parfaitement conscience de la situation : en dépit de son baratin de séducteur, Ana avait perçu dans son regard tout le mépris, pour ne pas dire le dégoût, qu'il éprouvait à son égard.

Ce regard, elle le connaissait déjà. C'était celui dont l'avait accablée Roberto quand elle avait tenté de le séduire, en vain. Ce n'était pas ainsi que les hommes contemplaient une femme qu'ils trouvaient jolie et désirable. Elle avait fini par s'y habituer et avait adopté des vêtements moins féminins, ainsi qu'une attitude pragmatique teintée d'ironie qui, pour une femme comme elle, constituait la meilleure défense.

Mais ce soir, venant de Vittorio Ralfino, ce regard l'avait blessée. Pendant un court instant, elle avait été si heureuse de le revoir.

Bêtement heureuse.

Elle avait vraiment cru qu'il se rappellerait…

Pourquoi s'était-il adressé à elle de façon aussi stupide ? Par esprit chevaleresque ? Ou pire : par dérision ? Et pourquoi si ostensiblement ? Lui, le comte de Cazlevara, l'homme à qui aucune femme ne résistait, avait marché droit sur elle. Elle le savait puisque dès qu'elle l'avait vu entrer dans le château, son cœur s'était mis à battre la chamade. Vittorio s'était alors arrêté sur le seuil, superbe, un mètre quatre-vingt-dix de grâce et d'élégance naturelle. Ses yeux sombres avaient semblé chercher quelqu'un dans le hall. Elle, peut-être ? Idée stupide, extravagante, mais délectable. Pourquoi se serait-il soucié d'elle ? Et pourtant…

Les joues en feu au souvenir de la grande silhouette marchant dans sa direction, elle avala une gorgée de vin, sans prendre la peine de la déguster. Ses compliments ? Il avait dû vouloir se moquer d'elle; lui lancer une flatterie pour le plaisir de la voir rougir de plaisir. Elle avait déjà connu des hommes de ce genre, qui la traitaient avec une condescendance affectueuse et s'étonnaient ensuite de ses rebuffades. Exactement comme Vittorio, que cela avait rendu furieux — elle ne put réprimer un petit sourire de contentement à cette pensée.

Que savait-elle de lui, après tout ? Riche aristocrate, sa famille possédait le vignoble le plus réputé de la région depuis des centaines d'années. En comparaison, la notoriété des Viale, qui remontait à trois cents ans à peine, pouvait sembler dérisoire…

Vittorio était encore adolescent à la mort de son père, dont les obsèques avaient été célébrées en grandes pompes à Venise, dans la basilique Saint-Marc, devant des milliers de personnes. Dès sa majorité, il s'était mis à voyager à l'étranger pour faire connaître le domaine Cazlevara et n'avait pratiquement plus séjourné chez lui ; cela faisait une quinzaine d'années qu'il était absent, comme s'il avait eu besoin de plus de distractions que ne pouvaient lui en procurer les collines moutonnantes et les vignes de Vénétie.

Buvant une nouvelle gorgée de vin, Anamaria se rappela ses prunelles d'onyx, sa beauté un peu dure. Avant qu'il ne s'oblige à lui sourire, elle avait lu de la cruauté dans son visage aux pommettes hautes et saillantes, dans son regard inquisiteur, dans sa moue de dédain.

Un souvenir lui revint soudain, le seul qu'elle gardait de lui, celui qui lui avait arraché un sourire quand elle l'avait aperçu, pleine d'espoir et d'une joie pathétique. C'était aux obsèques de sa mère, par un mois de novembre froid et humide. Elle venait d'avoir treize ans et n'était pas encore aussi grande ; seulement pataude, tout en angles, incapable de contrôler correctement ses gestes. Elle se tenait au bord de la tombe, la main encore toute boueuse de la terre qu'on lui avait demandé de jeter sur le cercueil. En entendant cet horrible bruit, elle n'avait pu retenir un cri d'animal blessé.

Vittorio, qui devait avoir vingt ans, s'était arrêté à côté d'elle pour lui présenter ses condoléances — plus tard, elle s'était d'ailleurs demandé pourquoi il était venu au cimetière car leurs familles se fréquentaient à peine. Anéantie par le chagrin, Ana avait croisé son regard sombre et compatissant. Du doigt, il avait effleuré sa joue où roulait une larme.

— C'est normal d'être triste et de pleurer, *rondinella*, lui avait-il dit tout bas. Mais désormais, tu sais où se trouve ta mère, n'est-ce pas ?

Elle l'avait regardé en secouant la tête, troublée par la tiédeur de ce pouce sur sa joue glacée. Toute « petite hirondelle » qu'il l'ait affectueusement appelée, elle n'avait pas envie de s'entendre répéter une fois de plus que sa mère ne souffrait plus et qu'elle observait sa fille du haut du ciel. Du doigt, Vittorio avait désigné sa poitrine comprimée par le chagrin.

— Elle est là, *in tuo cuore*. Dans ton cœur.

Puis il lui avait souri tristement avant de s'éloigner. Elle avait beau savoir qu'il avait perdu son père quelques années plus tôt, elle n'aurait jamais cru qu'un étranger fût capable de la comprendre. Plus tard, tandis qu'elle pleurait toutes les larmes de son corps, allongée sur son lit, elle s'était souvenue de cette phrase : « Tu as raison d'être triste. »

Il l'avait aidée à faire son deuil. Quand sa douleur s'était un peu apaisée, sans pour autant disparaître, elle aurait voulu le lui dire, le remercier et savoir s'il la comprenait encore. Et si elle aussi, elle le comprenait. Une idée ridicule, puisque jamais plus ils ne s'étaient parlé.

Les années avaient presque effacé ces mots prononcés au bord d'une tombe. Cependant, à la seconde où elle avait aperçu Vittorio Ralfino, elle avait senti revivre en elle ce fragile espoir enfantin. Elle avait cru — vraiment cru — qu'il s'en souvenait et que pour lui, cela signifiait encore quelque chose.

Elle était furieuse de s'être montrée aussi pathétiquement ridicule. Elle n'était pourtant pas du genre à se laisser aller à des rêves de romance — amour, prince charmant et *tutti quanti.* Ceux qu'elle avait pu nourrir dans son enfance s'étaient vite envolés, balayés par la dure réalité de la pension où elle s'était retrouvée, vilain petit canard au milieu des cygnes. Elle eut un sourire amer : non, pas canard mais « petite hirondelle », oiseau banal et sans charme s'il en était.

À l'université, ces chimères avaient brièvement refait surface quand Roberto avait fait intrusion dans sa vie. Et là, elle avait vraiment commis une erreur.

La moue dédaigneuse dont l'avait gratifiée Vittorio revint la frapper en plein cœur, de même que ses paroles doucereuses, qui avaient anéanti le fragile espoir qu'elle gardait à son insu au fond du cœur. Moquerie ou mensonge, elle n'en savait rien. Et d'ailleurs, quelle importance ?

Elle reprit une gorgée de vin et sourit à Busato, un vigneron d'une soixantaine d'années à la chevelure de neige et au sourire de Père Noël, dont elle appréciait la gentillesse et la courtoisie. Au diable ce Vittorio Ralfino, tout comte de Cazlevara qu'il fût, qui devait se soucier d'elle comme d'une guigne ! À quoi bon fantasmer sur quelques mots échangés seize ans plus tôt et qu'il avait certainement oubliés ?

Au détour de l'allée qui menait à la Villa Rosso, Ana vit immédiatement que les fenêtres du rez-de-chaussée étaient encore illuminées. Son père l'attendait, comme il le faisait toujours quand elle se rendait à une réception. Quelques années plus tôt, il l'y aurait accompagnée mais désormais, il s'en remettait complètement à elle. Il avait beau prétendre qu'elle avait besoin d'autonomie, elle le soupçonnait de trouver ces manifestations trop fatigantes.

Au moment où elle ôtait son manteau, dans le hall, la voix de son père lui parvint de son bureau.

— Ana ?

— Oui, papa ?

— Parle-moi de cette dégustation. Tout le monde était là ?

— Tous les gens importants, répondit-elle en entrant dans la pièce. Sauf toi.

— Tu cherches à me flatter ?

Assis dans un large fauteuil de cuir, près de la cheminée où crépitait un bon feu, un livre posé sur ses genoux, il leva les yeux et lui sourit.

— Non, assura-t-elle en s'asseyant en face de lui pour enlever ses chaussures. D'autant moins que j'ai moi-même été l'objet ce soir d'une flatterie éhontée.

Il ferma son livre, qu'il posa sur la table à côté de lui.

— Que veux-tu dire ?

Elle n'avait pas eu l'intention de lui parler de Vittorio, car elle cherchait plutôt à oublier cet épisode. Mais celui-ci s'était naturellement glissé dans la conversation — ce qui n'avait rien d'étonnant sachant qu'elle avait pensé à lui toute la soirée.

— Le comte de Cazlevara a fait sa réapparition. Tu savais qu'il était rentré ?

— Oui, je le savais, déclara Enrico Viale sur un ton pensif et soucieux.

— Vraiment ? s'étonna Ana. Tu ne m'en as rien dit.

Elle avait introduit un léger reproche dans sa voix, mais son père ne releva pas. Comme il tardait à lui répondre, elle eut l'impression fugitive qu'il lui cachait quelque chose, ce qui l'étonna tant leur relation était franche, surtout depuis la mort de sa mère.

— Et alors ? poursuivit-elle avec un petit rire.

Il haussa les épaules.

— Rien d'important.

— Très bien. Il est tard, je suis fatiguée. Je vais me coucher.

Ses chaussures à la main, elle revint lentement vers le hall avant de monter l'escalier de marbre qui conduisait à l'étage. Seules deux des huit chambres de la villa étaient occupées. Et les invités étaient rares.

En se déshabillant, elle s'étonna de constater combien les quelques mots de Vittorio avaient suffi à la déstabiliser. Deux phrases en tout et pour tout, mais dont l'écho résonnait dans sa tête et dans son corps avec une insistance provocante. C'était accorder bien trop d'importance à un échange qui n'en avait aucune…

Pourtant, dès qu'elle l'avait vu entrer dans le château, Ana avait été troublée par sa présence, comme si elle avait senti son corps revivre.

Elle enfila son pyjama et défit la barrette qui attachait ses cheveux. Au-dehors, la lune posait un reflet d'argent sur les vignes qui avaient fait le nom et la richesse de la Villa Rosso — *rosso*, comme le vin que donnait cette terre, un rouge à la riche robe de velours qui faisait le bonheur de tant de tables en Italie ; et, depuis peu, à l'étranger également.

Elle s'assit près de la fenêtre et remonta les genoux contre sa poitrine pour y appuyer le menton. La brise qui entrait par la fenêtre ouverte soulevait ses cheveux et rafraîchissait le feu de ses joues. Avait-elle rougi tout à l'heure, devant *lui* ?

Elle comprit que si elle avait eu un semblant de vie sociale, ce bref échange avec Vittorio n'aurait rien signifié pour elle. Mais dans quelques mois, elle fêterait son trentième anniversaire, sans avoir connu d'autres loisirs que ceux que lui procuraient la vinification ou les dégustations, en compagnie d'hommes deux fois plus vieux qu'elle. Difficile dans ces conditions de trouver un compagnon, sans parler d'un mari…

Mais en cherchait-elle un ? Voilà des années qu'elle avait accepté la dure réalité : les hommes ne s'intéressaient pas à elle. Au lieu de faire la chasse à l'amour, elle avait alors décidé que le travail, son père et l'amitié suffiraient à meubler sa vie. Elle s'y était résignée… jusqu'à ce soir !

Elle aurait voulu que Vittorio ne soit jamais revenu et que ses mots flatteurs, si visiblement hypocrites, n'aient pas réveillé dans son âme endormie tant de désirs secrets oubliés ou enfouis. Elle appuya la joue contre la pierre glacée du meneau et ferma les yeux, le cœur serré, laissant le vent jouer dans ses cheveux comme dans les feuillages. Oui, elle aurait voulu que Vittorio ne la regarde plus avec mépris, qu'il lui dise précisément ce qu'il lui avait dit ce soir, plus même, mais en toute sincérité.

Une fois, une fois seulement, elle aurait voulu se sentir femme.

2

— *Signorina* Viale, un visiteur vous demande, annonça Federico.

— Moi ?

Anamaria leva les yeux du cep qu'elle examinait. En cette saison, les vignes commençaient à se couvrir de fruits, de minuscules grappes vertes aussi parfaites que des perles.

— Oui. Le *signor* Ralfino… enfin, le comte de Cazlevara, précisa son commercial, guère à l'aise au milieu des vignes dans son costume impeccable et ses mocassins de cuir.

— Vittorio… ?

Ana se mordit la lèvre : elle n'avait pu s'empêcher de laisser échapper son prénom, alors qu'elle le connaissait si peu. Quel pouvait être l'objet de sa visite à la Villa Rosso, trois jours après sa réapparition ? Un étrange frisson glissa le long de son échine, semblable au pressentiment qui, même sous un ciel sans nuage, lui permettait de prédire à coup sûr la venue de l'orage. Et aussi de savoir quand protéger les grappes du gel. Mais en matière d'hommes, son instinct était-il aussi infaillible ? Elle avait si peu d'expérience…

— Il est dans le bureau ?

En voyant Federico acquiescer, elle prit conscience de son accoutrement : un pantalon poussiéreux et une chemise que la transpiration lui collait au dos, soit son uniforme habituel pour inspecter les vignes. Elle n'attendait aucun visiteur, surtout pas Vittorio. Que lui voulait-il donc ?

— Merci. Je vais le recevoir tout de suite.

Tout en tentant de calmer les battements désordonnés de son cœur, elle fit mine de continuer son inspection, jusqu'à ce qu'elle entende s'éloigner Federico. Puis elle essaya de décoller sa chemise de son dos et de lisser quelques mèches folles. Elle devait être repoussante, mais impossible d'aller se refaire une beauté dans la villa s'il l'attendait déjà au bureau. D'autant que la patience n'était sûrement pas la qualité dominante de Vittorio Ralfino, comte de Cazlevara…

Elle respira profondément, remit un peu d'ordre dans ses vêtements, redressa la tête et se dirigea vers le bâtiment qui abritait ses bureaux, ce lieu où elle se sentait chez elle, parfaitement à l'aise. Peu importaient ses vêtements, elle était la reine de ce domaine. L'égale de Vittorio.

Les mains dans les poches, il arpentait la petite salle, le long du canapé et de la table basse couverte d'élégants magazines en papier glacés destinés aux visiteurs. De son corps puissant émanait une indomptable énergie, celle d'un fauve en cage, sombre et vaguement menaçant.

Pourquoi l'effrayait-il ainsi ? Ce n'était qu'un homme…

Mais quel homme ! Il portait un superbe costume italien de soie, parfaitement coupé, qui mettait en valeur sa haute silhouette — dix bons centimètres de plus qu'elle, soit au moins un mètre quatre-vingt-dix. Ses cheveux coupés court étaient d'un noir d'encre et ses yeux sombres. Lorsqu'ils se posèrent sur elle, Ana se sentit intimidée comme une écolière et se raidit.

— Quel plaisir inattendu, comte Cazlevara…

— Vittorio, je vous en prie, laissa-t-il tomber, avec cette moue de dédain qu'elle lui connaissait désormais. Désolé de vous avoir interrompue dans votre travail.

Ana désigna d'un geste ses vêtements en désordre et réussit à sourire pour dissimuler sa gêne.

— Je n'attendais pas de visite, j'étais en train d'inspecter nos vignes.

— Comment se présente le raisin ?

— Il grossit, répondit-elle en reboutonnant sa chemise, qui n'arrêtait pas de glisser. Grâce à Dieu, il a fait beau. Puis-je vous proposer un rafraîchissement ?

Il lui jeta un regard pensif qu'elle trouva immédiatement désagréable.

— Oui, merci. Il fait si chaud aujourd'hui !

Comme les yeux de son visiteur s'attardaient sur son visage luisant et sa chemise trempée, elle se sentit rougir. Pourtant, il faudrait bien qu'il l'accepte comme elle était.

— Effectivement. Si nous passions dans la salle de dégustation ? proposa-t-elle en désignant l'arrière du bâtiment.

Avec son plafond voûté et ses larges fenêtres, cette pièce, agréable et ensoleillée, était meublée de quelques tables faites de vieux tonneaux bordées de hauts tabourets. Ana s'assit sur un canapé placé dans un coin et lissa son pantalon tout en adressant à son visiteur un sourire impersonnel.

— Que puis-je pour vous, Vittorio ? s'enquit-elle en trébuchant légèrement sur le prénom.

Il lui adressa un sourire éclatant.

— Vous vous êtes remarquablement débrouillée depuis quelques années, Anamaria. Le vignoble Viale a décuplé ses rendements.

— Appelez-moi Ana, je vous en prie. Et merci pour le compliment. J'ai travaillé dur.

— Évidemment. Et durant tout ce temps, vous n'avez pas quitté la Villa Rosso ? demanda-t-il, en se caressant le menton avec un exaspérant petit sourire entendu.

— Je m'y trouve bien, répondit-elle, s'efforçant de ne pas avoir l'air sur la défensive.

— Vous n'avez jamais eu envie de voyager, de voir un peu le vaste monde ? Ou d'aller à l'université ?

— J'ai un diplôme de viticulture de l'université de Padoue, répliqua-t-elle d'une voix un peu plus tranchante.

— Excusez-moi, je l'avais oublié.

Ana fut sur le point de lui demander comment il pouvait être au courant, mais préféra s'abstenir.

— Votre père doit être ravi que vous vous consacriez entièrement au vignoble Viale — et à lui aussi, bien sûr. Durant toutes ces années, vous ne l'avez jamais quitté ?

— Non, répondit Ana qui commençait à se demander où son interlocuteur voulait en venir. Je ne me vois pas faire quoi que ce soit d'autre.

Effectivement, les vins Viale étaient devenus sa vie, son sang même. En dehors de sa maison et de son père, elle n'avait guère d'autre centre d'intérêt. Vittorio sourit, apparemment satisfait de sa réponse, au moment où un employé entrait, apportant une carafe de jus de citron glacé et deux verres.

— Merci, murmura Ana, qui remplit les deux verres et en tendait un à Vittorio. Ainsi, vous voilà revenu de l'étranger. Avez-vous l'intention de vous fixer ici ?

— C'est probable. J'ai l'impression d'être resté absent trop longtemps.

Son regard se durcit et ses mâchoires se crispèrent. Déconcertée, Ana se demanda ce qui l'avait poussé à rentrer.

— Vous êtes content d'être de retour ?

— Oui.

— Pourtant, ce ne doit pas être désagréable de découvrir sans cesse de nouvelles villes, de nouvelles personnes.

Elle s'insulta mentalement de ne pouvoir proférer autre chose que des banalités et résista à l'envie d'essuyer ses paumes moites sur son pantalon.

— Sans doute. Mais il s'agissait de voyages d'affaires.

— Ah...

Elle sentait peser lourdement sur elle son regard estimatif, qui la déstabilisait. Dans sa vie bien contrôlée, elle n'avait guère d'occasion de se sentir ainsi jugée, surtout au sein de son petit royaume personnel.

— Même s'il est parfois possible de marier les affaires et le plaisir..., déclara enfin Vittorio sur un ton lourd de sous-entendus.

Sans comprendre où il voulait en venir, Ana hocha la tête.

— Sans doute. Je dois vous avouer que je ne comprends pas l'objet de votre visite. Naturellement, je suis ravie de vous savoir de retour en Vénétie mais pour être franche, nous n'avons pas grand-chose à nous dire.

Elle retint sa respiration. Voilà. C'était dit. Un peu rudement peut-être, mais tant pis ! La présence de cet homme, si confiant en lui — arrogant même —, si viril, la troublait. Le cœur battant, les paumes moites, elle sentait s'éveiller en elle un étrange désir.

Comme il se penchait pour reprendre son verre, les effluves faiblement musqués de son eau de toilette parvinrent jusqu'à elle. Quand elle se carra instinctivement dans le canapé, leurs regards se croisèrent, mais celui de Vittorio restait impénétrable.

— Je suis venu vous inviter à dîner.

Les mots s'égrenèrent dans la tranquillité de la pièce en même temps qu'ils résonnaient dans le chaos de son cœur incrédule. De quel genre d'invitation s'agissait-il ? Brusquement, elle fut submergée par une vague de bonheur. Quand un homme comme Vittorio Ralfino l'avait-il invitée pour la dernière fois ? Les joues en feu, elle avala une gorgée de citronnade pour se donner une contenance.

— Je vois que je vous ai surprise, nota-t-il.

— Oui. Cela fait des années que nous ne nous sommes pas vus, et de toute façon...

Elle se mordit la lèvre, assez fort pour sentir le goût métallique du sang dans sa bouche ; au sourire que lui adressa Vittorio, elle sut que cette marque d'anxiété ne lui avait pas échappé.

— De toute façon… ?

— Je ne suis pas exactement le genre de femme qui…

Elle s'arrêta brusquement, consciente d'en avoir trop dit. Elle ne savait pas mentir, pas même dissimuler, mais seulement dire la vérité, comme elle l'avait toujours fait.

— Le genre de femme que j'invite à dîner, vouliez-vous dire ? Comment le sauriez-vous ?

— Je l'ignore. Tout ce que je sais… Je suis surprise, voilà tout ! jeta-t-elle, agacée par son propre trouble — bien trop manifeste à son goût.

Sans répondre, il lui jeta un regard impénétrable. Elle reposa sa citronnade sur la table, envahie par d'affreux souvenirs : le rire cruel de ses camarades de pension, les interminables soirées dansantes qu'elle passait les doigts crispés sur un verre de punch, à regretter de ne pas être invisible. Des images cruelles qui lui serraient encore le cœur et que ravivaient les attentions de cet homme, et son mépris sous-jacent.

— Je vois.

Au ton qu'il employa, elle comprit qu'il lisait en elle comme dans un livre ouvert. Mais elle n'avait que faire de sa pitié.

— J'ai une affaire à vous proposer, reprit-il.

Les yeux d'Ana s'écarquillèrent, et son visage s'empourpra. Pauvre idiote, qui avait cru que Vittorio Ralfino voulait sortir avec elle ! Naturellement, il s'était bien gardé de la détromper, se plaisant sans doute à la voir s'enferrer dans son horrible aveu : « Je ne suis pas exactement le genre de femme… » Il avait parfaitement compris, et à son regard, elle savait qu'il était de cet avis, comme tant d'autres avant lui.

— Une affaire à me proposer ? répéta-t-elle après un long silence. Évidemment…

— Peut-être pas du genre auquel vous vous attendez.

Ana s'efforça de sourire, la gorge encore serrée par l'humiliation.

— Vous m'intriguez.

— Tant mieux. Vendredi soir, est-ce possible ?

— Très bien.

Inutile de faire mine de consulter un agenda : Vittorio semblait lire dans ses pensées.

— Je passerai vous prendre à la Villa Rosso.

— Je peux vous rejoindre…

— Je vous emmènerai dans un lieu particulier, coupa-t-il abruptement.

Un lieu particulier ? Comment devrait-elle s'habiller ? Ses tailleurs-pantalons habituels n'étaient guère adaptés à ce genre de situation, même s'il s'agissait d'un simple repas d'affaires. Depuis des années, elle s'habillait et se comportait non pas comme un homme, mais comme une femme asexuée. Une femme qui se désintéressait absolument de la mode et du désir. De l'amour surtout… C'était plus facile ainsi : elle ne risquait plus que ses attentes soient déçues. Et dîner d'affaires ou pas, mieux valait continuer dans cette voie avec Vittorio. C'était plus sûr.

Debout devant le miroir de sa chambre, Ana observa d'un œil critique le pantalon noir ajusté et la veste un peu trop large qu'elle venait de revêtir. Elle n'avait consenti qu'une seule concession à la féminité : un haut de soie crème brodé de perles, que sa veste dissimulait entièrement. Elle releva ses cheveux et les attacha au sommet de son crâne, en se demandant si les petites mèches qui frisottaient sur sa nuque et autour de son visage lui donnaient un air élégamment décontracté ou, au contraire, fâcheusement négligé. Elle préféra renoncer à tout maquillage tant ses précédents essais s'étaient immanquablement soldés par des échecs.

— Voilà, murmura-t-elle, décidée à s'accepter comme elle était.

Si elle avait choisi une tenue plus sexy ou plus élégante, elle se serait sentie ridicule. Elle n'en possédait d'ailleurs pas. Et dans la mesure où Vittorio avait parlé d'une « affaire », c'eût certainement été pour le moins déplacé.

Elle descendit retrouver son père dans son bureau, où il passait la plupart de ses soirées à lire ou à jouer au solitaire.

— Tu sors, ma chérie ? s'enquit-il en levant les yeux de son livre.

Elle acquiesça avec un petit pincement de cœur : elle lui avait sciemment caché l'invitation de Vittorio, de peur qu'il ne se fasse des idées. Elle déposa un baiser sur son crâne un peu dégarni.

— Une *invitation* ? demanda-t-il, plein d'espoir.

— Non, répondit Ana, le regard perdu dans le parc de la villa, que le crépuscule teintait de mauve. Un dîner d'affaires.

— Toujours les affaires…

— Ça me plaît, tu le sais bien.

Elle ne mentait pas. Le domaine Viale représentait sa raison de vivre. Son père adorait raconter que, quand il l'avait emmenée pour la première fois dans les vignes, elle avait cueilli une petite grappe parfaitement mûre, pourpre et parfumée, et mise tout entière dans sa bouche. Et elle avait ensuite articulé « ils sont prêts » avec l'assurance d'une adulte.

— J'ai peur que tu ne travailles trop.

Ana ne répondit pas. Son père avait parfaitement raison. Mais elle n'avait rien d'autre à faire. Quand il dirigeait encore le domaine, il n'avait d'autre ambition que de soigner ses vignes et de vendre le vin qu'elles produisaient.

Ana avait rêvé de voir les vins Viale figurer dans les caves de tous les amateurs éclairés et sur les tables des grands restaurants d'Europe, d'Amérique pourquoi pas ? Elle avait rêvé d'imiter le succès de son prestigieux voisin : le comte de Cazlevara…

À cet instant, des phares percèrent l'obscurité et une Porsche bleu marine apparut au bout de l'allée. Le cœur battant, elle vit Vittorio en descendre et, malgré la pénombre, elle le trouva superbe.

La sonnette retentit.

— Tu attends quelqu'un ? demanda Enrico.

Ana s'était déjà ruée vers la porte, les joues en feu, le souffle court. Vittorio se tenait sur le seuil, les mains dans les poches, dans un costume de soie bleu nuit, chemise blanche et cravate sombre. Aussi beau qu'elle l'avait imaginé.

Elle avala péniblement sa salive, incapable d'articuler le moindre mot.

— Bonsoir, Ana. Vous êtes prête ?

Elle acquiesça, consciente qu'il ne lui faisait aucun compliment sur son apparence, et que son père attendait dans la pièce voisine qu'elle lui présente le visiteur.

— Oui, mais si vous voulez entrer, balbutia-t-elle. Mon père… mon père serait heureux de vous saluer.

Elle tourna les talons pour guider Vittorio vers le bureau.

— Tiens, Vittorio ! s'étonna son père. Bonsoir.

— Bonsoir, Enrico.

— Vous sortez dîner ?

— C'est façon de parler. Je pensais que nous pourrions manger à Cazlevara.

Ana lui jeta un regard étonné. Dîner au château ? Elle n'en avait franchi le seuil qu'une seule fois, quand elle était enfant, à l'occasion d'un goûter de Noël. Elle se rappelait parfaitement l'énorme sapin dans le hall, et toutes les sucreries qu'elle avait mangées.

— Si nous y allions ? proposa Vittorio.

— Très bien.

En sentant sa main se poser avec légèreté sur sa taille, elle tressaillit comme s'il l'avait brûlée. Il la guida vers la voiture qui les attendait dans l'ombre, et lui ouvrit la portière avant de se glisser sur le siège du conducteur.

Vittorio attendit qu'Anamaria boucle sa ceinture. Elle avait l'air particulièrement nerveux, et ses vêtements étaient d'un goût douteux. Au moment où elle avait ouvert la porte, il avait cependant failli lui adresser un compliment, mais s'était arrêté net de peur qu'elle ne l'accuse encore de débiter des fadaises. Il tapota le volant, impatient, et même mal à l'aise. Une impression pénible. En fait, il ne savait comment approcher cette femme et lui faire la cour, ni même s'il pouvait s'y risquer. Il redoutait de ne pas être convaincant. Elle avait beau être particulièrement intelligente, ce n'était pas le genre qu'on a immédiatement envie de mettre dans son lit. Pourtant, s'il voulait que ce mariage fonctionne et qu'ils aient un héritier, il faudrait bien qu'il en passe par là. Et plus d'une fois.

Bien sûr, il aurait pu choisir une autre épouse… L'Italie ne manquait pas de jeunes femmes ravissantes qui n'auraient pas demandé mieux que de devenir comtesse de Cazlevara. Des femmes qu'il aurait eu envie de déshabiller, elles, mais pas d'épouser, hélas ! Car elles ne possédaient pas de vignes contiguës aux siennes, ne se consacraient pas au vin et ne lui semblaient pas spécialement loyales. Contrairement à l'héritière du domaine Viale.

Lorsqu'il avait envisagé de se marier, elle lui avait paru remplir toutes les conditions requises : c'était une fille en bonne santé, relativement jeune, et surtout dévouée corps et âme à son père et à sa vigne, comme il l'avait lu dans un magazine spécialisé. Il considérait le dévouement comme une nécessité absolue : pas question de se laisser berner par un proche comme il l'avait déjà été.

Ses mains se crispèrent sur le volant tandis qu'il pensait à la vraie raison qui le poussait à se marier, et par conséquent à avoir dû sélectionner une fiancée selon certains critères très précis : il voulait un héritier. Ainsi, jamais Bernardo, ce frère qui l'avait trahi, ne pourrait devenir comte — ce qui était, à en croire leur mère, son vœu le plus cher. Une récente conversation avec celle-ci avait tourné à l'aigre ; comme d'habitude, elle l'avait appelé pour lui demander de l'argent…

— Je ne comprends pas pourquoi tu es aussi pingre, Vittorio, avait-elle dit d'un ton boudeur.

Distrait par les courriels qu'il consultait sur son écran, il n'avait pas compris tout de suite où elle voulait en venir.

— Que veux-tu dire ?

Elle avait poussé le petit soupir d'agacement qu'elle lui réservait depuis sa plus tendre enfance.

— Que tu vieillis, mon fils, avait-elle répondu avec une pointe d'ironie. À trente-six ans, tu ne songes toujours pas à te marier ?

— Je n'en sais rien.

Elle avait eu ce petit rire qui lui mettait les nerfs à vif.

— Si tu ne te maries pas, Vittorio, tu ne pourras pas avoir d'héritier. Et alors, tu sais ce qui arrivera ? C'est Bernardo qui deviendra comte de Cazlevara.

Les mains crispées sur le téléphone, il s'était raidi. Le déposséder de son titre, c'était exactement ce que sa mère et son frère avaient toujours voulu. Il le savait depuis des années, depuis qu'ils avaient tenté de le dépouiller de son héritage, alors que la tombe de son père était encore fraîche.

Il ne l'avait pas oublié. Pas plus qu'il n'oubliait la nécessité de se marier et d'avoir des enfants. Mais il avait été si occupé à développer ses affaires pour fuir les soucis qui l'attendaient chez lui qu'il n'avait pas préparé l'avenir. Maintenant, il voulait le faire. Il *devait* le faire. Son épouse, il l'avait sélectionnée comme un bon vin, et il ne lui restait plus qu'à attendre que la situation se décante.

Il se remit à tapoter le volant tandis qu'Ana lui jetait un regard suspicieux. Comment mener les travaux d'approche ? Elle se tenait raide, la main crispée sur la poignée comme si elle avait envie de s'échapper. Le tailleur qu'elle portait avait l'air de sortir d'une vente de charité et ne flattait nullement sa silhouette élancée et généreuse. Pourtant, avec des vêtements convenables et un peu de maquillage, elle pourrait presque être… *jolie* ?

Il fit la grimace. Comment réagirait-elle quand elle saurait qu'il avait l'intention de l'épouser le plus vite possible ? Toutes les femmes avaient beau rêver d'entrer dans la famille Cazlevara, il sentait bien qu'Ana, elle, risquait de renâcler. Depuis la soirée de dégustation au cours de laquelle il l'avait revue, il avait compris qu'elle serait insensible à ses flatteries, contrairement aux femmes qu'il avait coutume de séduire — mais n'avait nullement l'intention d'épouser.

Non, il allait se marier avec Anamaria Viale et ce mariage, il le lui présenterait comme une chance, une affaire. Elle qui appréciait tant la franchise, elle verrait qu'il pouvait parler sincèrement. Cette idée lui plaisait. Il n'aurait pas besoin de perdre du temps à lui faire la cour. Alors que la plupart des femmes adoraient qu'on les flatte, cela risquait d'agacer Ana, de la blesser même.

Soudain, une pointe de culpabilité l'aiguillonna. Et si elle attendait le grand amour ? Si elle rêvait d'un mariage avec le prince charmant ? Avec lui, ce ne serait pas possible, mieux valait qu'elle le sache d'emblée. Mais elle paraissait trop terre à terre, trop réaliste pour se soucier d'être aimée. D'ailleurs, elle pourrait toujours dire non.

Sauf qu'il saurait bien s'arranger pour qu'elle ne puisse pas refuser...

Ana s'adossa au siège de cuir tout en contemplant les collines moutonnantes et les bosquets de chênes assombris. Elle risqua un regard vers le profil de Vittorio. Depuis qu'il était monté en voiture, il n'avait pas desserré les dents. À quoi pouvait-il penser ? Elle regarda de nouveau le paysage pour tenter de calmer ses nerfs à vif. Au bout de vingt minutes de silence, elle aperçut les lumières du château de Cazlevara au sommet d'une colline.

Elle avait beau y avoir été invitée une fois, elle se sentit impressionnée et même intimidée en contemplant la silhouette de l'énorme édifice médiéval accroché à son rocher. Dans la pénombre, on devinait les tours majestueuses de l'ancienne forteresse, ainsi que son pont-levis désormais définitivement abaissé sur des douves asséchées.

— Voilà donc le « lieu particulier » auquel vous faisiez allusion, murmura-t-elle.

— Vous reconnaîtrez que Cazlevara sort de l'ordinaire.

Certes. L'endroit était même un peu effrayant...

Après avoir franchi le pont-levis, Vittorio gara la Porsche dans la cour intérieure. Depuis l'époque des invasions barbares, l'édifice avait été rénové, mais il gardait une beauté sombre et intimidante ; comme son propriétaire, qui bondit de son siège pour venir lui ouvrir la portière. Après avoir franchi l'entrée éclairée de torchères, il la guida vers l'escalier de pierre.

Un épais tapis persan réchauffait le sol pavé du hall ; sur les murs dansaient des ombres mouvantes. De lourdes portes d'acajou ciré ouvraient sur les pièces de réception plongées dans l'ombre.

— Vous n'avez jamais eu envie de vivre dans un *palazzo* plus moderne ? demanda Ana.

Vittorio eut un léger soupir de dédain, à peine perceptible. Mais elle était trop consciente de tout ce qui émanait de lui : l'harmonie de sa haute et puissante silhouette, ses muscles qui jouaient sous la soie du costume, et même les faibles effluves de son parfum musqué. Elle percevait son humeur aussi, dont elle discernait le moindre changement sans même qu'il lui parle ou la regarde. Elle s'étonna de se sentir si concernée, si sensitive.

— Les comtes de Cazlevara ont toujours vécu dans ces lieux avec leurs familles. Même si ma mère vit la plupart du temps à Milan dans un *palazzo*, comme vous dites. Vous-même, vous seriez incapable de vivre ici ?

Il y avait dans sa voix une note un peu âpre, cruelle même, qu'Ana ne comprit pas. Elle s'imagina soudain dans un de ces splendides salons, présidant un goûter de Noël semblable à celui auquel elle avait été conviée jadis. Ou organisant une fête pour les gens du village dans l'antique salle à manger, comme si elle était la comtesse. Agacée par la précision de ces fantasmes absurdes, elle préféra les chasser.

— Ces murs doivent être chargés d'histoire.

— Oui, depuis des siècles. Mais votre famille est également installée en Vénétie depuis fort longtemps, non ?

— Trois cents ans à peine. Ce n'est rien comparé à la vôtre.

— Ne soyez pas si modeste, répondit-il avec un petit rire, avant de s'immobiliser devant une porte de bois qu'il ouvrit pour la laisser passer. Et maintenant, si nous dînions ?

En proie à une sorte d'excitation mêlée d'appréhension, Ana entra dans la pièce. Les fenêtres étaient fermées par de lourds rideaux de velours, qui masquaient l'obscurité. Un feu pétillait dans la cheminée, en face de laquelle on avait dressé une table pour deux. L'argenterie et le cristal étincelaient sur une nappe de lin richement brodée. Sur une desserte se trouvait une bouteille de vin rouge déjà ouverte. Un décor intime, romantique, moins approprié aux affaires qu'à la séduction.

Troublée, elle posa la main sur le dossier de sa chaise. Jamais on ne l'avait invitée à un tel dîner, et cette pensée l'excitait au point qu'elle sentait monter en elle un vertige de crainte et d'espoir.

Comme lors d'un premier rendez-vous…

— Quel décor ravissant, Vittorio, articula-t-elle après s'être éclairci la gorge.

En souriant, il referma la porte et elle se demanda s'il y avait quelqu'un d'autre dans le château.

— Vous vivez seul ici depuis votre retour ?

— Mon frère Bernardo et Constantia, ma mère, sont à Milan en ce moment.

Il avait parlé d'un ton indifférent, comme si la seule famille qui lui restât étaient pour lui de parfaits étrangers. Ce n'était certainement pas le cas. Depuis la mort de sa mère, Ana s'était rapprochée de son père, le seul être qui comptait vraiment pour elle. Il devait en aller de même pour Vittorio avec sa mère et son frère.

Il tira la chaise pour qu'elle s'y assoie et, en soulevant la lourde nappe de lin, son pouce lui effleura la cuisse. Elle tressaillit et s'empourpra : jamais personne ne l'avait touchée à un endroit si intime. Cette réaction l'emplit de honte, car il s'était simplement contenté d'écarter courtoisement la nappe. Ainsi, il suffisait que Vittorio s'approche pour que ses sens soient en émoi… Jamais elle n'était sortie avec un homme. Jamais elle n'avait même flirté. Elle ignorait ce qu'une femme éprouve quand elle se sent désirée.

Mais il ne la désirait pas.

Ce dîner, ce décor, ces mystères, tout cela lui montait à la tête. Et c'était certainement prévu pour. Un piège se refermait sur elle… Ana se força à se souvenir de l'horrible humiliation qu'elle avait subie à l'université, quand le garçon dont elle s'était entichée avait dû lui mettre les points sur les i : « Désolé, mais tu ne m'attires pas. » Les mots résonnaient encore douloureusement à son oreille.

Vittorio non plus, bien évidemment. Et d'ailleurs, il ne faisait pas même semblant de l'être. En tant que femme, elle ne l'intéressait pas, il ne fallait pas qu'elle l'oublie, en dépit de ce décor de rêve. C'était simplement sa façon à lui de faire des affaires. Elle saurait s'y adapter.

— Un peu de vin ? proposa-t-il en prenant la bouteille.

Avec une pointe de satisfaction, elle constata que c'était un Viale. Une fois assis en face d'elle, il leva son verre et elle leva le sien à son tour.

— À nos futures affaires.

— Nos *mystérieuses* affaires…

— Délicieux, déclara Vittorio après avoir avalé une gorgée.

— C'est un nouvel assemblage.

— J'ai lu quelque chose à ce sujet.

— Vraiment ? lança-t-elle, surprise.

— Oui, dans l'avion qui me ramenait en Italie, répondit-il en reposant son verre. On parlait de vous dans un magazine. Vous l'avez lu ?

Elle acquiesça nerveusement. Malgré la brièveté de l'article, elle avait été heureuse de cette publicité.

— Vous pouvez être fière de vous, Ana, et des vins Viale.

— Merci.

Elle se sentait plus touchée qu'elle ne l'aurait dû. Elle avait travaillé si dur, si longtemps pour que la profession viticole l'accepte, que son domaine se fasse une réputation.

Quelques minutes plus tard une jeune femme brune

vint déposer devant eux deux assiettes pleines. Vittorio la remercia et elle disparut aussitôt.

— Cela a l'air délicieux, dit Ana en contemplant les fines tranches de jambon cru accompagnées de melon.

— Je suis heureux que ça vous plaise.

Tandis qu'ils mangeaient en silence, Ana se sentait de plus en plus tendue. Elle aurait bien voulu que son hôte lui en dise plus, mais ne parvenait pas à adopter le ton détaché et primesautier qui convient au flirt ou au simple bavardage mondain.

Cette situation la troublait infiniment : elle était là, près du feu, assise à côté d'un homme superbe, devant une table chargée de mets et de vins délicieux. Soit l'illusion de ce qu'elle avait tant désiré naguère et n'avait jamais pu obtenir : un mari, des enfants, un foyer bien à elle. Maintenant, elle avait tiré un trait sur ses rêves, tout en reconnaissant qu'elle avait déjà beaucoup reçu. Ou plutôt, elle l'avait cru ; car présentement, elle avait beau être anxieuse, incertaine, effrayée, ses anciens désirs, qu'elle avait crus définitivement enfouis, recommençaient à la tarauder.

Elle ne comprenait pas pourquoi Vittorio, un homme dont elle n'aurait même pas osé rêver la nuit, déchaînait en elle de telles émotions. Elle se demandait si ses cheveux étaient aussi épais, aussi souples qu'ils en avaient l'air. Et si elle lui effleurait la joue, y sentirait-elle la rugosité de sa barbe naissante ? Ses lèvres étaient-elles douces ? Avaient-elles un goût de raisin mûr ? Elle faillit s'étrangler avec un morceau de melon.

— Tout va bien ? s'inquiéta Vittorio d'une voix pleine de sollicitude.

— Très bien.

Elle n'arrivait pas à admettre que ses pensées s'égarent ainsi, ni que son corps réagisse avec tant de force. Une onde brûlante lui envahit les reins, déclenchant dans son ventre et jusqu'au plus intime de son être des pulsations inattendues. Mais jamais Vittorio Ralfino, comte de Cazlevara, n'avait jeté les yeux sur une femme comme elle.

Dès qu'ils eurent terminé l'entrée, la jeune domestique revint enlever leurs assiettes ; puis elle leur apporta un plat d'odorants raviolis au homard.

— Vous aviez la nostalgie de votre foyer ? demanda-t-elle pour rompre le lourd silence.

— Jamais je n'aurais dû rester si longtemps absent.

— Pourquoi l'avez-vous fait ?

— Sur le moment, cela m'a semblé aller de soi. Une solution de facilité.

Il s'interrompit pour déguster un ravioli.

— Vous devriez les goûter, reprit-il. Ils sont faits ici et le homard a été pêché ce matin.

— Étonnant, murmura-t-elle.

La tension et le désir qu'elle ressentait l'empêchaient de savourer ce mets exceptionnel. Elle aurait voulu lui demander pourquoi il l'avait invitée, mais elle avait plus envie encore de poser ses mains sur lui, de le toucher. Si elle buvait un verre de plus, peut-être aurait-elle l'audace de passer à l'action. Comment réagirait-il ? Serait-il étonné ? Flatté ? Dégoûté ?

Il fallait en finir !

Posant sa fourchette, Ana fixa son hôte droit dans les yeux et allongea la main sur la table, effleurant celle de Vittorio.

— Si délicieux que soit ce plat, il faut d'abord que je vous pose une question : quelle est donc cette affaire à laquelle vous n'avez cessé de faire allusion ?

Il ne répondit pas immédiatement, les yeux fixés sur le

vin couleur de rubis. Puis, avec un sourire qui éveilla en elle une nouvelle onde de désir, il reposa son verre sur la table.

— Eh bien, puisque vous voulez vraiment le savoir, c'est tout simple. J'ai l'intention de me marier avec vous.

3

Les mots de Vittorio résonnèrent dans la pièce comme s'ils emplissaient l'air. Dans la cheminée, une bûche s'effondra sur le foyer, projetant sur le tapis quelques étincelles. Ana leva les yeux vers son hôte, la bouche sèche, prise de vertige. Une fois de plus, elle se sentait incapable de prononcer le moindre mot et se demandait si elle avait bien entendu. N'avait-elle pas, dans son désir de l'entendre enfin, imaginé cette phrase ? Était-elle vraiment assez désespérée pour avoir pu rêver qu'il la prononçait ?

À moins qu'il n'ait voulu plaisanter ? Oui, ce devait être l'explication, évidemment… Avec un sourire contraint, elle reprit son verre, adressant toutefois à Vittorio un regard entendu, pour bien montrer qu'elle appréciait son humour.

— Allons. Dites-moi *réellement* de quoi il s'agit.

Vittorio se pencha et la fixa avec une intensité qui la surprit.

— Je suis parfaitement sérieux, Ana. Je veux vous épouser.

Si c'était une plaisanterie, elle la trouvait terriblement cruelle.

Pire que quand les filles cachaient ses vêtements après la gym, l'obligeant à traverser le vestiaire enveloppée d'une serviette de toilette tandis qu'elles chuchotaient en gloussant.

Pire que quand le garçon qui l'avait invitée à danser — elle avait une quinzaine d'années — s'était enfui en riant quand elle s'était levée ; en voyant ensuite ses copains lui donner de l'argent, elle avait compris qu'elle avait fait l'objet d'un pari.

Sans même parler de l'homme auquel elle s'était offerte, et qui lui avait répondu qu'il ne s'intéressait pas à elle *de cette façon*. Roberto avait joué les offensés, comme si elle s'était fourvoyée tout au long de leur relation. Et sans doute était-ce de nouveau le cas en ce moment-même.

Elle prit une profonde inspiration et regarda Vittorio droit dans les yeux. La peur la saisit alors, glaçante : il semblait parfaitement sérieux… Impossible !

— Je vous avais dit que cette affaire sortait de l'ordinaire, déclara-t-il avec un regard amusé.

— Effectivement, reconnut Ana.

Elle avala une gorgée de vin, de travers malheureusement et, tandis qu'elle s'étranglait, elle s'efforça d'étouffer la quinte inélégante qui la secouait. Vittorio lui tapota le dos ; aussitôt, la chaleur de sa main à travers le tissu de sa veste lui brûla le dos. Elle réussit à ravaler sa toux mais resta quelques secondes figée, les yeux pleins de larmes. Son compagnon lui mit entre les mains un verre d'eau.

— Désolée, balbutia-t-elle en s'essuyant les yeux avant d'avaler une gorgée.

— Tout va bien ? Je vois que je vous ai surprise.

— Vous pouvez le dire !

Ana hocha la tête, encore incapable de croire à ce qu'elle avait entendu. Que pouvait-il avoir à l'esprit ? Rien de tout cela ne paraissait cohérent.

— Je n'avais pas l'intention d'être aussi abrupt, mais il s'agit effectivement d'une affaire, parfaitement honnête.

Elle jeta un coup d'œil à la pièce illuminée par les bougies. Les verres encore à moitié pleins de vin étincelaient et, dans la cheminée, les braises rougeoyaient. Elle sentait sourdre en elle un désir désespéré, inassouvi. Quelle idiote elle était !

— Une *affaire*, répéta-t-elle lentement. Bien sûr.

Pour un homme aussi déterminé et ambitieux que Vittorio, le mariage ne pouvait être que cela. Elle s'était raidie en percevant dans sa propre voix une pointe de déception. Comment pouvait-elle être déçue puisque tout ce qu'elle avait désiré et ressenti ne l'avait été que dans son imagination ? Et dans son corps à elle, pas dans celui de Vittorio.

— Pouvez-vous m'expliquer comment un mariage peut constituer une affaire ? articula-t-elle.

Les ondes qui émanaient du corps d'Ana glaçaient l'atmosphère de la pièce, et Vittorio se dit qu'il avait commis une erreur. Plusieurs même. Lui qui était si certain de gagner, il avait eu tout faux. Il avait vu le regard qu'elle avait jeté autour d'elle, au décor qu'il avait soigneusement étudié pour un tête-à-tête romantique, intime et suggestif. Un cadre totalement inapproprié à un dîner d'affaires…

Imbécile qu'il était !

Puisqu'il avait choisi de présenter sa demande en mariage comme une affaire, il aurait fallu choisir le cadre en conséquence. Pas ici. Pas de cette façon. Cette pièce, ce repas exprimaient une promesse qu'il n'était pas prêt à tenir ; Ana l'avait compris, d'où son air déçu.

À moins qu'elle n'ait cru qu'il s'agissait d'un vrai rendez-vous ? Cette idée l'emplit à la fois de honte et de dégoût. Il ne pouvait pas faire semblant d'être amoureux, et lui faire la cour ainsi, avec les vieilles tactiques, les vieux trucs qui avaient si bien marché dans le passé, était totalement inapproprié. Il devait imaginer un nouveau stratagème.

— Vous jouez aux cartes ?

Ana le fixa, bouche bée.

— Aux cartes… ?

— Oui. Je pensais que nous pourrions y jouer après

dîner, tout en discutant. Beaucoup d'affaires se traitent en pratiquant un sport ou un loisir : le golf, les cartes, etc.

— Que diriez-vous plutôt d'une partie de billard ?

En voyant l'air ébahi de Vittorio, Ana ne put s'empêcher de ressentir une petite bouffée de satisfaction.

— Vous jouez au billard ? s'étonna-t-il.

— Au *stecca*, oui.

— Justement, le château abrite une table de billard à cinq quilles, installée par mon père. Quand j'étais enfant, il y jouait avec moi.

Ana crut voir passer dans son regard un éclair de tristesse. Elle se souvint d'avoir entendu dire que Vittorio et son père avaient été très proches.

« Tu as raison d'être triste, *rondinella*... »

Chassant le souvenir de sa voix, elle lui sourit avec détermination.

— Dans ce cas, vous savez jouer.

— Oui, je me défends assez bien.

— Moi aussi, le brava-t-elle en soutenant son regard.

Il la guida à travers un couloir étroit jusqu'à une pièce vaste et aérée — sans doute un ajout récent —, dont les vastes baies ouvraient sur ce qui semblait être un jardin à la française. Dans la pénombre, Ana discerna les formes vagues des bordures de buis et des fontaines de marbre. La salle, visiblement abandonnée depuis des années, sentait le renfermé, et la table de billard était recouverte d'un drap poussiéreux.

— Vous n'avez pas dû jouer depuis longtemps ?

— Pas ici en tout cas, répondit-il en ôtant le drap, qu'il jeta dans un coin avant d'ouvrir les fenêtres pour faire entrer l'air frais du jardin. Les queues sont rangées ici. Vous voulez boire quelque chose ?

Ana se sentit soudain en danger. Vittorio avait été clair : il s'agissait d'une affaire, dont elle était l'enjeu... Sa déception, si déraisonnable à ses propres yeux, fit soudain place à une froide détermination.

— Je veux bien un whisky.

Vittorio la fixa d'un air pensif, réjoui même, avant de presser un bouton dissimulé derrière la porte. Quelques minutes plus tard, un maître d'hôtel entra et s'immobilisa en silence.

— Mario, deux whiskys, s'il vous plaît.

— Bien, monsieur.

Ana choisit une queue, dont elle enduisit soigneusement la flèche de craie. Sur la table se trouvaient deux billes de jeu, une blanche et une jaune, et une carambole rouge. Au centre, Vittorio disposa en croix le château constitué de cinq quilles, quatre blanches et une rouge. C'était son père qui lui avait appris les règles : pour obtenir des points, il fallait frapper soit la bille de l'adversaire, soit la carambole. « Un jeu de billes pour grandes personnes », disait-il.

— C'est Enrico qui vous a appris la *stecca* ? demanda Vittorio, comme s'il lisait dans ses pensées.

— Oui. Après la mort de ma mère, c'était une façon de nous retrouver tous les deux.

— C'est touchant, murmura-t-il.

Elle ne mit pas en doute sa sincérité.

— Et vous ? Je suppose que même si c'est votre père qui vous a appris, vous avez dû y jouer avec votre frère ?

— Avec mon père seulement.

— Vous voulez commencer ?

— Certainement pas ! s'exclama-t-il, indigné. Honneur aux dames.

— Je voulais simplement vous accorder un petit avantage, rétorqua Ana en haussant les épaules. Je vous ai dit que je ne me débrouillais pas mal.

Comme il lui jetait un regard dubitatif, Ana ressentit une fois de plus la brûlure du désir. Ses mains étaient devenues moites et glissantes ; les battements précipités de son cœur semblaient se répercuter dans tout son corps.

— Moi aussi…

— Dans ce cas, que le meilleur gagne, rétorqua-t-elle en affectant la plus grande décontraction.

Le domestique revint alors avec un plateau sur lequel étaient posés deux verres, une bouteille d'eau gazeuse et un excellent vieux whisky pur malt. Mais Ana n'en avait réclamé que pour se donner une contenance. Les hommes buvaient en jouant au billard, elle le savait, mais elle-même n'en avait consommé qu'exceptionnellement, quelques gorgées avec son père. La pensée d'avoir à en boire un verre avec Vittorio suffisait à la rendre anxieuse. Surtout compte tenu du désir — nouveau, scandaleux, dévastateur — qui la submergeait.

— Vous l'aimez pur ou avec un peu d'eau ?

— À l'eau, répondit-elle, espérant atténuer ainsi les effets de l'alcool.

— Comme vous voulez.

Il lui tendit son verre avant de s'en verser un à son tour, qu'il leva en souriant dans sa direction. La première gorgée, malgré l'eau, lui brûla la gorge.

— Et maintenant, déclara Vittorio avec un geste éloquent, place au jeu.

Elle acquiesça et reposa son verre, avant de se pencher sur la table pour jouer sa première bille. Elle s'obligea à se concentrer sur le jeu mais au moment de porter son coup, la phrase de Vittorio revint résonner dans ses oreilles : « J'ai l'intention de me marier avec vous. » Sa main trembla et elle rata.

— Dommage, lança-t-il avec un claquement de langue ironique.

Elle serra les dents, convaincue qu'il la provoquait. Elle avait horreur de perdre, et c'était d'ailleurs pourquoi elle avait progressé. Elle avait passé des heures à s'entraîner pour battre son père, et y était parvenue avant même d'avoir quinze ans.

Elle recula et prit une autre gorgée de whisky tandis qu'il s'apprêtait à jouer.

— Pourquoi voulez-vous m'épouser ? demanda-t-elle d'un ton enjoué au moment où il tirait.

Fut-il surpris ? En tout cas tout comme elle, il manqua son coup.

— Je pense que vous feriez une épouse convenable, expliqua-t-il en lui jetant un coup d'œil perçant.

— *Convenable ?* Comme c'est romantique !

— Il s'agit d'un pacte, comme je vous l'ai dit. Un contrat.

Ana se prépara à tirer, toucha la bille de Vittorio, mais rata la quille d'un centimètre à peine. Elle avait été idiote d'employer le mot « romantique ».

— Ainsi, pour vous, le mariage est un marché comme un autre ?

— Oui.

— Simple curiosité : qu'est-ce qui vous semble si « convenable » en moi ?

Il envoya la boule d'Ana toucher une quille. Elle étouffa un juron.

— Tout.

— Vraiment ? Je ne me sens pourtant pas si exemplaire !

— Vous appartenez à une famille connue et respectée dans toute la région. Depuis dix ans, vous travaillez dur pour développer votre domaine. Et vous êtes loyale.

— Les qualités que vous jugez essentielles chez votre future épouse, si je comprends bien. C'est vous qui avez dressé cette liste ?

À son tour, elle fit mouche. Ils étaient à égalité — au billard du moins…

— Je sais ce que je veux, lança-t-il, après une seconde d'hésitation toutefois.

Mais Ana aussi savait ce qu'elle voulait : aller au fond des choses et connaître la vérité.

— L'amour ne vous intéresse pas, je suppose ? demanda-t-elle aussi légèrement que possible.

— Non. Et vous ?

Il la fixa intensément, la tête penchée, attendant sa réponse.

— Non, répondit-elle froidement, en se penchant pour viser. Pas du tout.

— Tant mieux.

— Je savais que c'est ce que vous répondriez.

— Cela rend les choses plus faciles. Certaines femmes, déclara-t-il prudemment, refuseraient l'idée d'un mariage…

— D'un mariage *de raison*, termina-t-elle comme il cherchait ses mots.

— Oui. Mais comprenez-moi bien : je veux un véritable mariage, dans tous les sens du terme.

Elle avait beau être vierge et naïve, elle avait parfaitement saisi. Elle ferma les yeux un instant, sans réussir à chasser l'image qui s'était immédiatement imposée à elle : un lit à baldaquin défait sur lequel reposait Vittorio. Nu…

Elle revint vers la table de billard.

— Vous faites allusion au sexe, j'imagine, dit-elle d'une voix nonchalante — mais sans oser le regarder.

Elle rata son coup.

— Oui. Je veux des enfants. Des héritiers.

— C'est pour cette raison que vous voulez vous marier ?

Il eut une légère hésitation.

— C'est la raison essentielle.

Sans comprendre pourquoi, Ana se sentit déçue. Mais il raisonnait différemment : il était comte et possédait, outre son titre, un château et un vignoble dont hériteraient ses descendants. *Leurs* descendants ?...

— Vous désirez des enfants, Ana ?

Cette question lui parut d'autant plus intime qu'il la lui avait posée d'une voix basse et un peu rauque, qui la retourna littéralement — un effet inattendu, violent, primitif. Et effrayant !

— Je suppose.

— Comment cela, vous *supposez* ?

— Je n'y ai pas pensé depuis longtemps, reconnut-elle. Parce que je ne croyais pas que l'occasion m'en serait donnée.

— Alors ce mariage nous convient à l'un comme à l'autre !

Sa voix laissait percer une nuance de triomphe, comme s'il avait déjà remporté la partie. Ana secoua doucement la tête : pas question de se laisser faire si facilement !

— Non.

— Pourquoi ?

— Nous parlons mariage, un engagement pour la vie.

— Et alors ?

— Une telle décision mérite réflexion.

— J'y ai réfléchi très sérieusement.

— Oui mais moi, absolument pas, répliqua-t-elle, en proie à une bouffée de colère inattendue.

— Très bien. Je suppose alors que vous avez des questions à me poser.

Ana ferma brièvement les yeux. Des questions, elle en avait des dizaines, mais pas forcément envie de les verbaliser à haute voix. Pourquoi voulez-vous m'épouser, *moi* ? Et si nous nous mettons à nous détester ? Vous n'éprouvez vraiment pas le moindre désir pour moi ? Pourquoi suis-je si tentée d'accepter ?

Elle se trouvait ridicule de paraître seulement prendre au sérieux la proposition de Vittorio. Mais en rouvrant les yeux, elle découvrit son regard interrogateur posé sur elle.

— Je ne sais même pas quelle idée vous vous faites du mariage ou d'une épouse. Comment réussirions-nous à vivre... ensemble ?

— Parfaitement, j'imagine.

Elle eut envie de hurler : « Je ne vous plais pas, il n'y a qu'à voir la façon dont vous me regardez ! » Et si elle avait réussi à se convaincre qu'elle pouvait vivre sans amour, le pourrait-elle sans un désir partagé ? Comment donner son corps à un homme qui la toisait avec un tel dédain, un tel dégoût même, et continuer à se regarder dans la glace jour après jour ?

— À quoi pensez-vous, Ana ?

La voix de Vittorio était aimable, un peu inquiète. Elle faillit lui dire la vérité mais craignit sa réaction. Elle poussa un long soupir.

— Il existe certainement d'autres femmes qui remplissent vos critères.

— Non. Très peu connaissent le vin aussi bien que vous dans notre région, Ana. En rapprochant nos deux vignobles, nous offrirons à nos enfants un héritage considérable. Et puis j'apprécie votre éducation, votre classe...

— En vous entendant, j'ai l'impression d'être une jument, constata-t-elle.

— Dans ce cas, considérez-moi comme un cheval.

— Vous voulez dire un étalon ?

Malgré son dépit, elle esquissa un sourire.

— Bien sûr. Puisque je considère ce mariage comme une affaire, vous pouvez très bien y chercher votre propre intérêt.

Elle se mordit la lèvre. Tout paraissait si facile, si évident. Comme s'il était acceptable de conclure un mariage au-dessus d'une table de billard. Il lui avait déjà fait comprendre clairement qu'il n'était pas amoureux d'elle. Mais même si elle se mettait en quête d'amour, trouverait-elle un homme pour l'aimer ?

Dans deux mois, elle aurait trente ans, et cela faisait cinq ans qu'elle n'était pas sortie avec un homme. La dernière fois que cela s'était produit, elle avait passé une soirée épouvantable, en compagnie d'un être avec qui elle ne partageait strictement rien. Jamais elle n'avait eu de petit ami. Jamais elle n'avait fait l'amour. Peut-être l'offre de Vittorio était-elle ce qu'elle pouvait espérer de mieux ?…

Elle l'observa à la dérobée. Il s'était débarrassé de sa veste, de sa cravate et avait déboutonné les deux premiers boutons de sa chemise. Sous le plafonnier, sa chevelure sombre luisait comme de l'ébène. La ligne de sa mâchoire était superbement dessinée. Un bel homme. Prêt à l'épouser.

Elle leva les yeux au ciel : c'était de la folie ! Jamais cela ne pourrait marcher ; et quand il recouvrerait son bon sens, elle se sentirait anéantie de chagrin, une fois de plus.

Jamais il ne la désirerait, elle le lisait dans ses yeux, elle le sentait dans son corps… Et pourtant, elle ne pouvait s'empêcher d'y croire. Son esprit s'affairait à trouver des solutions. À espérer. Une part d'elle-même aurait voulu épouser Vittorio, aspirait à cette vie-là. Voilà pourquoi elle n'avait pas dit non, immédiatement, pourquoi elle posait des questions, comme si cette proposition absurde et insultante en valait la peine — dans un obscur recoin de son âme, c'était bien le cas.

Brusquement, elle se leva.

— Nous ferions mieux de jouer.

Elle n'avait plus envie de parler, ni de réfléchir, seulement d'écraser le comte de Cazlevara.

Vittorio vit Ana ôter la veste qui l'engonçait pour la déposer sur une chaise, avant de lui jeter un regard de défi par-dessus son épaule.

— Prêt ?

Soudain, il se sentit envahi par une bouffée de désir qui le surprit. Sous cette horrible veste, Ana portait un haut ajusté de soie crème qui mettait en valeur sa poitrine généreuse, surtout quand elle se penchait au-dessus de la table.

Le regard de Vittorio s'attarda sur sa nuque blanche où frisait une mèche sombre, d'un châtain mordoré qui changeait au gré de la lumière. Instinctivement, il laissa son regard descendre le long du dos de la jeune femme, arquée dans une position qui révélait son anatomie. Ces courbes provocantes le surprenaient.

Normalement, ce n'était pas le genre de femme avec qui il aimait coucher, et jamais il ne la trouverait belle. Cette bouffée de désir le rassura : il réussirait à faire en sorte que tout se passe bien dans leur union. Ana lui avait paru intriguée, intéressée même. Mais si elle n'avait pas dit non, elle n'avait trahi aucun désir ; pourtant, durant le dîner, il avait cru voir passer une étincelle dans son regard.

Quand il avait révélé son projet à Enrico Viale, le vieil homme avait eu l'air surpris, mais plutôt favorable.

— Ana a suffisamment d'esprit pratique pour comprendre les avantages de la situation.

En ce moment-même, elle devait peser le pour et le contre : d'un côté le confort qu'il pouvait lui apporter, de l'autre, l'absence de sentiments. Même s'il éprouvait pour elle de l'affection, du respect. Oui, sans être amoureux d'elle, il était prêt à l'apprécier. À la désirer aussi, comme il venait de le découvrir — il en était le premier surpris.

Après avoir joué, elle s'écarta pour qu'il puisse viser à son tour. En passant près d'elle, il constata qu'elle dégageait une odeur de savon, à laquelle se mêlaient d'autres effluves. Elle sentait la terre et le soleil, le vignoble qu'il l'avait vue parcourir, à grands pas, comme si elle était la maîtresse du monde. Une odeur qu'il n'avait jamais associée à une femme. Surpris, il rata son coup.

Il recula pour lui laisser la place, s'arrangeant pour lui effleurer la poitrine du bras, comme par mégarde, pour voir comment elle allait réagir. Et aussi quelle serait sa propre réaction. En remarquant que le souffle de la jeune femme se faisait plus court, il accentua la pression et sentit son propre désir se faire plus pressant.

Elle était vierge, il en était convaincu. Vierge et farouche. Et malgré ses horribles vêtements et son manque total de féminité, en ce moment, il la voulait. Il avait décidé de l'épouser, et il y parviendrait.

Alors qu'elle avait cru que la victoire la comblerait, Ana ne s'en trouva guère satisfaite.

— Félicitations, déclara Vittorio en reposant sa queue sur son support. Vous m'aviez prévenu, pourtant.

— Effectivement.

Maintenant que la partie était terminée, elle se sentait de nouveau mal à l'aise. En regardant sa montre, elle découvrit qu'il était presque minuit. Cela faisait plus d'une heure qu'il n'avait plus fait allusion à son étrange proposition, et elle n'avait aucune envie de remettre le sujet sur le tapis.

— Je vais vous laisser quelques jours pour réfléchir, lança-t-il, comme si une nouvelle fois il lisait en elle.

— Quelques jours ? répéta-t-elle d'une voix trop aiguë. Je ne crois pas que…

— Vous ne pouvez pas refuser d'emblée ! coupa-t-il en s'appuyant à la table de billard, tout sourire. Ce n'est pas une bonne façon de procéder, en affaires.

— Je ne tiens peut-être pas à traiter mon mariage comme une affaire, répliqua-t-elle un peu sèchement.

Elle sentit le regard de Vittorio s'attarder sur sa bouche, aussi nettement que s'il l'avait touchée. Même s'il était resté immobile, elle avait l'impression qu'il lui passait le doigt sur les lèvres et que celles-ci s'ouvraient en une silencieuse invitation. Son corps ne cesserait donc jamais de la trahir ?

— Entre nous, Ana, chuchota-t-il, je crois vraiment que ça pourrait marcher. De bien des façons.

Elle frémit. Vittorio la percevait-il finalement comme une femme qu'il pourrait désirer, contrairement à Roberto ?

— Après la raclée que vous m'avez infligée, poursuivit-il d'une voix de velours, nous pourrions nous serrer la main.

Cette proposition sonna comme une décevante réponse à ses interrogations intérieures. S'efforçant de n'en rien laisser paraître, Ana fit un geste en direction de Vittorio.

— J'ai dit : « nous pourrions », reprit celui-ci avec, dans le regard, une lueur d'amusement. Je n'ai pas dit que nous allions le faire. Que diriez-vous d'un baiser plutôt ?

Il se pencha vers elle, les yeux brillants, les lèvres entrouvertes.

— Un baiser ? répéta-t-elle comme si le sens de ce mot lui était inconnu — alors qu'elle avait tant imaginé cet instant. Ce n'est pas ainsi qu'on traite une affaire, Vittorio.

— Cette affaire est un peu spéciale, non ? Il faut que nous sachions si nous nous accordons, si nous sommes attirés l'un par l'autre.

De nouveau, elle frémit d'excitation et d'espoir.

— Je ne crois pas que ce soit une bonne idée, protesta-t-elle.

Mais elle comprit immédiatement qu'elle n'avait pas réussi à dissimuler au regard expert de Vittorio le désir qui l'enflammait.

— Et moi, je pense au contraire que c'est une excellente idée.

Il sourit. Même immobile, penché au-dessus de la table de billard, il exhalait un tel charme qu'Ana n'eut aucun mal à imaginer qu'il la prenait dans ses bras. Elle le souhaitait tellement…

— Vous n'avez aucune envie de m'embrasser, articula-t-elle sur un ton de froide constatation.

Au moment où elle prononçait ces mots, elle s'aperçut que le regard de Vittorio avait changé et que sa moue dédaigneuse avait disparu. Ses yeux étaient plus sombres, ses prunelles plus dilatées. Elle sentit son propre sang courir plus vite dans ses veines.

— Mais si.

— Eh bien, d'accord, lança-t-elle avec défi.

Le cœur battant, elle s'avança vers lui mais il l'arrêta à quelques centimètres de son torse. Ana sentit la chaleur de ce corps irradier le sien, rendant à chacun de ses nerfs et de ses muscles une vitalité qu'ils n'avaient jamais connue. Une sensation toute neuve, merveilleuse.

— Quand vous avez pris une décision, vous allez jusqu'au bout, de tout votre cœur, constata-t-il.

— C'est vrai.

Elle n'avait guère d'expérience mais se jeta à l'eau, pressant ses lèvres contre celles de Vittorio. Il ouvrit doucement la bouche et, en sentant sa langue se fondre à la sienne, une onde de plaisir la submergea jusqu'au plus intime de son être. Elle s'agrippa à sa chemise pour mieux se blottir contre lui. Au moment où leurs bassins entrèrent en contact, elle sut qu'il n'avait pas menti : il avait réellement envie d'elle.

Cette constatation l'emplit d'un merveilleux sentiment de bonheur. Elle ne le laissait pas indifférent, son corps en témoignait. Oui, il la désirait, pour de bon, comme on désire une femme. Enhardie par l'impression de puissance qu'elle ressentait, elle glissa les mains sous sa chemise pour lui caresser le dos. Il gémit, le souffle court, sans cesser d'explorer sa bouche avec une ardeur qui la mena au bord du vertige. Jamais on ne l'avait embrassée ainsi.

Quand il finit par la lâcher, elle porta ses doigts à ses lèvres gonflées.

— Eh bien..., commença-t-elle.

L'esprit et les sens encore en émoi, elle lui trouva cependant l'air suffisant de celui qui a réussi à démontrer qu'il avait raison.

— Voilà qui clarifie notre affaire, n'est-ce pas ? déclara-t-il.

— Cela ne clarifie rien du tout, répliqua-t-elle sèchement. Vous m'avez accordé quelques jours pour réfléchir.

Elle n'était pas prête à laisser son avenir se régler sur un simple baiser, même si le désir incontestable de Vittorio changeait les données du problème qu'elle avait à résoudre.

— Je suis ravi que vous acceptiez au moins de l'envisager, répondit-il avec un petit sourire arrogant, comme si ce baiser n'était qu'une étape dans la stratégie qu'il avait élaborée.

Pour avoir l'air si sûr de lui, sans doute cet épisode ne l'avait-il pas troublé autant qu'elle. Peut-être l'avait-il désirée, durant quelques instants, mais quand une femme se jetait dans leurs bras, tous les hommes ne réagissaient-ils pas de cette façon ?

Tous les hommes, sauf Roberto. Quand elle l'avait embrassé pour lui prouver désespérément qu'elle était désirable, il était resté de glace, sans trahir la moindre émotion. Et quand elle s'était détachée de ses lèvres figées, il avait détourné la tête.

— Ana, je n'ai jamais pensé à toi de cette façon, avait-il dit d'un ton outragé.

Comment ce baiser de Vittorio, pour surprenant qu'il ait été, aurait-il pu justifier un mariage ? Surtout un mariage supposément fondé sur le respect et l'affection mutuels !

— Je vais y réfléchir. Ce qui ne signifie pas que je consens.

— Bien sûr.

Ana porta les doigts à ses lèvres avant de laisser retomber sa main, consciente que ce geste la trahissait.

— Je dois rentrer.

— Mon chauffeur va vous reconduire, car je crains

d'avoir bu un peu trop de whisky pour pouvoir le faire sans risque pour votre sécurité.

Elle acquiesça. À peine avait-il sonné qu'un employé entra dans la salle. Après lui avoir donné ses instructions, Vittorio se tourna vers Ana.

— Venez.

En silence, il la guida le long des couloirs jusqu'à l'entrée monumentale du château. Les portes étaient déjà ouvertes, et un chauffeur en uniforme attendait sur le seuil malgré l'heure tardive.

— Au revoir, articula Ana, mal à l'aise.

— Disons : à bientôt, corrigea Vittorio.

Il tendit la main vers elle et ramena une mèche folle derrière son oreille, non sans lui effleurer la joue.

Troublée au plus au point, doutant de la réalité du baiser qu'ils avaient échangé, Ana se demanda ce qu'il signifiait. L'idée lui vint que Vittorio, enflammé par le whisky, s'était simplement laissé aller à son instinct pour lui démontrer l'intérêt de ce mariage de convenance.

Il avait presque réussi à la convaincre.

Trop fatiguée pour penser plus avant, elle se laissa aller sur le siège de la limousine qui la ramenait chez elle.

Vittorio regarda d'un œil satisfait la voiture disparaître au premier virage. L'affaire était dans la poche. Question de jours, de semaines au pire, mais Ana serait bientôt sa femme, il en était convaincu.

Un sentiment de triomphe l'envahit, plus enivrant que n'importe quel vin. Il imagina la tête de sa mère quand il lui annoncerait son mariage, puis celle de son frère quand il lui présenterait son fils, réduisant à néant tous ses rêves de devenir comte et de prendre le contrôle des vins Cazlevara.

Il se représenta le visage stupéfait, éperdu de sa mère,

mais cette image s'évanouit soudain et, à la place, il la vit sourire à une petite fille. Immédiatement, il voulut chasser cette pensée importune. Il n'avait que faire d'une fille : il lui fallait un fils.

Il tenta de se concentrer sur les détails pratiques. Comme toute affaire, celle-ci présentait des risques. Ana pouvait être stérile. Ou ne lui donner que des filles, une ribambelle de bébés vêtus de rose… Mais ce soir, il était trop sûr de sa victoire pour s'attarder sur ces possibilités.

Naturellement, pour assurer sa position, il aurait mieux fait de se marier beaucoup plus tôt. Mais il avait été trop occupé à éviter de revenir chez lui et à assurer son avenir.

Il avait fui, il le savait. Fui ses souvenirs d'enfant meurtri, si douloureux encore, si envahissants ; fui cette mère qui le repoussait quand il cherchait à grimper sur ses genoux. Il y avait vite renoncé d'ailleurs. Âgé de quatre ans à la naissance de Bernardo, il avait déjà pris l'habitude de la considérer avec circonspection, un peu comme on contemple, au zoo, un tigre endormi. Fascinant, beau, mais dangereux. Animosité et, dans le meilleur des cas, indifférence, voilà les bases sur lesquelles s'était construite sa relation avec sa mère. Maintenant qu'il était adulte, à l'approche de la quarantaine, cela lui faisait toujours aussi mal.

Il détestait et méprisait ce sentiment qui l'enchaînait au passé et à ses souvenirs. À son âge, comment pouvait-il se lamenter encore sur une enfance qui n'avait tout de même pas été si malheureuse ? Son père, qui l'adorait, lui avait offert la possibilité de réussir et tous les privilèges de son rang.

Il se redressa pour tenter de chasser ces vieux démons. Désormais, plus question de fuir. S'il était rentré en Vénétie, c'était pour affronter son passé, et le réparer en allant de l'avant. Puisque sa famille l'avait trahi, il en fonderait une autre, bien à lui.

Les traits durcis par la détermination, il rentra dans son château vide et sombre.

4

Tout semblait éteint à la Villa Rosso quand Ana en franchit le seuil. Elle traversa le hall à pas de loup, de peur de réveiller son père, qui se couchait rarement après 22 heures. Une fois au lit, elle s'endormit rapidement.

Quand elle se réveilla, le soleil filtrait déjà à travers les rideaux. La soirée de la veille lui revint progressivement à l'esprit, dans les brumes du demi-sommeil : la mystérieuse « affaire », le billard, le whisky, le baiser. L'alcool avait dû lui monter à la tête ; sinon, jamais elle n'aurait laissé Vittorio l'embrasser. Et maintenant, elle ne se retrouverait pas en train de rêvasser aux espoirs qu'il lui laissait entrevoir, aux désirs qu'il avait éveillés dans son corps, à la joie qui lui gonflait le cœur…

Rapidement, elle sortit du lit et s'habilla. Puis elle descendit l'escalier, bien décidée à remiser toutes les pensées importunes, trop séduisantes et dangereuses, qu'avaient fait naître en elle Vittorio. Elle s'arrêta net sur le seuil de la salle à manger en apercevant son père en train de déjeuner de toasts et de harengs fumés. Sa mère, d'origine anglaise, avait tenu à conserver cette tradition à laquelle Enrico se pliait encore, seize ans après sa mort.

— Bonjour ma chérie. Hier soir, je t'ai attendue jusqu'à 23 heures.

— Tu n'aurais pas dû.

Elle se força à entrer dans la pièce pour déposer sur la

joue de son père son baiser rituel. Elle n'avait pas envie de lui parler, ni de lui demander ce qu'il savait de l'« affaire ». Ni le retour de Vittorio, ni son invitation n'avaient paru le surprendre. Était-il au courant de ses projets ? À cette pensée, Ana sentit son cœur battre plus vite. De peur ou de joie ? Elle n'en savait rien. Vittorio avait-il demandé sa bénédiction à Enrico Viale ? Depuis quand avait-il cette idée en tête ?

— Viens donc déjeuner. Ce matin, les harengs sont absolument délicieux !

Elle prit un petit pain dans la corbeille posée sur le buffet avant de se verser une tasse de café.

— Tu sais bien que j'ai horreur de ça.

— Ils sont pourtant excellents.

Elle s'assit en face de lui et avala une gorgée brûlante.

— Je ne peux pas m'attarder. Je dois passer au bureau.

— Voyons, Ana ! On est samedi.

Elle haussa les épaules : elle travaillait souvent le samedi, surtout en cette saison.

— Papa, le raisin se moque bien des week-ends.

— Comment s'est passé ce dîner avec Vittorio ?

— C'était intéressant.

— Vous avez parlé affaires ?

Ana lui adressa un regard de défi : sa question avait été trop faussement indifférente pour être innocente…

— Il t'a mis au courant ?

Enrico baissa le nez en faisant mine de découper un hareng.

— Peut-être…

Ana se sentit à la fois déçue et soulagée par cette réponse.

— Qu'est-ce que tu en penses ?

— Au premier abord, ça m'a beaucoup surpris, expliqua-t-il en esquissant un sourire, même si son regard restait sérieux. Comme toi, je suppose.

— Effectivement.

— Et puis, en réfléchissant… Vittorio m'a fait comprendre les avantages…

— Quels avantages ?

Ana fixait son père, le front plissé. Qu'avait-il pu dire à son père pour le convaincre de la pousser à accepter ce mariage de convenance ?

— Il y en a beaucoup, Ana : la stabilité, la sécurité, les enfants. Le bonheur aussi.

— Tu crois vraiment que Vittorio Ralfino peut me rendre heureuse ? Et puis nous parlons de mariage, papa. Il s'agit d'un engagement pour la vie, pas d'une transaction.

Même si Vittorio lui-même l'avait présenté de cette façon…

— Que lui reproches-tu ?

Ana ne répondit pas immédiatement. Elle ne s'étonnait pas que son père envisage froidement un mariage de ce genre. Il s'était toujours comporté de façon très raisonnable — certains auraient même pu l'accuser de froideur. Même après la mort de son épouse adorée, il avait conservé un calme apparent. Une fois seulement Ana l'avait vu pleurer, à genoux dans leur chambre Emily, et cette démonstration inattendue d'émotion avait marqué l'adolescente qu'elle était. Mais Enrico avait claqué la porte, préférant l'exclure que de la laisser assister à ce qu'il considérait manifestement comme une preuve de faiblesse. Dévastée d'avoir été ainsi rejetée en ce moment crucial, elle avait dû attendre deux ans pour que se retisse entre eux le lien de confiance qui les avait unis jusqu'à l'incident.

Elle avait hérité de son père le sens des réalités, et se targuait même d'échapper à cette forme d'inconscience et de sentimentalité théâtrale que l'on prête souvent aux femmes. Mais savait-elle seulement ce que le mot « féminité » voulait dire ?

Pourtant, en l'embrassant, Vittorio l'avait traitée comme une femme. De là à l'épouser…

— Pour moi, insista-t-elle, le mariage ne saurait se réduire à un troc.

— Qui le prétend ? Mais mieux vaut s'engager dans un tel projet la tête froide, sans attentes déraisonnables.

— Je n'arrive pas à comprendre pourquoi il m'a choisie…

Elle s'arrêta, craignant d'en avoir déjà trop dit. Tout comme son père, elle détestait se sentir vulnérable, s'exposer au risque d'être rejetée.

— Il veut se marier. Il approche de la quarantaine, tu sais, et à cet âge, un homme doit songer à l'avenir, aux enfants…

— Pourquoi moi ? Il pourrait avoir toutes les femmes qu'il veut !

— Pourquoi pas toi, *dolcezza* ? Tu es capable de rendre heureux n'importe quel homme.

Elle eut une moue dubitative. Quand son père l'appelait *dolcezza*, il était sincère. Mais c'était son *papà*, elle n'était pas obligée de le croire.

— Même dans un mariage sans amour ?

— L'amour viendra avec le temps, affirma-t-il avec un petit haussement d'épaules.

Ana se mit à déchiqueter son petit pain dans son assiette. Elle n'avait absolument plus faim.

— Avec Vittorio ? J'en doute.

Sa gorge se serra. Elle se trouvait vraiment stupide. Alors qu'elle avait réussi à se convaincre qu'elle pouvait vivre sans amour, qu'elle le voulait même, pourquoi avoir prononcé ce mot devant son père ?

— L'affection, le respect, voilà ce qui compte, *dolcezza*. Plus que tu ne te l'imagines.

— Pourtant, toi, tu aimais maman.

Son père acquiesça, mais ses traits se durcirent. Seize

ans après la mort de sa femme, il vivait encore dans son souvenir.

— C'est à ce genre d'amour que j'aspire, moi aussi.

Enrico resta un moment silencieux avant de se verser une autre tasse de café, dont il avala une gorgée.

— Ce genre d'amour n'est ni facile à vivre, ni confortable.

— Je n'ai jamais recherché le confort.

— Les gens qui n'ont jamais connu rien d'autre sous-estiment toujours le confort.

— Tu veux dire que la vie que tu as menée avec maman n'était pas… confortable ?

C'était une révélation. Ana avait toujours été convaincue que ses parents s'adoraient. Un conte de fées auquel elle se raccrochait dans ses moments de découragement. Son père semblait pourtant sous-entendre tout autre chose.

— Je l'aimais, et j'ai été heureux. Mais ça n'a pas toujours été facile. Ta mère était une femme merveilleuse, Ana, mais très émotive — même si l'Italien du couple, c'était moi, remarqua-t-il avec un petit rire triste. Il n'est pas toujours facile de vivre avec quelqu'un qui prend tout très à cœur.

Soudain des souvenirs lui revinrent par bribes : sa mère en train de pleurer dans sa chambre de malade, à l'odeur si particulière ; le médecin parlant à son père, qui baissait la tête ; sa mère la serrant contre son cœur en lui murmurant à l'oreille des paroles apaisantes. Si l'amour ne protégeait pas toujours de la douleur, peut-être l'atténuait-il ?

— Réfléchis bien à ce que tu perdras si tu refuses d'épouser Vittorio, murmura Enrico en reposant sa tasse.

— Que veux-tu dire ? s'écria Ana, piquée au vif. Qu'il faut que je saisisse cette occasion parce qu'il ne s'en présentera pas d'autre ?

— Mais non ! Simplement que c'est une proposition intéressante.

Elle finit son café tout en reconnaissant dans son for

intérieur qu'il n'avait pas tort. Des propositions comme celle-là, elle risquait bien de ne jamais en recevoir d'autre. Valait-il mieux vivre seule, sans enfant, solitaire, ou accepter un mariage de ce genre ? Elle ne connaissait pas la réponse.

— C'est un type bien, constata tranquillement son père.

— Qu'en sais-tu ? Voilà quinze ans qu'il vit à l'étranger.

— J'ai connu son père, qui l'adorait. Un homme bien également mais trop dur. Sans pitié.

— Et si Vittorio lui ressemblait sur ce point ?

Elle n'avait pas oublié son regard d'acier. Et pourtant... Oui, c'était un type bien, elle le pressentait.

« C'est normal d'être triste, *rondinella*... »

— Je crois qu'il a besoin d'une femme qui l'apaise.

— Je ne sais pas... J'ai du mal à nous imaginer un avenir commun.

Irritée, Ana repoussa brusquement sa tasse et sa soucoupe. La proposition de Vittorio l'obligeait à envisager de faire le deuil des roses, des diamants et des déclarations passionnées qu'évoquait jusque-là pour elle le mot « mariage ».

— Tu sais, dans un mariage, chacun devient l'avenir de l'autre. Même sans chercher à le modeler, on espère toujours le transformer un peu, arrondir les angles.

— Comme deux galets entraînés par le courant ?

— Exactement, deux galets que la rivière de la vie use l'un contre l'autre.

— Vraiment, papa, répondit-elle avec un petit rire, je te trouve bien philosophe. Mais il faut que j'aille travailler.

Elle se leva et, après avoir déposé un baiser sur sa joue, alla enfiler ses chaussures et son manteau.

Une fois arrivée au bureau, elle se plongea dans ce qui donnait du sens à sa vie : le travail. « Exactement comme Vittorio » lui souffla une petite voix intérieure — qu'elle s'empressa de faire taire. Pas question de repenser à lui ou à ce mariage avant midi !

L'après-midi était déjà bien avancé quand Federico frappa à la porte. Depuis son arrivée, Ana n'avait pratiquement pas levé le nez de son bureau couvert de documents.

— Un paquet, Signora Viale.

— Un paquet ?

— Oui. À votre nom personnel. Le comte de Cazlevara est venu le déposer lui-même.

Le cœur d'Ana s'emballa. Ainsi, il avait fait l'effort de se déplacer ? À cette idée, elle se sentit envahie par la curiosité et l'impatience.

— Très bien, déclara-t-elle en s'appliquant à paraître indifférente.

Federico lui tendit une boîte blanche, longue et étroite, fermée par un ruban de satin lavande. Des roses, devina Ana, avec un mélange d'excitation et de déception. Un cadeau banal, attendu, sans imagination, mais cela faisait tant d'années qu'elle n'en avait pas reçu ! Elle attendit que Federico se soit éloigné et ouvrit la boîte en tremblant.

Elle ne contenait pas de roses mais du raisin. Des rameaux de vignes chargés de grappes minuscules, aussi parfaites que des perles. En se penchant pour les humer, elle sentit une étonnante odeur de terre lui monter aux narines. Au milieu du feuillage, on avait déposé une petite carte qu'elle lut avidement :

« Un nouvel hybride venu d'Amérique. Je pense qu'il vous intéressera. V. »

Ana ne put s'empêcher de presser la carte contre ses lèvres. Comme les raisins, elle dégageait une odeur fraîche et acidulée. Était-ce la façon personnelle de Vittorio de lui faire la cour ? De chercher à la convaincre ? En lui montrant quels bénéfices elle allait tirer de cette « affaire » ?

Quelle importance ? S'il avait agi ainsi, c'est qu'il comprenait ce qui comptait pour elle, et elle en était ravie.

Durant tout le reste de la journée, elle se plongea dans le travail, bien déterminée à ne penser ni à Vittorio, ni aux grappes posées bien en vue sur son bureau. Mais elle ne pouvait empêcher certains espoirs de s'insinuer dans son esprit. « Et si nous nous mariions ? Si nous avions un enfant ? Si nous étions vraiment heureux ?... »

Ana quitta son bureau et se dirigea vers la Villa Rosso dans la sublime lumière du soleil couchant. Elle réfléchit une fois de plus aux perspectives qui s'ouvraient devant elle et qu'elle n'avait jamais osé envisager : un mari, un enfant, un foyer. Vittorio avait éveillé en elle tant de désirs latents qu'elle se demandait si son sommeil redeviendrait un jour aussi paisible qu'avant.

Elle ne l'avait pas vu de la semaine, mais avait reçu chaque jour quelque chose de lui : un article de journal sur un nouveau vin, une tablette de chocolat noir — comment pouvait-il savoir que c'était son préféré ? —, un bouquet de lilas... Elle les avait reçus avec plaisir, sans être dupe de la manœuvre : il cherchait à se présenter sous son meilleur jour. Son affirmation lui revint à l'esprit : « Entre nous, Ana, je crois vraiment que ça pourrait marcher. De bien des façons. »

Le souvenir de leur baiser, et du trouble qu'elle avait constaté chez lui aussi, semblait lui donner raison. Pour en être certaine, Ana n'aurait pas demandé mieux que de retenter l'expérience...

Si elle refusait cette alliance, comment revenir à sa vie laborieuse et routinière, ponctuée de soirées passées en compagnie de vieux amis vignerons ? Comment étouffer ses rêves ? Comment oublier ce baiser, la sensation d'un corps contre le sien et cette onde douloureuse de désir inassouvi ? Non.

Ce qu'elle voulait, c'était sentir de nouveau les lèvres de Vittorio se poser sur les siennes. Ses mains sur sa peau. L'épouser. Vivre avec lui, se frotter à lui comme ces deux galets dans le courant dont avait parlé son père. Même si ce n'était pas de l'amour.

Elle s'immobilisa au milieu des vignes et se mit à rire. Sa décision était-elle donc prise ? Non, pas si vite, se morigéna-t-elle. L'enjeu était trop important. Vital, même. Et pourtant, son cœur et son corps bataillaient contre sa raison tant l'avenir qui s'ouvrait, dans toute sa sensualité, leur paraissait radieux.

Lentement, elle reprit sa route. Le soleil posait sur l'horizon de longs rayons pourpres. Au loin, on apercevait la Villa Rosso avec sa longue façade familière. Si elle épousait Vittorio, il lui faudrait quitter cette maison, et son père resterait seul. Elle s'arrêta de nouveau. Pourrait-elle l'abandonner ainsi, après tout ce qu'ils avaient partagé ? Il le souhaitait, elle le savait, et avant même d'être décidé, ce mariage avait obtenu sa bénédiction. Cette séparation douloureuse redoublait l'importance de sa décision. Serait-elle assez courageuse, assez folle, pour dire oui ?

En approchant, elle aperçut la Porsche bleue garée devant le perron. Vittorio était là ! Il l'attendait ! À cette pensée, son cœur se mit à battre la chamade. Il lui avait manqué.

Elle s'arrêta sur le perron pour écarter les mèches folles qui lui tombaient sur le visage et nettoyer les traces de poussière sur ses chaussures. Dans le hall, un bruit de voix la guida vers le bureau. Son père s'y trouvait, en conversation avec Vittorio, qui se leva en la voyant entrer.

— Justement, nous parlions de toi, dit Enrico en souriant.

— Vraiment ? Quelle surprise ! déclara Ana en s'efforçant de dissimuler son trouble.

— Je suis venu vous inviter à dîner, annonça Vittorio.

Elle hésita. Elle avait beau avoir rêvé ce moment, elle se

sentait presque effrayée par cette invitation et redoutait qu'il devine son impatience. Elle avait besoin de faire le point.

— Je ne suis pas en état de sortir...

— Peu importe.

Elle baissa les yeux sur son pantalon de flanelle grise et sa chemise blanche toute froissée.

— Vraiment ?

— Vraiment, répondit-il en souriant gentiment.

Dans son regard, elle lut la certitude que tous les vêtements composant sa garde-robe étaient aussi ternes et mal coupés, mais décida de relever le défi. Pourquoi se serait-elle changée ? Pourquoi chercher à paraître jolie — le pourrait-elle jamais ? — s'il s'agissait d'une simple affaire ?

— Très bien, lança-t-elle en relevant le menton. Laissez-moi au moins le temps de me laver le visage et les mains.

Il acquiesça et elle s'empressa de sortir avant de laisser paraître que son jugement sur ses vêtements la blessait. Elle aurait tant voulu qu'il s'intéresse à son apparence. Elle aurait tant voulu lui plaire.

Quelques minutes plus tard, la Porsche descendait l'allée, les vitres ouvertes sur la fraîcheur parfumée du soir.

— Où allons-nous ?

— À Venise.

— À Venise ? ! Mais je ne suis pas habillée...

— Je m'en occupe, coupa-t-il.

Sans comprendre où il voulait en venir, Ana se sentit brusquement mal à l'aise.

Ils arrivèrent rapidement à Fusina. Vittorio se gara et l'entraîna vers un ferry qui, dix minutes plus tard, les déposa à Venise. En apercevant les vieux palais de pierres, les arches des ponts et les canaux étroits où se balançaient des gondoles endormies, Ana vibra d'impatience et d'espoir. Pourquoi Vittorio l'avait-il emmenée dans cette ville si romantique ?

Il la guida loin de la place Saint-Marc, perpétuellement bondée de touristes, vers Frezzeria, une petite rue étroite bordée d'élégantes boutiques. La plupart avaient déjà fermé mais à peine eut-il frappé à une vitre qu'une charmante vendeuse, coiffée d'un strict chignon et vêtue d'une blouse de soie blanche sur une jupe noire, vint lui ouvrir et l'embrassa sur la joue.

En proie à une bouffée de jalousie aussi ridicule qu'inexplicable, Ana les suivit dans le magasin.

— C'est pour madame ? s'enquit l'employée.

— Oui.

— Suivez-moi, s'il vous plaît.

— Vous lui avez parlé de moi ? demanda Ana en se tournant vers Vittorio.

Rien qu'en l'imaginant discuter d'elle avec cette inconnue, elle sentit la rage bouillonner dans ses veines. Elle le voyait en train de décrire la façon horrible dont elle était vêtue, son manque total d'élégance et de goût, sa pitoyable laideur... Quelle idiote elle avait été !

— Suivez-la. Elle va vous aider, Ana.

Dans l'arrière-boutique, elle entrevit sur les portants des flots de soie et de satin qui la fascinèrent. Elle fut surprise de cette réaction tant elle n'avait jamais été intéressée par ce style de vêtements très féminins, dans lesquels elle se serait sentie ridicule.

— Et si je n'ai pas envie qu'on m'aide ? répliqua-t-elle, au comble de la fureur. Ça ne vous est pas venu à l'esprit ?

— Vraiment ? répondit Vittorio, impassible, en jetant sur sa tenue un regard plus éloquent qu'un long discours.

Déjà la vendeuse revenait vers eux, brandissant une robe de mousseline ornée de dentelle. Jamais Ana n'en avait vu d'aussi belle. À quoi ressemblerait-elle ainsi vêtue ? Si toutefois elle pouvait entrer dans la robe...

— Ana, je suis certain que cela vous irait merveilleusement. Et que vous avez envie d'être belle.

— Peut-être ai-je simplement envie d'être moi-même.

Elle aurait voulu qu'il la trouve belle comme elle était. Difficile à expliquer, et plus difficile encore à vivre. Elle aurait voulu qu'il ne désire pas la changer, même de son côté, elle avait envie de changer. C'était peut-être stupide, illogique, paradoxal, mais c'était la vérité. Tournant les talons, elle se dirigea vers la porte.

— Désolée, Vittorio, mais je ne suis pas Cendrillon et vous n'êtes pas ma gentille marraine la fée.

Vittorio étouffa un juron. Il salua Feliciana de la main puis se hâta pour rejoindre Ana dans la rue. Il avait cru qu'elle apprécierait ces vêtements et l'occasion qu'il lui offrait d'avoir l'air enfin d'une vraie femme. En croyant lui faire plaisir, il l'avait blessée. Réussirait-il un jour à comprendre les femmes ? Normalement, il suffisait pourtant de leur offrir autant de vêtements et de bijoux qu'elles voulaient pour obtenir d'elles tout ce qu'on désirait, voire pour se faire aimer. Non qu'il eût envie d'être aimé d'Ana, mais il aurait bien voulu qu'elle se sente redevable envers lui.

Exaspéré, il observa son visage fermé et sa chevelure en bataille. Il avait cru qu'il la comprenait et que tout serait simple, facile. Il avait cru pouvoir lire en elle comme dans un livre. Mais elle était beaucoup plus complexe qu'il l'avait imaginé, et il l'avait rebutée avant même de la connaître.

— Peut-être pourriez-vous me ramener chez moi ? demanda-t-elle froidement.

— J'ai réservé dans un des meilleurs restaurants de la ville ! C'est d'ailleurs pour cette raison que je vous ai amenée dans cette boutique, pour que vous y choisissiez une tenue adaptée.

— Si vous voulez m'épouser, il faut me prendre comme je suis. Je ne changerai pas pour vous faire plaisir.

— Pas même de vêtements ?

Il se maudit intérieurement pour cette pique, plus sarcastique qu'il ne l'aurait désiré. Décidément, cette femme était impossible et avait le don de le mettre hors de lui, se dit-il. Il la vit ravaler ses larmes et pria pour qu'elle ne se mette pas à pleurer. Mais il l'avait bel et bien blessée. À cette idée, il se sentit submergé de honte.

— Je me demande, murmura-t-elle comme si elle se parlait à elle-même, comment j'ai pu croire, espérer même, que ça pourrait fonctionner entre nous. Nous sommes deux parfaits étrangers...

Vittorio la dévisagea de nouveau, anéanti par le sentiment de son propre échec. Comment avait-il pu perdre ainsi le contrôle de la situation ? Quand elle était entrée dans le bureau d'Enrico, il avait tout de suite remarqué la façon dont elle l'avait regardé. Ses yeux lui avaient avoué que sa décision était prise, qu'elle avait déjà dit oui dans sa tête. Cette intuition l'avait rendu trop confiant.

— Je pense que cet incident pourrait nous fournir l'occasion de mieux nous connaître.

— À condition que j'accepte de changer ?

— J'ai simplement proposé de vous offrir une robe. La plupart des femmes...

— Je ne suis pas la plupart des femmes ! l'interrompit-elle, furieuse.

Avec ses joues en feu et ses yeux gris qui lançaient des éclairs, elle était superbe. Une vraie guerrière, dirigeant contre lui les feux de sa colère.

— La plupart des femmes ne se seraient pas intéressées une minute à votre affaire, conclut-elle en tournant les talons.

Vittorio la vit s'éloigner d'un pas décidé en direction de la place Saint-Marc.

Cette fois-ci, Vittorio ne ravala pas le juron qui lui montait aux lèvres.

En traçant son chemin au milieu de la foule des touristes, Ana se demandait si elle ne ferait pas mieux de revenir dans la boutique et de passer la robe que lui avait proposée la brindille qui y faisait office de vendeuse. Au fond, elle savait parfaitement que Vittorio n'avait cherché qu'à lui faire plaisir.

D'ailleurs, cette robe l'avait attirée mais dans le même temps, elle avait eu peur. Il n'aurait pas dû la contraindre ainsi, par surprise, à changer brusquement, à devenir quelqu'un d'autre. Peu importaient les deux galets emportés par le courant : elle refusait que Vittorio fasse d'elle son *projet d'avenir.*

S'il tenait tant à l'épouser — et si elle-même envisageait encore ce mariage —, il fallait qu'il l'accepte telle qu'elle était. Soudain, elle fut tirée par le bras, assez sèchement.

— Comment avez-vous l'intention de rentrer chez vous ? demanda Vittorio, le regard noir.

— En bateau-taxi, répondit-elle en se dégageant.

— Ana...

Il s'arrêta net et elle comprit qu'il était totalement déstabilisé par son comportement.

— Je sais que vous êtes convaincu d'avoir bien fait, commença-t-elle, avant de s'interrompre en entendant son rire désabusé.

— J'ai l'impression d'être vraiment passé à côté !

— C'est seulement... Je vais vous expliquer pourquoi je ne porte pas de robes, Vittorio. Ce n'est pas uniquement parce que je n'ai aucun goût.

— Je n'ai jamais dit...

Elle éclata de rire, le coupant dans sa piteuse dénégation. Il avait l'air si déconfit, tout comte de Cazlevara qu'il était !

— Je mesure un mètre soixante-quinze, reprit-elle, et je suis plutôt charpentée. Les couturiers ne travaillent pas pour des femmes dans mon genre.

— Vous vous sous-estimez.

— Je préfère ne pas courir le risque.

Soudain, quelqu'un lui tapa sur l'épaule. Ana se retourna vivement.

— Ça ne vous ennuierait pas de vous écarter un peu ? expliqua un touriste armé d'un énorme appareil photo. Je voudrais prendre la basilique Saint-Marc.

En maugréant, Vittorio la prit par le bras pour l'entraîner à l'écart.

— Nous ne pouvons pas discuter ici. Pourquoi n'irions-nous pas dîner, comme prévu ?

— Je ne porte pas la tenue appropriée.

— À qui la faute ?

— À vous, répondit-elle sur un ton plus badin. Si vous m'aviez laissée me changer au lieu d'essayer de transformer un vilain canard en…

— Arrêtez ! ordonna-t-il en posant un doigt sur sa bouche. Cessez de vous dénigrer.

Son expression s'était radoucie, même s'il avait l'air très sérieux et un peu triste. Elle essaya de parler, mais il l'en empêcha en posant de nouveau un doigt sur ses lèvres.

— Je vais vous emmener dîner, peu importe votre tenue. Vous pourrez ainsi vérifier que le titre de comtesse comporte quelques avantages.

Puis il effleura du pouce la courbe de ses lèvres, d'un geste qui la fit frissonner des pieds à la tête.

5

Une fois installée à la meilleure table d'un des restaurants les plus renommés de Venise, Ana jeta un coup d'œil à la ronde. En découvrant les toilettes élégantes que portaient les femmes, elle eut une pointe de regret. Heureusement, si Vittorio était gêné par sa tenue incongrue, il n'en montrait absolument rien.

— Je vous recommande leurs moules.

— J'en prends note, répondit Ana.

Elle avait du mal à croire qu'elle était vraiment là, assise en face de Vittorio, et envisageait de l'*épouser* ! Comme si elle s'apprêtait à sauter du haut d'une falaise, sans savoir ce qui l'attendait en bas ; de l'eau ou des rochers — la vie ou la mort…

Lorsqu'ils eurent choisi leurs plats, Vittorio commanda un vin local.

— Goûtons ce que propose la concurrence.

Ana acquiesça. C'était également ce qu'elle faisait dans les rares occasions où elle dînait à l'extérieur.

— J'ai des questions à vous poser, annonça-t-elle à Vittorio quand on leur eut servi le vin et les entrées.

— Je vous en prie.

— Qu'attendez-vous de votre… épouse ?

Il demeura impassible, la fixant d'un air pensif. Elle se rendit compte que ses doigts étaient nerveusement crispés sur le pied de son verre.

— J'attends qu'elle soit pour moi une partenaire, dans tous les sens du terme, et pour la vie.

Cette réponse simple et honnête fit monter le rouge aux joues d'Ana.

— Alors comment pouvez-vous me proposer un tel… contrat sans me connaître ? Cela me semble un pari bien risqué.

Elle le scruta de nouveau, cherchant à deviner ses sentiments, à découvrir pourquoi il l'avait choisie, elle, pour jouer ce rôle sûrement très convoité.

— Pas autant que vous semblez le croire. Je n'ai pas pris une décision si importante sans m'être renseigné auparavant.

— Renseigné ? Sur moi ?

— Bien sûr, acquiesça-t-il en souriant devant son air outré. Et vous pouvez en faire autant à mon égard.

— Et qu'avez-vous appris ?

— Que vous travaillez beaucoup. Que vous êtes en bonne santé…

— Vous avez eu accès à mes dossiers médicaux ? J'ai vraiment l'impression d'être une esclave comme celles qu'on choisissait au marché. Vous voulez voir mes dents ?

— Je les vois quand vous parlez. Elles sont parfaites.

Ana hocha pensivement la tête. Y avait-il un seul pan de sa vie, un seul aspect de son intimité dont il ne se soit informé ? Devait-elle s'estimer honorée d'avoir réussi l'examen ? Alors pourquoi se sentait-elle furieuse et affreusement vulnérable, comme s'il l'avait épiée nue ?

— J'ai également appris que vous vous passionniez pour le vin et pour cette région. Et que vous étiez appréciée par vos amis pour votre loyauté.

Elle le fixa d'un air étonné et se souvint qu'il avait déjà utilisé ce terme lors de leur précédente rencontre.

— Pour vous, la loyauté compte tellement ?

— Elle est capitale, répondit-il avec une soudaine passion.

S'il accordait tant d'importance à cette valeur, sans doute l'avait-on déjà trahi... Une subite curiosité la travailla : qu'était-il donc arrivé à Vittorio ?

— Vous faites allusion à la fidélité ?

— Non, même si j'attends que vous me soyez fidèle, conformément aux engagements du mariage déclara-t-il en plongeant ses yeux sombres dans ceux d'Ana. Je parle d'une autre forme de loyauté. Je veux que vous soyez à mes côtés, que vous m'assistiez dans mes décisions et que vous ne preniez jamais parti contre moi. En êtes-vous capable ? Cela ne sera pas toujours facile.

Leur discussion, commencée de façon si banale, avait pris une intensité saisissante.

— Si vous sous-entendez que je ne pourrai contester...

— Je ne vous demande pas de me suivre aveuglément dans tous mes caprices, l'interrompit-il. Mais comprenez-moi bien : en raison de ma position et de ma fortune, certaines personnes cherchent à me discréditer. Pour obtenir votre appui, elles n'hésiteront pas à s'attirer votre sympathie par les moyens les plus retors, les plus odieux. Saurez-vous, face à mes ennemis, faire preuve de loyauté envers moi ?

Ana frissonna. Elle aurait aimé plaisanter, dire à Vittorio de se montrer moins mélodramatique, mais elle avait la certitude qu'il était parfaitement sérieux.

— Vous pensez que j'exagère, je le devine, reprit-il en lui prenant la main, qu'elle avait posée sur la table. Mais ce qui m'a d'abord attiré en vous, c'est précisément votre loyauté. Voilà dix ans que vous vivez avec votre père, depuis que vous avez terminé vos études. Vous l'avez aidé et vous avez pris soin de lui d'une façon exemplaire. Si je vous le demandais, pourriez-vous faire preuve, vis-à-vis de moi, de la même constance ?

— Si nous étions mariés, oui.

Il sourit d'un air satisfait.

— Je ne vous en demande pas plus. À vous…

— Très bien, approuva-t-elle, secouée par l'intensité de cet échange. Si nous nous marions, je veux pouvoir continuer à travailler pour Viale. L'accepterez-vous ?

— Bien sûr ! Et naturellement, nos enfants hériteront des deux maisons, Viale et Cazlevara. Un véritable empire.

« Nos enfants »…

— Et puis, il y a mon père. Même s'il continue à vivre à la Villa Rosso, je voudrais pouvoir l'accueillir chez nous aussi souvent que possible.

— C'est très naturel.

— À moi, tout cela me semble plutôt fou, lança-t-elle sans pouvoir contenir un petit rire nerveux.

— En apparence ; mais en réalité, tout est parfaitement raisonnable.

Effectivement, et c'était bien la raison pour laquelle elle envisageait froidement cette possibilité. Même si là, assise face à lui, son impression était tout autre, celle d'une complicité délicieuse, une sensation presque aussi merveilleuse que quand il l'avait embrassée.

— J'ai peur, murmura-t-elle, si bas qu'elle ne sut pas s'il l'avait entendue, ni si elle souhaitait qu'il l'ait entendue.

Il ne répondit pas, mais sa main vint de nouveau se poser sur la sienne, qu'il pressa légèrement.

— Vous comprenez, poursuivit Ana, je ne pensais pas me marier. Jamais.

— Pourquoi pas ?

— Et si nous finissions par nous haïr ? questionna-t-elle, la gorge serrée.

— Cela ne se produira pas. J'ai foi en nous.

— On ne sait jamais, insista-t-elle, prise de panique maintenant qu'elle se trouvait au pied du mur.

— En affaires, il faut savoir prendre des risques, Ana. Cela demande du courage et de la détermination. J'ai récemment conclu un accord avec une chaîne de grands hôtels au Brésil. Jusque-là, jamais l'Amérique du Sud n'avait importé de vins italiens, et tout le monde pensait que je perdais mon temps et mon argent là-bas. Mais une fois ma décision prise, je me suis donné les moyens de parvenir à ce succès, même si j'ai dû déployer des trésors de persévérance.

Tout en comprenant qu'il cherchait à la rassurer, Ana ne put s'empêcher de trouver la comparaison bien terre à terre. Vittorio dut le percevoir car il se pencha vers elle :

— La semaine dernière, je vous ai confié que l'amour ne m'intéressait pas et vous avez eu l'air de m'approuver. Mais si vous ne m'avez pas dit la vérité…

— Pourquoi ? Pourquoi refusez-vous de tomber amoureux ?

— L'amour est un sentiment destructeur.

— Pas forcément.

— Si. Comme nous sommes des êtres imparfaits, il le devient, inéluctablement. Croyez-moi, Ana, j'ai pu le constater à de multiples reprises.

— Vous avez déjà été amoureux, alors ?

En le voyant hocher négativement la tête, elle ressentit un absurde soulagement.

— Non, j'ai toujours refusé de me laisser prendre. Mais il ne faut pas croire qu'un mariage sans amour soit forcément triste. L'affection, le respect…

— J'ai l'impression d'entendre mon père !

— C'est un homme avisé.

— Il adorait ma mère, lança-t-elle en le défiant du regard.

— Et pourtant, il vous conseille de m'épouser… Et vous, pourquoi l'amour ne vous intéresse-t-il pas ?

Ana poussa un long soupir. Après tout, pourquoi ne pas se confier un peu ?…

— J'ai déjà été amoureuse, finit-elle par répondre.

Vittorio sembla accuser le coup, mais son visage retrouva vite son masque impassible. Elle s'étonna elle-même de sa réponse : aujourd'hui, elle n'était plus si certaine d'avoir vraiment aimé Roberto.

— Je ne tiens pas à renouveler cette expérience.

— Cet homme vous a fait du mal ?

— Oui. Il m'a dit que…

Elle s'arrêta net. Impossible d'avouer, de répéter les mots cruels de Roberto, qui l'avaient tellement blessée, humiliée. Au moins Vittorio, lui, la désirait. Même s'il ne ressentait pas le dixième de l'attirance qu'elle éprouvait pour lui, il ressentait au moins quelque chose. Sinon, il ne l'aurait pas embrassée. Satisfaction dérisoire, mais que ne lui avait jamais offerte aucun homme avant lui.

— Il faut que nous parlions de lui, affirma-t-il. De cet homme. Pour partir sur de bonnes bases.

— Vous avez l'air très sûr de vous.

— Je le suis. Pourquoi cela vous est-il si difficile ? Il n'y a personne d'autre en ce moment, n'est-ce pas ?

— Vous le savez bien.

— Je suis donc le meilleur candidat.

— Dans la mesure où je reçois les candidatures. Peut-être ferais-je mieux de rester seule !

— Touché !

Elle ne put retenir un petit sourire.

— Quelle est votre couleur préférée ?

— Le bleu.

— Vous aimez lire ?

— Des policiers. C'est ma faiblesse cachée.

Elle chercha quelle autre question elle pourrait lui poser. Il devait y en avoir des douzaines, des centaines ; et pourtant, il suffisait qu'il la regarde avec ce petit sourire sexy pour qu'elle perde ses moyens.

— Vous aimez les chiens ?

— Oui, mais pas les chats.

— Votre plat préféré ?

— Les fruits de mer. Et le chocolat : j'en ai toujours une tablette à portée de main.

— Quel aliment votre mère n'a-t-elle jamais pu vous faire avaler ?

Le regard de Vittorio vacilla un dixième de seconde.

— Les brocolis. Vous finissez par me troubler, protesta-t-il en passant le doigt dans le col de sa chemise.

— Parce que je vous ai fait avouer que vous n'aimiez pas les brocolis ? Vous devez avoir bien d'autres secrets !

— Quelques-uns, reconnut-il en esquissant une grimace.

Elle avait envie de lui poser d'autres questions : pourquoi votre visage est-il si changeant, tantôt gai et tantôt sombre ? Quels souvenirs dissimulez-vous ? Combien de maîtresses avez-vous eues ? Pourquoi trouvez-vous l'amour destructeur ?

Mais ce n'était pas encore le moment.

— Dites-moi quelque chose de vous que je n'aurais jamais pu deviner.

— J'ai joué du trombone.

— Vraiment ? s'étonna-t-elle.

— C'était le seul instrument qui restait dans le placard quand il m'a fallu en choisir un, à l'école.

— Vous jouez bien ?

— Affreusement. On dirait une brebis qu'on égorge. Heureusement, mon professeur m'a supplié d'arrêter ; à la place, je me suis mis au foot.

Ana ravala le rire qui lui montait aux lèvres. Il ne fallait pas qu'elle tombe amoureuse.

— Si vous pouviez aller où vous voulez, faire ce que vous voulez, que choisiriez-vous ?

— Je vous épouserais, répondit-il, les yeux brillants, avec un sourire prédateur.

— Un peu de sérieux, protesta-t-elle, le cœur battant.

— Je suis sérieux.

— Quand avez-vous décidé que j'étais la candidate adéquate ?

Le regard de Vittorio se fit plus aigu. Une expression qu'elle lui avait souvent vue, et qui signifiait qu'il réfléchissait intensément à ce qu'il allait dire… ou se demandait ce qu'elle avait envie d'entendre.

— J'avais lu sur vous dans un avion un petit article qui avait éveillé mon intérêt.

— Suffisamment pour que vous lanciez des détectives à mes trousses ?

Il fit signe au serveur de venir desservir la table.

— Je n'aime ni le ton ni les mots que vous avez employés, nota-t-il sans élever la voix. Personnellement, je me suis dès le début montré honnête avec vous.

Ana se mordit la lèvre : c'était précisément cette honnêteté qui lui faisait le plus mal.

— C'est vrai. Mais vous êtes si froid.

— Je croyais vous avoir entendue dire que vous n'étiez pas romantique.

— Je ne le suis pas.

Elle se demanda si elle ne lui mentait pas, si elle ne *se* mentait pas. Durant toutes ces années, n'avait-elle pas attendu l'arrivée d'un beau chevalier à l'armure étincelante ? Était-elle une vraie midinette ?

— Alors, où est le problème ? insista Vittorio.

— C'est une décision si importante. Comme vous l'avez dit, je n'ai pas l'habitude de m'engager à la légère.

Ana décida de changer de sujet. Puisqu'il voulait considérer ce mariage comme une affaire, il allait être ravi.

— Parlons de notre contrat de mariage.

— Vous avez peur que je cherche à m'emparer de votre fortune ? questionna-t-il sèchement.

— Non. Mais vous, vous pourriez nourrir des inquiétudes à ce sujet.

— Je n'envisage pas de divorcer.

— Imaginons que vous rencontriez quelqu'un d'autre ?

— Cela ne se produira pas.

Il lui jeta un regard qui la dissuada de lui demander ce qu'il ferait si cela lui arrivait à elle.

— Et les enfants. Vous avez dit que vous désiriez un héritier. Combien en voulez-vous ?

— Plusieurs, si Dieu le permet. N'avez-vous pas dit que vous en désiriez aussi ?

— Si.

Vittorio et elle feraient des enfants. À cette pensée, une onde brûlante lui traversa le corps. Jamais avant lui elle n'avait ressenti ce désir, dont la douceur cruelle lui coupait le souffle.

Elle aurait tant voulu que le désir de Vittorio ait la vigueur, la force du sien ; qu'il soit consumé, lui aussi, par cette faim exigeante, douloureuse.

— Ana, à quoi pensez-vous ? demanda-t-il en posant sur elle un regard dans lequel elle crut lire de la pitié.

— Je ne veux pas épouser un homme auquel je ne plais pas vraiment.

Il eut un mouvement de recul, comme s'il était choqué par la brutalité de sa franchise.

— Vous exagérez ! D'ailleurs, l'autre soir, vous avez pu constater vous-même l'effet que vous me faisiez.

— Peut-être, mais…

— Vous ne ressemblez pas aux femmes que j'ai connues. Ce qui ne signifie pas que je ne vous trouve pas séduisante.

« À condition d'avoir bu suffisamment de whisky », ajouta-t-elle dans son for intérieur.

— Combien avez-vous eu de maîtresses ? demanda-t-elle, en proie à une impulsion soudaine.

En voyant l'air ébahi de Vittorio, elle eut du mal à réprimer un éclat de rire.

— Un certain nombre. Mais à quoi bon nous attarder sur le passé ? Comme je vous l'ai dit, il nous faut regarder l'avenir. Notre avenir commun.

— Si nous partions ? proposa-t-elle, en proie soudain à une irrépressible envie de bouger. Le dernier bateau pour Fusina quitte Venise avant minuit.

— Comme vous voudrez, dit-il en levant la main pour réclamer l'addition.

Dehors, l'air humide était chargé d'un entêtant parfum de fleurs, auquel venaient se mêler des remugles d'eau dormante ; l'odeur si particulière de la nuit vénitienne.

— Voulez-vous marcher ? demanda-t-il en lui prenant le bras.

À chaque pas, la cuisse de Vittorio venait frôler la sienne, ce qui n'avait rien de désagréable, bien au contraire. Les touristes avaient déserté la place Saint-Marc et seuls demeuraient quelques clients attablés aux terrasses des cafés. Dans l'ombre d'un pilier, elle aperçut un couple enlacé ; elle accéléra le pas pour échapper aux pensées qui l'assaillirent.

Une fois arrivés au ferry, ils s'accoudèrent à la rambarde pour contempler en silence les lumières qui s'évanouissaient peu à peu dans la brume. Elle aurait eu envie de lui poser encore mille questions, mais son esprit était trop inquiet, trop confus.

— Je ne veux pas que mes enfants soient élevés par une nurse, finit-elle par lâcher.

— Bien sûr que non.

— Et je refuse de les envoyer en pension.

Elle frissonnait encore en pensant aux deux années qu'elle avait passées dans un internat de filles, près de Florence.

— Je suis parfaitement d'accord avec vous sur ce point.

Je n'ai guère apprécié la pension. Je suppose que vous non plus ?

— Non. Et il ne faut pas vouloir me changer. Me demander de me maquiller, de m'habiller différemment. S'il vous faut une femme de ce genre, adressez-vous à quelqu'un d'autre.

Du regard, elle le défiait d'oser lui dire qu'elle manquait de chic, ou que ses tailleurs-pantalons ne la mettaient pas en valeur, ou qu'elle n'était pas assez belle pour lui. Il n'en fit rien.

— Je ne demande qu'à vous épouser telle que vous êtes. Néanmoins, dans la mesure où vous deviendriez comtesse de Cazlevara, peut-être faudrait-il vous comporter et vous habiller conformément à votre rang.

— Qu'est-ce que cela signifie exactement ?

— Vous êtes une femme intelligente, Ana. Je vous laisserais donc en décider.

Elle hocha la tête en signe d'assentiment et ils se turent jusqu'à ce qu'ils aient regagné la Porsche. Tandis qu'ils roulaient dans la nuit, la brume se mit à tomber, si épaisse et glacée que la lueur des phares avait du mal à la percer. Immédiatement, Ana se mit à penser aux jeunes grappes, si fragiles encore. Il ne faisait sans doute pas assez froid pour s'inquiéter, mais elle se sentait soudain complètement épuisée.

Vittorio s'engagea dans l'allée conduisant à la Villa Rosso avant de se garer, silencieux.

— Au lit, *rondinella*. Dormez bien, fit-il en lui effleurant la joue du bout du doigt.

— Qu'avez-vous dit ? demanda Ana en sursautant.

— De bien dormir. Dans votre lit de préférence... plaisanta-t-il.

— Mais comment m'avez-vous appelée ?

— *Rondinella*, répéta-t-il sur un ton étrangement douloureux. Vous croyiez que j'avais oublié ?

Elle lui jeta un regard éperdu tandis que souvenirs et émotions l'emplissaient à ras bord. Ainsi, il se souvenait… Elle se revit soudain, debout au bord de la tombe de sa mère, la main boueuse, les yeux pleins de larmes. Un seul être avait su lui témoigner sa compassion, car son père était trop accablé par le chagrin pour s'occuper d'elle.

Soudain, la réponse lui parut évidente.

— Je n'ai pas besoin de dormir pour te répondre, articula-t-elle dans un souffle.

En souriant, Vittorio lui caressa de nouveau la joue.

— Vraiment ?

— Non, répondit-elle en lui prenant la main qu'elle serra dans la sienne. La réponse est oui, Vittorio. Je veux bien devenir ta femme.

6

En le voyant entrer dans son bureau vêtu d'un élégant costume gris et d'une cravate pourpre, Ana se souvint brusquement que ce mariage était d'abord un arrangement. Vittorio n'avait plus rien à voir avec l'homme qui lui avait caressé la joue la veille au soir en l'appelant « petite hirondelle ».

— Nous avons encore quelques détails à mettre au point, lança-t-il après l'avoir saluée. Tu as un moment ?

— Bien sûr, dit-elle en relevant le menton pour rivaliser de détermination avec lui. Veux-tu me suivre dans la salle de dégustation ?

Une réunion d'affaires comme une autre, songea Ana non sans amertume, même si elle n'avait aucun reproche à lui faire. Une fois installé dans un canapé de cuir en face d'elle, il lui tendit un papier qui ressemblait à une longue liste de courses. Puis il chaussa des lunettes cerclées de métal, ce qui provoqua chez Ana un rire nerveux qu'elle tenta vainement d'étouffer.

— J'ignorais que tu portais des lunettes.

— Cela fait quelques années que je ne peux plus m'en passer, hélas, déclara-t-il avec un sourire contraint.

— Cela figure dans ton dossier médical ? J'aimerais bien en consulter un exemplaire.

— Je vais immédiatement t'en faire parvenir une copie.

Avait-il compris qu'elle plaisantait ou pas ? Pour dissimuler sa confusion, elle remplit de café les tasses qu'elle avait disposées sur la table.

— Je ne sais même pas ton âge exact. À l'enterrement de ma mère, tu avais à peu près vingt ans ?

— Vingt et un.

— Et ton père était mort quand tu en avais quatorze, n'est-ce pas ? Subitement ?

— Oui, comme ta mère. Si je me souviens bien, elle a eu un accident d'auto ?

— Un chauffard de dix-sept ans, complètement ivre, qui s'est tué en même temps qu'elle.

— Quand on perd un de ses parents à cet âge-là, après, c'est comme si le monde ne tournait plus rond.

Elle acquiesça. Il avait parfaitement su exprimer ce qu'elle ressentait depuis des années. Tout en s'éclaircissant la gorge, il se mit à consulter la liste.

— À moins que tu n'y voies un inconvénient, la cérémonie, très simple, pourrait avoir lieu dans la chapelle du château de Cazlevara ?

— Parfait.

Voilà des années qu'elle avait cessé de rêver à un mariage à grand spectacle. D'ailleurs, compte tenu de la nature de leur union, c'eût été une véritable mascarade.

— Concernant la date, dans deux semaines...

— Deux semaines !

Elle manqua s'étrangler avec son café.

— Trois, si tu préfères. Pourquoi attendre davantage ?

— Cela risque de paraître... bizarre. Et de susciter des commérages.

— Peu m'importe. Plus vite on se mariera, plus vite on s'habituera l'un à l'autre. Mais si tu préfères, nous pouvons attendre — raisonnablement... — avant de consommer le mariage. Je veux que tu te sentes parfaitement à l'aise.

Ana rougit. En dépit du ton froid, presque clinique,

de Vittorio, elle ne pouvait s'empêcher d'imaginer cette « consommation ». Pour dissimuler son visage, elle porta sa tasse à ses lèvres.

— Merci pour ta délicatesse, murmura-t-elle, tandis qu'il se replongeait dans son inventaire.

— Même si la cérémonie est très intime, y a-t-il des gens que tu souhaites spécialement inviter ?

— Je vais y réfléchir.

— Si nous n'invitons que nos voisins vignerons, les autres vont se sentir exclus. J'ai donc pensé qu'il vaudrait peut-être mieux organiser au château, un peu plus tard, une fête où tout le monde serait convié.

— Très bien.

Elle avait beau regretter de manquer d'initiative, son esprit lui semblait comme englué dans ces nouveaux développements. Plus que deux semaines et ils seraient mariés. Sa main trembla en reposant la tasse.

— Il nous faut des témoins, déclara Vittorio, qui n'avait pas l'air d'avoir remarqué son trouble. Tu as une amie qui pourrait jouer ce rôle ?

— Oui, une amie du temps de l'université. Elle va être drôlement surprise !

Depuis que Paola avait épousé un Sicilien, déménagé dans le Sud et fondé une famille, elles ne se voyaient plus guère.

— Et toi, qui sera ton témoin ?

— J'ai pensé à ton père.

— Mon père ? Mais…

— Je l'apprécie énormément.

— Et ton frère ?

— Nous ne sommes pas très proches.

Sa voix n'avait pas varié, mais son regard s'était durci. Ana sentit que ce constat recélait un abîme de douleurs. Elle aurait voulu demander pourquoi, mais sut d'instinct qu'il lui fallait attendre.

— Je te laisse t'occuper de ta tenue et des fleurs, déclara-t-il en souriant. Tu as l'intention de porter une robe ?

— C'est l'occasion ou jamais, n'est-ce pas ?

— Tu pourrais peut-être venir dîner vendredi au château, pour rencontrer ma famille, proposa-t-il sur un ton glacial.

— Bien sûr.

Il se leva et lui serra la main avant de disparaître, exactement comme à l'issue d'un simple rendez-vous professionnel.

Le soir même, après le dîner, Ana décida de parler à son père. Elle aurait pu le lui annoncer avant, mais quelque chose l'en avait empêchée. Peut-être ne parvenait-elle pas à admettre qu'elle allait accomplir un acte aussi aventureux, aussi… désespéré ; mais si l'événement devait avoir lieu dans quinze jours, il fallait le prévenir maintenant — surtout si Vittorio désirait qu'il soit son témoin.

— J'ai accepté la proposition de Vittorio, papa, fit-elle calmement tandis qu'ils finissaient leur potage.

Il leva sa cuillère, les yeux ronds et un sourire illumina son visage raviné.

— Ana ! *Dolcezza !* Mais c'est merveilleux !

— Je l'espère.

— Tu es nerveuse ? Tu as peur ?

— Un peu.

— C'est un type bien.

— Je suis heureuse que tu en sois convaincu.

— Mais toi, tu n'en es pas certaine ?

— Je n'épouserais pas un monstre, papa.

Vittorio était à n'en pas douter un homme honorable, juste et moral. Mais quand il parlait de sa famille, son visage se fermait. Elle se rappela la caresse sur sa joue et ses mots de réconfort : « C'est normal d'être triste, *rondinella.* »

— Je suis très heureux pour toi, affirma Enrico en serrant la main de sa fille dans la sienne. Pour vous deux. Quand aura lieu le mariage ?

— Dans deux semaines vraisemblablement.

— Bien, dit-il après un silence. Inutile de perdre du temps. Je vais appeler dès ce soir tante Iris. Peut-être pourra-t-elle venir d'Angleterre.

Ana acquiesça. Elle connaissait à peine sa tante, qui avait désapprouvé le mariage de sa sœur avec un Italien. Depuis la mort de sa mère, elle n'avait plus guère donné signe de vie.

— J'espère qu'elle viendra, répondit-elle.

Peut-être son mariage contribuerait-il à apaiser ce vieux conflit…

Depuis qu'elle avait accepté la demande de Vittorio, Ana avait beaucoup de mal à se concentrer sur son travail. Elle sursautait au moindre bruit, anxieuse, sans s'avouer qu'elle aurait voulu le voir apparaître — il ne s'était pas montré depuis plusieurs jours et ce matin où ils avaient réglé ensemble le gros des détails de l'événement.

En pleine discussion ou au beau milieu d'un appel téléphonique, son esprit se mettait parfois à vagabonder, à s'imaginer les réactions des gens quand elle serait comtesse de Cazlevara, les comportements de Vittorio quand il serait son mari…

Elle avait beau tenter de se raisonner, elle avait la plupart du temps la gorge si serrée, de peur et d'excitation, qu'elle était même incapable d'avaler une gorgée d'eau. Les nerfs à vif, elle se demandait comment elle avait pu accepter une telle folie et regrettait de ne pas être aussi terre à terre que le croyait son futur mari.

La veille du dîner à Cazlevara avec la famille de Vittorio, elle se souvint, sur le chemin du retour vers la villa, qu'il lui fallait décider d'une tenue — une robe ? Quand elle poussa la porte d'entrée, le rez-de-chaussée était sombre et silencieux.

— Papa, cria-t-elle en montant l'escalier.

Comme il ne répondait pas, elle le chercha partout, de plus en plus inquiète. Elle finit par le trouver dans l'une des chambres d'amis qu'on n'utilisait jamais, assis par terre, tête baissée.

— Papa, tu vas bien ?

— Parfaitement bien. Je jette simplement un coup d'œil à ces vieilles choses.

— Quelles vieilles choses ? demanda-t-elle en entrant dans la pièce, que baignait une lueur crépusculaire.

— Des choses qui appartenaient à ta mère… précisa-t-il avec un soupir en fixant le flot de satin blanc qui lui couvrait les genoux. Elle aurait été si contente de savoir que tu vas te marier. Peut-être le sait-elle, d'une certaine façon…

— Sans doute. Qu'est-ce que c'est que ce tissu ?

— Sa robe de mariée. Je ne te l'ai jamais montrée ?

— Seulement en photos.

— Elle est probablement démodée, fit-il en la lui tendant, un sourire tremblant aux lèvres. Et puis il faudrait la faire nettoyer, mais…

Ana se sentit troublée par l'émotion inhabituelle qu'il exprimait. Jamais elle ne connaîtrait elle-même un tel amour.

— Tu ferais tellement plaisir à un vieux bonhomme si tu la portais…

— Tu n'as rien d'un vieux bonhomme, papa, protesta-t-elle, la gorge serrée en remarquant ses cheveux désormais si blancs et les rides marquées autour de sa bouche.

Il s'était marié à quarante ans et en avait maintenant soixante-dix.

— Fais voir, reprit-elle en dépliant la robe pour en admirer le superbe satin blanc.

La coupe ne serait guère flatteuse pour sa silhouette trop

massive. Une lourde bande de dentelle ornait le décolleté, et la jupe était formée de trois volants superposés. Là-dedans, elle aurait tout l'air d'une énorme meringue.

— Je serai très honorée de la porter, papa, murmura-t-elle pourtant en se tournant vers son père, les larmes aux yeux.

Quand elle se présenta au château de Cazlevara, une brise glacée faisait vaciller la lumière des torchères. Un valet en livrée lui ouvrit la double porte.

— Bienvenue, signorina Viale. Monsieur le comte et madame la comtesse vous attendent dans le salon.

Le cœur d'Ana se mit à battre si fort qu'elle l'entendait résonner à ses oreilles. Elle avait hésité longtemps sur la tenue adéquate. L'après-midi même, elle avait fini par se rendre dans la boutique de Venise où Vittorio l'avait emmenée la semaine précédente. Là, elle était longtemps restée devant la vitrine, observant les vendeuses si minces et élégantes dans leurs jupes noires et leurs blouses de soie blanche. À deux reprises, elle avait failli entrer. Au bout de vingt minutes, elle avait fini par partir, terrorisée à l'idée d'essayer des vêtements aussi élégants sous les yeux d'une vendeuse.

En explorant sa garde-robe, elle avait fini par dénicher un pantalon qu'elle n'avait jamais porté et dont les jambes étaient assez larges pour donner l'illusion d'une jupe, ou presque. Après avoir remis son haut orné de perles, elle avait attaché ses cheveux, dégageant quelques mèches pour adoucir ses traits. Elle s'était même autorisé une touche de rouge à lèvres.

Au moment où elle atteignait le seuil du salon, une femme blonde, fine et élégante, se dirigea vers elle ; une de ces femmes qui donnaient précisément à Ana l'impression d'être une géante lourdaude.

Durant le bref moment où elles se firent face en silence, la mère de Vittorio détailla d'un regard arctique sa silhouette, et Ana ne put s'empêcher de chanceler légèrement. Elle se retrouvait subitement quinze ans plus tôt, en présence des filles de la pension où l'avait envoyée Enrico après la mort de sa mère.

Oui, ce regard qui la jaugeait avec mépris, qui la rejetait, la blessait davantage qu'il ne l'aurait dû, car il la faisait redevenir l'adolescente de treize ans poussée en graine, mal à l'aise et accablée de chagrin.

— Voilà donc ta future épouse...

Dans le ton qui se voulait neutre, Ana n'eut aucun mal à déceler le dédain. Elle se redressa à son tour et releva le menton.

— Madame, nous nous connaissons depuis longtemps, mais je suis heureuse de vous rencontrer de nouveau.

Sans prendre la peine de lui tendre la main, la comtesse se tourna vers son fils, qui les observait en silence.

— Tu ne fais pas les présentations ?

— Si tu tiens à être aussi formelle... Mère, voici Ana Viale, qui gère l'un des plus beaux vignobles de notre région, la fille de notre voisin Enrico Viale, ma future épouse. Ana, ma mère, Constantia Ralfino, comtesse de Cazlevara.

L'air était chargé d'une tension si palpable qu'on pouvait presque l'entendre crépiter. Constantia jeta à son fils un regard chargé de colère, puis fit de nouveau face à Ana :

— Un coup de foudre, n'est-ce pas ?

Elle se demanda si sa future belle-mère cherchait à la provoquer et chercha un signe de la part de Vittorio. Voulait-il qu'on sache que leur mariage était de pure convenance, ou qu'on croie qu'ils étaient réellement amoureux ? La seconde option risquait de se révéler aussi épuisante que peu convaincante, elle n'en doutait pas.

— Un coup de foudre, mère ? intervint-il avant qu'Ana

ait eu le temps de répondre. Jamais il n'en a été question. Bien ! Le dîner est servi, et je ne compte pas manger froid. Si nous passions dans la salle à manger ?

Offrant son bras à sa fiancée, il l'entraîna avec lui à grands pas.

Le repas fut interminable. Tandis que Vittorio et Constantia s'entretenaient avec une politesse glaciale, Ana sentit son corps se tendre et la migraine cogner contre sa tempe. Impossible de savoir comment se comporter, que dire, car Vittorio ne l'aidait en rien. Quelle était l'origine de cette mésentente évidente entre sa mère et lui ? Comment deux membres de la même famille pouvaient-ils se haïr à ce point ? Et elle, comment trouverait-elle sa place dans ce tableau ? Comment envisager de passer sa vie à Cazlevara sous le regard méprisant de Constantia ?

Elle commençait à comprendre qu'en acceptant la proposition de Vittorio, elle avait accepté de changer de famille, et de vie. La conversation n'était qu'une suite de remarques décousues, prononcées dans le seul but de blesser la personne qu'elles visaient. Ana n'y participait guère et mangeait moins encore, se contentant de déplacer la nourriture dans son assiette.

À peine son dessert avalé, Constantia se leva de table d'un mouvement gracieux. Tout comme son corps, d'une étonnante minceur, son visage était encore d'une remarquable beauté, malgré quelques rides.

— Je crains que ma journée n'ait été trop fatigante pour me permettre de prendre le café avec vous, annonça-t-elle en adressant à Ana un sourire contraint. J'espère que vous voudrez bien m'excuser, ma chère.

— Bien sûr, murmura Ana, soulagée.

— Dans ce cas…

Au moment où Constantia se tournait vers Vittorio, Ana vit son regard se voiler de lassitude et d'anxiété. Puis elle quitta la pièce, dans laquelle s'établit un silence lourd de tensions.

— Vittorio…

Ana s'arrêta brusquement, incapable d'exprimer ce qu'elle ressentait.

— Qu'y a-t-il ? jeta-t-il d'une voix tranchante. Tu as des regrets ?

Il se leva pour l'aider à quitter la table et posa les mains sur ses épaules nues.

— Tu as froid, *rondinella* ?

— Ne m'appelle pas comme ça.

Elle aurait préféré mourir que le reconnaître, mais elle ne pouvait supporter que Vittorio use de ce surnom avec tant d'ironie. Et puis elle avait pris conscience au cours de ce dîner qu'elle en savait vraiment peu sur lui ; cela la terrorisait.

— Pourquoi ? Après tout, reprit-il, nous allons nous marier.

Il laissa ses doigts descendre lentement le long de son bras nu, puis il lui prit la main pour la guider vers la cheminée, où le feu faisait danser sur les murs des ombres fantasques.

Ana se laissa faire, troublée par ce contact qui semblait dissiper toutes ses interrogations, tous ses doutes. Elle le suivit lentement, sans pour autant oublier le risque qu'elle courait à s'abandonner ainsi à la volonté de Vittorio. Mais plus rien ne comptait que ses doigts sur sa peau et le désir qu'elle sentait monter impérieusement en elle.

— Je ne veux…, commença-t-elle, incapable d'aller plus loin.

— Tu ne veux… ?

À l'intonation moqueuse de sa voix, elle comprit qu'il savait l'effet que produisait sur elle le simple contact de ses doigts. Sans la lâcher, il l'attira à lui, jusqu'à ce que leurs corps se frôlent. Elle leva alors la tête pour le fixer droit dans les yeux.

— N'aie pas peur, Ana, murmura-t-il à quelques centimètres de ses lèvres.

— Il y a tant de choses que j'ignore…

Les doigts de Vittorio montaient et descendaient le long de son bras, jouant sur sa peau comme sur un instrument, et leurs visages étaient si proches qu'elle sentait son souffle sur sa joue. Elle comprit qu'il tentait de la distraire pour éviter de répondre à ses questions. Mais comment ne pas réagir à ce contact affolant qui lui faisait perdre la tête ?… Non, rien ne pourrait l'empêcher d'épouser Vittorio.

Elle sentit sa main se poser sur sa joue, et il fit pivoter son visage vers lui. Leurs lèvres n'étaient plus séparées que par un souffle…

Il allait l'embrasser, comme elle en avait tant envie. Tant que ses lèvres ne se seraient pas posées sur les siennes, son corps et son esprit crieraient famine. Plus tard, sans doute regretterait-elle ce désir méprisable et sans espoir qui pour l'instant la dominait totalement. Tant pis…

— Embrasse-moi, quémanda-t-elle dans un souffle.

Il eut un sourire de triomphe mais en cet instant, peu importait à Ana de se sentir humiliée par l'emprise sensuelle qu'il avait sur elle.

— Embrasse-moi, répéta-t-elle en fermant les yeux avant de lui tendre les lèvres.

Lorsque leurs bouches se touchèrent, elle tressaillit violemment. Enfouissant ses doigts dans les cheveux de Vittorio, elle se plaqua contre lui, laissant sa bouche bouger doucement contre la sienne. Elle avait beau être inexperte et malhabile, c'était exquis.

Ana ne remarqua pas immédiatement que Vittorio restait immobile et figé contre elle, les mains simplement posées sur ses épaules, les lèvres crispées contre les siennes, étranger au désir qui enflammait ses sens et lui ôtait toute raison.

Brusquement, elle se souvint de Roberto, de la façon dont il avait réagi à son baiser : immobile, mais visiblement soulagé lorsque le contact avait pris fin ; comme s'il avait éprouvé du dégoût. Vittorio, lui aussi... ? Se pourrait-il que... ? Elle recula d'un pas, envahie par une honte qui glaça ses membres et lui donna envie de fuir.

Mais les mains de Vittorio, loin de la laisser échapper, se posèrent sur ses bras pour l'attirer à lui. Alors, il l'embrassa à son tour. Il la prit par les hanches pour mieux souder son corps au sien et, en sentant la puissance de son érection, en percevant son souffle haletant, elle eut un sourire de satisfaction. Il la serra de plus près encore, comme pour la prendre au piège de ses cuisses puissantes et sa bouche qui, un instant plus tôt, était si crispée. Puis il entreprit de descendre avec une lenteur langoureuse de ses lèvres au creux de son cou, avant de plonger dans le profond sillon entre ses seins.

Les yeux fermés, elle rejeta la tête en arrière, le souffle court. Jamais on ne l'avait touchée de façon si intime. Chacun de ses nerfs naissait à une vie nouvelle, lui offrant un plaisir si intense qu'il en devenait presque douloureux. Soudain, Vittorio fit un pas en arrière, la laissant pantelante.

— Je crois que nous commençons à bien nous connaître, non ? lança-t-il d'un ton conquérant.

Vittorio frissonna en voyant les feux arrière de la voiture d'Ana disparaître dans la nuit. Pour dissiper ses doutes, il avait voulu l'embrasser, mais c'est elle qui avait pris l'initiative. Choqué par son audace, il l'avait été plus encore par sa propre réaction. Car ce baiser lui avait révélé qu'elle représentait désormais pour lui davantage qu'un but à atteindre, qu'un moyen pour arriver à ses fins.

Sa future *femme*. Une personne pleine d'espoirs et de désirs. Même s'il lui avait envoyé des cadeaux et dit les mots qu'il fallait, même s'il l'avait embrassée, il avait tenté d'oublier cette réalité. Et tenir le bonheur d'un être humain entre ses doigts, endosser la responsabilité de sa vie, c'était énorme, effrayant.

— Pourquoi, Vittorio ?

Il s'immobilisa en entendant la voix accusatrice de sa mère, avant de se retourner lentement. Debout sur la dernière marche de l'escalier de marbre, elle le toisait de ses yeux bleus, la bouche crispée par son éternelle moue de mépris.

— Pourquoi quoi, mère ? demanda-t-il avec une politesse glaciale.

— Pourquoi épouser cette malheureuse ?

— Je n'apprécie pas la manière dont tu parles de ma fiancée. Ana n'a rien d'une malheureuse.

Constantia laissa échapper un petit rire incrédule.

— Allons, Vittorio, je sais avec qui tu couches habituellement. Chacune de tes maîtresses passées serait capable de dévorer Ana Viale toute crue.

— Elles n'en auront jamais l'occasion.

— Vraiment ? répondit-elle en s'avançant vers lui. Et comment les en empêcheras-tu ? Tu vas boucler ta précieuse femme dans une cage dorée ? Tu sais qu'elle t'aime ; ou du moins, qu'elle serait bien capable de tomber amoureuse ?

— Cela ne te concerne pas.

— Sais-tu au moins ce que cela signifie d'aimer quelqu'un qui ne vous aimera jamais ? Sais-tu ce qu'on en arrive à penser, à faire ?

En percevant la rage dans la voix de sa mère, Vittorio se sentit désarmé. Quelle nouvelle ruse se dissimulait sous cette apparente détresse ?

— Je ne vois pas de quoi tu parles.

— Pourquoi veux-tu l'épouser ? Pour me faire du mal ?

— Tu te donnes trop d'importance.

— Jamais tu n'avais envisagé de te marier jusqu'à ce que j'aborde le sujet.

— Tu m'as simplement rappelé à mon devoir de comte de Cazlevara et de directeur de l'entreprise du même nom : engendrer un héritier.

— Ainsi, Bernardo ne pourra jamais te succéder.

— Tout homme désire avoir un fils.

— Mais pourquoi elle ? Pourquoi épouser une femme que tu seras incapable d'aimer ?

— L'amour ne m'intéresse pas.

— Exactement comme ton père, alors !

Ébranlé par la dureté de sa mère, Vittorio préféra mettre fin à la discussion.

— Mieux vaut nous en tenir là, dit-il en tournant les talons.

Un peu plus tard, au moment de se coucher, les mots de sa mère lui revinrent à l'esprit : « Une femme que tu seras incapable d'aimer. » Les doigts crispés sur le bouton de sa chemise, il se demanda si elle avait raison. Certes, jamais il n'avait voulu aimer. Mais en était-il seulement capable ?

7

En examinant le reflet que lui renvoyait le miroir, Ana se trouva affreuse. Même si elle ne regrettait pas d'avoir accepté de porter la robe de mariée de sa mère, elle déplorait de ne pas avoir meilleure allure.

La robe avait été soigneusement nettoyée et remise à sa taille, mais à l'idée que Vittorio allait la découvrir engoncée dans ce flot de dentelles et de volants, elle avait envie de hurler. En soupirant, elle caressa l'épais satin blanc et tenta de chasser ces idées déprimantes. Mieux valait essayer de profiter de la journée qui commençait.

Pourtant, une autre pensée négative vint immédiatement remplacer la précédente, et ses doutes redoublèrent au souvenir du dîner qu'elle avait partagé avec Constantia et Vittorio. Depuis cette horrible soirée, ce dernier était venu plusieurs fois à son bureau, pour la saluer simplement, lui montrer un article technique ou préciser un point relatif à la cérémonie. Ils s'étaient également promenés ensemble dans le vignoble Viale sous le soleil éclatant. Ana avait apprécié ses efforts pour donner à leur relation une apparence de normalité. Elle n'avait pourtant pu s'empêcher de les trouver atrocement formels et compassés, comme si Vittorio remplissait des *obligations*.

Mais puisqu'elle avait accepté un mariage de convenance, il lui fallait s'en tenir au marché conclu.

Des coups frappés à la porte la tirèrent de ses pensées. La tête brune et bouclée de Paola apparut.

— Tu es prête ? demanda son amie. La voiture qui doit t'emmener au château est arrivée.

— Il ne me reste qu'à poser mon voile.

Paola prit la dentelle arachnéenne pour la fixer sur la tête d'Ana, qui avait relevé ses cheveux en chignon.

— Tu es...

— Épouvantable, coupa Ana.

Leurs regards se croisèrent dans le miroir et elles échangèrent un sourire.

— Cette robe ne me va absolument pas.

Paola haussa les épaules.

— C'est merveilleux que tu portes la robe de ta mère et peu importe comment elle te va. De toute façon, poursuivit-elle en drapant le voile sur les épaules d'Ana, même dans un sac à pommes de terre, une jeune mariée amoureuse est toujours rayonnante.

— Tu crois ?

Ana ne se trouvait pas rayonnante, loin de là ; et d'ailleurs, elle n'était pas amoureuse. Tout ce blanc lui donnait vraiment l'air sinistre. Paola la prit gentiment par le bras.

— Tout va bien ? Je sais que cela fait un moment qu'on ne s'était pas vues, mais tu as l'air si... nerveuse. Remarque, moi aussi le matin de mon mariage j'étais presque malade, tu te souviens ? C'est mon devoir de demoiselle d'honneur de te demander si tu es bien sûre de toi, tu comprends ?

— Je comprends, répondit Ana, qui sentait grossir une boule au fond de sa gorge. Et je me sens parfaitement sûre. Si j'ai l'air un peu nerveuse, c'est que ce mariage n'est pas un mariage ordinaire.

— Que veux-tu dire ?

— Vittorio et moi avons décidé de nous marier il y a deux

semaines à peine. Nous ne sommes ni amoureux ni même très proches. Il s'agit d'un mariage de pure convenance.

— Convenance ? répéta Paola avec un petit rire incrédule.

— Nous avons des intérêts communs. Nous sommes tous deux ambitieux et nous avons les mêmes idées sur certains sujets.

Ana se trouva soulagée d'avoir avoué à son amie la vérité, aussi peu glamour que soit cette dernière. À en croire son regard, Paola était légèrement choquée.

— Ana, tu es vraiment certaine… ?

On frappa à la porte et la voix assourdie d'Enrico se fit entendre.

— Ana, *dolcezza*, tu es prête ? La voiture est arrivée, et si nous voulons être à l'heure…

Elle inspira profondément. Dans moins d'une heure, elle serait mariée à Vittorio Ralfino et devenue comtesse de Cazlevara. Des souvenirs confus virevoltaient dans sa tête. Le moment où son univers avait volé en éclats, quand elle avait appris la mort de sa mère. Lorsque son père refusait de la voir et s'enfermait pour cacher son chagrin tout en exigeant qu'elle retourne en pension. Sa solitude à l'école, la façon dont les autres la harcelaient et l'ignoraient à la fois. Ses années d'université, au cours desquelles elle avait repris lentement confiance en elle, avant que cette fragile estime de soi ne se voie balayée par le rejet de Roberto. Les nuits passées à la fenêtre, à se demander ce que la vie allait lui offrir, si elle trouverait l'amour. Sa décision d'abandonner ce rêve et de profiter de ce qu'elle avait, plutôt que d'essayer d'obtenir davantage. Chacun de ces moments semblait l'avoir rapprochée de sa décision d'épouser Vittorio.

Vittorio…

Le contact de ses doigts sur sa joue, quand elle avait treize ans comme aujourd'hui, seize ans plus tard. La gentillesse dont il avait fait preuve durant les deux dernières semaines.

La tension lors du dîner avec sa mère. L'espoir qu'il existait un avenir pour eux deux.

Soudain, Ana comprit qu'elle n'avait plus peur. Sa panique avait laissé place à une détermination nouvelle. Elle sourit à Paola.

— Ma décision est prise. Je suis sûre de moi. Papa, je suis prête.

Les yeux pleins de larmes, Enrico contempla la robe de mariée.

— Oh, *dolcezza* ! *Magnifica* !

En découvrant le regard horrifié dont Vittorio la fixait tandis qu'elle remontait l'allée de la chapelle, Ana ne put parvenir à lui sourire. Une douzaine d'invités, parents et amis intimes, étaient éparpillés sur les bancs de bois. Dans le chœur se tenaient Paola, Enrico et Vittorio. Le visage de son futur mari se radoucit, mais ses yeux restaient sombres. Sans doute se demandait-il comment il en était arrivé à épouser une femme capable de porter une robe de mariée vieille de trente ans, complètement démodée et qui lui donnait l'allure d'une énorme meringue.

Elle releva le menton et réussit à sourire.

La cérémonie fut très brève : quelques gestes confus, l'échange des formules rituelles, puis Vittorio lui passa au doigt un lourd anneau d'or ancien avant de l'embrasser chastement sur la joue. Malgré la froideur de ses lèvres, Ana sentit une onde de désir lui traverser le ventre.

Quelques applaudissements clairsemés retentirent dans la nef quand elle redescendit l'allée à son bras. Ensemble, ils se dirigèrent vers le hall du château. À la dérobée, elle observa son profil. La mâchoire crispée, il regardait droit devant lui. Un parfait étranger. Son mari. Cela lui semblait incroyable, bizarre, ridicule. Excitant aussi. Ravalant sa peur, elle tenta de recouvrer un semblant de sérénité.

Un domestique ouvrit la porte sur une table dressée pour une vingtaine de convives. Vittorio se tourna vers elle.

— Nous nous retirerons dès la fin de cette courte réception. Je suis certain que tu es fatiguée, déclara-t-il avec une courtoisie glacée qui mit Ana plus mal à l'aise encore.

— Merci.

Ce type d'échange allait-il constituer le quotidien de sa vie désormais ? À qui, à quoi avait-elle dit oui ?...

Tout comme la cérémonie, la réception se déroula dans un brouillard pénible qui l'épuisa. Ce n'était pas un mariage normal et les gens s'en rendaient compte, elle en était sûre. Ses amis la dévisageaient curieusement. Tous ceux à qui elle avait annoncé la nouvelle avaient été ébahis, même s'ils avaient essayé de le dissimuler poliment. Sa tante Iris, venue d'Angleterre, la scrutait d'un regard inquisiteur. Bernardo, le frère de Vittorio, lui serra froidement la main avec un sourire formel; Constantia s'abstint de lui adresser la parole.

Ana fit de son mieux pour sourire et entretenir la conversation avec ceux qui voulaient bien lui parler. Elle réussit à avaler quelques bouchées des délicieux *cicchetti* de crabe frit et un peu de risotto au homard, une spécialité de la région. On servit bien sûr d'excellents vins et, au dessert, du *prosecco* pour accompagner le sorbet au citron.

À la fin du repas, une main se posa sur son épaule. C'était Paola, qui lui souriait.

— Viens, la réception est terminée, je vais t'aider à enlever ta robe.

— Ma robe ?

Naturellement : bientôt, ce serait sa nuit de noces...

Vittorio n'avait pas été très explicite sur ce qu'il attendait de la première nuit qu'ils passeraient comme mari et femme.

Il avait dit qu'il lui laisserait du temps, qu'il n'était pas pressé de consommer le mariage.

Complètement épuisée, l'esprit embrumé, elle laissa Paola l'entraîner par les couloirs jusqu'à une chambre du premier étage. Dans une immense cheminée de pierre brûlait un feu de bois. Un lit à baldaquin couvert d'oreillers de velours et de satin occupait le centre de la pièce, qui baignait dans une douce pénombre. Tout ce décor respirait la séduction et le romantisme.

— Comment as-tu su où se trouvait la chambre ? demanda-t-elle à Paola, qui commençait déjà à défaire les trente-six boutons qui fermaient le dos de la robe.

— Un des domestiques me l'a indiqué. Vittorio a l'air parfaitement organisé, tu ne trouves pas ?

— C'est une bonne chose, répondit Ana, sur la défensive.

Elle avait cru déceler une pointe de critique dans la voix de son amie.

— Jusqu'à quel point ce mariage est-il de pure convenance ? l'interrogea Paola, désignant les chandeliers et les oreillers avec un petit sourire entendu.

— Pas totalement, peut-être, répondit Ana en souriant.

Des flots de satin blanc glissèrent sur ses chevilles. Un frémissement courut alors le long de ses muscles. Elle se sentait prête, impatiente de savoir ce qui allait arriver. Trop impatiente, même.

— Tu l'aimes ?

Ana se dégagea de sa robe. Debout, en sous-vêtements, tournant le dos à son amie, elle ôta les épingles qui maintenaient son épaisse chevelure.

— Non, mais tout ira bien quand même.

— Tu es sincère ?

— Je sais que tu t'es mariée par amour; Vittorio et moi non, mais nous avons bien l'intention d'être heureux ensemble — et je suis certaine que nous le serons.

Du moins y avait-elle cru en acceptant la proposition de Vittorio... Car en contemplant ce lit où s'entassaient les oreillers, à la lumière vacillante des bougies, elle n'en était plus si sûre.

— J'allais oublier, fit Paola en lui tendant une boîte blanche que fermait un ruban de satin ivoire. Un domestique m'a priée de te remettre ceci de la part de Vittorio.

Ana fit glisser le ruban et la boîte s'ouvrit, révélant la plus adorable des chemises de nuit, un souffle de soie incrustée de dentelle.

— Quelle merveille, murmura Paola.

Ana acquiesça, mais en remarquant l'étiquette, elle sentit le cœur lui manquer.

— Elle est trop grande de trois tailles !

— La plupart des hommes ne connaissent rien à tout ça, rétorqua son amie, beaucoup trop vite.

Bouleversée, au bord des larmes, Ana replia la nuisette pour la ranger dans sa boîte. Elle avait envie d'être seule.

— Aucune importance ! Paola, Vittorio va bientôt arriver. Tu peux me laisser.

— Ana...

— Tout va bien, insista-t-elle d'une voix plus ferme, avant d'embrasser son amie sur la joue. Merci pour tout ce que tu as fait. Merci d'avoir accepté de venir et d'être ma demoiselle d'honneur. Je sais que tout s'est passé si vite...

— Si tu veux, je peux attendre.

— Non. J'ai besoin d'être seule. Ne te fais pas de souci pour moi. Tout se passera bien.

À force de le répéter, peut-être finirait-elle par s'en convaincre...

Une fois seule, pourtant, elle se sentit de nouveau submergée par l'anxiété. Elle avait beau se dire que la taille de cette nuisette était un détail sans importance, elle savait bien que c'était faux. Vittorio la trouvait trop grosse, sans charme. Il était impossible qu'il la désire, à moins d'avoir ingurgité quantité de whisky. Plus elle y pensait et plus elle perdait confiance. Comme s'il lui avait planté un poignard dans le cœur.

Une heure s'écoula avec une déchirante lenteur. Elle désirait qu'il arrive, tout en redoutant de le voir. Elle aurait voulu l'affronter, mais avait envie de se cacher et ne pouvait supporter ses propres paradoxes. Depuis dix ans, Ana avait appris à tout contrôler : le vignoble, sa vie, ses émotions. Même si cette existence n'avait rien de particulièrement excitant, elle était parvenue à s'en satisfaire. Et voilà qu'elle se sentait en proie à une valse d'émotions qu'elle ne maîtrisait plus. Elle n'aimait pas ça.

En entendant frapper doucement à la porte, elle fut presque soulagée. Tout plutôt que cette interminable attente. Elle s'était enveloppée dans un épais peignoir trouvé dans un placard, qui la couvrait du cou aux chevilles.

— Où étais-tu ? demanda-t-elle sans lever les yeux.

— J'ai pensé que tu serais contente de rester seule un moment, répondit-il doucement.

— Merci beaucoup.

— Je me suis trompé ?

— Je me demandais seulement où tu étais.

Debout au centre de cette chambre luxueuse, Vittorio semblait parfaitement dans son élément. Il avait ôté sa cravate et sa veste, et déboutonné le col de sa chemise blanche. Avec ses cheveux légèrement ébouriffés et cette ombre qui courait le long de sa mâchoire, elle le trouvait incroyablement sexy. Soudain, en dépit de tout, elle chancela, submergée de désir.

— Je t'ai apporté un petit cadeau de mariage, lança-t-il en lui tendant une bouteille.

— Du whisky ? Merci, répondit-elle avec un sourire contraint.

— Tu m'as bien dit que c'était ton alcool préféré ?

Sa voix était absolument dépourvue d'émotion.

— Dans ce cas, j'ai menti. En fait, j'en bois très rarement. L'autre soir, j'ai simplement pensé que le whisky serait propice à cette ambiance « *business* » que tu cherchais à créer entre nous.

— Nous aurions aussi bien pu nous contenter d'un café.

— En jouant au billard ? Ça ne m'a pas paru adapté. Enfin, puisque tu en as apporté, autant en prendre un verre.

Il lui jeta un regard dubitatif. Visiblement, il cherchait à évaluer son humeur pour savoir quel comportement adopter. Elle en avait assez de cette attitude. Exactement comme quand ils avaient partagé ce whisky, elle se sentait prête à toutes les imprudences, à tous les défis. Un comportement dangereux, certes, mais qui lui donnait l'impression de vivre, enfin. Elle saisit la bouteille.

— Il y a des verres ?

— Je vais en trouver.

Il ressortit de la salle de bains avec deux verres à eau.

— Pour la glace, par contre...

— Peu importe. D'ailleurs, je le préfère sec.

— Moi aussi, murmura Vittorio.

Elle frémit en sentant son souffle tout contre son oreille, mais réussit pourtant à ouvrir la bouteille et à remplir les verres.

— *Cento anni di salute e felicità*, dit-il avec une petite grimace.

Ce toast traditionnel pour un mariage, cent ans de santé et de bonheur, la déprima subitement. Elle prit une gorgée d'alcool; aussitôt, les larmes lui montèrent et elle faillit s'étrangler.

— Tout se passe bien ?

— Parfaitement bien, fit-elle en toussotant.

— Ana…, commença Vittorio d'une voix incertaine.

— Merci pour la nuisette, l'interrompit-elle, elle est splendide.

— Quelle nuisette ?

Ana lui désigna la boite d'un geste.

— Celle-ci. J'étais censée la porter cette nuit ? En fait, elle est trop grande. Je ne suis pas tout à fait aussi grosse que tu l'imagines.

Sans un mot, Vittorio prit la chemise et la déplia.

— Elle est très belle, Ana, mais ce n'est pas moi qui t'ai fait ce cadeau. En matière de vêtements, j'ai compris qu'il valait mieux que je n'intervienne pas.

— Elle ne vient pas de toi ? s'exclama Ana, stupéfaite.

— Non. Mais j'ai ma petite idée sur sa provenance…

— Et ?…

— C'est tout à fait le genre de ma mère, maugréa-t-il, les mâchoires serrées. Pour te blesser. Et elle a parfaitement réussi on dirait.

— Que s'est-il donc passé entre ta mère et toi ? Et ton frère ? Pourquoi vos relations sont-elles si froides ?

Vittorio pencha la tête en arrière et exhala un long soupir. Puis il but une gorgée de whisky, et reposa son verre, toujours silencieux.

— C'est du passé, Ana, répondit-il enfin. Oublié. Inutile de revenir là-dessus.

— Oublié ? Je n'en ai pas l'impression ! Rien qu'à t'entendre parler de ta mère en ce moment, et…

— Il est tard, coupa-t-il, et tu dois être fatiguée. À demain matin.

Ana resta bouche bée devant tant de froideur. Puis la frustration s'insinua le long de ses nerfs et elle faillit demander à Vittorio de rester. Mais mieux valait s'abstenir de mendier sa présence dès la première nuit. D'ailleurs, pourquoi était-il si pressé de partir ? Était-il trop sensible ? Ou trop indifférent ?

— Très bien, chuchota-t-elle.

Il s'approcha pour lui effleurer la joue du bout des doigts. Chancelante, elle ferma les yeux.

— Tout va bien se passer, *rondinella*, murmura-t-il. Je reconnais que c'est un peu dur, pour toi comme pour moi ; mais tout s'arrangera.

La gorge serrée, elle acquiesça d'un signe. Quand elle rouvrit les yeux, il avait disparu.

Redescendu dans le hall, Vittorio se retint d'aller secouer sa mère pour lui dire en face ses quatre vérités. Comme il fallait s'y attendre, elle avait cherché à le discréditer aux yeux d'Ana, à rompre le lien ténu qu'il avait réussi à tisser entre elle et lui. Si Constantia restait là, elle finirait par faire perdre toute confiance en elle à Ana.

Pourtant, il ne pouvait pas lui demander de partir. Jamais il ne l'avait fait. C'est même lui qui était parti, des années plus tôt. Étranger dans sa propre maison, il avait préféré fuir.

Il pensa à la terrible déception qu'il avait lue dans les yeux d'Ana. Elle voulait qu'il reste et lui fasse l'amour. Lui aussi, il en avait eu envie et maintenant encore, tout son corps avait soif de ce plaisir qu'il s'était refusé. Il s'imaginait la serrant dans ses bras avant de lui ôter l'épais peignoir qui l'enveloppait, comme il aurait déballé un cadeau.

Pourtant, ce n'était pas un simple cadeau mais une vraie femme, la sienne, et c'est précisément ce qui l'avait empêché de rester. De consommer leur mariage. Parce qu'il avait craint soudain que cet acte presque technique ne la blesse affreusement.

Il s'injuria à mi-voix. Ce n'était pas le moment de se

laisser aller à un accès de sensiblerie stupide. Il se souvint de la façon dont les yeux gris d'Ana, si lumineux, si tendres, s'étaient assombris lorsqu'il lui avait dit qu'il partait. Quand il lui avait caressé la joue, son souffle s'était fait plus court. Furieux contre lui-même, incapable de savoir ce qu'il devait faire, il recommença à arpenter le hall.

8

Les jours qui suivirent furent parmi les plus déprimants et monotones qu'Ana ait jamais vécus. Un seul changement était intervenu depuis son mariage : désormais, chaque soir après son travail, elle regagnait Cazlevara ; et chaque matin, c'était après un petit déjeuner impersonnel en compagnie de Vittorio qu'elle se rendait au bureau. Elle y travaillait jusqu'à l'heure du dîner, qu'elle prenait avec son mari, le plus souvent en silence.

Comme s'il avait décidé de se retirer en lui-même, il lui adressait rarement la parole et ne lui offrait plus le moindre cadeau. Elle n'aurait su dire s'il était satisfait d'être arrivé à ses fins ou s'il regrettait sa décision. Pour elle, l'échec était patent, même en tenant compte de l'indispensable période d'adaptation. Bien qu'ils fassent tout pour l'éviter, il lui arrivait de croiser Constantia et Bernardo, qui résidaient au château. Sa belle-mère prenait ses repas dans sa chambre et Bernardo, à l'extérieur.

Ce matin-là, quand elle entra dans la salle à manger pour prendre le petit déjeuner, Vittorio leva à peine le nez de son journal.

— On dirait que nous sommes mariés depuis trente ans, ne put-elle s'empêcher de lancer aigrement.

Les doigts de Vittorio se crispèrent sur le journal.

— Que veux-tu dire ? jeta-t-il de la voix atone avec laquelle il s'adressait désormais à elle.

— Depuis la cérémonie, tu m'ignores. Si tu regrettes notre mariage, il peut encore être annulé.

— Je ne le souhaite pas, répondit-il avec une imperceptible grimace.

— Mais tu ne souhaites pas non plus te comporter comme si nous étions réellement mariés ?

— Je voulais te laisser le temps… Trop de précipitation risque de rendre la situation plus difficile encore.

— Ton attitude ne la rend pas plus facile.

D'une certaine manière, sa réponse l'avait un peu réconfortée ; mais elle refusait de céder déjà du terrain.

— Très bien. J'étais en train de dresser la liste des invités à la réception. Pourquoi ne pas la fixer vendredi, dans deux jours ? Si tu veux inviter quelqu'un, dis-le-moi, ou envoie-moi ses coordonnées par courriel. Une fois que le monde entier saura que nous sommes mariés, cela te semblera peut-être plus réel ?

Ana s'autorisa un sourire ironique : elle se sentirait peut-être mariée lorsque Vittorio aurait enfin décidé de la traiter comme sa femme, dans tous les sens du terme, comme il s'y était d'ailleurs engagé.

Il plia soigneusement son journal, se leva et sortit sans un mot de plus. Restée seule, Ana but son lait chaud en tambourinant du bout des doigts sur la table d'acajou. Tout était tranquille et Giulia, la gouvernante, avait beau être sûrement postée de l'autre côté de la porte, elle ne faisait aucun bruit.

Jamais Ana n'aurait imaginé se sentir aussi seule…

Troublée, elle se leva pour tenter de chasser ces noires pensées. La salle à manger, refaite au siècle précédent, s'ouvrait par de larges baies vitrées sur des terrasses surplombant les douves asséchées. Un paysage d'une austère beauté sous le bleu pâle du ciel, mais sans la moindre présence humaine.

Elle sentit les larmes lui monter aux yeux. Depuis la

mort de sa mère, jamais elle ne s'était laissée aller à pleurer. Même durant les années horribles passées en pension, ni quand son père l'avait rejetée, ni non plus quand Roberto l'avait repoussée à son tour. Elle avait toujours refoulé sa douleur au plus profond de son cœur, jusqu'à ce qu'elle ne souffre plus. Ou presque. Mais en cet instant, elle la sentait remonter à la surface. La colère et la peur la submergèrent soudain comme une coulée de lave. Elle avait accepté de ne pas être aimée de Vittorio, de ne pas être désirée autant qu'elle désirait. Elle n'avait pas soupçonné qu'il se tiendrait complètement à l'écart.

— Vittorio vous a abandonnée ?

La voix acide de sa belle-mère, debout sur le seuil de la salle à manger, la fit tressaillir. Ana se força à sourire. Elle ne se sentait vraiment pas d'humeur à affronter Constantia.

— Il est parti travailler. Je vais d'ailleurs moi-même en faire autant, expliqua-t-elle en s'efforçant d'adopter un ton gai et chaleureux, comme si elle regrettait de ne pas pouvoir rester. Nous sommes si occupés tous les deux !

— Je ne l'ignore pas, répliqua Constantia en s'approchant. Dites-moi, Anamaria, comment vous accommodez-vous de ce mariage ?

Giulia entra dans la pièce à son tour, avec un plateau portant le petit déjeuner de la comtesse. Cette dernière s'assit à table et rompit un petit pain avant de fixer sur sa belle-fille un regard perçant.

— Merveilleusement, répondit Ana avec un large sourire.

En un éclair, elle se souvint de ce que lui avait dit son propre père concernant Arturo Cazlevara : un homme dur et sans pitié.

— Pourtant, Vittorio manque terriblement de… tendresse et de sensibilité, remarqua Constantia avant d'avaler une gorgée de café. Il ne vous aimera jamais.

Ana eut l'impression qu'on lui enfonçait une lame dans le cœur et se tourna vers les baies vitrées.

— Je ne m'attends pas à ce qu'il m'aime.

— Etes-vous sûre de réussir longtemps à vous en persuader ?

Il y avait tant d'amertume et de douleur dans la voix de Constantia qu'Ana ne put s'empêcher de la dévisager.

— C'est ce qui vous est arrivé ? osa-t-elle demander.

— Oui, répondit sa belle-mère dont la main tremblait en reposant la tasse sur la soucoupe. J'ai aimé Arturo dès mon enfance. Nous étions voisins, exactement comme Vittorio et vous. Tout le monde approuvait notre mariage et le jugeait bien assorti. Mais jamais Arturo ne m'a dit qu'il m'aimait. En apparence, il se montrait poli, aimable. Comme Vittorio, n'est-ce pas ? Mais moi, je savais… ici…

Elle posa la main sur sa poitrine, à l'emplacement du cœur.

« *Tuo cuore* », chuchota la voix de Vittorio dans la tête d'Ana. Et de ses yeux jaillirent des larmes qu'elle essuya avec rage. Non, elle ne pleurerait pas !

— La politesse, l'amabilité, dit-elle après un silence, cela compte aussi.

— Vraiment ? répondit Constantia avec une ironie douloureuse. Moi, ça me donnait l'impression d'être un petit chien qu'on caresse avant de lui dire d'aller se coucher et de cesser d'ennuyer les gens. C'est très désagréable, surtout quand cela dure des années. Alors on en arrive à se détester soi-même et à faire des choses qu'on déteste. Mais peut-être êtes-vous différente, Ana ?

Elle se leva en adressant à sa bru un sourire glacial ; à voir l'air hautain qui habillait de nouveau ses traits, Ana se dit qu'elle regrettait déjà cet instant de sincérité.

— C'est très différent, lança-t-elle. Parce que moi, je n'aime pas Vittorio.

— Vous en êtes certaine ? répliqua Constantia avant de sortir de la pièce.

Toute la matinée, l'écho des paroles de sa belle-mère la poursuivit tandis qu'elle tentait en vain de se concentrer sur son travail. Non, elle n'aimait pas Vittorio. Elle aimait la façon dont ses yeux brillaient quand il était amusé, et dont ils se radoucissaient quand ils bavardaient tranquillement ; elle aimait ses larges épaules et ses lèvres si douces… Mais il ne s'agissait là que de qualités physiques.

— Non !

Son cri avait résonné dans la pièce vide. Non, elle ne voulait pas aimer Vittorio car lui, il ne l'aimerait jamais. Ana pensa à Constantia et à l'expression qu'une vie de déceptions avait gravée sur son visage. Elle ignorait ce qui s'était vraiment passé entre ses fils et elle, entre elle et son mari, mais il était évident que cette femme était amère et aigrie, désespérée peut-être. Cette vie-là, elle n'en voulait pas.

Et pourtant, si un jour elle aimait Vittorio — ce qu'elle refusait d'envisager —, il ne se passerait pas longtemps avant qu'elle ne devienne comme sa belle-mère. Elle s'imagina errant dans les pièces vides de Cazlevara, malade de frustration et de jalousie au spectacle du bonheur d'autrui.

Cet après-midi-là, exceptionnellement, elle quitta le travail de bonne heure, laissa sa voiture à la gare de Mestre et prit le train pour Venise. En traversant le Ponte della Libertà, elle se demanda ce qui lui avait donné le courage d'appeler la boutique et de prendre rendez-vous avec la svelte Feliciana pour qu'elle l'aide à choisir quelques tenues habillées, y compris une robe pour la fête en l'honneur de leur mariage.

De toute façon, il fallait qu'elle renouvelle sa garde-robe maintenant qu'elle était comtesse. Une des conditions posées par Vittorio était qu'elle s'habille conformément à son nouveau statut et il lui avait paru normal de se rendre dans une boutique que son mari trouvait à son goût.

Mais elle avait beau se répéter que cette démarche était parfaitement logique et raisonnable, son cœur lui soufflait tout autre chose. Ce qu'elle voulait en réalité, c'était que Vittorio la regarde avec d'autres yeux. Comme une femme qu'il pouvait aimer. Comme *sa femme.*

Cette pensée la terrifiait encore quand elle poussa la porte de la boutique.

— Comtesse Cazlevara.

Feliciana se précipita pour l'accueillir et Ana lui sourit. Dans cet espace luxueux mais réduit, face à cette femme qui mesurait quinze centimètres de moins qu'elle, elle se sentait énorme, pataude, affreusement mal à l'aise.

— J'ai choisi quelques pièces qui devraient vous convenir, déclara la vendeuse en l'entraînant dans un salon privé.

— Vraiment ?

Ana eut du mal à dissimuler son scepticisme. Comment Feliciana, qui ne l'avait vue qu'une fois, aurait-elle pu savoir ce qui lui allait ? Et d'ailleurs, y avait-il dans cette boutique une seule tenue à sa taille ? Elle se souvint des railleries des autres filles, à la pension, des garçons qui la taquinaient ou l'ignoraient, de l'humiliant et dévastateur refus de Roberto.

Après tant d'années passées à éviter ce genre de boutique, voilà qu'elle se retrouvait dans ce salon d'essayage, totalement exposée et vulnérable, en pleine lumière, tandis que Feliciana, les bras chargés de vêtements, s'affairait autour d'elle.

— D'abord la robe du soir. C'est le plus important.

— Ah…, répondit Ana, en contemplant d'un œil dubitatif la robe qu'elle avait remarquée lors de sa précédente visite et que Feliciana lui tendait.

— Idéale pour une grande soirée.

— Je ne crois pas que…

— Il faut la passer. À voir les vêtements que vous portez, on dirait que vous avez honte de votre corps.

— C'est seulement que je ne suis pas…

— Vous faites erreur. Ma vocation n'est pas d'aider les femmes à s'enlaidir, n'est-ce pas ? Je sais ce que je fais. Et puis vous marchez les épaules rentrées et la tête baissée comme si vous teniez à vous rapetisser.

— Je ne…

— Vous êtes grande et vous avez des formes. Bien des femmes désireraient vous ressembler. Vous ne savez pas que vous êtes belle mais dans cette robe, vous ne pourrez plus en douter. Faites-moi confiance.

Ana ôta son tailleur-pantalon avant de se glisser dans le fourreau de dentelle blanche, partagée entre l'espoir et l'appréhension. Instinctivement, elle rentra l'estomac au moment où Feliciana remontait la glissière ; inutile : la robe lui allait parfaitement. Pourtant, elle n'osait pas se regarder dans la glace, redoutant d'être déçue.

— *Un minuto*…

Feliciana la contempla longuement, les mains sur les hanches, avant de s'approcher pour retirer la barrette qui attachait ses cheveux.

— Ah… *perfetto* !

Ana détourna la tête, mais Feliciana la fit pivoter pour la contraindre à se regarder dans le miroir.

— Jamais vous ne vous êtes vue ainsi, n'est-ce pas ?

Sous la délicate insistance de la vendeuse, Ana fixa son reflet. Elle en resta bouche bée. Ajustée comme une seconde peau, la robe soulignait la courbe de ses hanches, la finesse de sa taille et la rondeur de ses seins. Un voile de dentelle de Burano atténuait le décolleté plongeant et la jupe lui effleurait les chevilles. Cette femme qu'elle trouvait superbe, sexy, pleine d'assurance, ce ne pouvait être elle...

— Non...

— Vous n'aimez pas ? s'étonna Feliciana, consternée.

— Non, je n'aime pas, déclara Ana en se retournant, le sourire aux lèvres. J'adore !

— *Buono!* s'exclama Feliciana, ravie. Parce que j'en ai au moins six autres à vous faire essayer.

Lorsqu'elle sortit de la boutique, Ana avait acheté quatre robes, plusieurs jupes et tops, trois paires de chaussures. Encore plus incroyable : elle avait acheté des stilettos, qu'elle avait pourtant refusé d'essayer jusqu'à ce que Feliciana lui affirme que, son mari mesurant quinze centimètres de plus qu'elle, elle pouvait se permettre les talons-aiguilles.

Jamais de sa vie elle n'en avait porté. Elle allait certainement se casser la figure, se dit-elle en pouffant. Elle n'avait pas non plus l'habitude de glousser comme une gamine. Et justement, elle avait l'impression d'être une gamine. Féminine, frivole, rigolote. Non seulement elle avait adoré cet après-midi d'essayage, mais elle était trop impatiente que Vittorio la voie enfin, vendredi, dans ce fourreau de dentelle.

Ana resta un moment sur le palier de l'étage à observer son mari qui l'attendait dans le hall, vêtu d'un superbe costume de soie grise. Sa belle assurance avait disparu et elle n'avait plus envie de rire. Et si Vittorio n'appréciait pas son changement ? Ou pire, s'il ne le remarquait même pas ? Ils se voyaient uniquement au moment des repas, elle passait ses nuits seules, mais peut-être ce soir...

— Ana ? appela-t-il d'une voix impatiente. Tu es prête ? Les invités vont arriver.

— Je suis prête, répondit-elle d'une voix qui tremblait un peu.

Vittorio l'entendit descendre les marches mais ne se retourna pas. Il appréhendait de découvrir à quoi elle ressemblait. Il avait toujours trouvé déplorable la façon de s'habiller d'Ana, mais sa robe de mariée avait été le summum du mauvais goût, un vrai désastre. Après tout, ce n'était pas pour son élégance qu'il l'avait épousée…

Pourquoi l'avait-il épousée, d'ailleurs ? Naturellement, quand sa mère avait évoqué ses possibles héritiers, son esprit s'était fixé sur la nécessité de choisir une femme. Il l'avait fait comme il choisissait une voiture, selon des critères précis et objectifs.

Et puis, en percevant cette lueur de fragilité dans les yeux d'Ana, il avait deviné l'affection et la tendresse qu'elle lui portait, perçu la puissance du désir qu'il lui inspirait. Alors il avait compris, émotionnellement cette fois et non plus intellectuellement, qu'une femme n'était pas une voiture, pas un objet.

Ana était une personne. Sa femme bien-aimée, qu'il devait protéger et chérir entre toutes, mais avec qui il se sentait incapable de communiquer.

C'était pour cette raison qu'il l'évitait depuis leur mariage, et qu'il n'avait toujours pas couché avec elle. Il avait cru conclure une affaire mais curieusement, la froideur de cet arrangement le dégoûtait désormais. Pourtant, il n'aimait pas Ana — était-il même capable d'éprouver un tel sentiment ? Jamais il n'avait été amoureux. Toute sa vie d'adulte n'avait d'ailleurs eu d'autre but que de lui épargner de l'être, en développant son vignoble, en maintenant la réputation et l'influence des Cazlevara, tout en essayant d'oublier sa famille désunie.

Ana, pourtant…

Ana, avec sa façon de parler un peu rude, la douceur de

ses yeux gris, sa feinte assurance et sa réelle vulnérabilité, sa silhouette épanouie et son odeur de terre… Insensiblement, elle s'était insinuée dans son cœur en dépit des défenses qu'il avait élevées pour se protéger. Lui qui s'était toujours targué d'être logique et rationnel jusqu'à la froideur, il redoutait d'entrer dans le lit de sa femme. Peut-être avait-il peur de lui faire du mal ?

Il l'avait pourtant prévenue qu'il ne l'aimerait jamais. L'amour était destructeur, il le savait. Et celui qu'Ana éprouvait pour lui, il le percevait, lui faisait peur. Il craignait confusément qu'il ne la détruise et ne ruine leur mariage…

— Vittorio ?

Il sentit la main de sa femme se poser sur son bras. Cela devait faire un moment qu'il la faisait attendre. Il se tourna vers elle.

— Bons…

Il s'arrêta net, les yeux écarquillés.

Face à lui, une femme superbe, vêtue de dentelle blanche, lui souriait d'un air à la fois gêné et fier. Une femme bien réelle et d'une stupéfiante beauté. Sa femme…

— Tu es…

Soudain, il vit le visage d'Ana se décomposer et ses épaules s'affaisser en une fraction de seconde. Il la prit par la taille. Jamais il ne s'était encore rendu compte qu'elle était si bien proportionnée ; c'était comme si cette robe avait le pouvoir magique de révéler sa féminité, soulignant ses hanches, ses seins, ses courbes voluptueuses. Dire qu'il avait trouvé Ana masculine…

— Tu es extraordinaire, la complimenta-t-il d'une voix rauque.

Elle sourit de nouveau, d'un adorable sourire qui faisait danser des étincelles dans son regard.

Extraordinaire. Sa femme était extraordinaire.

— Merci, murmura-t-elle d'un ton tout aussi passionné.

Il l'attira à lui et l'embrassa. Les formes généreuses d'Ana semblaient faites pour s'adapter à son propre corps, tout comme sa taille s'accordait à la sienne.

Ses lèvres étaient douces et tièdes, sensuelles, si tendres. Vittorio avait eu l'intention d'y déposer un baiser léger mais dès qu'il les eut effleurées, il ne put plus s'en déprendre. Au moment où, agrippée à ses épaules, elle se lovait contre lui, un toussotement ostensible se fit entendre derrière lui.

— Excusez-moi d'interrompre ces touchantes effusions, déclara Bernardo, mais les invités commencent à arriver.

— Très bien, répondit Vittorio en s'écartant, sans pour autant lâcher Ana.

Son frère fixa la jeune femme d'un regard stupéfait.

— Quel look d'enfer !

— Bernardo, intervint sèchement Vittorio, n'oublie pas que tu t'adresses à ma femme, la comtesse de Cazlevara.

— Je suis certain que tu t'es fait la même réflexion !

Il s'abstint de répondre ; il ne voulait pas gâcher la soirée en entamant une dispute avec son jeune frère.

— Excuse-moi, Ana, reprit celui-ci en s'inclinant. Je ne voulais pas être désagréable. Je te trouve très belle.

Vittorio leva les yeux au ciel. C'était bien de Bernardo de souffler ainsi le chaud et le froid pour mieux neutraliser l'adversaire. Cela datait de loin, de la séparation de leurs parents, quand Constantia avait fait de lui son allié, laissant Vittorio à son père, chacun de leurs fils devenant une arme qu'ils utilisaient pour frapper l'autre dans une guerre sans merci et sans fin.

— Je n'y ai vu aucune offense, Bernardo, répondit en souriant Ana.

Tandis que les premiers invités se pressaient vers eux, elle sentit la main de Vittorio se poser de nouveau sur sa taille.

Portée par un nuage de bonheur, Ana fendit la foule. Jamais elle n'oublierait le regard de Vittorio quand il s'était retourné vers elle. Elle s'était attendue à ce qu'il soit surpris, mais pas à la joie qu'elle avait vu briller dans ses yeux. Et quand il l'avait embrassée… Ce baiser avait réveillé le secret espoir qu'elle n'avait pas eu le courage d'étouffer complètement. Pendant des années, elle s'était refusée à nourrir de telles chimères mais là, dans les yeux de son mari, elle s'était enfin sentie la femme qu'elle avait toujours rêvé d'être.

Un sentiment merveilleux.

Durant presque toute la réception, elle resta à côté de Vittorio, parce qu'il le voulait, parce qu'il la tenait par l'épaule. Elle avait beau écouter, rire, bavarder, seule comptait la sensation de ce corps contre le sien et le désir qu'elle sentait monter en elle, irrésistible.

Cette nuit…

Cette nuit, il viendrait à elle.

Au fur et à mesure que s'écoulèrent les heures, cette certitude ne fit que croître, et son bonheur parallèlement.

Vittorio était si fier, si heureux de sentir Ana à ses côtés que la fête était passée comme un rêve. Il aurait voulu être seul avec elle, la toucher…

Maintenant qu'elle s'était éclipsée, il aurait voulu qu'elle soit là, mais hésitait à aller la chercher, ne sachant que lui dire. Enrico s'approcha de lui, les yeux brillants d'orgueil.

— Comme elle était belle, notre Ana !

Vittorio était sur le point d'acquiescer quand le vieil homme avait ajouté :

— C'était la robe de sa mère. Je lui avais demandé de la porter.

Ainsi donc, cette robe de mariée incongrue n'avait pas été le choix d'Ana…

Une fois le dernier invité parti, tout en contemplant

les feux des voitures qui redescendaient l'allée, il se sentit terriblement désemparé. Pourquoi avait-il voulu se marier ? Comment avait-il pu accepter la responsabilité d'un être humain ?

— Quelle réussite, Vittorio !

En se retournant, il aperçut sa mère, debout sur le seuil de son bureau, d'une froide élégance dans sa robe de satin crème. Il comprit en un éclair que c'était son approbation qu'il avait cherché à obtenir en se mariant. Ce qui était totalement absurde, puisque depuis qu'il avait quatre ans, elle ne lui avait jamais manifesté le moindre intérêt ni la moindre affection. Depuis la naissance de Bernardo.

Sans vouloir y croire, il se rendit compte qu'il avait été jaloux. C'est pour cela qu'il était rentré chez lui : pour étaler son succès devant sa mère et son frère. Quelle mesquinerie !

— Et pourtant, tu n'as pas l'air content, constata Constantia en entrant dans la pièce.

Il crut déceler une note caustique dans sa voix et se raidit. Il était soudain redevenu l'enfant fragile qui s'accrochait en vain à sa manche pour lui montrer un dessin. « Va-t'en, Vittorio. Laisse-moi ! » Jour après jour, elle s'était détournée de lui, gâtant exagérément Bernardo qu'elle lui préférait, de toute évidence.

Il ne put contenir une grimace d'agacement. Pourquoi fallait-il que ces souvenirs d'enfance lui reviennent à la mémoire ? Toute sa vie ou presque, sa mère l'avait rejeté et il avait appris à ne plus s'en formaliser. Il s'était endurci contre son mépris et contre la trahison dont elle s'était rendue coupable à la mort de son père. Sans réussir néanmoins à dominer parfaitement ses sentiments et sa colère, il en avait en cet instant la preuve flagrante.

— Au contraire, mère, je suis ravi, répondit-il sur le ton glacial qu'il lui réservait toujours.

— Allons, Vittorio, rien n'est jamais suffisamment bien pour toi, lança-t-elle avec un petit rire. Tu es comme ton père.

Une accusation. Pire, une condamnation.

— Je le prends comme un compliment.

— Bien entendu…

— Sais-tu où est Ana ?

— Tu te soucies d'elle ?

— Oui, puisqu'elle est ma femme, asséna-t-il d'une voix où perçait la colère.

Il voulait la voir lui sourire, sentir sa tendresse.

— Une femme que tu n'aimeras jamais.

— Cela ne te concerne…

— Vraiment ? l'interrompit-elle en lui jetant un regard où il crut déceler une douleur qui le surprit.

— Aimer quelqu'un qui ne t'aimera jamais, tu ne sais pas ce que c'est, Vittorio.

— Je veux juste savoir où elle est.

— Tu vas lui briser le cœur. La détruire…

Il tenta de se durcir, une fois de plus, mais en vain. *L'amour est un sentiment destructeur.* À la pensée de faire subir à Ana cette épreuve, il baissa la tête.

— En quoi cela te regarde-t-il ? lança-t-il d'une voix altérée.

— C'est une femme bien.

— Trop bien pour moi, c'est ça ?

— J'ai commis bien des erreurs avec toi, et je le regrette profondément. Mais ce mariage ne peut mener qu'à un désespoir plus grand encore. Notre famille a déjà eu plus que sa part de malheur.

Vittorio tiqua. Sa mère semblait l'accuser, comme s'il en était responsable.

— Je suis entièrement d'accord avec toi sur ce point. Mais je trouve étrange que tu me reproches d'être l'instrument de tant de malheur et de ne pas y mettre fin.

— Je sais bien que tu m'en veux…

— Que je t'en veux… Fais-tu allusion à ta tentative pour t'emparer de l'héritage de mon père quelques heures seulement après sa mort ? Ou au titre dont tu as essayé de me déposséder au profit de mon frère ?

— Exactement, répondit-elle en soutenant son regard. D'ailleurs, jamais tu ne me permettras de l'oublier.

— On peut difficilement oublier le poignard qu'on vous plante entre les épaules.

Au retour des obsèques de son père, accablé par le chagrin, il avait découvert que sa mère avait consulté un avocat pour tenter de faire annuler le testament au profit de Bernardo. Non seulement elle le détestait, mais elle avait été prête à tout pour le frustrer de ce qui lui revenait de droit.

— Non, reconnut-elle, on ne peut oublier. Mais quand un mari refuse son amour à sa femme, ce n'est pas entre les épaules qu'il lui enfonce un poignard, mais en plein cœur. Ne fais pas subir cela à ta femme, je t'en supplie.

— Depuis quand te soucies-tu d'elle ?

— Je sais ce qu'elle ressent, rétorqua-t-elle.

Puis elle lui tourna le dos et quitta la pièce.

Vittorio ne put empêcher ces derniers mots de résonner à ses oreilles. Voulait-elle dire qu'elle avait aimé son père ? Pour l'enfant qu'il était, il avait toujours été évident que le mariage de ses parents était de pure convenance. Comme celui qu'il avait contracté. Cela ne les avait pas empêchés de se haïr. À la pensée que cela pourrait leur arriver aussi, à Ana et lui, il jura tout bas. Cette soirée réveillait toutes ses anciennes blessures. Parce qu'Ana l'avait touché là où il ne l'avait jamais été. Forcé à se sentir exposé, vulnérable, veiné de désirs inassouvis et de colères rentrées. Forcé à aimer.

Il jura de nouveau.

— Vittorio ?

Ana se tenait dans l'embrasure, plus pâle encore que sa robe blanche.

— Tu as tout entendu ?

— Trop, peut-être…

— Je t'avais avertie qu'il valait mieux ne pas trop s'attarder sur l'histoire de ma famille, dit-il en s'approchant de la table pour se verser un whisky.

— Ne bois pas…

— Pourquoi pas ? Tu en veux un ?

— Non. Je veux te parler.

— Je t'écoute. De quoi s'agit-il ?

En la voyant tressaillir, il prit conscience de sa propre cruauté. Mais sa discussion avec sa mère, les sentiments qu'il commençait à ressentir pour sa femme le déstabilisaient complètement. Il avait peur ; et il détestait avoir peur.

Ana contempla son mari, qui feignait de regarder par la fenêtre. Elle n'avait pas tout compris de sa conversation avec Constantia et ignorait encore la cause de tant de douleur. Une chose était sûre néanmoins : leur mariage échouerait si Vittorio restait rivé à ce passé douloureux.

— Explique-moi ce qui n'allait pas.

Les doigts de Vittorio se crispèrent sur son verre.

— Tout…

Elle s'approcha pour poser la main sur son épaule.

— Vittorio…

— Épargne-moi ta pitié, lança-t-il en reculant. C'est insupportable.

— Je cherche seulement à comprendre…

— C'est très simple : ma mère ne m'aime pas. C'est triste, non ? Un homme de trente-six ans qui se plaint de sa vilaine maman.

— Il y a autre chose.

— Quelques détails, si tu y tiens. Mes parents se

détestaient et quand Bernardo est né, c'était déjà la guerre. Moi, j'étais du côté de mon père et Bernardo de celui de ma mère.

— Que veux-tu dire ?

— Que mon père n'avait ni temps ni patience pour Bernardo, pas plus que ma mère n'en avait pour moi. Nous étions des armes entre leurs mains. Mon père était un type bien, il m'a élevé…

— Mais il était dur, non ? intervint Ana.

— Qui t'a dit ça ?

— Mon père. Il prétend qu'Arturo était impitoyable.

Vittorio laissa échapper un bruit bizarre, dont Ana ne sut si c'était un petit rire ou un soupir. Ou un sanglot.

— Sans doute, mais il fallait que je puisse assumer l'héritage, notre nom, le domaine.

Ana n'eut aucun mal à s'imaginer comment cela avait dû se passer, surtout si Bernardo n'avait pas été soumis au même traitement.

— Et ton frère ? demanda-t-elle doucement.

— Tout l'amour de ma mère s'est concentré sur lui. Elle l'a pourri gâté, laissa-t-il tomber avec mépris.

Ana hocha la tête. Cela ne valait guère mieux que d'être élevé à la dure.

— Vous avez dû avoir l'un comme l'autre une enfance difficile.

— L'un comme l'autre ? répéta Vittorio sur un ton incrédule avant de hausser les épaules. Peut-être après tout…

Sous ses airs agacés, il cherchait sans doute à dissimuler des sentiments plus profonds. Ana en savait long sur la vulnérabilité émotionnelle. Le simple fait de porter cette robe, qui l'exposait au jugement des autres, la rendait aussi fragile que Vittorio lorsqu'il évoquait son enfance. Personne n'aimait revivre les moments durs ni admettre sa souffrance passée.

— Et quand ton père est mort ?

— Ma mère a fait ce qu'elle avait sans doute projeté dès la naissance de Bernardo : elle a tenté de faire annuler son testament par un tribunal pour faire hériter mon frère.

Ana fut surprise que Constantia soit allée aussi loin dans sa vengeance, mais se souvint de ce que lui avait dit sa belle-mère : « Cela peut vous conduire à faire des choses qu'on déteste. » Quelques minutes auparavant, elle avait également dit à son fils qu'il était comme son père. Elle avait transféré sur Vittorio toute l'amertume et la colère qu'elle éprouvait à l'égard de son défunt mari. Quelle tristesse !

— Vittorio, je suis désolée…

— Inutile, répondit-il d'une voix dure. Constantia n'avait aucune chance de réussir; mon père était bien trop intelligent. Il savait de quoi elle était capable. Son testament est demeuré intact, et Bernardo n'a pas touché la moindre *lira*.

— Vraiment rien ?

— Non. D'ailleurs, il aurait tout dilapidé.

— Mais alors, de quoi vit-il ? Il travaille dans l'entreprise ?

— Je lui ai confié un petit poste d'assistant.

— Un petit poste d'assistant ?

— Tu trouves que c'est trop peu ? N'oublie pas qu'il a cherché à me déposséder de ce à quoi j'avais droit.

— Quand ta mère a fait ce procès, à la mort de ton père, tu n'avais que…

— Quatorze ans.

— Et lui, c'était un enfant de neuf ou dix ans ?

— Dix ans, oui. Tu prends sa défense, Ana ? Tu as donc oublié tous mes avertissements ?

Son ton était si glacial, si dangereux qu'elle frémit.

— Quels avertissements ?

Il la prit par le poignet pour l'attirer à lui, d'un mouvement brutal, possessif.

— La loyauté, Ana. Je t'avais avertie que des proches cherchaient à me nuire. Tu as pourtant juré de rester loyale.

— Je cherche simplement à comprendre !

— Je n'ai peut-être pas envie que tu comprennes. Si tu comprenais…

Brusquement, il se pencha sur elle et l'embrassa sauvagement. Comme s'il cherchait à la punir de sa curiosité, à lui rappeler sa promesse. Un baiser chargé de fureur, de douleur et de peur. Malgré la colère qu'elle ressentait elle-même d'être embrassée de cette façon, son désir était si puissant qu'elle ne put s'empêcher de se plaquer contre lui. Elle plongea les doigts dans ses cheveux, pour tenter de transformer en acte de guérison et d'amour cette étreinte hargneuse.

— Non !

Il la repoussa avec un cri de dégoût et ils restèrent face à face, haletants.

— Vittorio !

— Non, répéta-t-il avec un sanglot rageur. Pas ça. Je n'ai jamais voulu ça.

— Mais…

— Je t'avais dit que l'amour était destructeur !

Ana se demanda s'il n'était pas en train de lui avouer, à sa manière, qu'il était amoureux d'elle.

— Pas forcément.

— Avec moi, si, fit-il, si bas qu'elle eut du mal à l'entendre. Je t'en prie, laisse-moi.

— Non. Nous sommes mariés, Vittorio, et je ne vais pas m'enfuir comme une petite fille apeurée. Ni dormir seule dans mon lit cette nuit. Après tout, je suis ta femme…

— Cette nuit ?

— Prends-moi dans tes bras, dit-elle en posant le doigt sur sa bouche. Pour oublier ensemble toute cette douleur.

L'avait-elle touché ? Avait-elle forcé les défenses qu'il avait patiemment élevées ? Ou allait-il la rejeter, si près du but ?...

À son grand soulagement, il posa une main sur la sienne et, dans la pénombre, il la guida lentement hors de la pièce.

9

Ce fut la lumière du jour qui réveilla Ana. Immédiatement, elle sentit l'épaule de Vittorio contre sa joue, le poids de son bras sur sa taille. Et l'odeur délicieuse de sa peau.

Oui, elle aimait cette odeur.

Et elle aimait Vittorio.

Cela lui paraissait si évident, si simple désormais. Bien sûr l'amour pouvait être déroutant, angoissant même. On ne pouvait ouvrir son cœur et son corps sans courir de risque. Mais il y avait tant à gagner !

Elle s'écarta de lui pour observer ses traits détendus par le sommeil. L'amour pouvait faire très mal ; et si elle était certaine de l'aimer, elle ignorait si lui, il l'aimait.

« L'amour est destructeur » répétait-il sans cesse. Elle comprenait pourquoi il en était si convaincu. L'amour malheureux de Constantia pour son mari était à l'origine de sa relation douloureuse avec ses deux fils. Comment s'étonner que Vittorio, rejeté par sa mère et si maladroitement aimé par son père, s'y refuse ?

Ana lui effleura la joue, malgré sa crainte de le réveiller et de détruire la magie de cet instant. Son amour ne serait pas destructeur mais apaisant.

Dès qu'il ouvrirait les yeux, il redeviendrait l'homme froid et rationnel qui avait exigé un mariage de convenance, dépourvu de sentiments. Elle aussi, il lui fallait bien le reconnaître, s'était menti en essayant de se convaincre que ce genre de vie lui conviendrait. Elle avait accepté cet arrangement navrant seulement parce qu'elle avait eu peur de ne plus retrouver pareille occasion ; et surtout, parce que c'était Vittorio qui le lui avait proposé.

Quand avait-elle commencé à l'aimer ? Sans doute quand il l'avait appelée « petite hirondelle » en lui caressant la joue. En un éclair, elle avait perçu toute la douceur, toute la tendresse qui émanaient de lui.

Non, elle ne le laisserait pas la repousser ou gâcher leur mariage, comme il cherchait à le faire dans sa pulsion autodestructrice. Mais comment modifier les termes du contrat ? La réponse semblait évidente : lui aussi, il fallait qu'il tombe amoureux.

Et elle savait exactement par où commencer…

Vittorio s'étira langoureusement. Cela faisait des mois qu'il ne s'était pas senti si détendu et reposé au réveil. Des années même. Le jour qui entrait à flots par les fenêtres l'éblouit et soudain, il découvrit qu'à côté de lui, le lit était vide.

Ana avait disparu.

Lui qui avait l'habitude de dormir seul, même quand il avait une liaison, cela n'aurait pas dû le perturber. Et pourtant…

— Bonjour, paresseux !

En apercevant sa femme sur le seuil, vêtue de la chemise qu'il avait portée la veille, il sentit son corps se détendre. Sous le mince tissu, on devinait les pointes de ses seins et ses cuisses nues. Sexy. Merveilleusement féminine. Son désir se réveilla et il se demanda pourquoi il s'en était tenu si longtemps à l'écart.

— Où étais-tu ? demanda-t-il en s'écartant pour lui permettre de s'asseoir sur le lit.

— Dans la salle de bains. Je crois que j'ai bu un peu trop de champagne hier soir; histoire de me donner du courage.

— Tu te sentais nerveuse?

Il avait envie de la questionner, de savoir ce qu'elle pensait. Sur tous les sujets.

— Un peu. Je n'avais pas envie que les gens racontent…

— Racontent quoi?

— Des choses déplaisantes.

Il acquiesça et mesura le mal qu'avait pu lui causer cette union de convenance, acceptée un peu à contrecœur, de peur de n'être pas digne d'un vrai mariage, d'un mariage d'amour.

— Je sais bien qu'on est samedi, déclara Ana en se levant avant qu'il ait pu faire un geste, mais la nuit dernière a été très fraîche et je tiens à aller dans les vignes pour m'assurer que…

— Nous avons des employés pour le faire, la coupa-t-il.

Elle eut un petit rire de gorge qui faillit faire bondir Vittorio hors du lit pour l'y ramener avec lui. Jamais il ne l'avait entendue s'esclaffer de cette façon.

— Je ne laisse pas ce genre de tâche aux employés. Évidemment, toi, avec ton million de bouteilles par an…

— Neuf cent mille. Mais qu'importe?

Il avait du mal à contenir l'impatience qu'il ressentait. Après tout, ils étaient tous deux à moitié nus; et au bout d'une semaine, leur mariage n'avait toujours pas été consommé…

— Pour moi, c'est très important.

En la voyant sourire, Vittorio se demanda si elle savait à quel point elle l'excitait. Il l'avait jugée timide mais en ce moment, elle lui paraissait trop sensuelle pour ignorer sa propre beauté. Une beauté qui le bouleversait.

— C'est une journée idéale…

— ... pour me montrer le vignoble de Cazlevara ! termina-t-elle à sa place. Enfin, au moins une partie.

— J'allais dire « pour rester au lit », avoua-t-il avec un sourire éloquent en tendant la main vers elle. Si tu venais me rejoindre ?

— Te rejoindre ? répéta-t-elle en se mordillant la lèvre inférieure, d'une manière qui le troubla profondément.

— Oui, me rejoindre.

Lentement, elle s'approcha et s'assit au bord du lit, la chemise relevée sur ses cuisses. Vittorio détourna les yeux. Il devait prendre garde à ne rien précipiter.

— Que se passe-t-il ? demanda Ana.

Au tremblement de sa voix, il comprit qu'elle craignait qu'il ne la désire pas. En souriant, il écarta une mèche qui lui tombait sur les yeux, effleurant la douce courbe de sa joue.

— Ne crois-tu pas que nous avons attendu assez longtemps ?

— Si, mais... Tu n'avais pas l'air pressé...

— Je voulais te laisser le temps.

— Et maintenant, tu t'es dit que ça suffisait ?

— Oui, répondit-il sans pouvoir s'empêcher de lui caresser la jambe. Et toi, qu'en penses-tu ?

Ana ne répondit pas, immobile, incapable de croire à ce que venait de lui proposer Vittorio, frémissant du plaisir que son contact éveillait en elle.

— La même chose, lança-t-elle finalement avec ferveur.

Il la prit alors par la nuque pour l'attirer à lui et l'embrassa avec fougue. On aurait dit qu'elle lui faisait un tel effet qu'il ne pouvait s'en empêcher. Contrairement à ce qu'elle avait imaginé, elle n'avait pas besoin d'enfiler une nuisette vaporeuse et de lui offrir du champagne pour le séduire ; au fond, c'était beaucoup mieux ainsi.

— Ana, murmura-t-il contre son oreille, tu me parles de vignes et de bouteilles mais moi, j'ai tout autre chose en tête.

Et il posa sur ses lèvres un baiser si brûlant qu'il apaisa un instant le désir qu'elle ressentait. Mais quand il s'écarta un peu, elle comprit qu'au contraire, il avait éveillé en elle une faim insatiable de volupté. De la langue, il lui effleura la gorge, déclenchant au plus intime de son être des spasmes qui lui arrachèrent un gémissement.

— Je vais prendre mon temps, promit-il, tandis qu'elle fermait les yeux sous le choc de la surprise et du plaisir.

Loin de rester passive, elle reprit l'initiative et se mit à caresser les muscles puissants de ses cuisses.

— Je trouve ce pyjama très superflu, murmura-t-elle d'une voix rauque.

Elle entreprit de le déboutonner et, quelques instants plus tard, Vittorio était nu. Elle s'arrêta un instant pour contempler ce corps superbe, mince et puissant, laissant errer ses doigts sur son torse.

— Cela fait si longtemps que j'en avais envie, reconnut-elle.

Pourtant, maintenant qu'ils étaient nus, elle se sentait déroutée par la puissance de son érection contre son ventre.

— Je ne peux plus attendre, dit-il en la faisant rouler sur le dos.

Il lui prodigua des caresses si intimes qu'elle fut bientôt tout aussi impatiente que lui.

Quand il la pénétra enfin et que leurs corps ne firent plus qu'un, Ana eut la certitude, après un bref instant de douleur, que leur mariage s'accomplissait dans toute sa plénitude.

Ensuite, allongée contre Vittorio dans la chaude lumière, elle se demanda comment elle avait pu vivre si longtemps sans faire l'amour.

— Ana, murmura Vittorio en lui caressant doucement la hanche, si j'avais su…

— Su quoi ?

— Que tu étais vierge. J'aurais… j'aurais pris davantage de temps.

— Tu ne l'avais pas compris ? C'était si évident, pourtant.

— Tu m'avais dit avoir eu une relation avec un homme.

— Ce n'est pas allé si loin.

La blessure qu'elle avait si longtemps ressentie au souvenir de Roberto semblait cicatrisée. Elle ne comptait plus.

— C'est du passé, déclara-t-elle en posant les lèvres sur son épaule. J'ai oublié.

Elle l'embrassa à la naissance de la gorge, heureuse qu'il lui appartienne enfin.

Quelques heures plus tard, ils finirent pourtant par se lever.

— Si nous allions dans le vignoble ? proposa Ana.

Vittorio se mit à rire, la tête rejetée en arrière.

— La vigne restera toujours ton seul amour !

Le cœur d'Ana se serra soudain. Elle aurait voulu dire : « Tu es mon seul amour », mais les mots lui restèrent au fond de la gorge.

— Tu as parfaitement raison, décréta-t-elle en commençant à se rhabiller.

En parcourant sous le soleil éclatant les vignes les plus renommées de Cazlevara, les plus proches du château, Ana sentit sa chemise commencer à lui coller au dos. Elle n'y aurait jamais prêté attention, *avant*… Mais là, au côté de son mari, au milieu des ceps impeccablement alignés, elle songea qu'elle aurait dû mettre un chapeau, se maquiller. Au lieu de cela, elle avait enfilé sa tenue habituelle : un vieux pantalon et une chemise informe.

Si elle avait eu le moindre bon sens, elle aurait mis un des ensembles achetés chez Feliciana, une tenue sexy qui l'aurait fait paraître plus mince. Et elle aurait demandé à

Vittorio de l'emmener à Venise, à Vérone, ou dans un de ces adorables villages nichés au creux des collines, au lieu de le traîner sur son lieu de travail. Mais elle aimait les vignes, la terre et le soleil, qui avaient l'odeur de la vie même.

Elle se baissa pour humer une grappe et ferma les yeux, troublée par la grâce de cet instant : le vent dans ses cheveux, le soleil sur son visage, le parfum de la terre. Lorsqu'elle les rouvrit, elle sentit peser sur elle le regard impénétrable de Vittorio, qui l'observait un léger sourire aux lèvres.

— J'aime cette atmosphère depuis toujours. Quand j'étais petite, ma mère m'a retrouvée un jour endormie, blottie au pied d'un cep.

— Effectivement, tu as l'air très épanouie.

Soudain, il l'attira à lui et enfouit son visage dans ses cheveux.

— Moi, c'est cette odeur que j'aime, murmura-t-il en plongeant les doigts dans l'épaisseur de sa chevelure. J'ai très envie de toi. Si nous retournions faire l'amour au château ?

— Encore ?

— Deux fois, tu trouves que ça suffit ?

— Alors pas au château. Ici !

— Ici ? répéta-t-il, incrédule en fixant la terre.

— Oui, ici.

Là où il la trouvait désirable, malgré ses vieux vêtements. Là où elle s'était toujours sentie en sécurité. Là où elle était vraiment elle-même…

Etendant sur le sol son élégant blazer de soie, Vittorio l'y allongea et la prit dans ses bras, avec dans les yeux une lueur d'admiration qu'elle ne s'était pas attendue à y trouver. Malgré l'inconfort et la poussière, Ana avait l'impression de vivre un rêve.

— Jamais je n'aurais cru qu'une vieille chemise blanche puisse me faire tant d'effet, plaisanta-t-il en commençant à en défaire les boutons.

— Vittorio…

Il lui sourit, et elle comprit que l'heure n'était plus aux longs discours…

Plus tard, émergeant d'un demi-sommeil satisfait, tous ses sens comblés, Ana murmura :

— J'ai l'impression que nous avons attrapé un sacré coup de soleil.

— Rhabille-toi. Un lit excellent nous attend au château.

Elle obtempéra, non sans laisser échapper un petit rire de gorge.

Les semaines suivantes passèrent comme dans un rêve. Vittorio avait beau ne jamais employer le mot « amour », il se montrait si prévenant et affectueux qu'Ana s'en passait sans peine. Leurs corps se parlaient à leur place. Au travail, elle se surprenait à sourire aux anges en signant un formulaire ou en lisant un ordre d'achat. Quant à Vittorio, il semblait parfaitement heureux et ce bonheur la ravissait. Son pas était léger, son visage détendu et son regard s'était éclairci en un gris très doux où pétillait souvent une étincelle de tendresse ou d'humour.

À plusieurs reprises, il lui avait parlé de son enfance, évoquant des moments difficiles et d'autres, plus agréables : quand il jouait à la *stecca* avec son père, quand il était allé en voyage scolaire à Rome et qu'il avait bu comme un trou.

— Heureusement que je n'ai pas été renvoyé.

— Comment as-tu fait ?

— À cette époque-là, comme je te l'ai dit, je jouais du trombone. Ils avaient besoin de moi dans l'orchestre.

De son côté, Ana lui parla des heures noires qu'elle avait vécues après la mort de sa mère.

— Mon père était anéanti par le chagrin. Il s'était enfermé dans sa chambre et refusait de me voir.

— Proches comme vous l'êtes aujourd'hui, on a du mal à le croire.

— La semaine qui a suivi sa mort, il m'a renvoyée en pension. Je suppose que pour lui, c'était plus facile. Les deux années suivantes ont été les pires de ma vie. Mais maintenant, cela n'a plus d'importance.

Désormais, dans les bras de Vittorio, elle ne se sentait plus moche et difforme, *différente*, mais belle et sexy.

Aimée.

Car elle ne doutait plus qu'il l'aimât. Le ciel bleu et limpide au-dessus de sa tête s'ouvrait sur un horizon sans nuages. Et sans limites.

10

Ana leva la tête en voyant Vittorio entrer d'un pas vif dans son bureau. Lorsqu'elle quitta son siège pour l'accueillir, il lui rendit son baiser d'un air distrait.

— Il faut que je retourne au Brésil. Un problème avec un négociant.

En entendant « Brésil », Ana sentit son cœur battre plus vite.

— Quel genre de problème ?

— Rien de préoccupant, mais suffisamment important pour que j'aille moi-même arrondir les angles. Je partirai dès cet après-midi dans mon jet privé. J'espère réussir à boucler l'affaire en une semaine.

— Une semaine !

— Les affaires sont les affaires, répondit-il assez sèchement.

Les affaires… Cherchait-il à lui rappeler que leur mariage n'en était qu'une parmi d'autres ?

— Je t'appellerai, reprit-il avant de déposer un baiser rapide sur sa joue et de disparaître.

Elle resta debout, la poitrine oppressée, à écouter la Porsche démarrer puis s'éloigner. S'était-elle monté la tête tout au long de ces dernières semaines ? Aveuglée par son propre bonheur, avait-elle confondu le plaisir et l'amour ? Elle s'assit à son bureau, la tête entre les mains. Une simple phrase avait suffi à balayer sa certitude d'être aimée.

Quand elle rentra au château ce soir-là, elle se rendit

aux cuisines pour demander qu'on lui monte un plateau dans sa chambre. Constantia était partie pour Milan la semaine précédente et Bernardo devait être sorti, comme d'habitude.

— J'ai déjà préparé un dîner pour deux, expliqua le chef. *Il signor* Bernardo m'a dit qu'il dînerait avec vous.

Ana fronça les sourcils. Même si les relations entre Vittorio et son jeune frère ne la regardaient pas, ce désaccord familial lui pesait ; elle savait que son mari restait hanté par les cruels souvenirs de son enfance. Lorsqu'il se croyait seul, elle avait souvent vu son visage s'assombrir et une ombre passer dans ses yeux.

— Très bien, Marco. Merci.

En entrant dans l'élégante salle à manger qu'illuminait le soleil couchant, elle aperçut Bernardo debout près d'une fenêtre.

— Ana ! s'exclama-t-il en se précipitant vers elle. Merci d'avoir bien voulu vous joindre à moi.

— Je suis ravie de dîner avec vous.

Ana l'observa tandis qu'il lui tirait galamment sa chaise. Il devait avoir une excellente raison de vouloir partager son repas. Avec ses cheveux et ses yeux sombres, il ressemblait beaucoup à Vittorio, mais en plus pâle et en plus mince, sans la force et la vitalité qui émanaient de son frère. Peut-être était-il jaloux de lui ?

Il s'assit en face d'elle et prit sur la table une bouteille de vin déjà ouverte.

— Un Cazlevara ? demanda Ana en le regardant verser dans leurs verres le liquide rubis.

— Dans un certain sens, oui. C'est un nouvel assemblage que j'ai voulu expérimenter, déclara-t-il avec circonspection. Vittorio n'est pas au courant.

— Il est excellent, déclara Ana après avoir goûté.

Charpenté, velouté, avec des arômes de fruits et d'épices.

— Pourquoi n'en avez-vous pas parlé à Vittorio ? reprit-elle. Le résultat est remarquable.

— Vous avez bien dû remarquer que lui et moi…

— Oui. Et je me demande même s'il serait ravi que nous dînions ensemble.

— Sûrement pas ! Il aurait peur que, comme dans *Hamlet*, je vous verse quelque poison dans l'oreille.

— Du poison ? s'amusa Ana en levant son verre.

— Pour Vittorio, ce vin en est un, sans aucun doute. Il refuse que je fasse quoi que ce soit pour Cazlevara.

— À cause de ce qui s'est passé à la mort de votre père ? Je sais que Constantia a essayé de le priver de son héritage pour vous donner le titre, il me l'a dit. Mais vous étiez encore un enfant…

— Je suppose qu'il vous a aussi parlé de la façon dont nos parents nous ont obligés à choisir chacun notre camp. Au début, nous avons essayé de résister, mais au bout d'un moment… Mon père n'a jamais eu le moindre regard pour moi, alors que ma mère affichait clairement sa préférence. Cadeaux, voyages : tout cela m'a fait perdre la tête. Vittorio, lui, bénéficiait de l'attention de papa. Alors j'ai tout fait pour le rendre jaloux.

— Et c'est bien ce qui s'est produit. Rien ne remplace l'amour d'une mère.

— Ou d'un père. Je ne sais pas qui a eu la meilleure part. Certes, contrairement à moi, Vittorio n'a pas été gâté. Mon père a voulu le formater, à la dure. Je me souviens qu'un jour, quand il avait dix ans, papa l'a sorti du lit à 6 heures — il faisait encore nuit — et l'a traîné dans la salle à manger pour lui faire recommencer un contrôle de maths qu'il avait raté. Il ne l'a pas lâché avant qu'il ait tout refait correctement. Quatre heures de travail sans petit déjeuner. Les deux dernières heures, je suis resté assis en face de lui à le narguer en mangeant des croissants. Je ne suis pas fier de la façon dont je me suis comporté vis-à-vis de lui durant toutes ces années.

Ana soupira. Cette histoire était aussi triste qu'absurde. Pourquoi Constantia avait-elle rejeté Vittorio ? Était-elle incapable de comprendre que ce comportement était d'autant plus destructeur qu'il aurait eu besoin de son amour pour supporter la sévérité de son père ? Son propre malheur avait dû l'aveugler, et c'est l'absence d'amour d'Arturo Ralfino pour sa femme qui était à l'origine de ce désastre.

Elle repoussa son assiette, incapable de manger.

— Que s'est-il passé à la mort de votre père ?

— À ce moment-là, tout était déjà joué. Vittorio nous détestait, maman et moi — c'est du moins l'impression qu'il donnait. Il avait quatorze ans et affectait une politesse glaciale qui rendait ma mère folle. Tout le portrait de mon père : courtois, mais incapable de manifester le moindre sentiment.

— Votre mère a tenté de le déshériter parce qu'elle vous préférait à lui ?

— Je ne sais pas. Elle a prétendu que s'il devenait comte, Vittorio serait aussi dur que papa. Elle voulait peut-être le sauver de lui-même, en quelque sorte. Mais elle a échoué et nos relations ont encore empiré. Depuis, rien n'a changé. C'est la raison pour laquelle je voulais dîner avec vous.

— Vous avez quelque chose à me demander ?

— Oui, répondit Bernardo en tendant la main vers son verre. Vous venez de goûter mon vin, et il vous a plu. Vittorio, lui, est déterminé à ne jamais m'accorder le moindre pouvoir dans l'entreprise familiale. Je comprends son point de vue car récemment encore, je me suis comporté vis-à-vis de lui de façon inadmissible. Mais je ne peux plus continuer à dépendre de lui. Rien que de savoir qu'il ne commercialisera jamais ce vin parce que c'est moi qui l'ai créé…

— C'est d'abord un homme d'affaires. Il n'est pas fou, l'interrompit Ana.

— Quand il est question de ma mère ou de moi, sa haine l'aveugle. Et encore une fois, je ne l'en blâme pas.

— Qu'attendez-vous de moi ?

— Vous avez déjà tenté ce genre d'expérience. Si vous lui disiez que c'est vous qui avez imaginé cette cuvée, il l'accepterait.

— Mais c'est aussi à moi qu'on en attribuerait le mérite.

— Peu m'importe, lança son beau-frère avec une douloureuse résignation.

Ana se passa une main nerveuse sur le visage. Sans doute Bernardo avait-il été trop gâté et insupportable pendant son enfance ; mais en face d'elle, elle n'avait qu'un homme malheureux, condamné à ne jamais voir reconnue son indiscutable valeur.

— Jamais je ne m'attribuerai le mérite de votre travail ! Votre assemblage est excellent, et il faut aussi qu'on sache que c'est votre œuvre. Cette brouille entre Vittorio et vous doit cesser. Peut-être se laissera-t-il fléchir en constatant votre talent ?

— Que suggérez-vous ?

— Pourquoi ne pas mettre en place la commercialisation de ce cru ? Vittorio m'a délégué tout pouvoir durant son absence. Je vais vous organiser un rendez-vous avec des négociants de Milan. Quand il reviendra du Brésil, peut-être pourrez-vous déjà lui montrer que vous avez eu du succès !

Ana pria intérieurement pour que Vittorio ne lui en veuille pas trop. Pourvu que son initiative ne nuise pas à leur mariage… S'il l'aimait autant qu'elle se le figurait, sa colère ne durerait pas bien longtemps. Contrairement à son amour.

Une étincelle d'espoir brillait dans le regard de Bernardo. Déjà, il avait l'air plus jeune, plus heureux.

— Ce que vous faites est dangereux, Ana. Je sais que Vittorio sera furieux.

— Cette querelle doit prendre fin. Pour notre bien à tous. Je saurai lui faire entendre raison.

Convaincre de nouveau les négociants brésiliens qui menaçaient de revenir sur leur accord de commercialiser les vins Cazlevara s'était révélé une tâche ardue. Mais grâce aux arguments qu'il avait déployés au cours de nombreux rendez-vous, dîners et dégustations, Vittorio était parvenu à ses fins. Maintenant qu'il était rentré, il brûlait d'impatience de retrouver Ana.

Dans la limousine qui le ramenait au château, il était agité et nerveux, un vrai gamin amoureux. Car cette semaine de séparation lui avait permis de comprendre enfin qu'il aimait sa femme.

Oui, il aimait Ana, comme le lui avait prouvé la difficulté à vivre si loin d'elle, frustré de ce sentiment de plénitude qu'il éprouvait depuis peu auprès d'elle. Il avait souffert, dans son corps et dans son cœur, tout au long des nuits passées sans elle à son côté.

Il savait qu'elle l'aimait : il l'avait lu dans ses yeux, senti dans son corps. Et dans son cœur à lui était née une fragile espérance, qui le remplissait d'une joie incrédule et qu'il brûlait de lui révéler.

Tout était tranquille au château lorsqu'il y parvint à 16 heures. Ana devait être à son bureau, et il eut soudain envie d'aller l'y retrouver pour lui faire l'amour. Impossible d'attendre jusqu'au soir ! Il décida cependant de passer rapidement à son bureau.

Il était en train de consulter son courrier lorsqu'un maître de chais frappa à la porte.

— Antonio ? Tout s'est bien passé ?

Comme l'autre ne répondait pas, il leva les yeux et vit que son employé le fixait d'un air préoccupé.

— Que se passe-t-il ?

— C'est Bernardo, monsieur le comte. Bernardo et madame la comtesse.

Vittorio sentit son sang se glacer, mais ne fut pas surpris.

— Qu'est-ce que ma mère est encore allée inventer ?

— Pas votre mère : votre épouse.

— Qu'est-ce que ma femme a à voir avec Bernardo ?

— Elle m'a demandé de ne pas vous mettre au courant. Je suis certain que ça ne va pas vous plaire, mais comme vous lui aviez donné tout pouvoir…

Vittorio tenta de maîtriser la peur et la rage qu'il sentait monter en lui, menaçant de le dévaster. Il fallait d'abord écouter ce qu'Antonio avait à lui dire.

— Que s'est-il passé ? interrogea-t-il entre ses dents serrées.

— Bernardo est allé à Milan. Pour commercialiser son propre vin. Je ne l'ai appris qu'hier, mais la comtesse l'approuve ; c'est même elle qui a pris les rendez-vous.

— Son *propre vin* ?

Son frère essaierait-il de nouveau de s'emparer du vignoble ? Avec l'aide d'Ana cette fois ? Avaient-ils profité de son absence pour comploter tous les deux, ou cela avait-il commencé avant ? Son cœur lui criait que c'était une erreur, qu'il se trompait, qu'il devait y avoir une explication. Pourtant, tout se déroulait exactement comme après l'enterrement de son père, quand il avait désespérément souhaité que sa mère lui sourie, même sans lui ouvrir les bras.

Mais elle lui avait tourné le dos, et il avait senti mourir en lui le frêle espoir auquel il tentait de se raccrocher, ce désir d'aimer et d'être aimé que seule Ana avait su faire renaître.

Il chancela sous ce nouveau coup du destin.

— Merci de m'avoir averti, Antonio. Je vais m'en occuper.

— J'ai failli vous appeler, mais comme vous aviez donné tout pouvoir à madame la comtesse…

— Je comprends. N'y pensez plus, ordonna-t-il en renvoyant l'homme d'un signe de la main.

Il se tourna vers la fenêtre. Rang après rang, les vignes s'étendaient à perte de vue. Le sang des Cazlevara. Il se souvint d'avoir fait l'amour à Ana sur cette terre. De l'y avoir aimée.

Cela ne l'avait pas empêchée de le trahir. Il lui fallait garder la tête froide, ravaler la colère et la peur qui le consumaient.

Il revivait la douleur et l'angoisse qu'avait provoquées en lui le rejet de sa mère et de son frère, encore et encore. Et maintenant, voilà qu'Ana s'était liguée avec Bernardo, attendant qu'il soit parti pour user contre lui des pouvoirs qu'il lui avait confiés.

La pire des trahisons.

— Le comte Cazlevara désire vous voir, *signorina* Vi… madame la comtesse.

Ana se leva à demi en souriant à Federico.

— Pourquoi tant de cérémonie ? Faites-le entrer.

Elle perçut soudain une lueur de réticence dans le regard de son assistant, qui avait l'air très mal à l'aise.

— Bonsoir, Ana.

— Vittorio !

Malgré la froideur de son salut, elle se précipita vers lui, les bras tendus. En le voyant rester immobile, elle frémit. De toute évidence, il était au courant au sujet de Bernardo…

— Tu es en colère.

— En colère ? Non, mais je m'étonne, déclara-t-il avec une froideur polie qui la glaça.

Cela faisait longtemps qu'il ne lui avait plus parlé sur ce

ton. Elle reprit ses esprits. Cette discussion, elle s'y était préparée en pressentant qu'il serait furieux d'apprendre la nouvelle. Elle espérait que son amour pour lui, et celui qu'il ressentait pour elle, elle en était désormais convaincue, sauraient lui faire entendre raison. Mais maintenant qu'il se tenait debout devant elle, glacial et indifférent, toutes les explications qu'elle avait préparées s'évanouissaient, tandis que montait en elle une horrible panique.

— Vittorio, balbutia-t-elle, Bernardo m'a fait goûter le vin qu'il a créé à partir d'hybrides...

— Si je me souviens bien, il travaille chez nous comme assistant, non comme maître de chais. Lui aurais-tu accordé une promotion en mon absence ? coupa-t-il avec une cinglante ironie qui glaça le sang d'Ana.

Voilà donc ce que Constantia avait vécu jour après jour, ce terrible rejet venant d'un homme dont le cœur semblait pris dans une gangue de glace. Rien d'étonnant à ce qu'elle en soit devenue à moitié folle. Après quelques minutes de ce traitement, Ana sentait déjà sa raison vaciller.

— Je ne lui ai pas donné de promotion. Je ne me le serais pas permis. Je l'ai simplement autorisé à commercialiser le vin qu'il avait créé. Il est allé voir des négociants à Milan. J'ai pensé que nous pourrions inscrire ce nouvel assemblage au catalogue cet automne.

— Vous n'avez pas perdu de temps. À peine avais-je tourné les talons que vous étiez déjà en train de conspirer.

— Je comprends que tu puisses le croire, mais je ne suis pas ta mère. Et d'ailleurs, Bernardo lui-même a changé.

— Tu te trompes. Si je lui tiens la bride aussi haute, c'est que j'ai de bonnes raisons de le faire.

— Il avait dix ans quand ta mère a tenté de te déshériter...

— Et vingt quand il a essayé de détruire l'entreprise en me discréditant auprès de mes clients. Et vingt-cinq quand il a détourné cent mille dollars. Tu t'imagines que je ne le connais pas ?

Ana chancela sous le choc de ces révélations.

— Je l'ignorais, finit-elle par articuler.

En entendant le petit rire incrédule de Vittorio, elle se souvint de Bernardo lui avouant qu'il s'était mal comporté par le passé. Elle aurait dû lui demander des précisions au lieu de foncer tête baissée, au risque de rouvrir de vieilles blessures et de détruire sa propre relation avec son mari.

— Malgré tout, il a changé, insista-t-elle. J'en suis convaincue. Si tu lui donnais une dernière chance…

— Ainsi, il est parvenu à te berner, à te détourner de moi, lâcha Vittorio, d'une voix si triste qu'Ana sentit les larmes lui monter aux yeux.

— J'ai juste voulu lui laisser une chance. Pas seulement pour lui, surtout pour nous ! Ta haine détruira tout, notre relation, notre…

Elle s'arrêta, de peur de s'exposer davantage encore en lui avouant qu'elle l'aimait.

— Tu as tout à y gagner, reprit-elle sur un ton plus neutre. Il m'a appelée de Milan ce matin pour me dire que ses rendez-vous s'étaient bien passés. Il ne cherche nullement à prendre le contrôle…

— C'est ce qu'il raconte.

— Il faut en finir avec cette haine qui t'empoisonne et qui empoisonne notre amour, dit-elle d'une voix tremblante.

— Notre amour ? répondit-il en posant sur elle un regard glacial. Que veux-tu dire ?

Elle ravala ses larmes, plus forte de cet aveu qui, paradoxalement, la rendait pourtant si vulnérable.

— Je t'aime, Vittorio, et c'est par amour pour toi que j'ai voulu donner sa chance à Bernardo.

— C'est exactement ce qu'a prétendu ma mère quand elle a voulu me voler mon héritage.

Pour Ana ce fut une révélation : si Constantia avait agi ainsi, c'est parce qu'elle aurait fait n'importe quoi pour éviter que Vittorio ne se transforme en un homme aussi dur et froid que son mari. L'homme qu'il venait de redevenir sous ses yeux. Un homme qu'elle ne reconnaissait plus.

— Elle disait vrai. Bernardo t'a fait du mal, je le sais, et Constantia aussi, mais vous ne pouvez plus continuer ainsi tous les trois. Si Bernardo faisait ses preuves à tes yeux, vous pourriez vous pardonner mutuellement, vous considérer comme des égaux et apprendre…

— Très mignon de ta part, mais complètement irréaliste. Je ne t'ai pas épousée pour faire une thérapie familiale, et tu m'avais promis de te montrer loyale vis-à-vis de moi.

— De me montrer loyale, pas de t'obéir aveuglément ! Tu as prétendu que tu n'avais pas besoin d'un petit chien et que notre mariage serait un partenariat…

— Un partenariat *d'affaires* !

— Tu me reproches d'intervenir dans tes décisions ?

— En prenant le parti de mon frère, tu m'as trahi.

— Je t'aime, Vittorio. Je t'aime.

Elle soutint son regard, cherchant sur son visage la moindre trace de compassion ou de regret. Mais son expression demeurait implacable. Un étranger, voilà ce qu'il était, un terrible étranger.

— Ça n'a jamais fait partie du contrat.

— Je sais, et pourtant, ça ne m'a pas empêchée de tomber amoureuse. Mais tu es devenu si froid. Toi, tu ne m'aimes pas ?

Sans répondre, il la toisa d'un regard dur, inexorable. Soudain Ana ne put en supporter davantage. Une seule fois dans sa vie, elle s'était sentie aussi fragile : quand Roberto l'avait physiquement rejetée. Cette fois, ce n'était pas son corps, mais son cœur que Vittorio refusait — ce qui était bien plus cruel encore…

— Non, je vois parfaitement que tu ne m'aimes pas, constata-t-elle d'une voix blanche avant de sortir de la pièce.

Elle marchait à grands pas en direction de la Villa Rosso, dont elle apercevait dans la chaude lumière les murs patinés et le toit de tuiles. Elle rentrait chez elle.

Lorsqu'elle pénétra dans la demeure tranquille, ses pas résonnèrent sur le carrelage du hall. Au moment où elle montait l'escalier, la voix de son père retentit :

— Qui est-ce ?

— C'est moi, papa.

Enrico sortit de son bureau et poussa une exclamation en la voyant.

— Que se passe-t-il, Ana ?

— J'ai découvert que tu avais raison, papa, dit-elle avec un pauvre sourire, le cœur et le corps brisés par la souffrance. L'amour, ce n'est pas très facile.

Elle sentit qu'elle ne pourrait même pas supporter sa compassion et se rua dans sa chambre, où elle s'enferma.

Elle y passa la nuit seule, allongée sur son lit, observant la lune qui parcourait le ciel, revivant en pensées le bonheur de ces dernières semaines, bonheur auquel sa brièveté conférait une douceur déchirante. Quand Vittorio l'avait embrassée et prise dans ses bras. Quand ils avaient joué au billard en riant et qu'il avait gagné. Quand ils parlaient des vignes et du vin, avec un enthousiasme partagé. Quand ils lisaient au lit ensemble. Quand il la faisait gémir de plaisir.

Leur mariage était-il terminé ? Elle n'arrivait pas à croire qu'il ait pu la rejeter de façon si définitive, mais ne pouvait oublier son visage si intransigeant. Rejetée par le seul homme qu'elle avait jamais aimé…

Elle pressa son visage sur l'oreiller, comme pour faire

jaillir les larmes qui lui apporteraient un peu de soulagement. En vain.

Au matin, son père vint de nouveau frapper à sa porte, pour la supplier de prendre au moins un toast.

— Je n'ai pas faim, papa, simplement besoin de rester seule.

Oui, il lui faudrait faire le deuil de son mariage. Sans doute allait-elle recevoir de Vittorio une horrible lettre qui y mettrait froidement fin. Même si, comme il l'en avait avertie, il n'envisageait pas de divorcer.

Il lui faudrait alors se résigner à la froide union de convenance qu'elle avait envisagée au début, mais dont seraient bannis toute tendresse et tout respect. Comment avait-elle pu envisager ce mariage sans amour, ce simple contrat ? L'amour avait beau être douloureux, il était la vie même, elle avait saisi la leçon désormais.

Au crépuscule, son père revint toquer à sa porte.

— Je n'ai toujours pas faim, papa.

— Ton mari est ici et demande à te voir.

— C'est inutile.

— Je t'en prie. Il est à bout.

— À bout ?

Elle entendit les pas de son père décroître dans l'escalier et se précipita vers la porte, le cœur battant la chamade.

Sur le seuil, elle découvrit un Vittorio décoiffé, les yeux rougis. Visiblement, il ne s'était ni changé ni rasé depuis la veille. Il lui sourit, mais son regard restait grave.

— Tu es aussi mal en point que moi, murmura-t-elle.

— Toi, au moins, tu n'as pas pleuré.

— Je n'ai pas pu.

Elle le regarda entrer avant de s'appuyer à la porte, les bras croisés, refusant de baisser sa garde.

Refusant d'espérer.

— Ana, je t'ai rendue très malheureuse, balbutia-t-il.

— C'est vrai.

— La colère m'aveuglait, je ne voyais que cette trahison. Mais ce n'est pas une excuse, une simple explication. Si tu consens à me faire la leçon, j'ai beaucoup à apprendre.

— Je ne veux pas te faire la leçon, Vittorio. Simplement être ta femme. Ce qui suppose que tu me fasses confiance. Et je ne peux plus accepter le contrat que nous avons passé. J'attends autre chose de notre mariage. Je veux que tu m'aimes.

En voyant ses traits se crisper, Ana crut qu'il allait la rejeter, une fois de plus.

— Je t'aime, répondit-il avec une vibrante intensité. C'est précisément ce qui me terrifie. C'est pourquoi je me suis comporté comme je l'ai fait hier. Pardonne-moi, je t'en supplie.

— Tu m'aimes ? s'exclama Ana, les yeux écarquillés par la surprise et le bonheur.

— Terriblement. J'ai passé une nuit atroce à me dire que j'avais détruit le plus beau cadeau que la vie m'ait fait. Par orgueil.

Elle ouvrit alors les vannes à la vague de félicité qui s'était levée en elle, la laissant déferler.

— Je n'aurais pas dû agir sans te consulter, s'excusa-t-elle à son tour. Je voulais t'aider à guérir de ton passé.

— Tu as réussi. Je sens que cela s'amorce. Quand tu m'as quitté, hier, j'ai eu l'impression de te perdre à jamais et je me suis senti anéanti. Je suis allé trouver Bernardo et ma mère. Ce ne fut pas facile, car nous avons tous les trois commis des fautes, mais nous avons commencé à parler et à pardonner. Tu nous as aidés, Ana, et c'est la meilleure chose qui me soit jamais arrivée.

— Toi aussi, tu es la meilleure chose qui me soit jamais arrivée, balbutia-t-elle, au bord des larmes. Mais hier tu m'as paru si froid…

— Je suis ce que j'ai appris à être depuis ma plus tendre enfance, murmura-t-il en lui prenant la main pour la porter à ses lèvres.

— Je le sais.

— Mais tu m'as fait changer et je t'en remercie. Je ne veux plus être dur, surtout avec toi. Pardonne-moi, *rondinella*. Et je t'en prie, aie confiance en l'homme que je vais essayer de devenir.

Ana pensa à celui qui l'avait réconfortée bien des années plus tôt et se souvint de la tendresse qu'il lui avait témoignée, puis de la ferveur et de la joie qu'elle avait connues dans ses bras.

— Tu es cet homme, Vittorio, et tu l'as toujours été.

— Grâce à toi, reconnut-il avant de la serrer contre lui. Seulement grâce à toi.

Maintenant, elle était certaine qu'il l'aimait. En l'embrassant, Vittorio sentit des larmes ruisseler sur son visage.

— C'est normal de pleurer, *rondinella*.

— Cette fois, c'est seulement de joie, chuchota-t-elle avec un sourire tremblant avant de se blottir dans ses bras.